文艺演播作品选

曹培培　　史惠斌　主编

中国海洋大学 出版社
CHINA OCEAN UNIVERSITY PRESS

·青岛·

图书在版编目（ＣＩＰ）数据

文艺演播作品选 / 曹培培, 史惠斌主编. — 青岛：
中国海洋大学出版社, 2020.8
ISBN 978-7-5670-2540-0

Ⅰ. ①文… Ⅱ. ①曹… ②史… Ⅲ. ①文艺—作品综
合集—中国—当代 Ⅳ. ①I217.2

中国版本图书馆 CIP 数据核字(2020)第 143245 号

出版发行	中国海洋大学出版社
社　　址	青岛市香港东路 23 号
邮政编码	266071
出 版 人	杨立敏
网　　址	http://pub.ouc.edu.cn
电子信箱	1922305382@qq.com
订购电话	0532-82032573 （传真）
责任编辑	曾科文　周佳蕊　　　　**电　话**　0898-31563611
印　　制	海南雅迪印刷有限公司
版　　次	2020 年 8 月第 1 版
印　　次	2020 年 8 月第 1 次印刷
成品尺寸	170 mm × 240 mm
印　　张	20.5
字　　数	334 千
印　　数	1—1000
定　　价	48.00 元

发现印装质量问题，请致电 0898-66732388 调换。

目 录

第一章 散文 ………………………………………………… 1

荷塘月色 ………………………………………………… 1

绿 ………………………………………………………… 9

西湖漫笔 ………………………………………………… 10

匆匆 ……………………………………………………… 13

故都的秋 ………………………………………………… 15

你是人间四月天 ………………………………………… 22

我爱这土地 ……………………………………………… 23

世界上最远的距离 ……………………………………… 23

风景谈 …………………………………………………… 25

银杏 ……………………………………………………… 29

生如胡杨 ………………………………………………… 32

藏羚羊跪拜 ……………………………………………… 33

天上的草原 ……………………………………………… 34

我的心 …………………………………………………… 36

青衣 ……………………………………………………… 37

有一个字，与生俱来，排山倒海 ……………………… 38

唐诗里的中国 …………………………………………… 40

把时间花在心灵上 ……………………………………… 42

秋天的怀念 ……………………………………………… 44

非走不可的弯路 ………………………………………… 45

背影 ……………………………………………………… 46

心田上的百合花 ·· 48

母亲是一种岁月 ·· 49

安塞腰鼓 ··· 51

住的梦 ·· 52

雨中登泰山 ·· 54

遇见 ·· 58

小红门 ·· 60

目送 ·· 61

第二章 诗歌 ·· 64

正气歌 ·· 64

蜀道难 ·· 66

短歌行二首 ·· 67

钗头凤·红酥手 ·· 68

满江红 ·· 69

如梦令·常记溪亭日暮 ··· 69

相见欢 ·· 70

长恨歌 ·· 71

兵车行 ·· 72

春江花月夜 ·· 73

我的南方和北方 ·· 74

相信未来 ··· 76

面朝大海，春暖花开 ··· 78

祖国啊，我亲爱的祖国 ······································· 79

妈妈我等了你二十年 ··· 80

莲的心事 ··· 83

热爱生命 ··· 84

回延安 ·· 85

再别康桥 ………………………………………… 88

致橡树 …………………………………………… 90

你是人间的四月天 …………………………… 92

我骄傲，我是中国人 ………………………… 93

雪落在中国的土地上 ………………………… 95

一棵开花的树 ………………………………… 98

乡愁 ……………………………………………… 99

雪花的快乐 …………………………………… 100

对岸 …………………………………………… 101

我曾经爱过你 ………………………………… 103

我愿意是急流 ………………………………… 103

第三章　童话 寓言 …………………………… 106

鹬蚌相争 ……………………………………… 107

狡兔三窟 ……………………………………… 107

猕猴救月 ……………………………………… 108

老人与鞋子 …………………………………… 109

飞不起来的鸟 ………………………………… 111

守株待兔 ……………………………………… 113

嘴的抗议 ……………………………………… 114

揠苗助长 ……………………………………… 114

狐假虎威 ……………………………………… 115

乌鸦和猪的"谅解" …………………………… 116

叶公好龙 ……………………………………… 117

一头学问渊博的猪 …………………………… 117

猴吃西瓜 ……………………………………… 119

狼和小羊 ……………………………………… 120

曾子杀猪 ……………………………………… 121

买椟还珠 ································· 121

寒号鸟 ··································· 122

老驴推磨 ································· 123

猫和老鼠做朋友 ······················· 124

三只小猪盖房子 ······················· 126

蚂蚁的醒悟 ····························· 127

雾的悲哀 ································· 128

一粒种子 ································· 128

盲人摸象 ································· 129

猴子捞月 ································· 130

愚公移山 ································· 131

鲲鹏与蓬雀 ····························· 132

第四章　广播剧 ······················ 134

到北京去放羊 ··························· 134

卖火柴的小女孩 ························· 152

奋斗（片段） ··························· 154

广播剧（一）节选 ····················· 157

广播剧（二）节选 ····················· 162

广播剧（三）节选 ····················· 164

第五章　影视剧配音 ·················· 167

城堡 ····································· 167

附：雷雨（四幕悲剧） ··············· 182

后记 ································· 319

第一章 散 文

有声语言表达中词语感受是关键。对词语的感悟、深刻理解，在散文播读中尤为重要。词语的刺激须拓展深化为词语所代表的客观事物的刺激，从而使这刺激达到有序化和强化，再受之于心。深刻的理解和具体的感受是体会"词语感受律"的法宝。只有正确理解和掌握散文播读的正确方法，才能规避望文生义、见字出声的播读缺陷。本章我们将以作品《荷塘月色》为例，详细分析散文播读的技巧和训练方法。

荷塘月色
朱自清

这几天心里颇不宁静。今晚在院子里坐着乘凉，忽然想起日日走过的荷塘，在这满月的光里，总该另有一番样子吧。月亮渐渐地升高了，墙外马路上孩子们的欢笑，已经听不见了；妻在屋里拍着闰儿①，迷迷糊糊地哼着眠歌。我悄悄地披了大衫，带上门出去。

沿着荷塘，是一条曲折的小煤屑路。这是一条幽僻的路；白天也少人走，夜晚更加寂寞。荷塘四面，长着许多树，蓊蓊郁郁②的。路的一旁，是些杨柳，和一些不知道名字的树。没有月光的晚上，这路上阴森森的，有些怕人。今晚却很好，虽然月光也还是淡淡的。

路上只我一个人，背着手踱③着。这一片天地好像是我的；我也像超出了平常的自己，到了另一个世界里。我爱热闹，也爱冷静；爱群居，也爱独处。像今晚上，一个人在这苍茫的月下，什么都可以想，什么都可以不想，便觉是个自由的人。白天里一定要做的事，一定要说的话，现在都可不理。这是独处的妙处，我且受用这无边的荷香月色好了。

曲曲折折的荷塘上面，弥望④的是田田⑤的叶子。叶子出水很高，像亭亭的舞女的裙。层层的叶子中间，零星地点缀着些白花，有袅娜⑥地开着的，有羞涩地打着朵儿的；正如一粒粒的明珠，又如碧天里的星星，又如刚出浴的美人。微风过处，送来缕缕清香，仿佛远处高楼上渺茫的歌声似的。这时候叶子与花也有一丝的颤动，像闪电般，霎时传过荷塘的那边去了。叶子本是肩并肩密密地挨着，这便宛然有了一道凝碧的波痕。叶子底下是脉脉⑦的流水，遮住了，不能见一些颜色；而叶子却更见风致⑧了。

月光如流水一般，静静地泻在这一片叶子和花上。薄薄的青雾浮起在荷塘里。叶子和花仿佛在牛乳中洗过一样；又像笼着轻纱的梦。虽然是满月，天上却有一层淡淡的云，所以不能朗照；但我以为这恰是到了好处——酣眠固不可少，小睡也别有风味的。月光是隔了树照过来的，高处丛生的灌木，落下参差的斑驳的黑影，峭楞楞如鬼一般；弯弯的杨柳的稀疏的倩影，却又像是画在荷叶上。塘中的月色并不均匀；但光与影有着和谐的旋律，如梵婀玲⑨上奏着的名曲。

荷塘的四面，远远近近，高高低低都是树，而杨柳最多。这些树将一片荷塘重重围住；只在小路一旁，漏着几段空隙，像是特为月光留下的。树色一例是阴阴的，乍看像一团烟雾；但杨柳的丰姿⑩，便在烟雾里也辨得出。树梢上隐隐约约的是一带远山，只有些大意罢了。树缝里也漏着一两点路灯光，没精打采的，是渴睡人的眼。这时候最热闹的，要数树上的蝉声与水里的蛙声；但热闹是它们的，我什么也没有。

忽然想起采莲的事情来了。采莲是江南的旧俗，似乎很早就有，而六朝时为盛；从诗歌里可以约略知道。采莲的是少年的女子，她们是荡着小船，唱着艳歌去的。采莲人不用说很多，还有看采莲的人。那是一个热闹的季节，也是一个风流的季节。梁元帝《采莲赋》里说得好：

于是妖童媛女⑪，荡舟心许；鹢首⑫徐回，兼传羽杯⑬；棹⑭将移而藻挂，船欲动而萍开。尔其纤腰束素⑮，迁延顾步⑯；夏始春余，叶嫩花初，恐沾裳而浅笑，畏倾船而敛裾⑰。

可见当时嬉游的光景了。这真是有趣的事，可惜我们现在早已无福消受了。

于是又记起，《西洲曲》里的句子：

采莲南塘秋，莲花过人头；低头弄莲子，莲子清如水。

今晚若有采莲人，这儿的莲花也算得"过人头"了；只不见一些流水的影子，是不行的。这令我到底惦着江南了。——这样想着，猛一抬头，不觉已是自己的门前；轻轻地推门进去，什么声息也没有，妻已睡熟好久了。

一九二七年七月，北京清华园

注释：

①闰儿：指朱闰生，朱自清第二子。

②蓊蓊（wěng）郁郁：树木茂盛的样子。

③踱（duó）：慢慢地走。

④弥望：满眼。弥，满。

⑤田田：形容荷叶相连的样子。古乐府《江南曲》中有"莲叶何田田"之句。

⑥袅娜（niǎonuó）：柔美的样子。

⑦脉脉（mò）：这里形容水没有声音，好像饱含深情的样子。

⑧风致：美的姿态。

⑨梵婀玲：violin，小提琴的音译。

⑩丰姿：风度，仪态，一般指美好的姿态。也写作"风姿"。

⑪妖童媛女：俊俏的少年和美丽的少女。妖，艳丽。媛，女子。

⑫鹢首（yìshǒu）：船头。古代常画鹢鸟于船头，故称船头为鹢首。

⑬羽杯：古代饮酒用的耳杯。又称羽觞、耳杯。

⑭棹（zhào）：船桨。

⑮纤腰束素：腰如束素（宋玉《登徒子好色赋》），形容女子腰肢细柔。

⑯迁延顾步：形容走走退退，不住回视自己动作的样子，有顾影自怜之意。

⑰敛裾（jū）：这里是提着衣裾的意思。裾，衣襟。

朱自清（1898—1948），原名自华，字佩弦，号秋实。江苏扬州人。"文学研究会"的早期成员，现代著名的散文家、学者。原任清华大学教授，抗日战争爆发后转西南联合大学任教。在抗日民主运动的影响下，政治态度明显倾向进步。晚年积极参加反帝民主运动。他的散文，结构严谨，笔触细致，不论写景还是抒情，均能通过细密观察或深入体味，委婉地表现出对自然景色的内心感受，抒发自己的真挚感情，具有浓厚的诗情画意。其主要作

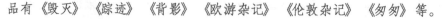

品有《毁灭》《踪迹》《背影》《欧游杂记》《伦敦杂记》《匆匆》等。

【提示训练】

我们以《荷塘月色》为例进行示范，帮助大家了解播读散文前需要掌握的知识准备方面的步骤和程序。

1. 写作背景

播读任何文学作品时，首先要了解作品的创作背景。《荷塘月色》作于1927年7月，正值大革命失败，白色恐怖笼罩中国大地。这时，蒋介石叛变革命，中国处于一片黑暗之中。朱自清作为"大时代中一名小卒"，一直在呐喊和斗争，但是在"四一二"政变之后，却从斗争的"十字街头"，钻进古典文学的"象牙之塔"。可是作者既做不到投笔从戎，拿起枪来革命，也始终平息不了对黑暗现实产生的不满与憎恶。作者对生活感到惶惑矛盾，内心是抑郁的，是始终无法平静的，于是写下了这篇文章。这篇散文通过对冷清的月夜下荷塘景色的描写，流露出作者想寻找安宁但又不可得，幻想超脱现实但又无法超脱的复杂心情，这正是那个黑暗的时代在作者心灵上的折射。了解文学作品创作时的创作背景后再进行播读，才能真正地理解作品，播读出作品的生命力。

2. 文章架构

详细了解文章的架构才能进行散文播读的"二次创作"。作者首先交代了作者去荷塘的时间和缘由，开头就说出这几天"颇不宁静"的内心状态。"颇"字是对不宁静心情的强调。此时语音、语调的处理要结合文章的整个脉络和语境，在声音的处理上不宜过多的渲染，陈述语气即可。下文中作者思绪翻飞，神驰万里，或行或止，或喜或愁，都和这"颇不宁静"的心情有着紧密的联系。这一句是作者进行艺术构思的焦点，也是《荷塘月色》这篇文章的文眼。它以强烈的直接抒情开始，将淡淡哀愁流露在字里行间，为全文定下了感情的基调。

第二部分从荷塘周遭的环境写起，向"荷塘月色"的主体进发。作者先写曲折幽僻的小煤屑路。通过"白天也少人走，夜晚更加寂寞"的叙述，暗写了在这种气氛环境中作者的一颗寂寞的心。此处的播读要做好作者创作时的"情景再现"。作者继而实写荷塘四周的林木，虚写没有月光时的阴森气象，虚实相参地勾勒出此刻荷塘的环境和作者的心境，因此在声音的处理和拿捏上也要注意虚实结合。作者最后以赞美今夜的淡淡月光作为结尾。作者平时无意于荷塘的月色，尽管今晚的月光只是淡淡的，却仍然觉得很好。读者带着这种思索转入了下一段。这个结句完成了由写景到抒写作者心情之间的过渡，播读时情、声、气的配合要到位。

第三段紧承第二段，披露自己中意于今夜荷塘的原委，抒发自己踏月寻幽的万端感慨。"路上只我一个人"提起了下边关于踽踽独行于荷塘的一番妙论。"背着手踱着"这一细节，微妙地展示了作者此刻稍有宽解的心情。接下去是一段内心剖白："这一片天地好像是我的；我也像超出了平常的自己，到了另一个世界里。"一种喜悦之情溢于言表，但是都加了"好像""像"这样的修饰语，说明这种喜悦之情是建立在虚幻的遐想上的自我慰藉，从之后的行文中可知这当然也只能是不堪现实一击的淡淡的喜悦。尽管如此，由于此时此地能使身心挣脱生活的种种羁绊，偷得片刻安宁，因而就有了"什么都可以想，什么都可以不想""是个自由人"的感觉。只是这样一种感觉的获得，就能使作者发出"且受用这无边的荷塘月色"的自足的、惬意的心声，足见这样一个小天地对困扰于人事中的作者来说是多么难得。这句话，在播读时要细加品味，感染受众的心绪，给人一种颇深的感触。作者苦涩的微笑，使受众感受到一个痛楚的灵魂对现实的反抗。

第三部分开始正式对荷塘和月色的景致进行详细的描写，最先扑入眼帘的是满塘荷叶。"亭亭"一词表现了荷叶的风姿秀丽，"舞女裙"的比喻，恰到好处地写出了荷叶临风摇曳的姿态，播读时要有清新灵动之感。在纵观之后，凝神细审，视线移到万绿丛中的点点白花，盛开的袅娜喜人，含苞欲放地流露着勾人情思的娇羞，十分传神地写出了荷花的不同姿态。作者进而用"正如一粒粒明珠，又如碧天里的星星"这样的比喻，写出荷花从光色上给人的感受。"明珠"是写近处荷花的玲珑剔透，"碧天里的星星"是写在满塘荷叶衬托和月光的辉映下，远处荷花的闪烁迷离。既看到宜人的花色，也就必然会嗅到沁人的花香，但能让读者真切地感受到"缕缕清香"是很难的。作者以歌声设比，用时断时续、若有若无的远处的歌声，把听觉和嗅觉两种感觉沟通起来，这种移感修辞手法的运用，非常传神。在这番静态描写之后，作者又把荷塘的动态捕捉进镜头里。清风徐徐，荷叶的一丝颤动，化为一道碧痕，荡向荷塘那边。这种细致的描摹，使人宛然若见。在一连串的比喻描写之后，作者又用"更见风致"概括地写出淡淡月色之下，脉脉流水之上的荷叶的美。

第五段描绘荷塘的月色。月色是单调的，难以着笔，而作者把它和形态不一、色彩有别的景物结合在一起进行描写，就使月色有了光的变化，此处的语气把握尤为重要。作者继续展示出月光下荷塘四周的景象。"远远近近""高高低低"等重叠词语的运用，造成了树木错落有致的层次感，播读时也应有时空上遥相呼应、错落有致的层次感。

第四部分为文章结尾，从单纯的写景写开来，进一步表现了作者不满现实，幻想超脱而不能得的复杂心理，播读时应实声处理，收尾处要有思绪上的延伸感。

3. 艺术特色

掌握文学作品的艺术特色才能播出文学作品的艺术之美。散文有"文眼"，这是我国古代散文一条传统的艺术经验。散文有"眼"，题旨才会有隐显，意境才会有虚实，剪裁才会有详略，结构才会有疏密，播读才会有抑扬顿挫、虚实结合的美感。《荷塘月色》是十分注重"眼"的安设的，并且充分地使之成为构思的焦点，也成为将作品的思想与艺术辩证统一起来的"凝光点"。

《荷塘月色》一开篇就点出文章的"文眼"——"这几天心里颇不平静"，接着写小路的"静"、月色朦胧的"静"，来反衬作者的"心里颇不宁静"。此"静"与彼"静"的播读要区分出相互之间的不同。文章再接着以荷塘四周蝉声和蛙鸣的"闹"突出荷塘月色的"静"，"闹"与"静"的对照不仅在文字上，更要在播读者的心里。此时作者又联想到江南采莲的旧俗——梁元帝的《采莲赋》和《西洲曲》关于采莲的热闹、嬉戏的情景，进一步反衬此时此地"荷塘月色"的"静"。文章最后画龙点睛写道"这令我到底惦着江南了"，含蓄地揭示出"心里颇不宁静"的原因所在。文章这样的结构严谨细密，脉络清楚，又不露人工斧凿的痕迹，达到了散文"形散神不散"的可贵境界。散文的艺术魅力集中地体现在艺术构思方面。朱自清的散文在构思上是十分讲究的，缜密而严谨，新奇而精巧，营构合理，设眼有致。

有学者评论朱自清先生的写景散文如同工笔画，景物描绘精雕细刻，细腻传神。此言放在《荷塘月色》尤为确切。《荷塘月色》第四、第五自然段充分体现了朱自清先生散文如同工笔画的特点。

首先，朱自清先生把水乳交融、浑然一体的"荷塘月色"细分为"月色下的荷塘"与"荷塘上的月色"两部分。"曲曲折折的荷塘上面，弥望的是田田的叶子……而叶子却更见风致了"这一段以月色为背景，重点描写荷塘的各样景；"月光如流水一般……如梵婀玲上奏着的名曲"一段以荷塘为背景，重点描写了月色的层次变化。这样划分后，播读时要注意景物描写的细腻之处。

其次，朱自清先生对剖开来的"月色下的荷塘"与"荷塘上的月色"两部分做进一步的"精耕细作"，从视觉（"弥望""不能见"等）、听觉（"渺茫的歌声""梵婀玲上奏着的名曲"等）、嗅觉（"清香"等）等角度去描写对象的形状、色彩、大小、数量、气味、声音，以及它们的运动变化。这样，就把景物表现得非常细腻。

再次，"月色下的荷塘"与"荷塘上的月色"两部分的描写表现了朱自清先生高超的修辞技巧。仅《荷塘月色》第四、第五自然段短短378字，就有比喻11处，另有拟人2处、通感2处和排比、夸张等修辞手法，比喻、拟人、通感的运用巧妙而自然。这样，就把荷塘月色描绘得细致入微、形象生动，文字的优美与生动令播读的语言艺术升华，巧妙地运用声音和气息的转换给受众以身临其境之感。

4. 语言特征

文字语言特征的掌握与理解是有声播读语言艺术的坚实基础。有声语言艺术必须符合文字语言的特征，既不能浮夸，也不能太过平淡无味。朱自清散文的语言基调是朴素的，有一种清新、自然、典雅的美。

一是朴素美。朱自清的语言艺术是最为人称道的。他一向追求"谈话风"的语言境界，认为文学只有像"寻常谈话一般，读了才能亲切有味"。在《荷塘月色》中朱自清一开篇就说"这几天心里颇不宁静"，似乎把读者当作可以倾诉的朋友，让人觉得诚恳自然，一下子就把读者带入了那种情境中。再如"我悄悄地披上大衣，带上门出去""这路上阴森森的，有些怕人"等，都平白如话，自然流畅，读之使人感觉分外亲切。

二是凝练美。朱自清具有很强的语言驾驭能力。他的语言看似普通，不做惊人之语，但实际上是经过作家的精心锤炼的。如"月光如流水一般，静静地泻在这一片叶子和花上"，"泻"字紧扣"月光如流水一般"这个比喻，写月光照耀、一泻无余的景象，再加上"静静地"这个修饰语，就准确地写出了月光既像流水一般倾泻，但又绝无声响的幽静。再如"薄薄的轻雾浮起在荷塘里"，"浮"这个字把水气和月色交织在一起，雾的轻柔以及自下而上逐渐扩散的特点准确地表达出来，给画面涂上一层素淡清雅的底色，月色朦胧，若有若无，给人以无穷的想象。一个"泻"字，一个"浮"字，用得绝妙之极。

三是音乐美。作者常常运用叠字、叠句来深化物态情貌的形象感。作者在《荷塘月色》中，共运用了"日日""渐渐"等叠词25个26次（"淡淡"重复了一次），使文章柔美、舒缓、流畅。同时"袅娜""仿佛""斑驳""均匀""到底"和"苍茫""独处""零星""宛然""酣眠""一例"等双声叠韵词的运用也增加了语言的音乐美。

四是修辞美。生动形象的比喻、拟人、排比、对比等修辞手法的运用也是《荷塘月色》这篇文章语言的一大特点。经这些修辞手法装饰的语言更具艺术魅力。朱自清是一位善用比喻的高手，他的比喻往往能出乎人的意料，发前人所未发，但又在情理之中，贴切自然。如"叶子出水很高，像亭亭的舞女的裙"，以"亭亭的舞女的裙"喻叶子自然舒展的形态，赋予荷叶动态的美，极为生动，又极为贴切。再如"层层的叶子中间，零星地点缀着些白花，有袅娜地开着的，有羞涩地打着朵儿的；正如一粒粒的明珠，又如碧天里的星星"一句中，作者用"一粒粒的明珠"和"碧天里的星星"两个喻体同时比喻"白花"，分别突出苍茫的月光底下的荷花的光亮和白花在绿叶丛中隐约闪烁的动态。从色彩和光华上极写荷花之美，十分生动形象，又不落俗套，很能唤起读者诗意的联想和想象。

另外，朱自清也善于运用通感手法来塑造形象美。例如"微风过处，送来缕缕清香，仿佛远处高楼上渺茫的歌声似的"，清香是嗅觉感受，可闻而不可听，可嗅而不可见。作者把淡淡的清香比作渺茫的歌声，就让读者很形象地体会到这香气是缥缈不定、似有若无的，非常新颖而又贴切。再如"塘中的月色并不均匀；但光与影有着和谐的旋律，如梵婀玲上奏着的名曲"，朱自清把树影与月光交织在一起时所构成的黑白相间的优美画面，从视觉形象转化为听觉形象，激起读者无穷的遐想。这样写，不但可以促使读者进一步想象荷塘上和谐的画面、宁静的气氛，而且大大丰富了月下荷塘诗一般美的意境。

　　以上是我们以《荷塘月色》为例进行的详细示范，从写作背景、文章架构、艺术特色和语言特征四方面帮助大家了解播读散文前需要掌握的知识准备方面的步骤和程序。播音初学者一定要进行文学作品的感知学习，从文学作品的写作背景去准确感受文章的基调，认真分析文章的架构布局。了解文章的脉络是播读的基础，掌握文学作品的艺术特色和语言特征才能真正播读出散文的艺术之美。下面我们再以朱自清的散文《匆匆》为例，请大家在实践中体会播读前需要准备和掌握的"四步"（写作背景、文章架构、艺术特色和语言特征）。

绿

朱自清

　　我第二次到仙岩的时候，我惊诧于梅雨潭的绿了。

　　梅雨潭是一个瀑布潭。仙瀑有三个瀑布，梅雨瀑最低。走到山边，便听见花花花花的声音；抬起头，镶在两条湿湿的黑边儿里的，一带白而发亮的水便呈现于眼前了。

　　我们先到梅雨亭。梅雨亭正对着那条瀑布；坐在亭边，不必仰头，便可见它的全体了。亭下深深的便是梅雨潭。这个亭踞在突出的一角的岩石上，上下都空空儿的；仿佛一只苍鹰展着翼翅浮在天宇中一般。三面都是山，像半个环儿拥着；人如在井底了。这是一个秋季的薄阴的天气。微微的云在我们顶上流着；岩面与草丛都从润湿中透出几分油油的绿意。而瀑布也似乎分外的响了。那瀑布从上面冲下，仿佛已被扯成大小的几绺；不复是一幅整齐而平滑的布。岩上有许多棱角；瀑流经过时，作急剧的撞击，便飞花碎玉般乱溅着了。那溅着的水花，晶莹而多芒；远望去，像一朵朵小小的白梅，微雨似的纷纷落着。据说，这就是梅雨潭之所以得名了。但我觉得像杨花，格外确切些。轻风起来时，点点随风飘散，那更是杨花了。——这时偶然有几点送入我们温暖的怀里，便倏的钻了进去，再也寻它不着。

　　梅雨潭闪闪的绿色招引着我们；我们开始追捉她那离合的神光了。揪着草，攀着乱石，小心探身下去，又鞠躬过了一个石穹门，便到了汪汪一碧的潭边了。瀑布在襟袖之间；但我的心中已没有瀑布了。我的心随潭水的绿而摇荡。那醉人的绿呀，仿佛一张极大极大的荷叶铺着，满是奇异的绿呀。我想张开两臂抱住她；但这是怎样一个妄想呀。——站在水边，望到那面，居然觉着有些远呢！这平铺着，厚积着的绿，着实可爱。她松松的皱缬着，像少妇拖着的裙幅；她轻轻的摆弄着，像跳动的初恋的处女的心；她滑滑的明亮着，像涂了"明油"一般，有鸡蛋清那样软，那样嫩，令人想着所曾触过的最嫩的皮肤；她又不杂些儿法滓，宛然一块温润的碧玉，只清清的一色——但你却看不透她！我曾见过北京什刹海拂地的绿杨，脱不了鹅黄的底子，似乎太淡了。我又曾见过杭州虎跑寺旁高峻而深密的"绿壁"，重叠着无穷的碧草与绿叶的，那又似乎太浓了。其余呢，西湖的波太明了，秦淮河的又太暗了。可爱的，我将什么来比拟你呢？我怎么比拟得出呢？大约潭是很深的、故能蕴蓄着这样奇异的绿；仿佛蔚蓝的天融了一块在里面似的，这才这般的鲜润呀。——那醉人的绿呀！我若能裁你以为带，我将赠给那轻盈的舞女；她必能临风飘举了。我若能挹你以为眼，我将赠给那善歌的盲妹；她必明眸善睐了。我舍不得你；我怎舍得你呢？我用手拍着你，抚摩着你，如同一个十二三岁的小姑娘。我又掬你入口，便是吻着她了。我送你一个名字，我从此叫你"女儿绿"，好么？

我第二次到仙岩的时候，我不禁惊诧于梅雨潭的绿了。

【提示训练】

朗读这首《绿》首先要做好身处梅雨潭边的情景再现，仔细体会绘画的美、动态的美、音乐的美，然后用有声语言表达文字中描绘的绘画的美、动态的美、音乐的美。具体训练提示见下篇《西湖漫笔》与《绿》的对比训练。

西湖漫笔
宗璞

平生最喜欢游山逛水。这几年来，很改了不少闲情逸致，只在这山水上头，却还依旧。那五百里滇池粼粼的水波，那兴安岭上起伏不断的绿沉沉的林海，那开满了各色无名的花儿的广阔的呼伦贝尔草原，以及那举手可以接天的险峻的华山……曾给人多少有趣的思想，曾激发起多少变幻的感情。一到这些名山大川异地胜景，总会有一种奇怪的力量震荡着我，几乎忍不住要呼喊起来："这是我的伟大的、亲爱的祖国。"

然而在足迹所到的地方，也有经过很长久的时间，我才能理解，欣赏的。正像看达文西的名画《永远的微笑》，我曾看过多少遍，看不出她美在哪里，在看过多少遍之后，一次又拿来把玩，忽然发现那温柔的微笑，那嘴角的线条，那手的表情，是这样无以名状的美，只觉得眼泪直涌上来。山水，也是这样的，去上一次两次，可能不会了解它的性情，直到去过三次四次，才恍然有所悟。

我要说的地方，是多少人说过写过的杭州。六月间，我第四次去到西子湖畔，距第一次来，已经有九年了。这九年间，我竟没有说过西湖一句好话。发议论说，论秀媚，西湖比不上长湖天真自然，楚楚有致；论宏伟，比不上太湖，烟霞万顷，气象万千。好在到过的名湖不多，不然，不知还有多少谬论。

奇怪得很，这次却有着迥乎不同的印象。六月，并不是好时候，没有花，没有雪，没有春光，也没有秋意。那几天，有的是满湖烟雨，山光水色，俱是一片迷蒙。西湖，仿佛在半醒半睡。空气中，弥漫着经了雨的栀子花的甜香。记起东坡诗句："水光潋滟晴方好，山色空蒙雨亦奇。"便想东坡自是最了解西湖的人，实在应该仔细观赏，领略才是。

正像每次一样，匆匆的来又匆匆的去。几天中我领略了两个字，一个是"绿"，只凭这一点，已使我流连忘返。雨中去访灵隐，一下车，只觉得绿意扑眼而来。道旁古木参天，苍翠欲滴，似乎飘着的雨丝儿也都是绿的，飞来峰上层层叠叠的树木，有的绿得发黑，深极了，浓极了；有的绿得发蓝，浅极了，亮极了。峰下蜿蜒的小径，布满青苔，直绿到了石头缝里。在冷泉亭上小坐，直觉得遍体生凉，心旷神怡。亭旁溪水琮净，说是溪水，其实表达不出那奔流的气势，平稳处也是碧澄澄的，流得急了，水花飞溅，如飞珠滚玉一般，在这一片绿色的影中显得分外好看。

西湖胜景很多，各处有不同的好处，即便一个绿色，也各有不同。黄龙洞绿得幽，屏风山绿得野，九溪十八涧绿得闲。不能一一去说。漫步苏堤，两边都是湖水，远水如烟，近水着了微雨，也泛起一层银灰的颜色。走着走着，忽见路旁的树十分古怪，一棵棵树身虽然离得较远，却给人一种莽莽苍苍的感觉，似乎是从树梢一直绿到了地下。走近看时，原来是树身上布满了绿茸茸的青苔，那样鲜嫩，那样可爱，使得绿荫荫的苏堤，更加绿了几分。

有的青苔，形状也很有趣，如耕牛，如牧人，如树木，如云霞，有的整片看来，布局宛然，如同一幅青绿山水。这种绿苔，给我的印象是坚忍不拔，不知当初苏公对它们印象怎样。

在花港观鱼，看到了又一种绿。那是满地的新荷，圆圆的绿叶，或亭亭立于水上，或婉转靠在水面，只觉得一种蓬勃的生机，跳跃满池。绿色，本来是生命的颜色，我最爱看初春的杨柳嫩枝，那样鲜，那样亮，柳枝儿一摆，似乎蹬着脚告诉你，春天来了。荷叶，则要持重一些，初夏，则更成熟一些，但那透过活泼的绿色表现出来的茁壮的生命力，是一样的。再加上叶面上的水珠儿滴溜溜滚着，简直好像满池荷叶都要裙袂飞扬，翩然起舞了。

从花港乘船而回，雨已停了。远山青中带紫，如同凝住了一段云霞。波平如镜，船儿在水面上滑行，只有桨声欸乃，愈增加了一湖幽静。一会儿摇船的姑娘歇了桨，喝了杯茶，靠在船舷，只见她向水中一摸，顺手便带上一条欢蹦乱跳的大鲤鱼。她自己只微笑着，一声不出，把鱼甩在船板上，同船的朋友看得入迷，连连说，这怎么可能？上岸时，又回头看那在浓重暮色中变得无边无际的白茫茫的湖水，惊叹道："真是个神奇的湖！"

我们整个的国家，不是也可以说是神奇的么？我这次来领略到的另一个字，就是"变"。和全国任何地方一样，隔些时候去，总会看到变化，变得快，变得好，变得神奇。都锦生织锦厂在我印象中，是一个狭窄的旧式的厂子。这次去，走进一个花木葱茏的大院子，我还以为找错了地方。技术上，管理上的改进和发展，就不用说了。我看到织就的西湖风景，当然羡慕其织工精细，但却想，怎么可能把祖国的锦绣河山织出来呢？不可能的。因为河山在变，在飞跃！最初到花港时，印象中只是个小巧曲折的园子，四周是一片荒芜。这次却见变得开展了，加上好几处绿草坪，种了许多叫不上名字来的花和树，顿觉天地广阔了许多，丰富了许多。那在新鲜的活水中游来游去的金鱼们，一定会知道得更清楚吧。据说，这一处观赏地带原来只有三亩，现在已有二百一十亩。我和数字是没有缘分的，可是这次深深的记住了。这种修葺，是建设中极其次要的一部分，从它可以看出更多的东西……

更何况西湖连性情也变得活泼热闹了，星期天，游人泛舟湖上，真是满湖的笑，满湖的歌！西湖的度量，原也是容得了活泼热闹的。两三人寻幽访韵固然好，许多人畅谈畅游也极佳。见公共汽车往来运载游人，忽又想起东坡的一首江城子："老夫聊发少年狂，左牵黄，右擎苍，锦帽貂裘，千骑卷平冈。"形容他在密州出猎时的景象。想来他在杭州兴修水利，吟诗问禅之余，当有更盛的情景吧。那时是"倾城随太守"，这时是每个人在公余之暇，来休息身心，享山水之乐。这热闹，不更千百倍地有意思么？

希腊画家亚拍尔曾把自己的画放在街上，自己躲在画后，听取意见。有个鞋匠说人物的鞋子画得不对，他马上改了。这鞋匠又批评别的部分，他忍不住从画后跑出来说，你还是只谈鞋子好了。因为对西湖的印象究竟只是浮光掠影，这篇小文，很可能是鞋匠的议论，然而心到神知，想西湖不会怪唐突吧？

【提示训练】

朱自清的《绿》和宗璞的《西湖漫笔》都是散文中的佳作。"绿"是这两位作家在这两篇文章中着意描写的景色。播读这两篇文章要使受众感受到美的熏陶，艺术的享受。这两篇散文虽然同是写"绿"，但风格各异。

播读时应体会到朱自清的《绿》多用对比和想象。为了突出梅雨潭的"绿"，朱自清用"北京什刹海拂地的绿杨"、"杭州虎跑寺近旁高峻而深密的'绿壁'"、"西湖的波"、"秦淮河的"水的色泽与之相比，它们都"太淡"、"太浓"、"太明"、"太暗"了。唯独梅雨潭的"绿"最"奇异""鲜润""醉人"，明暗适中，和谐动人。宗璞的《西湖漫笔》则多用拟人手法，拟人的例子俯拾皆是，播读时注意不同表现手法的对比，要读得给景以生机、给物以活力。

匆匆

朱自清

燕子去了，有再来的时候；杨柳枯了，有再青的时候；桃花谢了，有再开的时候。但是，聪明的，你告诉我，我们的日子为什么一去不复返呢？——是有人偷了他们罢：那是谁？又藏在何处呢？是他们自己逃走了罢：现在又到了哪里呢？

我不知道他们给了我多少日子；但我的手确乎是渐渐空虚了。在默默里算着，八千多日子已经从我手中溜去；像针尖上一滴水滴在大海里，我的日子滴在时间的流里，没有声音，也没有影子。我不禁头涔涔而泪潸潸了。

去的尽管去了，来的尽管来着；去来的中间，又怎样地匆匆呢？早上我起来的时候，小屋里射进两三方斜斜的太阳。太阳他有脚啊，轻轻悄悄地挪移了；我也茫茫然跟着旋转。于是——洗手的时候，日子从水盆里过去；吃饭的时候，日子从饭碗里过去；默默时，便从凝然的双眼前过去。我觉察他去的匆匆了，伸出手遮挽时，他又从遮挽着的手边过去，天黑时，我躺在床上，他便伶伶俐俐地从我身上跨过，从我脚边飞去了。等我睁开眼和太阳再见，这算又溜走了一日。我掩着面叹息。但是新来的日子的影儿又开始在叹息里闪过了。

在逃去如飞的日子里，在千门万户的世界里的我能做些什么呢？只有徘徊罢了，只有匆匆罢了；在八千多日的匆匆里，除徘徊外，又剩些什么呢？过去的日子如轻烟，被微风吹散了，如薄雾，被初阳蒸融了；我留着些什么痕迹呢？我何曾留着像游丝样的痕迹呢？我赤裸裸来到这世界，转眼间也将赤裸裸地回去罢？但不能平的，为什么偏要白白走这一遭啊？

你聪明的，告诉我，我们的日子为什么一去不复返呢？

【提示训练】

我们常用"白驹过隙""逝者如斯""岁月如梭"等词语，来形容时间的飞逝。我们总想挽留住时间，让它走得慢一点，我们也老得慢一点。可是，谁又能得偿所愿呢？

在播读《匆匆》这篇散文时要体会和感悟朱自清先生这样形象地描述时间："洗手的时候，日子从水盆里过去；吃饭的时候，日子从饭碗里过去；默默时，便从凝然的双眼前过去。"作者最后发出了"你聪明的，告诉我，我们的日子为什么一去不复返呢"的叹息和无奈。时间的流逝是无形的，摸不着，看不见，但却又从未停止它的脚步。

在古代，日出而作，日落而息，日升日落间，一天就算过去，关于时间的概念是依稀的、模糊的，不需要太精确，不需要太紧凑。后来，古人根据太阳光和阴影的推移，来判断时间，将其称为光阴。再后来，人们发明了铜壶滴漏，测定时间的推移。

到了近几百年，随着钟表的发明，时间的存在与流逝清清楚楚地摆在每个人面前，时间开始变得具象化。文明进步了，心情却不一定美丽，因为你必须接受时间一分一秒飞过这个现实，眼睁睁看着但束手无策，这是多么残忍。可时间又是无限的。它从何时起，到何时结束，头在哪里，尾在哪里，无从探究，说不清楚。

做了此番有关"时间"的"功课"后，要有横向联想的拓展来感受更深层的文章精髓，也就是说我们在播读作品中广义备稿的重要性在散文播读中更加明显。对个人来说，时间是有限的。人生短短几十年，怎么来分配你的时间，是一莫大的深奥课题。你花在玩乐上的时间多，学习的时间自然就少；花在外出的时间多，陪伴家人的时间自然就少；花在应付事务上的时间多，思考研究的时间自然就少；花在物质上的时间多，充实精神的时间自然就少。你只有那一盘"时间蛋糕"，怎么切，切给谁，全凭自主，且不能反悔，无法更改。季羡林先生说："时间变成了枷锁，我们则是时间的奴隶。"时间呀，它一刻也不肯等，来的尽管来着，去的也尽管去着。我们又在等什么呢？

《匆匆》写于1922年3月，恰逢五四运动落潮期。身为小资产阶级知识分子，作者感受着时代脉搏，内心充溢无尽找不到出路的迷茫苦闷。但是坚强的他并不甘心沉沦，而是站在"中和主义"立场上执着地追求人生理想。这篇文章在淡淡哀愁中透出诗人心灵不平的低诉，反映了当时大部分知识青年的普遍情绪。此文结构精巧，层次清楚；转承自然，首尾呼应；文字清秀隽永，纯朴简练，紧扣"匆匆"二字，细腻地刻画了时间流逝的踪迹，表达了作者对时光流逝的无奈和惋惜。播读时要准确分析作品写作背景，通过语言节奏的变化和虚实结合的声音状态将作者内心的无力感和迷茫的心理状态表现到位。

故都的秋
郁达夫

秋天，无论在什么地方的秋天，总是好的；可是啊，北国的秋，却特别地来得清，来得静，来得悲凉。我的不远千里，要从杭州赶上青岛，更要从青岛赶上北平来的理由，也不过想尝一尝这"秋"，这故都的秋味。

江南，秋当然也是有的；但草木凋得慢，空气来得润，天的颜色显得淡，并且又时常多雨而少风；一个人夹在苏州上海杭州，或厦门香港广州的市民中间，混混沌沌地过去，只能感到一点点清凉，秋的味，秋的色，秋的意境与姿态，总是看不饱，尝不透，赏玩不到十足。秋并不是名花，也并不是美酒，那一种半开，半醉的状态，在领略秋的过程上，是不合适的。

不逢北国之秋，已将近十余年了。在南方每年到了秋天，总要想起陶然亭的芦花，钓鱼台的柳影，西山的虫唱，玉泉的夜月，潭柘寺的钟声。在北平即使不出门去吧，就是在皇城人海之中，租人家一椽破屋来住着，早晨起来，泡一碗浓茶，向院子一坐，你也能看得到很高很高的碧绿的天色，听得到青天下训鸽的飞声。从槐树叶底，朝东细数着一丝一丝漏下来的日光，或在破壁腰中，静对着像喇叭似的牵牛花（朝荣）的蓝朵，自然而然地也能感觉到十分的秋意。说到了牵牛花，我以为以蓝色或白色者为佳，紫黑色次之，淡红色最下。最好，还要在牵牛花底，教长着几根疏疏落落的尖细且长的秋草，使作陪衬。

北国的槐树，也是一种能使人联想起秋来的点缀。像花而又不是花的那一种落蕊，早晨起来，会铺得满地。脚踏上去，声音也没有，气味也没有，只能感出一点点极微细极柔软的触觉。扫街的在树影下一阵扫后，灰土上留下来的一条条扫帚的丝纹，看起来既觉得细腻，又觉得清闲，潜意识下并且还觉得有点儿落寞，古人所说的梧桐一叶而天下知秋的遥想，大约也就在这些深沉的地方。

秋蝉的衰弱的残声，更是北国的特产；因为北平处处全长着树，屋子又低，所以无论在什么地方，都听得见它们的啼唱。在南方是非要上郊外或山上去才听得到的。这秋蝉的嘶叫，在北平可和蟋蟀耗子一样，简直像是家家户户都养在家里的家虫。

还有秋雨哩，北方的秋雨也似乎比南方的下得奇，下得有味，下得像样。

在灰沉沉的天底下，忽而来一阵凉风，便息列索落地下起雨来了。一层雨过，云渐渐地卷向了西去，天又晴了，太阳又露出脸来了；著者很厚的青布单衣或夹袄的都市闲人，咬着烟管，在雨后的斜桥影里，上桥头树底下去一立，遇见熟人，便会用了缓慢悠闲的声调，微叹着互答着的说：

"唉，天可真凉了——

"可不是么？一层秋雨一层凉了！"

北方人念字，总老像是层字，平平仄仄起来，这念错的岐韵，倒来得正好。

北方人的果树，到秋来，也是一种奇景。第一是枣子树；屋角，墙头，茅房边上，灶房门口，它都会一株株地长大起来。像橄榄又像鸽蛋似的这枣子颗儿，在小椭圆的细叶中间，显出淡绿微黄的颜色的时候，正是秋的全盛时期；等枣树叶落，枣子红完，西北风就要来了。北方便是尘沙灰土的世界，只有这枣子、柿子、葡萄成熟到八九分的七八月之交，是北国的清秋的佳日，是一年之中最好也没有的 Golden Days（黄金岁月）。

有些批评家说，中国的文人学士，尤其是诗人，都带着很浓厚的颓废色彩，所以中国的诗文里，颂赞秋的文字特别的多。

但外国的诗人，又何尝不然？我虽则外国诗文念得不多，也不想开出账来，做一篇秋的诗歌散文钞，但你若去一翻英德法意等诗人的集子，或各国的诗文的 Anthology（选集）来，总能够看到许多关于秋的歌颂与悲啼。各著名的大诗人的长篇田园诗或四季诗里，也总以关于秋的部分，写得最出色而最有味。足见有感觉的动物，有情趣的人类，对于秋，总是一样的能特别引起深沉，幽远，严厉，萧索的感触来的。不单是诗人，就是被关在牢狱里的囚犯，到了秋天，我想也一定会感到一种不能自已的深情；秋之于人，何尝有别，更何尝有人种阶级之分呢？不过在中国，文字里有一个"秋士"的成语，读本里又有着很普遍的欧阳子的秋声与苏东坡的赤壁赋等，就觉得中国的文人，与秋的关系特别深了，可是这秋的深味，尤其是中国的秋的深味，非要在北方，才感受得底。

南国之秋，当然是也有它的特异的地方的，比如廿四桥的明月，钱塘江的秋潮，普陀山的凉雾，荔枝湾的残荷等等，可是色彩不浓，回味不永。比起北国的秋来，正像是黄酒之与白干，稀饭之与馍馍，鲈鱼之与大蟹，黄犬之与骆驼。

秋天，这北国的秋天，若留得住的话，我愿把寿命的三分之二者去，换得一个三分之一的零头。

【此篇文章的创作背景】

1926 年 6 月，郁达夫之子龙儿在北京病逝，故都北平在 19 世纪末卷起的历史风云中越来越显得衰老颓败，小家与大国，两层感情的潮水浸过心灵的堤岸，留下的都是悲伤的印记。

由于国民党白色恐怖的威胁等，郁达夫于 1933 年 4 月由上海迁居杭州。

1934年7月，郁达夫从杭州经青岛去北平（今北京）。《故都的秋》创作于1934年8月17日。当时，郁达夫到达北京只有4天的时间。郁达夫本身是浙江人，在到达北平之后，对故乡有着深深的眷恋。在作者的心里，对秋天悲凉的感受实质上是对人生的感受。1931年发生"九·一八"事件，日本侵占了东北全境。1932年1月，日军进攻哈尔滨特区，2月5日将哈尔滨攻占。

1933年1月，日军蓄意制造了手榴弹爆炸事件，借机攻陷了东北通往关内的咽喉要地——山海关。2月23日，日军调集关东军第六、第八师团等部及部分伪军共10余万人，兵分三路向热河进犯，不到10天的时间就攻陷了热河省会承德。

1935年1月18日，日军诬称驻守热察边区的宋哲元部第二十九军有碍行政，要求将察哈尔省沽源以东、长城以北地区划归热河省，随后不断向第二十九军发动进攻，相继制造了两次"察东事件"。中华千年的文明古都——北平（今北京），处在风雨飘摇之中。郁达夫虽蛰居远离北平的杭州，也感受到了国事的危急。因而，当他到达北平，触景伤情，写了《故都的秋》，描绘的是悲凉景物，流露的是悲凉心绪，表达的是对故都的一往情深。这些，正是特定时代的社会风云在作者心灵上投下的阴影，在心里留下的隐痛。

【提示训练】

爱国——《故都的秋》的主旋律。《故都的秋》蕴含深沉的故都之恋、故国之爱，唤起人们对美的追求、对祖国的热爱。

中国现代著名小说家、散文家、诗人、革命烈士郁达夫的散文名篇《故都的秋》将悲秋与颂秋结合起来，秋中有情的眷恋，情中有秋的落寞——这情是故乡情、爱国情；这落寞之秋是作者当时心境的写照，是对国运衰微的喟叹。

"秋天，无论在什么地方的秋天，总是好的；可是啊，北国的秋，却特别地来得清，来得静，来得悲凉。"这"清""静""悲凉"，便是故都北平的秋在作家意念之上的总投影，它构成了文章的基调和底色。读者也许会提出这样一个问题：就全文看，作者意在颂秋，那为什么一开始就涂上一层悲凉的色彩呢?是不是违反了生活的逻辑? 不，这种清、静、悲凉正是故都秋的特色，是作者着力表现的东西，因为这色彩本身就是一种美的表现。刘勰在《文心雕龙·物色》中说"春秋代序，阴阳惨舒，物色之动，心亦摇焉"，说的是人的情感随外物变化而变化，春景使人畅怀，暮秋令人感伤。具有这种感情色彩的语句，《故都的秋》中还有很多："扫街的在树影下一阵扫后，灰土上留下来的一条条扫帚的丝纹，看起来既觉得细腻，又觉得清闲，潜意识下并且还觉得有点儿落寞，古人所说的梧桐一叶而天下知秋的遥想，大约也就在这些深沉的地方。"

如果说用"细腻"来形容"灰土上留下来的""扫帚的丝纹"还勉强有点客观性的话，那"清闲""落寞"则完全是主观的、意念上的了。一片飘零的槐叶能打动情意，几声秋虫的哀鸣更足以牵动心魄，这种深远的忧思和孤独者的冷落之感，正是郁达夫当时的心境。由于在客观事物的描绘中融进了作家的情绪，自然让读者觉得落寞和悲凉。和故都北平一样，作者的感情上也蒙上了一层淡淡的秋意。

在评论古人悲秋时，文章写道："足见有感觉的动物，有情趣的人类，对于秋，总是一样的能特别引起深沉，幽远，严厉，萧索的感触来的。"

将上述富有主观色彩的词语汇集起来：清、清闲——恬静安谧，这是故都秋的"清"；细腻、幽远——幽静深邃，这是秋的"深沉"；落寞、衰弱、萧条——萧条凄凉，这是秋的"悲凉"。郁达夫用他的情感绘画出了一幅细腻深沉的主观意境图，它构成了文章的骨架。要在对秋色、秋味、秋的意境和秋的姿态的体味中，感受并播读出作品美的力量。优秀的散文作者，往往注意创造诗一般的意境，但大多在对客观生活的描绘中完成，郁达夫却注重从主观感受上来展示北平秋的特色，恐怕是一般人难以企及的。

如果把以上的主观色彩称为"理智的思索"，需要借助读者的文学素养和鉴赏能力才可完成的话，那么，也可以把《故都的秋》对客观色彩的描绘称为"自然的再现"，它直接诉诸读者的感官。这篇散文对自然风物，既没有浓妆艳抹的涂饰，也没有对色彩层次的刻意雕琢，只是在生活的底片上稍事点染，便把自然力赋予北平秋天的种种神韵和盘托出，既映衬出秋的底色，又和谐了文间的基调。你看："就是在皇城人海之中，……早晨起来，泡一碗浓茶，向院子一坐，你也能看得到很高很高的碧绿的天色，听得到青天下驯鸽的飞声……说到了牵牛花，我以为以蓝色或白色者为佳，紫黑色次之，淡红色最下。"

这是一幅巨大的画面，带有立体的美感。辽阔的天空作为画的背景；地面上，五颜六色的牵牛花荟萃成生机盎然的野花圃；天与地之间，间或出现一两只白色或瓦灰色的驯鸽，点缀在一大片的空白中间，显得疏密得体，浓淡相宜，可与天工媲美。坐在院子里的人，手捧茶碗，举头望碧空，俯身撷牵牛，耳边不时传来驯鸽的飞声，画面有静有动，绘声绘色，秋的美、秋的情趣完全融合在蓝天白花之中。这种清淡中略带一点"野味"的情调，体现出故都秋的质朴美和原始美。从表面看，作者只是信笔而至的点缀，但其实对色彩的选配是颇具匠心的。这幅画面选用的大多是些冷色，如青、蓝、灰、白等，以此来显示深沉、淡泊的特征。若改用红、黄、橙等暖色，就破坏了主观色彩的协调和统一，冲淡了故都秋特有的风味和精神。它是作家审美观点在文学作品中的反映。

播读时还要注意文章中对枣树的描写："在小椭圆的细叶中间，显出淡绿微黄的颜色的时候，正是秋的全盛时期；等枣树叶落，枣子红完，……的七八月之交，是北国的清秋的佳日……"

这部分是以枣子颜色的变化来写季节特征，是从动的角度描绘色彩。读者可依靠文中色彩的细微变化展开想象，从而认识事物。很显然，前面的画面是由空间的若干色点组成的。枣子由淡绿到微黄再到红完，无疑是一条线上的色彩，宛如物理学上的光谱图，轻度的差异都能分辨出来。若不是对事物观察得细致，感触得入微，是难以如此准确表现出来的。

《故都的秋》像一块晶莹的玻璃，还透射出了一些不曾着色的颜色，请看：

早晨起来，泡一碗浓茶……

从槐树叶底，朝东细数着一丝一丝漏下来的日光……

最好，还要在牵牛花底，叫长着几根疏疏落落的尖细且长的秋草……

西北风就要起来了。北方便是尘沙灰土的世界……

上面几句并没有直接表现色彩，但由于作者将一些具有某种色彩的特征性事物展示给了受众，受众可以根据作品的艺术境界，加上自己对生活的观察体验，给事物"补"上它的色彩（客观或主观的）。通过上面的叙述，人们脑海里出现金灿灿的阳光和枯黄的小草的形象；看到沙尘灰土的飞扬，读者也会和作者一样，生出"朔风动劲草，边马有归心"的冷落荒凉的悲感。文章的内容也在不断地向内部开拓，逐渐显示出它的深度。再如"廿四桥的明月""普陀山的凉雾""荔枝湾的残荷"等语句，也同样具有这种特征。

韵律感和音乐美，在《故都的秋》中表现得比较强烈。韵律本是诗歌的专门术语，这里借以揭示这篇散文的诗意美。

关于散文的自然韵律，郁达夫在《中国新文学大系·散文二集·导言》里做过明确的阐述。他说："在散文里，那种王渔洋所说的神韵，若不以音律的死律而讲，专指广义的自然韵律……却也可以有；因为四季的来复，阴阳的配合……无一不合于自然的韵律的。"这就是说，自然万物的运动都在自觉或不自觉地遵循着某种规律和节奏，这便是一种自然的韵律，而作为描绘自然风物的散文，自然是可以具备这一美学特征的。郁达夫写《故都的秋》时，正是为良友图书公司编选散文二集的前夕，因而这篇作品是较好地体现了这种艺术主张。

另外，在这篇文章的播读中要仔细体会作品对秋雨、槐树的描写：

"在灰沉沉的天底下，忽而来一阵凉风，便息列索落地下起雨来了。一层雨过，云渐渐地卷向了西去，天又晴了，太阳又露出脸来了……""像花而又不是花的那一种落蕊，早晨起来，会铺得满地。脚踏上去，声音也没有，气味也没有，只能感出一点点极微细极柔软的触觉。"

作者在娓娓的叙述之中，创造了无穷的诗意。首先作者选择的事物具有诗意，有动（凉风、落雨、云逝）有静（灰沉沉的天，无声无息的落蕊），亦情亦景。行文像轻轻飘浮的白云，又像叮咚作响的山泉，自然的韵律和音乐的节奏融化在平静细腻的描绘中。王渔洋所说的"神韵"也巧妙地蕴藉在"息列索落"的秋雨中，蕴藉在"微细柔软"的落蕊里，或有声或无声，或状物或寄情，字里行间暗暗地渗透了秋的意味，秋的情调。这是自然界里最美的一种韵律。

诗歌的声韵和节奏，加强了《故都的秋》的音乐美。"江南，秋当然也是有的；但草木/凋得/慢，空气/来得/润，天的颜色/显得/淡……"上面三句，结构相同，动词后面均辅以结构助词"得"，形式整齐划一，有一种整体的美感。作为谓语的形容词，"慢""润""淡"表现的都是平淡细腻的意味，又都是响亮的音节。"慢"（màn）、"润"（rùn）、"淡"（dàn）声调相同，前后两字又押韵，读起来声韵铿锵、语势贯通，具有很强的音乐感。托尔斯泰曾经说过："一个修饰语用得有力，其结果不但被修饰的词，而且连动词，甚至插入语也显得十分强劲有力。"（《论创作》）由于《故都的秋》里很多词语具有这个特点（如上文的"润""淡"等），读起来显得很有节奏。再看下面："在南方每年到了秋天，总要想起陶然亭的/芦花，钓鱼台的/柳影，西山的/虫唱，玉泉的/夜月，潭柘寺的/钟声。"作者把这些名胜用一个个偏正词组整齐地排列起来，回旋往复，像一串珠玑那样，有着明丽轻快的韵律和节奏。

一切景语皆情语。这篇散文"物""我"之间完美的交融和统一，显示了作家卓越的艺术才华。它既是对北平秋的客观描绘，又是作者当时心情的折射。在郁达夫大量的写景抒情散文中，《故都的秋》是很有特色的一篇，也是我们用于学习播读诵读训练的一篇经典之作。

按照前面几篇的播读训练提示，请大家在播读训练中体会和感受下面几篇散文的播读技巧。

你是人间四月天

林徽因

我说你是人间的四月天；
笑响点亮了四面风；
轻灵在春的光艳中交舞着变。
你是四月早天里的云烟，
黄昏吹着风的软，
星子在无意中闪，
细雨点洒在花前。
那轻，那娉婷，你是，
鲜妍百花的冠冕你戴着，
你是天真，庄严，
你是夜夜的月圆。
雪化后那片鹅黄，你像；
新鲜初放芽的绿，你是；
柔嫩喜悦，
水光浮动着你梦期待中白莲。

你是一树一树的花开，
是燕在梁间呢喃，
——你是爱，是暖，是希望，
你是人间的四月天！

我爱这土地
艾青

假如我是一只鸟，
我也应该用嘶哑的喉咙歌唱：
这被暴风雨所打击着的土地，
这永远汹涌着我们的悲愤的河流，
这无止息地吹刮着的激怒的风，
和那来自林间的无比温柔的黎明……
——然后我死了，
连羽毛也腐烂在土地里面。
为什么我的眼里常含泪水？
因为我对这土地爱得深沉……

世界上最远的距离
泰戈尔

世界上最远的距离
不是生与死的距离
而是我站在你面前
你不知道我爱你
世界上最远的距离
不是我站在你面前
你不知道我爱你
而是爱到痴迷

却不能说我爱你

世界上最远的距离

不是我不能说我爱你

而是想你痛彻心脾

却只能深埋心底

世界上最远的距离

不是我不能说我想你

而是彼此相爱

却不能够在一起

世界上最远的距离

不是彼此相爱

却不能够在一起

而是明知道真爱无敌

却装作毫不在意

世界上最远的距离

不是树与树的距离

而是同根生长的树枝

却无法在风中相依

世界上最远的距离

不是树枝无法相依

而是相互了望的星星

却没有交汇的轨迹

世界上最远的距离

不是星星之间的轨迹

而是纵然轨迹交汇

却在转瞬间无处寻觅

世界上最远的距离

不是瞬间便无处寻觅

而是尚未相遇

便注定无法相聚

世界上最远的距离

是鱼与飞鸟的距离

一个在天，一个却深潜海底

【提示训练】

这三篇散文作品充满了作家对生活和人生的深层感悟，以及对生命现象、生活态度、人生真谛的诠释。因此，在散文播读中，播读者必须要重视把握作家主体思维的个性化，致力于探究作品展现的主体个性美。具体来说，要注意从两个方面来把握：把握主体情感的真实性；把握主体情感的深层性。

风景谈

茅盾

前夜看了《塞上风云》的预告片，便又回忆起猩猩峡①外的沙漠来了。那还不能被称为"戈壁"，那在普通地图上，还不过是无名的小点，但是人类的肉眼已经不能望到它的边际，如果在中午阳光正射的时候，那单纯而强烈的反光会使你的眼睛不舒服；没有隆起的沙丘，也不见有半间泥房，四顾只是茫茫一片，那样的平坦，连一个"坎儿井"也找不到；那样的纯然一色，即使偶尔有些驼马的枯骨，它那微小的白光，也早溶入了周围的苍茫，又是那样的寂静，似乎只有热空气在作哄哄的火响。然而，你不能说，这里就没有"风景"。当地平线上出现了第一个黑点，当更多的黑点成为线，成为队，而且当微风把铃铛的柔声，叮当，叮当，送到你的耳鼓，而最后，当那些昂然高步的骆驼，排成整齐的方阵，安详然而坚定地愈行愈近，当骆驼队中领队驼所掌的那一杆长方形猩红大旗耀入你眼帘，而且大小叮当的谐和的合奏充满了你耳管，——这时间，也许你不出声，但是你的心里会涌上了这样的感想的：多么庄严，多么妩媚呀！这里是大自然的最单调最平板的一面，然而加上了人的活动，就完全改观，难道这不是"风景"吗？自然是伟大的，然而人类更伟大。

于是我又回忆起另一个画面，这就在所谓"黄土高原"！那边的山多数是秃顶的，然而层层的梯田，将秃顶装扮成稀稀落落有些黄毛的癞头，特别是

①即星星峡，位于新疆哈密同甘肃安西交界处。

那些高秆植物颀长而整齐，等待检阅的队伍似的，在晚风中摇曳，别有一种惹人怜爱的姿态。可是更妙的是三五月明之夜，天是那样的蓝，几乎透明似的，月亮离山顶，似乎不过几尺，远看山顶的谷子丛密挺立，宛如人头上的怒发，这时候忽然从山脊上长出两支牛角来，随即牛的全身也出现，掮着犁的人形也出现，并不多，只有三两个，也许还跟着个小孩，他们姗姗而下，在蓝的天，黑的山，银色的月光的背景上，成就了一幅剪影，如果给田园诗人见了，必将赞叹为绝妙的题材。可是没有完。这几位晚归的种地人，还把他们那粗朴的短歌，用愉快的旋律，从山顶上飘下来，直到他们没入了山坳，依旧只有蓝天明月黑漆漆的山，歌声可是缭绕不散。

另一个时间。另一个场面。夕阳在山，干坼的黄土正吐出它在一天内所吸收的热，河水汤汤急流，似乎能把浅浅河床中的鹅卵石都冲走了似的。这时候，沿河的山坳里有一队人，从"生产"归来，兴奋的谈话中，至少有七八种不同的方音。忽然间，他们又用同一的音调，唱起雄壮的歌曲来了，他们的爽朗的笑声，落到水上，使得河水也似在笑。看他们的手，这是惯拿调色板的，那是昨天还拉着提琴的弓子伴奏着《生产曲》的，这是经常不离木刻刀的，那又是洋洋洒洒下笔如有神的，但现在，一律都被锄锹的木柄磨起了老茧的。他们在山坡下，被另一群所迎住。这里正燃起熊熊的野火，多少曾调朱弄粉的手儿，已经将金黄的小米饭，翠绿的油菜，准备齐全。这时候，太阳已经下山，却将它的余晖幻成了满天的彩霞，河水喧哗得更响了，跌在石上的便喷出了雪白的泡沫，人们把沾着黄土的脚伸在水里，任它冲刷，或者掬起水来，洗一把脸。在背山面水这样一个所在，静穆的自然和弥漫着生命力的人，就织成了美妙的图画。

在这里，蓝天明月，秃顶的山，单调的黄土，浅濑的水，似乎都是最恰当不过的背景，无可更换。自然是伟大的，人类是伟大的，然而充满了崇高精神的人类的活动，乃是伟大中之尤其伟大者！

我们都曾见过西装革履烫发旗袍高跟鞋的一对儿，在公园的角落，绿荫下长椅上，悄悄儿说话，但是试想一想，如果在一个下雨天，你经过一边是黄褐色的浊水，一边是怪石峭壁的崖岸，马蹄很小心地探入泥浆里，有时还不免打了一下跌撞，四面是静寂灰黄，没有一般所谓的生动鲜艳，然而，你忽然抬头看见高高的山壁上有几个天然的石洞，三层楼的亭子间似的，一对人儿促膝而坐，只凭剪发式样的不同，你方能辨认出一个是女的，他们被雨赶到了那里，大概聊天也聊够了，现在是摊开着一本札记簿，头凑在一处，一同在看，——试想一想，这样一个场面到了你眼前时，总该和在什么公园里看见了长椅上有一对儿在偎倚低语，颇有点味儿不同罢！如果在公园时你一眼瞥见，首先第一会是"这里有一对恋人"，那么，此时此际，倒是先感到那样一个沉闷的雨天，寂寞的荒山，原始的石洞，安上这么两个人，是一个"奇迹"，使大自然顿时生色！他们之是否恋人，落在问题之外。你所见的，是两个生命力旺盛的人，是两个清楚明白生活意义的人，在任何情形之下，他们不倦怠，也不会百无聊赖，更不至于从胡闹中求刺激，他们能够在任何情况之下，拿出他们那一套来，怡然自得。但是什么能使他们这样呢？

不过仍旧回到"风景"罢；在这里，人依然是"风景"的构成者，没有了人，还有什么可以称道的？再者，如果不是内生活极其充满的人作为这里的主宰，那又有什么值得怀念？

再有一个例子：如果你同意，二三十棵桃树可以称为林，那么这里要说的，正是这样一个桃林。花时已过，现在绿叶满株，却没有一个桃子。半爿旧石磨，是最漂亮的圆桌面，几尺断碑，或是一截旧阶石，那又是难得的几案。现成的大小石块作为凳子，——而这样的石凳也还是以奢侈品的姿态出现。这些怪样的家具之所以成为必要，是因为这里有一个茶社。桃林前面，有老百姓种的荞麦，也有大麻和玉米这一类高秆植物。荞麦正当开花，远望去就像一张粉红色的地毯，大麻和玉米就像是屏风，靠着地毯的边缘。太阳光从树叶的空隙落下来，在泥地上，石家具上，一抹一抹的金黄色。偶尔也听得有草虫在叫，带住在林边树上的马儿伸长了脖子就树干搔痒，也许是乐了，便长嘶起来。"这就不坏！"你也许要这样说。可不是，这里是有一般所谓"风景"的一些条件的！然而，未必尽然。在高原的强烈阳光下，人们喜欢把这一片树荫作为户外的休息地点，因而添上了什么茶社，这是这个"风景区"成立的因缘，但如果把那二三十棵桃树，半爿磨石，几尺断碣，还有荞麦和大麻玉米，这些其实到处可遇的东西，看成了此所谓风景区的主要条件，那或者是会贻笑大方的。中国之大，比这美得多的所谓风景区，数也数不完，这个值得什么？所以应当从另一方面去看。现在请你坐下，来一杯清茶，两毛钱的枣子，也作一次桃园的茶客罢。如果你愿意先看女的，好，那边就有三四个，大概其中有一位刚接到家里寄给她的一点钱，今天来请请同伴。那边又有几位，也围着一个石桌子，但只把随身带来的书籍代替了枣子和茶了。更有两位虎头虎脑的青年，他们走过"天下最难走的路"，现在却静静地坐着，温雅得和闺女一般。男女混合的一群，有坐的，也有蹲的，争论着一个哲学上的问题，时时哗然大笑，就在他们近边，长石条上躺着一位，一本书掩住了脸。这就够了，不用再多看。总之，这里有特别的氛围，但并不古怪。人们来这里，只为恢复工作后的疲劳，随便喝点，要是袋里有钱；或不喝，随便谈谈天；在有闲的只想找一点什么来消磨时间的人们看来，这里坐的不舒服，吃的喝的也太粗糙简单，也没有什么可以供赏玩，至多来一次，第二次保管厌倦。但是不知道消磨时间为何物的人们却把这一片简陋的绿荫看得很可爱，因此，这桃林就很出名了。

因此，这里的"风景"也就值得留恋，人类的高贵精神的辐射，填补了自然界的贫乏，增添了景色，形式的和内容的。人创造了第二自然！

最后一段回忆是五月的北国。清晨，窗纸微微透白，万籁俱静，嘹亮的喇叭声，破空而来。我忽然想起了白天在一本贴照簿上所见的第一张，银白色的背景前一个淡黑的侧影，一个号兵举起了喇叭在吹，严肃、坚决、勇敢和高度的警觉，都表现在小号兵的挺直的胸膛和高高的眉棱上边。我赞美这摄影家的艺术，我回味着，我从当前的喇叭声中也听出了严肃、坚决、勇敢和高度的警觉来，于是我披衣出去，打算看一看。空气非常清冽，朝霞笼住了左面的山，我看见山峰上的小号兵了。霞光射住他，只觉得他的额角异常发亮，然而，使我惊叹叫出声来的，是离他不远有一位荷枪的战士，面向着东方，严肃地站在那里，犹如雕像一般。晨风吹着喇叭的红绸子，只这是动的，战士枪尖的刺刀闪着寒光，在粉红的霞色中，只这是刚性的。我看得呆了，我仿佛看见了民族的精神化身而为他们两个。

如果你也当它是"风景"，那便是真的风景，是伟大中之最伟大者！

【提示训练】

《风景谈》通篇找不到"延安""解放区气""共产党"等字样，然而当你弄清楚了文章的背景，弄清楚了文中描绘的景物指的是什么之后，你就会恍然大悟：原来通篇是在赞美延安，赞美党所领导的解放区人民朝气蓬勃的新生活，赞美纯洁而勇敢的延安儿女崇高的精神境界。一句话，这不是一篇普通的谈风景的文章，而是一篇饱含深情的延安礼赞。在理解文章的真谛之后，才能正确地把握这篇散文的基调和主旨。

在播读之前梳理这篇散文的构架、脉络尤为重要。乍看起来，文章以谈风景为题，从星星峡外的沙漠风光，谈到黄土高原的夜色、夕照；从雨天山壁石洞里的恋人，谈到五月清晨守卫疆土的英雄哨兵的肃穆、庄严的形象，似乎是天南海北，漫无中心地随意写来。这篇散文表面上看来自由松散，实际上是严谨含蓄，寓意很深，处处紧扣一个中心，即对延安和延安人民的怀念与赞美。在播读这篇散文前一定要掌握其真正的精神主旨——不是赞美延安的风光，而是赞美那充满革命朝气的延安儿女，赞美解放区人民的新生活和新精神面貌。

银杏

郭沫若

银杏，我思念你，我不知道你为什么又叫公孙树。但一般人叫你是白果，那是容易了解的。

我知道，你的特征并不专在乎你有这和杏相仿的果实，核皮是纯白如银，核仁是富于营养——这不用说已经就足以为你的特征了。

但一般人并不知道你是有花植物中最古的先进，你的花粉和胚珠具有着动物般的性态，你是完全由人力保存了下来的奇珍。

自然界中已经是不能有你的存在了，但你依然挺立着，在太空中高唱着人间胜利的凯歌。你这东方的圣者，你这中国人文的有生命的纪念塔，你是只有中国才有呀，一般人似乎也并不知道。

我到过日本，日本也有你，但你分明是日本的华侨，你侨居在日本大约已有中国的文化侨居在日本的那样久远了吧。

你是真应该称为中国的国树的呀，我是喜欢你，我特别的喜欢你。

但也并不是因为你是中国的特产，我才是特别的喜欢，是因为你美，你真，你善。

你的株干是多么的端直，你的枝条是多么的蓬勃，你那折扇形的叶片是多么的青翠，多么的莹洁，多么的精巧呀！

在暑天你为多少的庙宇戴上了巍峨的云冠，你也为多少的劳苦人撑出了清凉的华盖。

梧桐虽有你的端直而没有你的坚牢；

白杨虽有你的葱茏而没有你的庄重。

熏风会媚妩你，群鸟时来为你欢歌；上帝百神——假如是有上帝百神，我相信每当皓月流空，他们会在你脚下来聚会。

秋天到来，蝴蝶已经死了的时候，你的碧叶要翻成金黄，而且又会飞出满园的蝴蝶。

你不是一位巧妙的魔术师吗？但你丝毫也没有令人掩鼻的那种的江湖气息。

当你那解脱了一切，你那槎桠的枝干挺撑在太空中的时候，你对于寒风霜雪毫不避易。

那是多么的嶙峋而又洒脱呀，恐怕自有佛法以来再也不曾产生过像你这样的高僧。

你没有丝毫依阿取容的姿态，但你也并不荒伧；你的美德像音乐一样洋溢八荒，但你也并不骄傲；你的名讳似乎就是"超然"，你超在乎一切的草木之上，你超在乎一切之上，但你并不隐遁。

你的果实不是可以滋养人，你的木质不是坚实的器材，就是你的落叶不也是绝好的引火的燃料吗？

可是我真有点奇怪了：奇怪的是中国人似乎大家都忘记了你，而且忘记得很久远，似乎是从古以来。

我在中国的经典中找不出你的名字，我很少看到中国的诗人咏赞你的诗，也很少看到中国的画家描写你的画。

这究竟是怎么一回事呀，你是随中国文化以俱来的亘古的证人，你不也是以为奇怪吗？

银杏，中国人是忘记了你呀，大家虽然都在吃你的白果，都喜欢吃你的白果，但的确是忘记了你呀。

世间上也尽有不辨菽麦的人，但把你忘记得这样普遍，这样久远的例子，从来也不曾有过。

真的啦，陪都不是首善之区吗？但我就很少看见你的影子；为什么遍街都是洋槐，满园都是幽加里树呢？

我是怎样的思念你呀，银杏！我可希望你不要把中国忘记吧。

这事情是有点危险的，我怕你一不高兴，会从中国的地面上隐遁下去。

在中国的领空中会永远听不着你赞美生命的欢歌。

银杏，我真希望呀，希望中国人单为能更多吃你的白果，总有能更加爱慕你的一天。

【提示训练】

托物言志，是散文作品中常见的表现手法之一。如范仲淹的《岳阳楼记》、周敦颐的《爱莲说》、刘伯温的《卖柑者言》等托物言志的散文，播读时要掌握其特点。

以松、柏、梅、兰、竹、菊入诗明志，在古代作家作品中屡见不鲜。然而，以银杏为对象咏物寄兴，确如郭沫若文中所说"很少看到"。在播读《银杏》前，梳理文章构架、脉络时，要明确掌握这篇散文寄寓的是对自己民族命运的关切和对民族精神的弘扬。这篇作品写于1942年5月，中华民族正处于极端困难的年月，弘扬民族精神，喻义殊深。

同《风景谈》一样，《银杏》字面上赞颂的是银杏，实际上隐喻我们古老、坚韧不拔、万劫不泯的民族精神。特别是说到"日本也有银杏"，但它只不过是中国"移植"到日本的"华侨"，播读时要注意表现中国文化对日本的久远影响，这有振奋民族精神的寓意。辞意殷切，表露出作家拳拳的深情。播读时，要仔细体会这篇散文在艺术上的主要特色是诗化的情感，通篇用第二人称"你"，似在面对银杏，向它热切地吐露自己的心曲。例如："你这东方的圣者，你这中国人文的有生命的纪念塔，你是只有中国才有呀，一般人似乎也并不知道。"播读时，在"你"的处理上应尤为注意这一点。诗化的情感、语言、节奏，使这篇散文读起来朗朗上口，炽烈的感情溢于言表。但它又不失之于直露，每一句似乎都是在向银杏诉说，然而又意在言外，题深而旨远。这样的美文，播读时要努力做到激发受众强烈的共鸣。

生如胡杨

阿紫

朋友，让我们穿越亘古的洪荒，穿越钢筋水泥筑就的屏障，一起去大漠，去跪拜那千年不死，千年不倒，千年不朽的胡杨。

你看那戈壁荒漠，沙粒飞扬，你听那风沙呼啸，肆虐持狂，而胡杨却在沙漠上站成了一道永恒的风景，一座永恒的雕像。他孤独地承接来自荒漠的风剑刀霜，用无悔的守望，执着地生长着生命的渴望。

它努力的深扎根系，努力的繁衍梦想。它高昂着枯竭而扭曲的肢体，仰天高歌与自然与生死较量。用自己感天动地的悲壮，昭示生命的律动，生命的坚强和生命的歌唱。

你也许在为自己的患得患失而黯然神伤，你也许在奔波的路上迷失了方向，你也许在物欲横流中浮躁了深邃的思想，你也许在世俗的纷扰中无法抑制膨胀的欲望，那你就来大漠，看一看寸草不生的戈壁滩，看一看生长在隔壁滩上的高傲的胡杨。

你会瞬间悟出，生命不在于昼短夜长，而是每个章节都要尽显英雄气概，尽显精彩和辉煌。都要活得铁骨头铮铮，都要活得凛然豪放！

也许有一天，胡杨也会倒成一弯古道，一抹斜阳。但胡杨不倒的精神，永远会激励我们英勇顽强，永远会激发我们挑战苦难，战胜命运的勇气和力量。

朋友，让我们用胡杨撑起的希望，对抗风霜，对抗雨雪，对抗生的迷茫，对抗死的恐慌。

做人当：

生如胡杨，千年不死！

死如胡杨，千年不倒！

倒如胡杨，千年不朽！

【提示训练】

作者阿紫是中国当代著名诗人、词作家，其创作风格既有女子的温柔婉约，也有男人的豪迈激昂，代表作品《生如胡杨》用激人奋进的语言将荒漠中的胡杨描摹得形象生动。作者在作品中借胡杨讴歌生命、吟咏抒情，通过文字传颂人间的真善美。播读时应注意声音需要具有一定力度，把握昂扬向上的情感基调。

藏羚羊跪拜

王宗仁

这是听来的一个西藏故事。故事发生的年代距今有好些年了，可是，我每次乘车穿过藏北无人区时总会不由自主地要想起这个故事的主人公——那只将母爱浓缩于深深一跪的藏羚羊。那时候，枪杀、乱逮野生动物是不受法律惩罚的，就是在今天，可可西里的枪声仍然带来罪恶的余音低回在自然保护区巡视卫士们的脚步难以达到的角落，当年举目可见的藏羚羊、野马、野驴、雪鸡、黄羊等，眼下已经凤毛麟角了。

当时，经常跑藏北的人总能看见一个肩披长发，留着浓密大胡子，脚蹬长统藏靴的老猎人在青藏公路附近活动，那支磨蹭得油光闪亮的权子枪斜挂在他身上，身后的两头藏牦牛驮着沉甸甸的各种猎物，他无名无姓，云游四方，朝别藏北雪，夜宿江河源，饿时大火煮黄羊肉，渴时一碗冰雪水，猎获的那些皮张自然会卖来一笔钱，他除了自己消费一部分外，更多地用来救济路遇的朝圣者，那些磕长头去拉萨朝觐的藏家人心甘情愿地走一条布满艰难和险情的漫漫长路。每次老猎人在救济他们时总是含泪祝愿：上苍保佑，平安无事。

杀生和慈善在老猎人身上共存，促使他放下手中的权子枪是在发生了这样一件事以后——应该说那天是他很有福气的日子，大清早，他从帐篷里出来，伸伸懒腰，正准备要喝一碗酥油茶时，突然瞅见两步之遥对面的草坡上站立着一只肥肥壮壮的藏羚羊，他眼睛一亮，送上门来的美事！沉睡了一夜的他浑身立即涌上来一股清爽的劲头，丝毫没有犹豫，就转身回到帐篷拿来了权子枪，他举枪瞄了起来，奇怪的是，那只肥壮的羚羊并没有逃走，只是用乞求的眼神望着他，然后冲着他前行两步，用两条前腿扑通一声跪了下来，与此同时只见两行长泪从它眼里流了出来，老猎人的心头一软，扣扳机的手不由得松了一下，藏区流行着一句老幼皆知的俗语："天上飞的鸟，地上跑的鼠，都是通人性的。"此时藏羚羊给他下跪自然是求他饶命了，他是个猎手，不被藏羚羊的悲悯打动是情理之中的事，他双眼一闭，扳机在手指下一动，枪声响起，那只藏羚羊便栽倒在地，它倒地后仍是跪卧的姿势，眼里的两行泪迹也清晰地留着。

那天，老猎人没有像往日那样当即将猎获的藏羚羊开膛、扒皮。他的眼前老是浮现着给他跪拜的那只藏羚羊。他感到有些蹊跷，藏羚羊为什么要下跪?这是他几十年狩猎生涯中惟一见到的一次，夜里躺在地铺上他也久久难以入眠，双手一直颤抖着……

次日，老猎人怀着忐忑不安的心情对那只藏羚羊开膛扒皮，他的手仍在颤抖，腹腔在刀刃上打开了，他吃惊得出了声，手中的屠刀咣当一声掉在地上……原来在藏羚羊的子宫里，静静卧着一只小藏羚羊，它已经成形，自然是死了。这时候，老猎人才明白为什么那只藏羚羊的身体肥肥壮壮，也才明白它为什么要弯下笨重的身子向自己下跪，它是在求猎人留下自己的孩子的一条命呀!

天下所有慈母的跪拜，包括动物在内，都是神圣的。

老猎人的开膛破腹半途而止。

当天，他没有出猎，在山坡上挖了个坑，将那只藏羚羊连同它那没有出世的孩子掩埋了。同时埋掉的还有他的杈子枪……

从此，这个老猎人在藏北草原上消失了，没人知道他的下落。

【提示训练】

作者用故事阐述了深刻的道理——世间所有的动物都有着与人类一样的情感，比如文中的藏羚羊，为了自己腹中的小藏羚羊，向猎人下跪，这就蕴含着伟大的母爱。文章运用丰富的心理描写来表现老猎人的心理活动，对藏羚羊跪拜时的神态、动作也做了细致的描摹，播读时需要对这些细节的语言表达技巧进行认真分析，增强语言表达的细腻感。

天上的草原

阿姆古郎

在儿时依稀的记忆中，我是出生在飘着炊烟的白色毡房，茫茫的大草原啊，是我熟睡时的摇篮、是我嬉戏时的玩伴、也是我学习时的殿堂。养育我的这片土地，我当作自己一样爱惜，沐浴我的这江河水啊，你为何总像母亲的乳汁一样纯香？苍鹰在天穹中寻望，黑色的骏马在肆意飞奔，平顶山下，成群的牛羊，还有你，我天上的草原，还有你那悠扬的牧歌，夜夜伴我入梦乡。我喜欢纵马驰骋，放声歌唱，那就像是回到了传说中的时代，我向往着像我的祖辈那样成为一匹苍狼去周游世界，去看看祖父故事中那无边的海洋。

而现在，我是真的离开了你，来到这陌生的地方，不见了蒙古包，不见了牧场，只为心中一个小小的理想而不停的奔忙。其间有欢笑也有泪水，曾经骄傲也曾经气馁。但是，但是我从未曾后悔呀，因为每当我拖着疲惫的身体入睡时，我发现你那悠扬的牧歌又在我的耳边回响；我发现我的那颗心啊，一直跳跃在绿宝石似的草原上。如水晶般清澈的河水啊，我真的发现，那歌声就像是号角，而那颗心源源不断的给我力量与希望！

滕格里塔拉，我天上的草原，直到现在我才明白，为什么我的祖辈千回百转历经艰险，都要重回你的身旁，为什么我身在异乡总觉得你在不住地把我盼望！

蒙古人，是草原的儿子，草原的儿子就是这样的恋乡啊。

滕格里塔拉，我天上的草原，请你听我讲，我也是草原的儿子啊，我也是草原的儿子啊，我今日所做的一切，就是为了有朝一日，能够重回你的身旁，替你抚去脸上的皱纹，替你驱赶那肆虐的风暴，让你昔日的笑容重新绽放！

等着我呀，我天上的草原，我长生天的故乡，我的亲娘！

【提示训练】

这是一篇描写思乡情怀的作品，作者用朴实的文字、真挚的情感，把对故乡的眷恋和思念描写得淋漓尽致，优美的文字呈现出来极强的画面感，让人仿佛置身在茫茫草原。播读时应注意叙述、抒情、描绘的自然转换，呈现出文章中浓浓的乡愁。

我的心

巴金

近来，不知道什么缘故，我的这颗心痛得更厉害了。我要对我的母亲说："妈妈，请你把这颗心收回去吧，我不要它了。"

记得你当初把这颗心交给我的时候你对我说过："你的父亲一辈子拿着它待人爱人，他和平安宁的度过了一生。临死，他把这颗心交给我。他说，承受这颗心的人将永远正直、幸福，并且和平安宁的度过一生。现在你长成了，那么你就成就了这颗心，带着我的祝福，孩子，到广大的世界中去吧。"

这些年，我怀着这颗心走遍了世界，走遍了人心的沙漠，所得到的只是痛苦和痛苦的创痕。

正直在哪里！和平在哪里！幸福在哪里！

这一切可怕的景象哪一天才会看不到？这样的可怕的声音哪一天才会听不见？这样的悲剧哪一天才会不再上演？这一切像箭一样的射到我的心上，我的心布满了痛苦的创痕，因此我的心痛得更厉害了。

我不要这颗心了。有了它，我不能闭目为盲；有了它，我不能塞耳为聋；有了它，我不能吞痰为哑；有了它，我不能在人群中寻找我的幸福；有了它，我就不能和平的生活在这个世界上；有了它，我再也不能生活下去了。

妈妈，请你饶了我！这颗心我实在不要，我不能要啊！

多时以来，我就下决心放弃一切。让人们去竞争，去残杀；让人们来虐待我，凌辱我，我只要有一时的安息。可我的心不肯这样，它要使我看、听、说。看我所怕看的，听我所怕听的，说人所不愿听的。于是我又向它要求到："心啊，你去吧！不要再这样苦苦的恋着我。有了你我无论如何不能生活在这个世界上，所以请你为了我幸福的缘故，撇开我去吧。"

它没有回答，因为它知道：既然它已被你的祝福拴在我的胸膛上，那么，那也只能由你的诅咒而分开。好吧妈妈，请你诅咒我吧！请你收回这颗心吧，让它去毁灭吧。因为它不能活在这个世界上，而有了它，我也不能活在这个世界上了。在这样大的血泪的海中，一个人，一颗心，算得什么？能做什么？

妈妈，请你诅咒我吧，请你收回这颗心吧！我不要它了。可是我的母亲已经死了多年了。

【提示训练】

这篇文章写于作者绝望之时，文中的"母亲"代表作者渴望幸福和希望的美好愿望。虽然当时祖国战争连连，到处是血雨腥风，但是光明、和平、让世界充满爱是作者巴金不懈追求的梦想。面对残酷的现实，作者的内心充满了愤怒和哀伤。这是一篇声讨假丑恶的战斗檄文，是一道召唤真善美的心灵闪电，是一声警策世人的长鸣钟，播读时要准确表现出作者为崇高生命和美好世间无畏呐喊的丰沛情感。

青衣
毕飞宇

自古到今，唱青衣的人成百上千，但真正领悟了青衣意韵的极少。

筱燕秋是个天生的青衣胚子。二十年前京剧《奔月》的成功演出，让人们认识了一个真正的嫦娥。可造化弄人，此后她沉寂了二十年，在远离舞台的戏校里教书。学生春来的出现让筱燕秋重新看到了当年的自己。二十年后，《奔月》复排，这对师生成了嫦娥的 AB 角。把命都给了嫦娥的筱燕秋一口气演了四场，她不让给春来，谁劝都没用。可第五场，她来晚了。

筱燕秋冲进化妆间的时候，春来已经上好妆了。她们对视了一眼。筱燕秋一把抓住化妆师，她想大声告诉化妆师，我才是嫦娥，只有我才是嫦娥！但是她现在只会抖动嘴唇，不会说话。

上了妆的春来真是比天仙还要美，她才是嫦娥，这个世上没有嫦娥，化妆师给谁上妆，谁就是嫦娥。大幕拉开，锣鼓响起来了，筱燕秋目送着春来走向了上场门。筱燕秋知道，她的嫦娥在她四十岁的那个雪夜，真的死了。

观众承认了春来，掌声和喝彩声就是最好的证明。筱燕秋无声的坐在化妆台前，她望着自己，目光像秋夜里的月光，汪汪地散了一地。她一点都不知道自己做了些什么，她拿起水衣给自己披上，取过肉色的底彩挤在左手的掌心，均匀地一点一点往脸上抹，往脖子上抹，往手上抹……然后她让化妆师给她调眉，包头，上齐眉穗，戴头套，镇定自若的，出奇地安静。筱燕秋并没有说什么，只是拉开了门，往门外走去。

筱燕秋穿着一身薄薄的戏装走进了风雪，她来到了剧场的大门口，站在了路灯下面，她看了大雪中的马路一眼，自己给自己数起了板眼。她开始了唱，她唱的依旧是二黄慢板，转原板、转流水、转高腔。雪花在飞舞，戏场门口，人越来越多，车越来越挤，但没有一点声音。筱燕秋旁若无人，边舞边唱。她要给天唱，给地唱，给她心中的观众唱。

筱燕秋的告别演出轰轰烈烈地结束了。人的一生其实就是不断失去自己挚爱的过程，而且是永远的失去，这是每个人必经的巨大伤痛。而我们在筱燕秋的微笑中看到了她的释怀，看到了她的执着和期盼。

生活中充满了失望和希望，失望在先，希望在后，有希望就不是悲！

【提示训练】

这篇作品讲述了女人的故事。月宫中凌云而舞的嫦娥、舞台上光彩照人的青衣和大地上过着平凡琐碎生活的筱燕秋，成为一种女性形象的隐喻，是千百年来女性生存的缩影，展示了以筱燕秋为代表的现代女性进退失据、无所适从的生存困境和她们寻求自赎之路的心灵历程。作品以"嫦娥"为中心叙事写人，激发人物之间的矛盾，使作品具有浓郁的艺术气息和鲜明的悲剧色彩，细致刻画了痴迷执着、视戏如命的青衣形象，播读时要准确把握主人公挣扎、无奈、释怀的心理变化过程。

有一个字，与生俱来，排山倒海

邓康延

有一个字，它是一种付出，也是一种得到；它是一种情感，也是一种行为；它是从猿到人就有的表达，也是从这辈人到无穷辈人的接力传递；它不是生活的全部，却是支撑全部生活的支柱；它可能发生在每一个角落、每一个瞬间，又被人终极的眷恋……

那就是——"爱"。

母亲的爱，谁言寸草心，报得三春晖；朋友的爱，孤帆远影碧空尽，惟见长江天际流；情侣的爱，何当共剪西窗烛，却话巴山夜雨时；山河的爱，白日依山尽，黄河入海流；悲悯的爱，念天地之悠悠，独怆然而涕下；家国的爱，人生自古谁无死，留取丹心照汗青……

回到今天，在这样一个寄信的邮筒变成空巢，0.1 秒就可以千万里问候千万个人的年代；在这样一个相思不需要苦守，1 张电子机票，3 个小时就可以海南岛海口拥抱北京的年代，爱，变得快捷而单调，自我而多元。我们常常会发现：加进了按钮的、金卡的、时尚的外在力量，看似容易的爱，其实已变得稀缺。一夜情多了，海誓山盟里的海就变得枯竭了；超级市场的手推车可以把家装满，疲惫的心却可能是空空荡荡；快餐风行的日子，妈妈熬了又熬的粥成为普遍的怀念。我们不是物质的苦行僧，也不是情感的守财奴。我们接受 IT 时代的洗礼，调整转型期地球村的时差和心理落差，但是我们还守护着心底的那一份深深的眷恋，那是永不过时的生命时尚，永不贬值的人生牵挂。我们每个人都是母亲的孩子，也会成为孩子的父母，或者是一棵树一只鸟一片云，是地球上这一刻的自然绽放，下一刻的血脉传承。所有的这些链接和延伸都源于那一个神奇的字眼儿。

今天，让我们关掉手机和内心的杂念，合围成一个气场，你会发现，爱和被爱，像空气一样，自由流动，深刻而简单。如果说，"茄子"代表了我们拍照时"微笑"的口形，那么，请大家一起都来试试，发出这一个古老汉字最具"呼唤"的口形——"爱"。

爱，让我们永远在一起！

我们都是啼哭着来到这个世界，我们又被人哭泣着离开，不是因为有多少苦难，而是因为有太多的牵挂。爱，那是一个人的源头和结尾，是青藏高原上冰川融化的涓涓细流，是涓涓细流里生生不息的大海。那么，不妨从今天开始尝试着给你爱的人和爱你的人一些具体行动吧！给远方的父母多一些电话时间，陪年幼的子女共同做好一件小事，给失意的朋友多一些聊天的机会，和热恋中的情侣共同打开心底的每一个角落，见到残疾人朋友伸出您温暖热情的双手，甚至让陌生人也能看到您的微笑。生活表示，从心底里散发出的爱，就像手机上美妙的段子会被一次次转发，一次次拷贝。世界上最快能抵达人心的力量不是奔驰，不是波音 737，也不是神六神七神八神九，那是物质所不能为，那是唯有人所具有的心电感应，最大的能源，您能，我能，我们都能，只能是爱。爱，让我们永远在一起！

【提示训练】

作者用广阔的视角和丰富的情感，将"爱"的内涵进行剖析，把"爱"

的真谛全面呈现。文章表现出作者对人间真情和世间美好事物的热烈赞美。"爱"能不断给人力量和希望，是让人们紧密相依的密码。敢于说出"爱"是幸福的事情。播读时要展现出理性的思考，注重文中排比句之间的区别。

唐诗里的中国

吴克欣

也许，在我们每个人的心底，都藏着一个小小的唐朝，所以在今天，唐装才重回我们的衣柜，中国结又重系我们的裙衫，唐时的歌曲包上了摇滚的外壳，又一遍遍回响在我们耳畔……爱中国，可以有一千一万种理由，选一个最浪漫的理由来爱她吧——唐诗生于唐朝，唐朝生于中国，中国拥有世界上独一无二的唐诗！爱唐诗，更爱中国。

站在世纪的长河上，你看那牧童的手指，始终不渝地遥指着一个永恒的诗歌盛世——那是歌舞升平的唐朝，是霓裳羽衣的唐朝。唐朝的诗书，精魂万卷，卷卷永恒；唐朝的诗句，字字珠玑，笔笔生花。无论是沙场壮士征夫一去不还的悲壮，还是深闺佳人思妇春花秋月的感慨，唐诗之美，或痛彻心扉，或曾经沧海，或振奋人心，或凄凉沧桑，都是绝伦美奂，久而弥笃。

翻开《唐诗三百首》，读一首唐诗，便如拔出了一支锈迹斑驳的古剑。精光黯黯中，闪烁着一尊尊成败英雄不灭的精魂：死生契阔，气吞山河，金戈铁马梦一场，仰天长啸归去来……都在滚滚大浪中灰飞烟灭。多么豪迈的唐诗呵！读一首唐诗，宛如打开一枚古老的胭脂盒，氤氲香气中，升腾起一个个薄命佳人哀婉的叹息。思君君不知，一帘幽怨寒。美人卷帘，泪眼观花，多少个寂寞的春夜襟染红粉泪！多么凄美的唐诗呵！浅斟低吟，拭泪掩卷。

寒山寺的钟声余音袅袅，舒展双翼穿越时空，飞越红尘，似雁鸣如笛音，声声谱回肠。世事更迭，岁月无常，更换了多少个朝代的天子！唐宗宋祖，折戟沉沙；三千粉黛，空余叹嗟。富贵名禄过眼云烟，君王霸业恒河沙数。惟有姑苏城外寒山寺的钟声，依然重复着永不改变的晨昏。唐朝的江枫渔火，就这样永久地徘徊在隔世的诗句里，敲打世人浅愁的无眠。

唐朝的月明。不知谁在春江花月夜里，第一个望见了月亮，从此月的千里婵娟，夜夜照亮无寐人的寂寥。月是游子的故乡，床前的明月光永远是思乡的霜露。月是思妇的牵挂，在捣衣声声中，夜夜减清辉。月是孤独人的酒友，徘徊着与举杯者对影成三人。

唐朝的酒烈。引得诗人纷纷举杯消愁，千金换酒，但求一醉。三杯通大道，一斗合自然。人之一生，能向花间醉几回？临风把酒酹江，醉里挑灯看剑。醉卧中人间荣辱皆忘，世态炎凉尽空。今朝的酒正浓，且来烈酒一壶，放浪我豪情万丈。

唐朝的离别苦。灞桥的水涓涓地流，流不断历历柳的影子。木兰轻舟，已理棹催发，离愁做成昨夜的一场秋雨，添得江水流不尽。折尽柳条留不住的，是伊人的脚步；挽断罗衣留不住的，还有岁月的裙袂。一曲离歌，两行泪水，君向潇湘我向秦。都说西出阳关无故人，何地再逢君呵？

唐朝的诗人清高。一壶酒，一把剑，一轮残月。一路狂舞，一路豪饮。舞出一颗盛唐的剑胆，饮出一位诗坛的谪仙。醉卧长安，天子难寻，不是粉饰，不为虚名。喜笑悲歌气傲然，九万里风鹏正举。沧海一声笑，散发弄扁舟，踏遍故国河山，一生哪肯摧眉折腰！

唐朝的红颜多薄命。在刀刃上广舒长袖轻歌曼舞，云鬓花颜，泪光潋滟。都羡一骑红尘妃子笑，谁怜马嵬坡下一抹黄土掩风流。情不可依，色不可恃。一世百媚千娇，不知谁舍谁收。长生殿里，悠悠生死别，此恨绵绵。

万卷古今消永昼，一窗昏晓送流年。三百篇诗句在千年的落花风里尘埃落定。沏一杯菊花茶，捧一卷《唐诗三百首》，听一听巴山夜雨的倾诉、子夜琵琶的宫商角羽，窗外有风透过湘帘，蓦然间忘了今夕何夕。

唐装在身，祖国在心中。

【提示训练】

唐朝共历 21 帝，289 年，繁荣昌盛。在此背景下，唐诗应运而生、蓬勃发展，成为中华民族珍贵的文化遗产之一。无数文人骚客歌咏盛唐，一幅幅有关唐朝的瑰丽画卷就从诗歌中呈现出来。作者用优美的文字、多样化的视角带读者走进唐诗，挖掘我国深厚的文化底蕴，深情赞颂中华文明的源远流长、博大精深。播读时要通过不同段落基调的细微变化，表现出作者心中对中华文明的热爱之情。

把时间花在心灵上

林清玄

朋友带我去看一位收藏家的收藏，据说他收藏的都是顶级的东西，随便拿出一件都是价逾千万新台币。

我们穿过一条条的巷子，来到一处不起眼的公寓前面，我心中正自纳闷，顶级的古董怎么会收藏在这种地方呢？

收藏家来开门了，连续打开三扇不锈钢门，才走进屋内。室内的灯光非常幽暗，等了几秒钟，我才适应了室内的光线。

这时，才赫然看到整个房子堆满古董，到处都是陶瓷器、铜器、锡器，还有好多书画卷轴拥挤地插在大缸里。主人好不容易带我们找到沙发，沙发也是埋在古物堆中，经过一番整理，我们才得以落座。

我不知道怎样才能形容那种感觉，古董过度拥塞，使人仿佛置身在垃圾堆中。我想到，任何事物都不能太多，一到"太"的程度，就可怕了。

我们都喜欢蝴蝶，可是如果屋子里飞满蝴蝶，就不美了，再想到蝴蝶就会生满屋的毛毛虫，那多可怕。

我们都喜欢鸟，但鸟太多，也是会伤人的。希区柯克的名作《鸟》，那恐怖的情景想起来汗毛都要竖起。

正在出神的时候，主人端出来一个盘子，但盘子里装的不是茶水或咖啡，而是一盘玉。因为我的朋友向主人吹嘘我是个行家。虽然我极力否认，主人只当我是谦虚，迫不及待地拿他的收藏要给我"鉴赏"了。

既然如此，我也只好一件一件地鉴赏，并极力地称赞。在说一块茶色玉时，我心里还想：为什么端出来的不是茶水呢？

看完玉石，我们转到主人的卧房看陶器和青铜，我才发现主人的卧室中只有一张床可以容身，其余的从地面到屋顶，都堆得密不透风。

虽然说这些古董都是价逾千万，堆在一起却感觉不出它的价值。后来又看了几个房间，依然如此，最令我吃惊的是，连厨房和厕所都堆着古董，主人家已经很久没有开伙了。

古董的主人告诉我，他之所以选择居住在陋巷，是怕引起歹徒的觊觎。

而他设了那么多道铁门，有各种安全功能，一般人从门外窥探他的古董，连一眼也不可得。

朋友补充说："他爱古物成痴，太太、孩子都不能忍受，移民到国外去了。"

古董的主人说："女人和小孩子懂什么？"

我对他说："你的古物这么值钱，又这么多，何不卖几件，买一个大的展示空间，让更多人欣赏呢？这样，房子也不会连坐的地方都没有呀！"

他说："好的古董一件也不舍得卖。而且那些俗人懂得什么叫古董？"

告辞出来的时候，我感到有一些悲哀：再怎么了不起的古董，都只是"物件"，怎么比得上有情的人？再说，为了占有古董，活着的时候担惊受怕，像囚犯困居于数道铁门的囚室，像乞丐一样住在垃圾堆中，又何苦？

何况，人都会离开世界，就像他手中的古董从前的主人一样，总有一刻，会两手一放，一件也不能带走。真正的拥有，不一定要占有；真正的古董鉴赏家，不一定要做收藏家。偶尔要欣赏古董，到故宫博物院走走，花几十元门票，就能看真正的稀世古物。累了，花几十元在三希堂喝故宫特选的乌龙茶，生活不是非常惬意吗？回到家，窗明几净，也不需要三道铁门来保卫，也不需要和无情的东西争位置。役物而不役于物，不亦快哉！

我们的生命如此短暂，有所营谋，必有所烦恼；有所执着，必有所束缚；有所得，必有所失。

我们如果把时间花在财货上，就没有时间花在心灵上。

我们如果日夜为欲望奔走，就会耗失自己的健康。

我们如果成为壶痴、石痴、玉痴、古物痴，就会忘却有情世界的珍贵。

好好吃一顿饭、欢喜喝一杯茶，一日喜乐无恼、一夜安眠无梦，又是价值多少？"百花丛里过，片叶不沾身。"那样的生活才是我们向往的生活。百花丛里是"有情"，片叶不沾身是"觉悟"。

误解与赞赏、批评与歌颂，都像庐山的烟雨和浙江的潮汐，原来无一物。

去年春天最好的春茶，放到今年也要失味。所以，今年要喝今年的春茶。

年年的春茶都好，我眼前的这个粗陶茶杯也很好。古董、古物、钻石、珍珠，乃至一切的背负，留给那些愿意背负的人吧！

【提示训练】

这是已故当代著名作家、散文家林清玄的作品。这篇散文清新流畅，在平铺直叙中有着引人深思的力量。作者在故事中阐明了"役物而不应役于物"的观点，将东方的审美智慧和佛家的哲学情怀融为一体，感慨人生，关爱生命，让读者的心灵得以净化，使作品呈现出独具的艺术特色。播读时要呈现出理性的思考，风格平实，将讲述和议论有机结合。

秋天的怀念

史铁生

双腿瘫痪后，我的脾气变得暴怒无常。望着望着天上北归的雁阵，我会突然把面前的玻璃砸碎；听着听着收音机里甜美的歌声，我会猛地把手边的东西摔向四周的墙壁。这时，母亲就悄悄地躲出去，在我看不见的地方偷偷地注意着我的动静。当一切恢复沉寂，她又悄悄地进来，眼圈红红地看着我。"听说北海的花儿都开了，我推着你去走走。"她总是这么说。母亲喜欢花，可自从我的腿瘫痪后，她侍弄的那些花都死了。"不，我不去！"我狠命地捶打这两条可恨的腿，喊着，"我活着有什么劲！"母亲扑过来抓住我的手，忍住哭声说："咱娘儿俩在一块儿，好好儿活，好好儿活……"

我却一直都不知道，她的病已经到了那步田地。后来妹妹告诉我，母亲的肝常常疼得她整宿整宿翻来覆去地睡不了觉。

那天我又独自坐在屋里，看着窗外的树叶"刷刷拉拉"地飘落。母亲进来了，挡在窗前："北海的菊花开了，我推着你去看看吧。"她憔悴的脸现出央求般的神色。"什么时候？""你要是愿意，就明天？""好吧，就明天。"我说。我的回答让她喜出望外。她高兴得一会儿坐下，一会儿站起："那就赶紧准备准备。""哎呀，烦不烦？几步路，有什么好准备的！"她也笑了，坐在我身边，絮絮叨叨地说着："看完菊花，咱们就去'仿膳'，你小时候最爱吃那儿的豌豆黄儿。还记得那回我带你去北海吗？你偏说那杨树花是毛毛虫，跑着，一脚踩扁一个……"她忽然不说了。对于"跑"和"踩"一类的字眼儿，她比我还敏感。她又悄悄地出去了。

她出去了，就再也没回来。

邻居们把她抬上车时，她还在大口大口地吐着鲜血。我没想到她已经病成这样。看着三轮车远去，也绝没有想到那竟是诀别。

邻居的小伙子背着我去看她的时候，她正艰难地呼吸着。别人告诉我，她昏迷前的最后一句话是："我那个有病的儿子，还有那个还未成年的女儿……"

又是秋天，妹妹推着我去北海看了菊花。黄色的花淡雅，白色的花高洁，紫红色的花热烈而深沉，泼泼洒洒，秋风中正开得烂漫。我懂得母亲没有说完的话，妹妹也懂。我俩在一块儿，要好好儿活……

【提示训练】

这篇文章是中国当代作家史铁生于1981年创作的散文。此文叙述了史铁生对已故母亲的回忆，表现了史铁生对母亲深切的怀念和赞美，以及史铁生对"子欲养而亲不待"的悔恨之情和对先年不理解母亲的懊悔，令人十分感动。全文语言平淡、文字朴实，但却句句含情，字字如金。播读时要注重人物对话中语气的区分和变化，注重体会和表现这位看似平凡的母亲身患重病却隐瞒病情，不断鼓励安抚孩子的坚强品格。

非走不可的弯路

张爱玲

在青春的路口，曾经有那么一条路若隐若现，召唤着我。

母亲拦着我："那条路走不得。"

我不信。

"我是从那条路走过来的，你有什么不信呢?"

"既然你能从那条路走过来，我为什么不能?"

"我不想让你走弯路。"

"但是我喜欢，我也不怕"

母亲心疼的看了我好久，然后叹口气："好吧! 你这个倔强的孩子，那条路很难走，一路小心!"

上路后，我发现母亲没有骗我，那条路确实是条弯路，我碰壁，摔跟头，有时碰的头破血流。但我不停的走，终于走过来了。

坐下来喘息的时候，我看到了一个朋友，自然很年轻，正站在我当年的路口，我忍不住喊："那条路走不得!"

她不信。

"我母亲就是从那条路走过来的，我也是。"

"既然你们都可以走过来，我为什么不能？"

"我不想让你走同样的弯路。"

"但是我喜欢！"

我看了看她，看了看自己，然后笑了："一路小心。"

我很感激她，她让我发现了自己不再年轻，已经开始扮演"过来人"的角色。同时患有"过来人"常患的"拦路癖"。

在人生的路上，有一条路每个人都非走不可。那就是年轻时候的弯路，不摔跟头，不碰壁，不碰个头破血流，怎能炼出钢筋铁骨，怎么才能长大呢？

【提示训练】

这篇散文从"我"不听作为过来人的母亲的告诫，非走弯路，到"我"作为过来人劝告年轻的女孩"这路走不得"，相似的情节像电影镜头一样回放两次，揭露出文章的主旨——青春不因劝告而停止前行，让青春走走弯路是好的，因为没有经历，我们总相信前面的路会精彩纷呈，会对旁人的劝告置之不理。作品中角色的调换使其中的道理更加耐人寻味，这是一种生命的传承关系，每个人的生命因此而精彩。播读时要呈现出讲述性的特点，注重人物对话时语气的灵活转换。

背影

朱自清

我与父亲不相见已二年余了，我最不能忘记的是他的背影。那年冬天，祖母死了，父亲的差使也交卸了，正是祸不单行的日子，我从北京到徐州，打算跟着父亲奔丧回家。到徐州见着父亲，看见满院狼藉的东西，又想起祖母，不禁簌簌地流下眼泪。父亲说："事已如此，不必难过，好在天无绝人之路！"

回家变卖典质，父亲还了亏空；又借钱办了丧事。这些日子，家中光景很是惨淡，一半为了丧事，一半为了父亲赋闲。丧事完毕，父亲要到南京谋事，我也要回北京念书，我们便同行。

　　到南京时，有朋友约去游逛，勾留了一日；第二日上午便须渡江到浦口，下午上车北去。父亲因为事忙，本已说定不送我，叫旅馆里一个熟识的茶房陪我同去。他再三嘱咐茶房，甚是仔细。但他终于不放心，怕茶房不妥帖；颇踌躇了一会。其实我那年已二十岁，北京已来往过两三次，是没有甚么要紧的了。他踌躇了一会，终于决定还是自己送我去。我两三回劝他不必去；他只说："不要紧，他们去不好！"

　　我们过了江，进了车站。我买票，他忙着照看行李。行李太多了，得向脚夫行些小费，才可过去。他便又忙着和他们讲价钱。我那时真是聪明过分，总觉他说话不大漂亮，非自己插嘴不可。但他终于讲定了价钱；就送我上车。他给我拣定了靠车门的一张椅子；我将他给我做的紫毛大衣铺好座位。他嘱我路上小心，夜里警醒些，不要受凉。又嘱托茶房好好照应我。我心里暗笑他的迂；他们只认得钱，托他们只是白托！而且我这样大年纪的人，难道还不能料理自己么？唉，我现在想想，那时真是太聪明了！

我说道："爸爸，你走吧。"他望车外看了看，说："我买几个橘子去。你就在此地，不要走动。"我看那边月台的栅栏外有几个卖东西的等着顾客。走到那边月台，须穿过铁道，须跳下去又爬上去。父亲是一个胖子，走过去自然要费事些。我本来要去的，他不肯，只好让他去。我看见他戴着黑布小帽，穿着黑布大马褂，深青布棉袍，蹒跚地走到铁道边，慢慢探身下去，尚不大难。可是他穿过铁道，要爬上那边月台，就不容易了。他用两手攀着上面，两脚再向上缩；他肥胖的身子向左微倾，显出努力的样子。这时我看见他的背影，我的泪很快地流下来了。我赶紧拭干了泪，怕他看见，也怕别人看见。我再向外看时，他已抱了朱红的橘子往回走了。过铁道时，他先将橘子散放在地上，自己慢慢爬下，再抱起橘子走。到这边时，我赶紧去搀他。他和我走到车上，将橘子一股脑儿放在我的皮大衣上。于是扑扑衣上的泥土，心里很轻松似的，过一会说："我走了，到那边来信！"我望着他走出去。他走了几步，回过头看见我，说："进去吧，里边没人。"等他的背影混入来来往往的人里，再找不着了，我便进来坐下，我的眼泪又来了。

　　近几年来，父亲和我都是东奔西走，家中光景是一日不如一日。他少年出外谋生，独力支持，做了许多大事。那知老境却如此颓唐！他触目伤怀，自然情不能自已。情郁于中，自然要发之于外；家庭琐屑便往往触他之怒。

他待我渐渐不同往日。但最近两年的不见，他终于忘却我的不好，只是惦记着我，惦记着我的儿子。我北来后，他写了一信给我，信中说道："我身体平安，惟膀子疼痛利害，举箸提笔，诸多不便，大约大去之期不远矣。"我读到此处，在晶莹的泪光中，又看见那肥胖的，青布棉袍，黑布马褂的背影。唉！我不知何时再能与他相见！

【提示训练】

这篇经典散文的语言典雅文质，作品抓住人物形象的特征"背影"命题立意，在叙事中抒发父子深情。"背影"在文章中出现了四次，每次的情况有所不同，而思想感情却是一脉相承。文中白描的文字，读起来清淡质朴，却情真味浓，蕴藏着一段深情。所谓于平淡中见神奇，各种侧面烘托手法的运用，更加反衬出父亲爱子的动人情感。播读时要注重父亲"过铁道"等动作细节的刻画和作者心理的变化。

心田上的百合花

林清玄

在一个偏僻、遥远的山谷，有一个高达数千尺的断崖。不知道什么时候，断崖边上长出了一株小小的百合。百合刚刚诞生的时候，长得和杂草一模一样。但是，它心里知道自己并不是一株野草。它的内心深处，有一个纯洁的念头："我是一株百合，不是一株野草。唯一能证明我是百合的方法，就是开出美丽的花朵。"有了这个念头，百合努力地吸收水分和阳光，深深地扎根，直直地挺着胸膛。终于，在一个春天的清晨，百合的顶部结出了第一个花苞。

百合心里很高兴，附近的杂草却很不屑，它们在私下嘲笑着百合："这家伙明明是一株草，偏偏说自己是一株花。我看它顶上结的不是花苞，而是头脑长瘤了。"公开场合，它们则讥讽百合："你不要做梦了，即使你真的会开花，在这荒郊野外，你的价值还不是跟我们一样！"

百合说："我要开花，是因为我知道自己有美丽的花；我要开花，是为了完成作为一株花的庄严使命；我要开花，是由于喜欢以花来证明自己的存在。不管有没有人欣赏，不管你们怎么看我，我都要开花！"

在野草的鄙夷下，野百合努力地释放着自身的能量。有一天，它终于开花了。它以自己灵性的洁白和秀挺的风姿，成为断崖上最美丽的花。这时候，野草再也不敢嘲笑它了。

百合花一朵朵地盛开着，它花上每天都有晶莹的水珠，野草们以为那是昨夜的露水，只有百合自己知道，那是极深沉的欢喜所结的泪滴。年年春天，野百合努力地开花、结籽。它的种子随着风，落在山谷和悬崖上，到处都开满洁白的野百合。

几十年后，无数的人，从城市，从乡村，千里迢迢赶来欣赏百合开花。人们看到这从未见过的美，感动得落泪，触动内心那纯净温柔的一角。

不管别人怎么欣赏，满山的百合花都谨记着第一株百合的教导："我们要全心全意默默地开花，以花来证明自己的存在。"

【提示训练】

文章通篇运用拟人的手法，塑造了一个充满灵性、大智大慧的野百合的形象。百合谷就是充满艰辛世事的大社会的缩影，野百合的遭遇具有典型意义：一个人社会价值的实现，只能"以花来证明"。野百合所展现的正是作者追求的做人最高境界——以清净心看世界，以欢喜心过生活，以平常心生情味，以柔软心除挂碍。播读时要具有讲述的语气，不同角色的语言塑造要符合自身性格特点，细心揣摩出作者的本意，体现出自身的深刻感悟。

母亲是一种岁月

张建星

童年的时候，对母亲只是一种依赖。少年的时候，对母亲也许只是一种盲目的爱。只有到了青年，当人生有了春也有了夏，对母亲才有了深刻的理解，深刻的爱。

我们也许突然感悟，母亲其实是一种岁月，从绿地流向一片森林的岁月，从小溪流向一地深湖的岁月，从明月流向一片冰山的岁月。

随着生命的脚步，当我们也以一道鱼尾纹一缕白发在感受母亲额头的皱纹，母亲满头白发的时候，我们有时竟难以分辨，老了的，究竟是我们的母亲，还是我们的岁月？我们希望流下的究竟是那铭心刻骨的母爱，还是那点点滴滴，风尘仆仆，有血有泪的岁月？

岁月的流逝是无言的，当我们对岁月有所感觉时，一定是在非常沉重的回忆中。而对母亲的牺牲真正有所体会时，我们也一定进入了付出和牺牲的季节。

有时我在想，作为母亲，仅仅是养育了我们吗？倘若没有母亲的付出，母亲的牺牲，母亲的博大无私的爱，这个世界还会有温暖，有阳光，有我升入大学后回想母亲时沉甸甸的泪水吗？

有一天我们终会长大，从一个男孩变成一位父亲；从一位女孩变成一位母亲。当我们以为肩头担起责任也挑起命运的时候，当我们似乎可以傲视人生的时候，也许有一天，我们会突然发现，我们白发苍苍的母亲，正以一种充满无限怜爱，无限关怀，无限牵挂的目光在背后注视着我们。我们会在刹那间感到，在母亲的眼里，我们其实永远没有摆脱婴儿的感觉，我们永远是母亲怀里那个不懂事的孩子。

我们往往是在回首的片刻，在远行之前，在离别之中，发现我们从未离开过母亲的视线，离开过母亲的牵挂。"谁言寸草心，报得三春晖。"这句话在我的大学生活中有了更多的体会。我总在想，我们能回报母亲什么呢？

母亲是一种岁月。无论是我个人的也许平庸也许单纯的人生体验，还是整个社会前进给我的教诲和印证，在绝无平坦而言的人生路途上，担负最多痛苦，背着最多压力，咽下最多泪水，仍以爱、以温情、以慈悲、以善良、以微笑面对人生，面对我们的，只是母亲——永远的母亲！

没有母亲，生命将是一团漆黑；没有母亲，社会将失去温暖。那是在我认为生命最艰难的时刻，面对打击，面对失落，我以为完全失去了，就在那一刻，是母亲的一句话，让我重新启程。看着我掩饰不住的沮丧，母亲说："该知足了，日子还长着呢！"

于是我便理解了，为什么这么多仁人志士，将伤痕累累的民族视为母亲，将涛声不断的江河视为母亲，将广阔无垠的大地视为母亲。因为能承受的，母亲都承受了；该付出的母亲都付出了。而作为一种岁月，母亲既是民族的象征，也是爱的象征。

也许，因为我无以回报流淌的岁月所赐予我的，所以，我无时无刻不在爱着我的母亲。在我眼里，母亲是一种永远值得洒泪的让我感怀的岁月，是一篇总也读不完的美好的故事。

【提示训练】

仔细感悟文中"依赖的爱——盲目的爱——深刻的爱"这一情感变化，将"母亲是一种岁月"这种绵延的爱与"将伤痕累累的民族视为母亲，将涛声不断的江河视为母亲，将广阔无垠的大地视为母亲"这种直抒胸臆的爱做对比，突出母爱的博大。

安塞腰鼓

刘成章

一群茂腾腾的后生。

他们的身后是一片高粱地。他们朴实得就像那片高粱。

呱溜溜的南风吹动了高粱叶子，也吹动了他们的衣衫。

他们的神情沉稳而安静。紧贴在他们身体一侧的腰鼓，呆呆地，似乎从来不曾响过。

但是，看!

一捶起来就发狠了，忘情了，没命了! 百十个斜背响鼓的后生，如百十块被强震不断击起的石头，狂舞在你的面前。骤雨一样，是急促的鼓点；旋风一样，是飞扬的流苏；乱蛙一样，是蹦跳的脚步；火花一样，是闪射的瞳仁；斗虎一样，是强健的风姿。黄土高原上，爆出一场多么壮阔、多么豪放、多么火烈的舞蹈哇——安塞腰鼓!

这腰鼓，使冰冷的空气立即变得燥热了，使恬静的阳光立即变得飞溅了，使困倦的世界立即变得亢奋了。

好一个安塞腰鼓!

百十个腰鼓发出的沉重响声，碰撞在四野长着酸枣树的山崖上，山崖蓦然变成牛皮鼓面了，只听见隆隆，隆隆，隆隆。

百十个腰鼓发出的沉重响声，碰撞在观众的心上，观众的心也蓦然变成牛皮鼓面了，也是隆隆，隆隆，隆隆。

好一个安塞腰鼓!

后生们的胳膊、腿、全身，有力地搏击着，急速地搏击着，大起大落地搏击着。它震撼着你，烧灼着你，威逼着你。它使你从来没有如此鲜明地感受到生命的存在、活跃和强盛。它使你惊异于那农民衣着包裹着的躯体，那消化着红豆角、老南瓜的躯体，居然可以释放出那么奇伟磅礴的能量！

黄土高原哪，你生养了这些元气淋漓的后生，也只有你，才能承受如此惊心动魄的搏击！

好一个黄土高原！好一个安塞腰鼓！

每一个舞姿都充满了力量。每一个舞姿都呼呼作响。每一个舞姿都是光与影的匆匆变幻，每一个舞姿都使人战栗在浓烈的艺术享受之中，使人叹为观止。

好一个痛快了山河、蓬勃了想象力的安塞腰鼓！

愈捶愈烈！痛苦和欢乐，生活和梦幻，摆脱和追求，都在舞姿和鼓点中，交织！旋转！凝聚！升华！人，成了茫茫一片；声，成了茫茫一片……

当它戛然而止的时候，世界出奇地寂静，以致使人感到对她十分陌生。

简直像来到另一个星球。

耳畔是一声渺远的鸡啼。

【提示训练】

这是一篇歌颂激荡的生命和磅礴的力量的文章，通过描绘西北"地域风情"来展现人的本质力量和时代精神，浓墨大笔，抒写饱满的生命激情。文章气势磅礴而又短小精悍，艺术手法丰富多样，播读时要把握文章直抒胸臆的特点，呈现昂扬向上的基调，表现作品中虚与实相结合的抒情美，隐与显相结合的含蓄美。

住的梦

老舍

在北平与青岛住家的时候，我永远没想到过：将来我要住在什么地方去。在乐园里的人或者不会梦想另辟乐园吧。在抗战中，在重庆与它的郊区住了六年。这六年的酷暑重雾，和房屋的不像房屋，使我会做梦了。我梦想着抗战胜利后我应去住的地方。

不管我的梦想能否成为事实，说出来总是好玩的：春天，我将要住在杭州。二十年前，我到过杭州，只住了两天。那是旧历的二月初，在西湖上我看见了嫩柳与菜花，碧浪与翠竹。山上的光景如何？没有看到。三四月的莺花山水如何，也无从晓得。但是，由我看到的那点春光，已经可以断定杭州的春天必定会教人整天生活在诗与图画中的。所以，春天我的家应当是在杭州。

夏天，我想青城山应当算作最理想的地方。在那里，我虽然只住过十天，可是它的幽静已拴住了我的心灵。在我所看见过的山水中，只有这里没有使我失望。它并没有什么奇峰或巨瀑，也没有多少古寺与胜迹，可是，它的那一片绿色已足使我感到这是仙人所应住的地方了。到处都是绿，而且都是像嫩柳那么淡，竹叶那么亮，蕉叶那么润，目之所及，那片淡而光润的绿色都在轻轻的颤动，仿佛要流入空中与心中去似的。这个绿色会像音乐似的，涤清了心中的万虑，山中有水，有茶，还有酒。早晚，即使在暑天，也须穿起毛衣。我想，在这里住一夏天，必能写出一部十万到二十万的小说。

假若青城去不成，求其次者才提到青岛。我在青岛住过三年，很喜爱它。不过，春夏之交，它有雾，虽然不很热，可是相当的湿闷。再说，一到夏天，游人来的很多，失去了海滨上的清静。美而不静便至少失去一半的美。最使我看不惯的是那些喝醉的外国水兵与差不多是裸体的，而没有曲线美的妓女。秋天，游人都走开，这地方反倒更可爱些。

不过，秋天一定要住北平。天堂是什么样子，我不晓得，但是从我的生活经验去判断，北平之秋便是天堂。论天气，不冷不热。论吃食，苹果，梨，柿，枣，葡萄，都每样有若干种。至于北平特产的小白梨与大白海棠，恐怕就是乐园中的禁果吧，连亚当与夏娃见了，也必滴下口水来！果子而外，羊肉正肥，高粱红的螃蟹刚好下市，而良乡的栗子也香闻十里。论花草，菊花种类之多，花式之奇，可以甲天下。西山有红叶可见，北海可以划船——虽然荷花已残，荷叶可还有一片清香。衣食住行，在北平的秋天，是没有一项不使人满意的。即使没有余钱买菊吃蟹，一两毛钱还可以爆二两羊肉，弄一小壶佛手露啊！

冬天，我还没有打好主意，香港很暖和，适于我这贫血怕冷的人去住，但是"洋味"太重，我不高兴去。广州，我没有到过，无从判断。成都或者相当的合适，虽然并不怎样和暖，可是为了水仙，素心腊梅，各色的茶花，与红梅绿梅，仿佛就受一点寒冷，也颇值得去了。昆明的花也多，而且天气比成都好，可是旧书铺与精美而便宜的小吃食远不及成都的那么多，专看花而没有书读似乎也差点事。好吧，就暂时这么规定：冬天不住成都便住昆明吧。

在抗战中，我没能发了国难财。我想，抗战结束以后，我必能阔起来，唯一的原因是我是在这里说梦。既然阔起来，我就能在杭州，青城山，北山，成都，都盖起一所中式的小三合房，自己住三间，其余的留给友人们住。房后都有起码是二亩大的一个花园，种满了花草；住客有随便折花的，便毫不客气的赶出去。青岛与昆明也各建小房一所，作为候补住宅。各处的小宅，不管是什么材料盖成的，一律叫作"不会草堂"——在抗战中，开会开够了，所以永远"不会"。

那时候，飞机一定很方便，我想四季搬家也许不至于受多大苦处的。假若那时候飞机减价，一二百元就能买一架的话，我就自备一架，择黄道吉日慢慢的飞行。

【提示训练】

老舍的散文《住的梦》，随意而风趣，雅致而风流，读来轻松愉快，让人浮想联翩。"安得广厦千万间，大庇天下寒士俱欢颜"，这种"居者有其屋"的理想状态，自古以来就是普通百姓的一个梦。然而对于老舍来说，他"住的梦"却是精神层面的，是作者在寻找一个具有理想主义和浪漫色彩的精神家园。播读时要准确把握第一人称的口吻，区分出不同段落中作者的心理活动状态。

雨中登泰山

李健吾

从火车上遥望泰山，几十年来有好些次了，每次想起"孔子登东山而小鲁，登泰山而小天下"那句话来，就觉得过而不登，像欠下悠久的文化传统一笔债似的。杜甫的愿望："会当凌绝顶，一览众山小"，我也一样有，惜乎来去匆匆，每次都当面错过了。

而今确实要登泰山了，偏偏天公不作美，下起雨来，淅淅沥沥，不像落在地上，倒像落在心里。天是灰的，心是沉的。我们约好了清晨出发，人齐了，雨却越下越大。等天晴吗？想着这渺茫的"等"字，先是憋闷。盼到十一点半钟，天色转白，我不由喊了一句："走吧！"带动年轻人，挎起背包，兴致勃勃，朝岱宗坊出发了。

是烟是雾，我们辨识不清，只见灰蒙蒙一片，把老大一座高山，上上下下，裹了一个严实。古老的泰山越发显得崔嵬了。我们才过岱宗坊，震天的吼声就把我们吸引到虎山水库的大坝前面。七股大水，从水库的桥孔跃出，仿佛七幅闪光黄锦，直铺下去，碰着嶙嶙的乱石，激起一片雪白水珠，脱线一般，撒在洄漩的水面。这里叫作虬在湾。据说虬早已被吕洞宾渡上天了，可是望过去，跳掷翻腾，像又回到了故居。我们绕过虎山，站到坝桥上，一边是平静的湖水，迎着斜风细雨，懒洋洋只是欲步不前，一边却暗恶叱咤，似有千军万马，躲在绮丽的黄锦底下。黄锦是方便的比喻，其实是一幅细纱，护着一幅没有经纬的精致图案，透明的白纱轻轻压着透明的米黄花纹。——也许只有织女才能织出这种瑰奇的景色。

雨大起来了。我们拐进王母庙后的七真祠。这里供奉着七尊塑像，正面当中是吕洞宾，峡谷旁是他的朋友李铁拐和何仙姑，东西两侧是他的四个弟子，所以叫作七真祠，吕洞宾和他的两位朋友倒也罢了，站在龛里的两个小童和柳树精对面的老人，实在是少见的传神之作。一般庙宇的塑像，往往不是平板，就是怪诞，造型偶尔美的，又不像中国人，跟不上这位老人这样逼真、亲切。无名的雕塑家对年龄和面貌的差异有很深的认识，形象才会这样栩栩如生。不是年轻人提醒我该走了，我还会欣赏下去的。

我们来到雨地，走上登山的正路，一连穿过三座石坊：一天门、孔子登临处和天阶。水声落在我们后面，雄伟的红门把山接住。走出长门洞，豁然开朗，山又到了我们跟前。人朝上走，水朝下流，流进虎山水库的中溪陪我们，一直陪到二天门。悬崖峻嶒，石缝滴滴答答，泉水和雨水混在一起，顺着斜坡，流进山涧，涓涓的水声变成訇訇的雷鸣。有时候风过云开，在底下望见南天门，影影绰绰，耸立山头，好像并不很远；紧十八盘仿佛一条灰白大蟒，匍匐在山峡当中；更多的时候，乌云四合，层峦叠嶂都成了水墨山水。蹚过中溪水浅的地方，走不太远，就是有名的经石峪，一片大水漫过一亩大小的一个大石坪，光光的石头刻着一部《金刚经》，字有斗来大，年月久了，大部分都让水磨平了。回到正路，雨不知道什么时候已经住了。人走了一身汗，巴不得把雨衣脱下来，凉快凉快。说巧也巧，我们正好走进一座柏树林，阴森森的，亮了的天又变黑了，好像黄昏提前到了人间，汗不但下去，还觉得身子发冷，无怪乎人把这里叫作柏洞。我们抖擞精神，一气走过壶天阁，登上黄岘岭，发现沙石是赤黄颜色，明白中溪的水为什么黄了。

靠住二天门的石坊，向四下里眺望，我又是骄傲，又是担心。骄傲我们已经走了一半的山路，担心自己走不了另一半的山路。云薄了，雾又上来。我们歇歇走走，走走歇歇，如今已经是下午四点多了。困难似乎并不存在，眼央前是一段平坦的下坡土路，年轻人跳跳蹦蹦，走了下去，我也像年轻人了一样，有说有笑，跟着他们后头。

我们在不知不觉中，从下坡路转到上坡路，山势陡峭，上升的坡度越来越大。路一直是宽整的，只有探出身进修，才知道自己站在深不可测的山沟边，明明有水流，却听不见水声。仰起头来朝西望，半空挂着一条两尺来宽的白带子，随风摆动，想来头面人物近了看，隔着辽阔的山沟，走不过去。我们正在赞不绝口，发现已经来到一座石桥跟前，自己还不清楚是怎么一回事，细雨打湿了浑身上下。原来我们遇到另一类型的飞瀑，紧贴桥后，我们不提防，几乎和它撞个正着。水面有两三丈宽，离地不高，发出一泻千里的龙虎声威，打着桥下奇形怪状的石头，口沫喷的老远。从这时候起，山涧又从左侧转到右侧，水声淙淙，跟我们跟随到南天门。

过了云步桥，我们开始走上攀登泰山主峰的盘道。南天门应该近了，由于山峡回环曲折，反而望不见了。野花野草，什么形状也有，什么颜色也有，挨挨挤挤，芊芊莽莽，要把揽岩的山石装起来。连我上了一点岁数的人，也学小孩子，掐了一把，直到花朵和叶子全蔫了，才带着抱歉的心情，丢在涧里，随水漂去。但是把人的心灵带到一种崇高的境界的，却是那些"吸翠霞而天矫"的松树。它们不怕山高，把根扎在悬崖绝壁的隙缝，身子扭的像盘龙柱子，在半空展开权叶，像是和狂风乌云去争夺天日，又像是和清风白云游戏。有的松树望穿秋水，不见你来，独自上到高处，斜着身子张望。有的松树像一顶墨绿大伞，支开了等你。有的松树自得其乐，显出一副潇洒的模样。不管怎么样，它们都让你觉得它们是泰山的天然的主人，谁少了谁，都像不应该似的。雾在对松山的山峡飘来飘去，天色眼看黑将下来。我不知道上了多少石级，一级又一级，是乐趣也是苦趣，好像从我有生命以来就在登山似的，迈前脚，拖后脚，才不过走完慢十八盘。我靠住升仙坊，仰起头来朝上望，紧十八盘仿佛一架长梯，搭在南天门口。我胆怯了。新砌的石级窄窄的，搁不下整脚。怪不得东汉的应劭，在《泰山封禅仪记》里，这样形容："仰视天门窔辽，如从空中视天，直上七里，赖羊肠透迤，名曰环道，往往有亘索可得而登也。两从者扶挟前人相牵，后人见前人履底，前人见后人顶，如画生累人矣，所谓磨胸捏石扪天之难也。"一位老大爷，斜着脚步，穿花一般，侧着身子，赶到我们前头。一位老大娘，挎着香袋，尽管脚小，也稳稳当当，从我们身边过去。我像应劭说的那样，"目视而脚不随"，抓住铁扶手，揪牢年轻人，走十几步，歇一口气，终于在下午七点钟，上到南天门。

心还在跳，眼还在抖，人到底还是上来了。低头望着新整然而长极了的盘道，我奇怪自己居然也能上来。我走在天街上，轻松愉快，像一个没事人一样。一排留宿的小店，没有名号，只有标记，有的门口挂着一只笊篱，有的窗口放着一对鹦鹉，有的是一根棒棰，有的是一条金牛，地方宽敞的摆着茶桌，地方窄小的只有炕几，后墙紧贴着峥嵘的山石，前脸正对着万丈的深渊。别成一格的还有那些石头。古诗人形容泰山，说"泰山岩岩"，注解人告诉你：岩岩，积石貌，的确这样，山顶越发给你这种感觉。有的石头像莲花瓣，有的像大象头，有的像老人，有的像卧虎，有的错落成桥墩，有的兀立如柱，有的侧身探海，有的怒目相向。有的什么也不像，黑乎乎的，一动不动，堵住你的去路。年月久，传说多，登封台让你想名胜帝王拜山的盛况，一个光秃秃的地方会有一块石碣，指明是"孔子小天下处"。有的山池叫作洗耳恭听头盆，据说玉女往常在这里洗过头发；有的山洞叫作云洞，传说过去往外冒白云，如今不冒白云了，白云在山里依然游来游去晴良的天，你正在欣赏"齐鲁青未了"，忽然一阵风来，"荡胸生层云"，转瞬间，便像宋之问在《桂阳三日述怀》里说起的那样，"云海四茫茫"。是云吗？头上明明另有云在。看样子是积雪，要不也是棉絮堆，高高低低，连续不断，一直把天边变成海边。于是阳光掠过，云海的银涛像镀了金，又像着了火，烧成灰烬，不知去向，露出大地的面目。两条白线，曲曲折折，是奈河，是汶河。一个黑点子在碧绿的图案中间移动，仿佛蚂蚁，又冒一缕青烟。你正在指手画脚，说长道短，虚象和真象一时都在雾里消失。

我们没有看到日出的奇景。那要在秋高气爽的时候。不过我们也有自己的独得之乐：我们在雨中看到的瀑布，两天以后下山，已经不那样壮丽。小瀑布不见，大瀑布变小。我们沿着西溪，翻山越岭，穿过果香扑鼻的苹果园，在黑龙潭附近待了老半天。不是下午要赶火车的话，我们还会待下去的。山势和水势在这里别是一种格调，变化而又和谐。

山没有水，如同人没有眼睛，似乎少了灵性。我们敢于在雨中登泰山，看到有声有势的飞泉流布，倾盆大雨的时候，恰好又在斗母宫躲过，一路行来，有雨趣而无淋漓之苦，自然也就格外感到意兴盎然。

【提示训练】

作品写作者登泰山时遇雨，而得以观赏到烟雨变幻中泰山的奇特风光。作品着笔于"雨中"，意在写登山的"雨趣"和雨中赏景的感受，并在写景抒情之中插引传说故事，语言优美，情趣生动，表达了作者对祖国大好河山的热爱与赞美之情，抒发战胜艰难险阻的豪情，用"登泰山而小天下"，给读者以强烈的"鞭策"与"鼓励"。播读时要注重对景物的细致描摹，作者在不同景点中情绪的细微变化，呈现出层级的变化感。

遇见

张晓风

一个久晦后的五月清晨，四岁的小女儿忽然尖叫起来。

"妈妈！妈妈！快点来呀！"我从床上跳起，直奔她的卧室，她已坐起身来，一语不发地望着我，脸上浮起一层神秘诡异的笑容。

"什么事?"她不说话。

"到底是什么事?"她用一只肥匀的有着小肉窝的小手，指着窗外，而窗外什么也没有，除了另一座公寓的灰壁。

"到底什么事?"她仍然秘而不宣地微笑，然后悄悄地透露一个字。"天!"

我顺着她的手望过去，果真看到那片蓝过千古而仍然年轻的蓝天，一尘不染令人惊呼的蓝天，一个小女孩在生字本上早已认识却在此刻仍然不觉吓了一跳的蓝天，我也一时愣住了。

于是，我安静地坐在她的旁边，两个人一起看那神迹似的晴空，平常是一个聒噪的小女孩，那天竟也像被震慑住了似的，流露出虔诚的沉默。透过惊讶和几乎不能置信的喜悦，她遇见了天空。她的眸光自小窗口出发，响亮的天蓝从那一端出发，在那个美丽的五月清晨，它们彼此相遇了。那一刻真是神圣，我握着她的小手，感觉到她不再只是从笔划结构上认识"天"，她正在惊讶赞叹中体认了那份宽阔、那份坦荡、那份深邃——她面对面地遇见了蓝天，她长大了。

那是一个夏天的长得不能再长的下午，在印第安纳州的一个湖边，我起先是不经意地坐着看书，忽然发现湖边有几棵树正在飘散一些白色的纤维，大团大团的，像棉花似的，有些飘到草地上，有些飘入湖水里，我仍然没有十分注意，只当偶然风起所带来的。可是，渐渐地，我发现情况简直令人暗惊，好几个小时过去了，那些树仍旧浑然不觉地在飘送那些小型的云朵，倒好像是一座无限的云库似的。整个下午，整个晚上，漫天漫地都是那种东西，第二天情形完全一样，我感到诧异和震撼。

其实，小学的时候就知道有一类种子是靠风力靠纤维播送的，但也只是知道一条测验题的答案而已。那几天真的看到了，满心所感到的是一种折服，一种无以名之的敬畏，我几乎是第一次遇见生命——虽然是植物的。

我感到那云状的种子在我心底强烈地碰撞上什么东西，我不能不被生命豪华的、奢侈的、不计成本的投资所感动。也许在不分昼夜的飘散之余，只有一颗种子足以成树，但造物者乐于做这样惊心动魄的壮举。

我至今仍然常在沉思之际想起那一片柔媚的湖水，不知湖畔那群种子中有哪一颗种子成了小树，至少我知道有一颗已经长成，那颗种子曾遇见了一片土地，在一个过客的心之峡谷里，蔚然成荫，教会她，怎样敬畏生命。

【提示训练】

此文撷取人生历程中的两个"遇见"的画面，抒发人生感悟，给人启迪。我们生活中有许多遇见，每一次的遇见都是美丽的，为何许多人熟视无睹，失之交臂？那是因为人们缺少一双发现美的眼睛，更缺少一颗善感顿悟的心。文章倡导在生活中，人们要善于发现、关注身边的事物，因为万事万物都蕴含着深刻的道理，都会给人以启发。播读时要把文章中描写和抒情的变化巧妙结合。

小红门

席慕蓉

这个世界上有很多事情，你以为明天一定可以再继续做的；有很多人，你以为明天一定可以再见到面的；于是，在你暂时放下先或者暂时转过身的时候，你心中所有的，只是明日又将重聚的希望，有时候甚至连这点希望也不会感觉到。因为，你以为日子既然这样一天一天地过来的，当然也应该就这样一天一天地过去。昨天、今天和明天应该是没有什么不同的。

但是，就会有那么一次：在你一放手，一转身的那一刹那，有的事情就完全改变了。太阳落下去，而在它重新升起以前，有些人，就从此和你永诀了。

就像那天下午，我挥手离开那扇小红门时一样。小红门后面有个小院子，小院子后面有扇绿色的窗户。我走的时候，窗户是打开的，里面是外婆的卧室，外婆坐在床上，面对着窗户，面对着院子，面对着红门，是在大声地哭着的。因为红门外面走远了的是她疼爱了二十年的外孙女，终于也要像别人一样出国留学了的外孙女。我不知道那时候外婆心里在想些什么，我只记得，在我把小红门从身后带上时，打开的窗户后面，外婆脸上的泪水正在不断地流下来。

而那是我第一次看见外婆这样地激动，心里不免觉得很难过。尽管在告别前，祖孙二人如何地强颜欢笑，但在那一刹那来临的时候，平日那样坚强的外婆终于崩溃了。而我得羞耻地承认，在那时，我心中虽也满含着离别的痛苦，但能"出国"的兴奋仍然是存在着的。也就是因为这个原因，才使我流的泪没有老人家流的多，也才使我能在带上小红门以前，还能挥手向窗户后面笑一笑。虽然我也两眼酸热地走出巷口，但是，在踏上公共汽车后，车子一发动，我吸一口气，又能去想一些别的事情了。而且，我想，反正我很快就会回来的，反正我们很快又会见面的。而且，我想，我走时，弟弟正站在外婆的身后，有弟弟在，外婆不会哭很久的。外婆真的没有哭很久，那个夏天以后又过了一个夏天，离第三个夏天还很远很远的时候。外婆就走了。

家里的人并没有告诉我这个消息。差不多过了一个月，大概正是十二月初旬左右，一个周末的下午，我照例去教华侨子弟学校。那天我到得比较早，学生们还没来，方桌上摆着一叠国内报纸的航空版，我就坐下来慢慢地翻着。好像就在第二张报纸的副刊上，看到一则短文.一瞥之下，最先看到的是外祖父的名字，我最初以为是说起他生前的事迹的，可是，再仔细一看标题，竟是史秉鳞先生写的："敬挽乐景涛先生德配宝光濂公主。"

而我当时唯一的感觉就是手脚忽然间异常的冰冷，而我才明白，为什么分别的那一天，老人家是那样地激动了。难道她已经预感到，小红门一关上的时候，就是永别的时候吗？而这次，轮到我在一个异国的黄昏里，无限懊悔地放声大哭起来了。

【提示训练】

作品颇具席慕蓉散文的写作笔法特点，细腻动人的笔调，平易朴实的情感，没有过于华丽的词语堆砌，没有令人惊奇不已的哲理，只是娓娓道来，在浅白的诉说里，让读者心中荡起层层涟漪。文章中离别之时作者并不理解外婆的内心，一心只想着自己的远大前程，等得知外婆去世的消息，才开始后悔，才明白分别的那一天老人家的激动，小红门关上后就是永别。《小红门》告诉人们，出人意料的失去常常令人追悔莫及，要珍惜手中拥有的一切，播读时要把握好作者懊恼的情绪基调，做到平实语言陈述中呈现情感的浓郁。

目送

龙应台

华安上小学第一天，我和他手牵着手，穿过好几条街，到维多利亚小学。九月初，家家户户院子里的苹果和梨树都缀满了拳头大小的果子，枝丫因为负重而沉沉下垂，越出了树篱，勾到过路行人的头发。

很多很多的孩子，在操场上等候上课的第一声铃响。小小的手，圈在爸爸的、妈妈的手心里，怯怯的眼神，打量着周遭。他们是幼稚园的毕业生，但是他们还不知道一个定律：一件事情的毕业，永远是另一件事情的开启。

铃声一响，顿时人影错杂，奔往不同方向，但是在那么多穿梭纷乱的人群里，我无比清楚地看着自己孩子的背影——就好像在一百个婴儿同时哭声大作时，你仍旧能够准确听出自己那一个的位置。华安背着一个五颜六色的书包往前走，但是他不断地回头；好像穿越一条无边无际的时空长河，他的视线和我凝望的眼光隔空交会。

我看着他瘦小的背影消失在门里。

十六岁，他到美国作交换生一年。我送他到机场。告别时，照例拥抱，我的头只能贴到他的胸口，好像抱住了长颈鹿的脚。他很明显地在勉强忍受母亲的深情。

他在长长的行列里，等候护照检验；我就站在外面，用眼睛跟着他的背影一寸一寸往前挪。终于轮到他，在海关窗口停留片刻，然后拿回护照，闪入一扇门，倏乎不见。

我一直在等候，等候他消失前的回头一瞥。但是他没有，一次都没有。

现在他二十一岁，上的大学，正好是我教课的大学。但即使是同路，他也不愿搭我的车。即使同车，他戴上耳机——只有一个人能听的音乐，是一扇紧闭的门。有时他在对街等候公车，我从高楼的窗口往下看：一个高高瘦瘦的青年，眼睛望向灰色的海；我只能想象，他的内在世界和我的一样波涛深邃，但是，我进不去。一会儿公车来了，挡住了他的身影。车子开走，一条空荡荡的街，只立着一只邮筒。

我慢慢地、慢慢地了解到，所谓父女母子一场，只不过意味着，你和他的缘分就是今生今世不断地在目送他的背影渐行渐远。你站立在小路的这一端，看着他逐渐消失在小路转弯的地方，而且，他用背影默默告诉你：不必追。

我慢慢地、慢慢地意识到，我的落寞，仿佛和另一个背影有关。

博士学位读完之后，我回台湾教书。到大学报到第一天，父亲用他那辆运送饲料的廉价小货车长途送我。到了我才发觉，他没开到大学正门口，而是停在侧门的窄巷边。卸下行李之后，他爬回车内，准备回去，明明启动了引擎，却又摇下车窗，头伸出来说："女儿，爸爸觉得很对不起你，这种车子实在不是送大学教授的车子。"

我看着他的小货车小心地倒车，然后噗噗驶出巷口，留下一团黑烟。直到车子转弯看不见了，我还站在那里，一口皮箱旁。

每个礼拜到医院去看他，是十几年后的时光了。推着他的轮椅散步，他的头低垂到胸口。有一次，发现排泄物淋满了他的裤腿，我蹲下来用自己的手帕帮他擦拭，裙子也沾上了粪便，但是我必须就这样赶回台北上班。护士接过他的轮椅，我拎起皮包，看着轮椅的背影，在自动玻璃门前稍停，然后没入门后。我总是在暮色沉沉中奔向机场。

火葬场的炉门前，棺木是一只巨大而沉重的抽屉，缓缓往前滑行。没有想到可以站得那么近，距离炉门也不过五公尺。雨丝被风吹斜，飘进长廊内。我掠开雨湿了前额的头发，深深、深深地凝望，希望记得这最后一次的目送。

我慢慢地、慢慢地了解到，所谓父女母子一场，只不过意味着，你和他的缘分就是今生今世不断地在目送他的背影渐行渐远。你站立在小路的这一端，看着他逐渐消失在小路转弯的地方，而且，他用背影默默告诉你：不必追。

【提示训练】

作品全面表现出作者对时间的无言，对亲情延续与生死别离的思考，刚柔之间漫溢出幽微与深邃，忧伤和美丽。作者用文字透露内心那片最不甘的柔情，还有微妙与细腻，无奈与难舍，用最朴素的方式绽放出了最动人的诗意。读者可在细品中明白养育孩子的真谛，对父母之爱更加珍惜。播读时要把握平实朴质的感情基调，在叙述中体现出富有哲理的文章内涵。

第二章　诗　歌

　　诗歌饱含着作者的思想感情与丰富的想象，语言凝练而形象性强，具有鲜明的节奏，和谐的音韵，富于音乐美，语句一般分行排列，注重结构形式的美。我国现代诗人、文学评论家何其芳曾说："诗是一种最集中地反映社会生活的文学样式，它饱含着丰富的想象和感情，常常以直接抒情的方式来表现，而且在精炼与和谐的程度上，特别是在节奏的鲜明上，它的语言有别于散文的语言。"这个定义性的说明，概括了诗歌的几个基本特点：第一，高度集中、概括地反映生活；第二，抒情言志，饱含丰富的思想感情；第三，丰富的想象、联想和幻想；第四，语言具有音乐美。

　　在播读诗歌时应注意：诗歌的内容是社会生活的最集中的反映；诗歌有丰富的感情与想象；诗歌的语言具有精练、形象、音调和谐、节奏鲜明等特点；诗歌在形式上不是以句子为单位，而是以行为单位，且分行主要根据节奏，而不是意思。

正气歌

文天祥

天地有正气，杂然赋流形。
下则为河岳，上则为日星。
于人曰浩然，沛乎塞苍冥。
皇路当清夷，含和吐明庭。
时穷节乃见，一一垂丹青：
在齐太史简，在晋董狐笔。
在秦张良椎，在汉苏武节；

为严将军头，为嵇侍中血，

为张睢阳齿，为颜常山舌；

或为辽东帽，清操厉冰雪；

或为出师表，鬼神泣壮烈。

或为渡江楫，慷慨吞胡羯，

或为击贼笏，逆竖头破裂。

是气所磅礴，凛然万古存。

当其贯日月，生死安足论！

地维赖以立，天柱赖以尊。

三纲实系命，道义为之根。

嗟予遘阳九，隶也实不力。

楚囚缨其冠，传车送穷北。

鼎镬甘如饴，求之不可得。

阴房阒鬼火，春院闷天黑。

牛骥同一皂，鸡栖凤凰食。

一朝蒙雾露，分作沟中瘠。

如此再寒暑，百沴自辟易。

嗟哉沮洳场，为我安乐国。

岂有他缪巧，阴阳不能贼！

顾此耿耿在，仰视浮云白。

悠悠我心悲，苍天曷有极！

哲人日已远，典刑在夙昔。

风檐展书读，古道照颜色。

【提示训练】

《正气歌》是南宋诗人文天祥在狱中写的一首五言古诗。诗的开头即点出浩然正气存乎天地之间，至时穷之际，必然会显示出来；随后连用十二个典故，都是历史上有名的人物，他们的所作所为显示出浩然正气的力量；接下来八句说明浩然正气贯日月，立天地，为三纲之命，道义之根；最后联系自己的命运，自己虽然兵败被俘，处在极其恶劣的牢狱之中，但是由于自己一身正气，各种邪气和疾病都不能侵犯自己，因此自己能够坦然面对自己的命运。作品基调感情深沉、气壮山河，充分体现了作者崇高的民族气节和强烈的爱国主义精神。播读时要注意声音的力度，呈现诗人直抒胸臆的豪情万丈。

蜀道难

李白

噫吁嚱，危乎高哉！
蜀道之难，难于上青天！
蚕丛及鱼凫，开国何茫然！
尔来四万八千岁，不与秦塞通人烟。
西当太白有鸟道，可以横绝峨眉巅。
地崩山摧壮士死，然后天梯石栈相钩连。
上有六龙回日之高标，下有冲波逆折之回川。
黄鹤之飞尚不得过，猿猱欲度愁攀援。
青泥何盘盘，百步九折萦岩峦。
扪参历井仰胁息，以手抚膺坐长叹。
问君西游何时还？畏途巉岩不可攀。
但见悲鸟号古木，雄飞雌从绕林间。
又闻子规啼夜月，愁空山。
蜀道之难，难于上青天，使人听此凋朱颜！
连峰去天不盈尺，枯松倒挂倚绝壁。
飞湍瀑流争喧豗，砯崖转石万壑雷。
其险也如此，嗟尔远道之人胡为乎来哉！
剑阁峥嵘而崔嵬，一夫当关，万夫莫开。
所守或匪亲，化为狼与豺。
朝避猛虎，夕避长蛇，磨牙吮血，杀人如麻。
锦城虽云乐，不如早还家。
蜀道之难，难于上青天，侧身西望长咨嗟！

【提示训练】

《蜀道难》是中国唐代伟大诗人李白的代表作品。此诗袭用乐府旧题，以浪漫主义的手法，展开丰富的想象，艺术地再现了蜀道峥嵘、突兀、强悍、崎岖等奇丽惊险和不可凌越的磅礴气势，借以歌咏蜀地山川的壮秀，显示出祖国山河的雄伟壮丽，充分显示了诗人的浪漫气质和热爱自然的感情。全诗二百九十四字，采用律体与散文间杂，文句参差，笔意纵横，豪放洒脱，感情强烈，一唱三叹，集中体现了李白诗歌的艺术特色和创作个性。

这首诗歌意境深远，豪迈抒怀，作者用的是大跌宕、大抒情的描写，在播读时要把作者的豪气和诗歌所描写的意境表达出来，让受众产生联想，同时把握住诗歌的主调，运用有力度的声音来抒发情感，过于柔情的表达会削弱这首诗歌的感染力。

短歌行二首
曹操

其一

对酒当歌，人生几何？譬如朝露，去日苦多。
慨当以慷，忧思难忘。何以解忧？唯有杜康。
青青子衿，悠悠我心。但为君故，沉吟至今。
呦呦鹿鸣，食野之苹。我有嘉宾，鼓瑟吹笙。
明明如月，何时可掇？忧从中来，不可断绝。
越陌度阡，枉用相存。契阔谈䜩，心念旧恩。
月明星稀，乌鹊南飞。绕树三匝，何枝可依。
山不厌高，海不厌深。周公吐哺，天下归心。

其二

周西伯昌，怀此圣德。三分天下，而有其二。
修奉贡献，臣节不坠。崇侯谗之，是以拘系。
后见赦原，赐之斧钺，得使专征，为仲尼所称。
达及德行，犹奉事殷，论叙其美。齐桓之功，为霸之道。
九合诸侯，一匡天下。一匡天下，不以兵车。

正而不谲，其德传称。孔子所叹，并称夷吾，民受其恩。

赐与庙胙，命无下拜，小白不敢尔，天威在颜咫尺。

晋文亦霸，躬奉天王。受赐圭瓒，秬鬯彤弓。

卢弓矢千，虎贲三百人。威服诸侯，师之所尊。

八方闻之，名亚齐桓。河阳之会，诈称周王，是其名纷葩。

【提示训练】

《短歌行二首》是汉末政治家、文学家曹操以乐府古题创作的两首诗。其中第一首诗通过宴会的歌唱，以沉稳顿挫的笔调抒写了诗人求贤如渴的思想和统一天下的雄心壮志；第二首诗表明作者在有生之年只效法周文王姬昌，绝不做晋文公重耳，向内外臣僚及天下表明心迹，使他的内外政敌都无懈可击。这两首诗是政治性很强的作品，而其政治内容和意义完全熔铸在浓郁的抒情意境中。播读时要把握作者大气端庄的语言风格，感情充沛，语气抑扬低昂有变化、反复咏叹有深意，准确理解文中比兴手法，达到寓理于情，以情感人的目的。

钗头凤·红酥手

陆游

红酥手，黄縢酒，满城春色宫墙柳。东风恶，欢情薄。一怀愁绪，几年离索。错，错，错！

春如旧，人空瘦，泪痕红浥鲛绡透。桃花落，闲池阁。山盟虽在，锦书难托。莫，莫，莫！

【提示训练】

《钗头凤·红酥手》是南宋诗人、词人陆游的词作品。此词描写了词人与原配唐婉的爱情悲剧。全词记述了词人与唐氏被迫分开后，在禹迹寺南沈园的一次偶然相遇的情景，表达了他们眷恋之深和相思之切，抒发了作者怨恨愁苦而又难以言状的凄楚痴情，是一首别开生面、催人泪下的作品。如上片写"红酥手"，下片写"人空瘦"，在形象鲜明的对比中，充分地表现出"几年离索"给唐氏带来的巨大精神折磨和痛苦。播读时要注重节奏急促，声情凄紧，"错，错，错"和"莫，莫，莫"先后两次感叹的虚实结合的声音运用，表达出荡气回肠，恸不忍言、恸不能言的情怀。

满江红

岳飞

怒发冲冠，凭栏处、潇潇雨歇。抬望眼、仰天长啸，壮怀激烈。三十功名尘与土，八千里路云和月。莫等闲、白了少年头，空悲切。

靖康耻，犹未雪。臣子恨，何时灭。驾长车，踏破贺兰山缺。壮志饥餐胡虏肉，笑谈渴饮匈奴血。待从头、收拾旧山河，朝天阙。

【提示训练】

作品的作者岳飞是著名的历史人物，他以一腔爱国热血，捍卫宋朝的领土尊严，却被奸臣陷害，锒铛入狱，在此时写下了这首经典之作，抒发自己壮志难酬的心情。词以愤怒填膺的肖像描写起笔，开篇奇突，表明这是不共戴天的深仇大恨，朗诵时情绪应激昂。"凭栏处、潇潇雨歇。"作者凭栏盛怒之时，骤雨乍停，风和烟尽，此时的感情应从盛怒转为略带忧郁，语气放缓和。"抬望眼，仰天长啸，壮怀激烈。"此句朗诵时情感激愤，情绪升温至高潮。"三十功名尘与土，八千里路云和月"中的"三十""八千"，既反映转战之艰苦，又谦称建树之微薄，用语精妙。"莫等"一词表明期许未来，情怀急切，激越中微含悲凉。下片抒写了作者重整山河的决心和报效君王的耿耿忠心，开头四个短句，三字一顿，这种以天下为己任的崇高胸怀，令人扼腕。"驾长车"一句豪气冲云霄，在那山河破碎、士气低沉的时代，是一种惊天地、泣鬼神的激励力量。"饥餐""渴饮"虽夸张，却表现了诗人震慑敌人的英雄主义气概，朗诵时需加强声音的力度，重音提炼准确。最后两句的语调需陡转平和，表达出作者报效朝廷的一片赤诚之心。

如梦令·常记溪亭日暮

李清照

常记溪亭日暮，沉醉不知归路。
兴尽晚回舟，误入藕花深处。

争渡，争渡，惊起一滩鸥鹭。

【提示训练】

《如梦令·常记溪亭日暮》是一首忆昔词，作者为宋代的李清照。寥寥数语，似乎是随意而出，却又惜墨如金，句句含有深意。开头两句，写沉醉兴奋之情。接着写"兴尽"归家，又"误入"荷塘深处，别有天地，更令人流连。最后一句，纯洁天真，言尽而意不尽。播读时要准确把握作品的基调，灵活运用停顿的技巧，充分展现诗人早期生活的情趣和心境。

相见欢

李煜

无言独上西楼，月如钩。

寂寞梧桐深院锁清秋。

剪不断，理还乱，是离愁。

别是一般滋味在心头。

【提示训练】

《相见欢》是李煜被掳之后所写。作为丧国的君主，作者内心的苦楚与怅惘，时时刻刻如影随形，尤其是在萧瑟的秋夜，播读时要深刻体会诗人愁闷的心境。"无言独上西楼"中的"无言"是无人共言，形单影只，语调要略带幽怨之情。在"无言"后做适当停顿，制造幽怨、沉重之感。"月如钩"中"钩"字要读得稍重、短促，并向上升，表现出诗人幽冷寂寞的内心。"寂寞梧桐深院锁清秋"中"梧桐"处应顿歇，前面稍快，后面稍慢，前面声音响亮实在，后面声轻气多，使用快中显慢、虚实互转的技巧，使听者产生一种发自内心的震动。"剪不断，理还乱，是离愁"可将两处逗号大胆舍弃，突破标点符号的限制，制造千丝万缕的、千愁万绪的连绵感。"是"之后做长时间停顿，给听者思索、体味的时间。"别是一般滋味在心头"一句应前面稍快，后面稍慢，前面用实音，音响亮、实在，后面用虚音，音轻而气多，运用快中显慢、虚实互转的技巧，给听者荡气回肠之感。"滋味"后可做较长时间停顿，播读这种凄苦愁思。"在"后可适当停顿，突显哽咽伤心之感，"头"延长，可造成意犹未尽之感。

长恨歌

白居易

汉皇重色思倾国，御宇多年求不得。杨家有女初长成，养在深闺人未识。
天生丽质难自弃，一朝选在君王侧。回眸一笑百媚生，六宫粉黛无颜色。
春寒赐浴华清池，温泉水滑洗凝脂。侍儿扶起娇无力，始是新承恩泽时。
云鬓花颜金步摇，芙蓉帐暖度春宵。春宵苦短日高起，从此君王不早朝。
承欢侍宴无闲暇，春从春游夜专夜。后宫佳丽三千人，三千宠爱在一身。
金屋妆成娇侍夜，玉楼宴罢醉和春。姊妹弟兄皆列土，可怜光彩生门户。
遂令天下父母心，不重生男重生女。骊宫高处入青云，仙乐风飘处处闻。
缓歌慢舞凝丝竹，尽日君王看不足。渔阳鼙鼓动地来，惊破霓裳羽衣曲。
九重城阙烟尘生，千乘万骑西南行。翠华摇摇行复止，西出都门百余里。
六军不发无奈何，宛转蛾眉马前死。花钿委地无人收，翠翘金雀玉搔头。
君王掩面救不得，回看血泪相和流。黄埃散漫风萧索，云栈萦纡登剑阁。
峨嵋山下少人行，旌旗无光日色薄。蜀江水碧蜀山青，圣主朝朝暮暮情。
行宫见月伤心色，夜雨闻铃肠断声。天旋地转回龙驭，到此踌躇不能去。
马嵬坡下泥土中，不见玉颜空死处。君臣相顾尽沾衣，东望都门信马归。
归来池苑皆依旧，太液芙蓉未央柳。芙蓉如面柳如眉，对此如何不泪垂。
春风桃李花开日，秋雨梧桐叶落时。西宫南内多秋草，落叶满阶红不扫。
梨园弟子白发新，椒房阿监青娥老。夕殿萤飞思悄然，孤灯挑尽未成眠。
迟迟钟鼓初长夜，耿耿星河欲曙天。鸳鸯瓦冷霜华重，翡翠衾寒谁与共。
悠悠生死别经年，魂魄不曾来入梦。临邛道士鸿都客，能以精诚致魂魄。
为感君王辗转思，遂教方士殷勤觅。排空驭气奔如电，升天入地求之遍。
上穷碧落下黄泉，两处茫茫皆不见。忽闻海上有仙山，山在虚无缥缈间。
楼阁玲珑五云起，其中绰约多仙子。中有一人字太真，雪肤花貌参差是。
金阙西厢叩玉扃，转教小玉报双成。闻道汉家天子使，九华帐里梦魂惊。
揽衣推枕起徘徊，珠箔银屏迤逦开。云鬓半偏新睡觉，花冠不整下堂来。
风吹仙袂飘飘举，犹似霓裳羽衣舞。玉容寂寞泪阑干，梨花一枝春带雨。
含情凝睇谢君王，一别音容两渺茫。昭阳殿里恩爱绝，蓬莱宫中日月长。

回头下望人寰处，不见长安见尘雾。惟将旧物表深情，钿合金钗寄将去。
钗留一股合一扇，钗擘黄金合分钿。但教心似金钿坚，天上人间会相见。
临别殷勤重寄词，词中有誓两心知。七月七日长生殿，夜半无人私语时。
在天愿作比翼鸟，在地愿为连理枝。天长地久有时尽，此恨绵绵无绝期。

【提示训练】

《长恨歌》是白居易诗作中脍炙人口的名篇。作者以精练的语言，叙事和抒情结合的手法，叙述了唐玄宗、杨贵妃在安史之乱中的爱情悲剧。诗分为四个层次：第一层从"汉皇重色思倾国"至"尽日君王看不足"，开卷首句提示了故事的悲剧因素，统领着全诗，叙述了安史之乱前，唐玄宗如何重色、求色，终于得到了"回眸一笑百媚生"的杨贵妃，贵妃进宫后恃宠而骄；第二层从"渔阳鼙鼓动地来"至"回看血泪相和流"，写安史之乱，玄宗逃难，被迫赐死贵妃，诗人有意将因玄宗荒淫误国所造成的安史之乱进行淡化处理，使读者感受到的是悲剧气氛而不是历史的理性批判；第三层从"黄埃散漫风萧索"至"魂魄不曾来入梦"，描述了杨贵妃死后，唐玄宗在蜀中的寂寞悲伤还都路上的追怀忆旧；第四层从"临邛道士鸿都客"至"此恨绵绵无绝期"，写玄宗派方士觅杨贵妃之魂魄，重在表现唐玄宗的孤寂和对往日爱情生活的忧伤追忆。播读时要注重把握作品悲切凄婉的基调，四个不同层次中情绪和节奏的变化，特别是要全面刻画出唐玄宗孤寂的心境和对往日爱情生活的忧伤追忆，可分为男女两人共同朗诵。

兵车行

杜甫

车辚辚，马萧萧，行人弓箭各在腰。
爷娘妻子走相送，尘埃不见咸阳桥。
牵衣顿足拦道哭，哭声直上干云霄。
道旁过者问行人，行人但云点行频。
或从十五北防河，便至四十西营田。
去时里正与裹头，归来头白还戍边。
边庭流血成海水，武皇开边意未已。

君不闻，汉家山东二百州，千村万落生荆杞。

纵有健妇把锄犁，禾生陇亩无东西。

况复秦兵耐苦战，被驱不异犬与鸡。

长者虽有问，役夫敢申恨？

且如今年冬，未休关西卒。

县官急索租，租税从何出？

信知生男恶，反是生女好。

生女犹得嫁比邻，生男埋没随百草。

君不见青海头，古来白骨无人收。

新鬼烦冤旧鬼哭，天阴雨湿声啾啾！

【提示训练】

　　《兵车行》是唐代大诗人杜甫创作的叙事诗。全诗以"道旁过者问行人"为界分为两段：首段摹写送别的惨状，是纪事；次段传达征夫的诉苦，是纪言。此诗具有深刻的思想内容，借征夫对老人的答话，倾诉了人民对战争的痛恨，揭露了唐玄宗长期以来的穷兵黩武，连年征战，给人民造成了巨大的灾难。全诗寓情于叙事之中，在叙述次序上参差错落，前后呼应，变化开阖，井然有序，并巧妙运用过渡句，造成了回肠荡气的艺术效果。作品将叙事、抒情和议论紧紧结合，水乳交融，朗诵时要注意营造深沉凝重的氛围，深刻体会作者情绪的变化，如描述了"千村万落生荆杞"的荒凉景象后，作者愤慨地责问"租税从何出"；在痛诉种种不幸之后，诗人又发出了生男不如生女的感叹，其中就饱含了激愤之情。要通过细致的分析，准确把握本诗节奏音调的抑扬顿挫。

春江花月夜

张若虚

春江潮水连海平，海上明月共潮生。

滟滟随波千万里，何处春江无月明！

江流宛转绕芳甸，月照花林皆似霰。

空里流霜不觉飞，汀上白沙看不见。

江天一色无纤尘，皎皎空中孤月轮。

江畔何人初见月？江月何年初照人？

人生代代无穷已，江月年年只相似。

不知江月待何人，但见长江送流水。

白云一片去悠悠，青枫浦上不胜愁。

谁家今夜扁舟子？何处相思明月楼？

可怜楼上月徘徊，应照离人妆镜台。

玉户帘中卷不去，捣衣砧上拂还来。

此时相望不相闻，愿逐月华流照君。

鸿雁长飞光不度，鱼龙潜跃水成文。

昨夜闲潭梦落花，可怜春半不还家。

江水流春去欲尽，江潭落月复西斜。

斜月沉沉藏海雾，碣石潇湘无限路。

不知乘月几人归，落月摇情满江树。

【提示训练】

《春江花月夜》是唐代诗人张若虚的作品。此诗用富有生活气息的清丽之笔，以月为主体，以江为场景，描绘了一幅惝恍迷离的春江月夜图，抒写了游子思妇真挚动人的离情别绪以及富有哲理意味的人生感慨。全诗共三十六句，四句一换韵，共换九韵。全诗随着韵脚的转换变化，平仄的交错运用，一唱三叹，前呼后应，既回环反复，又层出不穷，音乐节奏感强烈而优美，可谓声情与文情丝丝入扣，宛转谐美。在句式上，大量使用排比句、对偶句和流水对，起承转合皆妙。在朗诵时要营造静谧而优美的意境，处理好感情的起伏，四句一节，境随情生。本诗文字含蕴隽永，诗人的内在感情则是悲慨激荡，犹如脉搏跳动那样有规律，朗诵时要处理好节奏的变化，扬抑回旋要到位，声音要柔中带刚，清亮动人。

我的南方和北方

赵凌云

自从认识了那条奔腾不息的大江，我就认识了我的南方和北方。

我的南方和北方相距很近，近得可以隔岸相望。

我的南方和北方相距很远，远得无法用脚步丈量。

大雁南飞，用翅膀缩短着我的南方与北方之间的距离。

燕子归来，衔着春泥表达着我的南方与北方温暖的情意。

在我的南方，越剧、黄梅戏好像水稻和甘蔗一样生长。

在我的北方，京剧、秦腔好像大豆和高粱一样茁壮。

太湖、西湖、鄱阳湖、洞庭湖倒映着我的南方的妩媚和秀丽。

黄河、渭河、漠河、塔里木河展现着我的北方的粗犷与壮美。

我的南方，也是李煜和柳永的南方。

一江春水滔滔东流，流去的是落花般美丽的往事和忧愁。

梦醒时分，定格在杨柳岸晓风残月中的那种伤痛，也只能是南方的才子佳人的伤痛。

我的北方，也是岑参和高适的北方。

烽烟滚滚，战马嘶鸣。

在胡天八月的飞雪中，骑马饮酒的北方将士，正向着刀光剑影的疆场上逼近。

所有的胜利与失败，最后都消失在边关冷月下的漠风中……

我曾经走过黄山、庐山、衡山、峨嵋山、雁荡山，寻找着我的南方。

我的南方却在乌篷船、青石桥、油纸伞、鱼鳞瓦的深处隐藏。

在秦淮河的灯影里，我凝视着我的南方。

在寒山寺的钟声里，我倾听着我的南方。

在富春江的柔波里，我拥抱着我的南方。

我的南方啊！草长莺飞，小桥流水，杏花春雨。

我曾经走过天山、昆仑山、长白山、祁连山、喜马拉雅山，寻找着我的北方。

我的北方却在黄土窑、窗花纸、热土炕、蒙古包中隐藏。

在雁门关、山海关、嘉峪关，我与我的北方相对无言。

在大平原、大草原、戈壁滩，我与我的北方倾心交谈。

在骆驼和牦牛的背景里，我陪伴着我的北方走向遥远的地平线。

我的北方啊！大漠孤烟，长河落日，唢呐万里。

自从认识了那条奔腾不息的大江，我就认识了我的南方和北方。

从古到今，那条奔腾不息的大江就像一根琴弦，弹奏着几多兴亡，几多沧桑。

在东南风的琴音中，我的南方雨打芭蕉，荷香轻飘，婉约而又缠绵。

在西北风的琴音中，我的北方雪飘荒原，腰鼓震天，凝重而又旷远。

啊！我的南方和北方，我的永远的故乡和天堂！

【提示训练】

《我的南方和北方》是作家赵凌云的诗歌作品。南方或者北方，无论身处何方，炎黄子孙眷恋的都是脚下的这片土地，思念养育我们的地方。作者通过写南方北方的美景、对祖国各地博大精深的文化热情赞美，表达了对祖国家乡大好河山的热爱，对祖国丰富的文化的赞颂，以及抒发了对祖国早日统一的殷切期盼，表达出对家国振兴的信心。播读时要情绪饱满，南方的景色和文化要用语言呈现婉约之美，北方的景物刻画要体现粗犷和大气，声音的力度、音色都要灵活进行变化，也可双人朗诵。

相信未来

食指

当蜘蛛网无情地查封了我的炉台，
当灰烬的余烟叹息着贫困的悲哀，
我依然固执地铺平失望的灰烬，
用美丽的雪花写下：相信未来。
当我的紫葡萄化为深秋的露水，
当我的鲜花依偎在别人的情怀，
我依然固执地用凝霜的枯藤，
在凄凉的大地上写下：相信未来。
我要用手指那涌向天边的排浪，
我要用手掌那托起太阳的大海，
摇曳着曙光那枝温暖漂亮的笔杆，
用孩子的笔体写下：相信未来。
我之所以坚定地相信未来，

是我相信未来人们的眼睛——

她有拨开历史风尘的睫毛，

她有看透岁月篇章的瞳孔。

不管人们对于我们腐烂的皮肉，

那些迷途的惆怅，失败的苦痛，

是寄予感动的热泪，深切的同情，

还是给以轻蔑的微笑，辛辣的嘲讽。

我坚信人们对于我们的脊骨，

那无数次地探索、迷途、失败和成功，

一定会给予热情、客观、公正的评定，

是的，我焦急地等待着他们的评定。

朋友，坚定地相信未来吧，

相信不屈不挠的努力，

相信战胜死亡的年轻，

相信未来，热爱生命。

【提示训练】

《相信未来》是食指作于 1968 年的一首朦胧诗。该诗以其深刻的思想、优美的意境、朗朗上口的诗风让人们懂得了在逆境中怎样自我鼓励，怎样矢志不渝地恪守自己对明天的承诺。诗一开头就用"蜘蛛网""灰烬"等几个意象，给人们描绘出了那个荒芜、穷困的时代，播读时要表达出苦不堪言的强烈感触。而诗人却"用美丽的雪花写下来：相信未来"，"雪花"象征纯洁、质朴，播读此段要表达出作者不屈于现实的坚定和执着！第二诗节，用"紫葡萄""深秋的露水""鲜花"等写出了生命由鲜亮而黯淡，由热情而失意的经历，激起了人们对人生中一切失意的联想，而诗人"在凄凉的大地上写下来：相信未来"的人格力量又强烈震撼每一个人的心灵，播读时要适度增强声音的力度。第三诗节，"我要用手指那涌向天边的排浪，我要用手掌那托住太阳的大海"，范围之广，气势之猛，表现了诗人的满腔豪情。"摇曳着曙光那枝温暖漂亮的笔杆"一句，把"曙光"比拟成"笔杆"，富有想象力，"用孩子的笔体写下来：相信未来"表达的是诗人的真挚和坦诚，播读时要有张力和力度，体现出三个诗节，一咏三叹的独特艺术魅力。接下来的三节，食指将自己对"未来"的"相信"和对人类的清醒认识结合起来，形象地描绘出未来人思考的神情，而"拨开"和"看透"又歌颂了人类智慧的伟大。诗人将"相信未来"的原因寄托于这思考的形象中，播读时要注意节奏的层层递进。

面朝大海，春暖花开

海子

从明天起，做一个幸福的人，
喂马、劈柴，周游世界。
从明天起，关心粮食和蔬菜，
我有一所房子，面朝大海，春暖花开。
从明天起，和每一个亲人通信，
告诉他们我的幸福，
那幸福的闪电告诉我的，
我将告诉每一个人。
给每一条河每一座山取一个温暖的名字，
陌生人，我也为你祝福，
愿你有一个灿烂的前程，
愿你有情人终成眷属，
愿你在尘世获得幸福，
我只愿面朝大海，春暖花开。

【提示训练】

《面朝大海，春暖花开》是海子于 1989 年所写的一首抒情诗，距诗人在同年三月卧轨自杀只有 2 个多月的时间。诗人将直抒胸臆与暗示、象征手法结合起来，使全诗既清澈又深厚，既明朗又含蓄，既畅快淋漓而又凝重、丰富，抒发了诗人向往幸福而又孤独凄凉之情。这篇诗歌是作者人生痛苦体验的结晶。诗人开篇点题"从明天起，做一个幸福的人"，表现了他对幸福的无限渴望之情；然后用几组简单的意象描写了他心中远离尘世喧嚣的幸福生活。诗人没有局限在自我幸福的小天地，显示出温和善良的性格。诗人进而祝福陌生人，愿他们获得尘世的幸福，他宽广的胸怀在真诚的祝福中表露无遗。

作者的精神追求从自我走向他人，进而走向人类大众，层层递进，在朴素的语言中完成了心灵的抒情。注意播读时要深沉、深情，朗诵语调要在轻柔中有所变化，增强对诗歌内在意义的深刻挖掘。

祖国啊，我亲爱的祖国

舒婷

我是你河边上破旧的老水车，
数百年来纺着疲惫的歌；
我是你额上熏黑的矿灯，
照你在历史的隧洞里蜗行摸索；
我是干瘪的稻穗，是失修的路基，
是淤滩上的驳船；
把纤绳深深勒进你的肩膊，
——祖国啊！
我是贫困，我是悲哀，
我是你祖祖辈辈痛苦的希望啊，
是"飞天"袖间千百年未落到地面的花朵，
——祖国啊！
我是你簇新的理想，
刚从神话的蛛网里挣脱；
我是你雪被下古莲的胚芽；
我是你挂着眼泪的笑涡；
我是新刷出的雪白的起跑线；
是绯红的黎明正在喷薄；
——祖国啊！
我是你的十亿分之一，
是你九百六十万平方的总和；
你以伤痕累累的乳房喂养了，
迷惘的我、深思的我、沸腾的我；

那就从我的血肉之躯上去取得，

你的富饶、你的荣光、你的自由；

——祖国啊，

我亲爱的祖国！

【提示训练】

作品抒发了诗人自己对祖国的无比热爱之情。此诗播读时要对不同段落的"祖国啊！"有所区分。作品共分四节，首节回顾祖国沉重的历史，以"河边上破旧的老水车""额上熏黑的矿灯"等五个典型意象，表现出祖国母亲在逆境中坚毅的形象，节末一句"祖国啊！"表达对祖国母亲落后的理解和对她顽强精神的叹服。次节过渡，也是描写祖国的过去，但角度不同，直抒胸臆，表明祖国的"贫穷""悲哀"，同时也孕育着"希望"和"花朵"，节末一句"祖国啊！"要表达出哀怨的深情。第三节描写现实，以"簇新的理想""古莲的胚芽"等一系列密集的意象，表达了刚从"大跃进""文革"的噩梦中苏醒过来的"带泪的笑"，节末的一句"祖国啊！"表达了诗人的希望和欢欣，播读时感情基调应由低沉缓慢开始，逐渐上扬。末节展望未来，表达诗人对祖国深沉而热烈的爱。曾经迷惘的"我"，经过深思，如今情感已沸腾。篇末的"祖国啊，我亲爱的祖国！"使全诗的感情达到高潮，播读时要形成全诗的最强音。

妈妈我等了你二十年

云淡水暖

妈妈！

那一定是你，

我听到了，

那手工的绣花布鞋，

踏在地上的声音。

从襁褓时开始就听着，

一直听到穿上了绿色的军装，

当我在军营的梦乡中醒来，

仿佛有你轻轻的脚步来到我床前，

准备给我盖上裸露的手臂，

当我在猫耳洞里感到饥渴，

我就闭上眼睛，

仿佛又听到你轻轻的脚步来到我的跟前，

准备端给我一碗甜甜的汤圆。

妈妈，20 年前，

当我被敌人罪恶的子弹击倒在前沿，

我多么想是你亲手为我合上双眼，

用您温柔的手，

再摸我的脸颊一遍，

让我在冥冥中，

再次接触您手上那粗硬的老茧。

妈妈，我多想对你说，

我倒下的时候，

我的枪刺，

指向敌人阵地的那边，

妈妈，我多想向你证明，

我，作为一个军人，

没有给您丢脸。

妈妈，20 年来，

我和我忠实的弟兄们，

默默地站在这昔日的前沿，

我昔日的兄弟姐妹们来过，

他们给我们带来了欢笑，

他们给我们倾诉衷肠，

他们把泪水洒在这墓前，

鲜花、美酒、醇烟，

还有他们的后代那红红的嫩脸。

可是，

没有妈妈那替代不了的抚摸，

我心中的寂寞，

永远无法排遣。

妈妈，20 年，

你走了好远，好远，

妈妈，20 年，

我知道您好难，好难，

我不怪你，

因为你没有足够的钱，

你没有带任何祭品，

你空手来的，

我不怪你，

因为你没有足够的钱。

妈妈，我明白，

你还没有吃饭，

可是我不能为您尽孝，

只能望着你无言。

妈妈，

你的哭声是那样辛酸，

我明白你嫌自己来得太晚，太晚，

妈妈，

你在我头上的拍打是那样的无奈，

我明白您是在追问，为什么要 20 年。

妈妈，

为了千万个另外的妈妈，

我和您都作出了无悔的奉献。

妈妈，

在你的身后，

是飞速发展的喧闹，

是灯红酒绿的今宵，

是耸入云端的豪华，

但是，

你感受到了什么，妈妈？

我不求再有什么额外的照料，

一声"烈士"已经足够，

我只求下个清明，

我的妈妈，

能够再来抚摸我的墓碑，

因为我的妈妈，

没有剩下多少20年。

【提示训练】

作品的背景是：赵占英，1982年1月入伍，1984年4月28在对越反击战中牺牲，年仅21岁，牺牲后就埋在了云南麻栗坡烈士陵园。清明时节，他的老母亲由侄儿侄媳陪同，20年来第一次，从昆明附近的嵩明县来到云南麻栗坡烈士陵园看望牺牲了20年的儿子。这是这位母亲20年来第一次为儿子上香。为此，赵占英的战友写下了这篇感人肺腑，催人泪下的《妈妈，我等你等了二十年》。作品以第一人称的形式进行情感的表达，直触人心，极易引起受众的共鸣播读时要对诗歌的分析要细致入微，通过运用情声气的灵活变化，展现出诗中人物对母亲的无比思念之情和无怨无悔的英雄气概。

莲的心事

席慕蓉

我，是一朵盛开的夏荷，

多希望，你能看见现在的我。

风霜还不曾来侵蚀，

秋雨还未滴落，

青涩的季节又已离我远去，

我已亭亭，不忧，亦不惧。

现在，正是，

最美丽的时刻，

重门却已深锁，

在芬芳的笑靥之后，

谁人知我莲的心事。

无缘的你啊，

不是来得太早，就是，

太迟……

【提示训练】

在席慕蓉的这首诗里，作者除了赋予莲传统的君子品格外，还以女性独有的眼光和笔法，给"莲"赋予淑女般的气质和神秘的情感内涵。诗歌语言质朴，情感细腻，单纯但不枯燥。播读时要把握一位少女在进行情感自述的意境，用声柔美，情感含蓄，让语言如清泉流入受众心田，给人沁人心脾的听觉感受。

热爱生命

汪国真

我不去想，

是否能够成功，

既然选择了远方，

便只顾风雨兼程。

我不去想，

能否赢得爱情，

既然钟情于玫瑰，

就勇敢地吐露真诚。

我不去想，

身后会不会袭来寒风冷雨，

既然目标是地平线，

留给世界的只能是背影。

我不去想，

未来是平坦还是泥泞，

只要热爱生命，

一切，都在意料之中。

【提示训练】

　　这首诗是一首富含励志色彩的抒情诗歌，提出了"热爱生命"这严肃的人生命题，诗的标题就亮出了作者的观点，抓住了读者的心。这首诗以成功、爱情、奋斗和未来四个肯定的回答，阐释为何要热爱生命的哲理。这首诗的形式用了四个较为工整的排比诗节，对称性强而富于音律美，用"远方""玫瑰""地平线"几个不同的意象强调"热爱生命"这一主题，形式与内容有机地统一。播读时要充分结合本诗音韵的美妙之处，情绪饱满，充满激情，在全诗昂扬奋进的基调中，划分出合理的层次，充分表现出当时诗人正值风华正茂，面对理想、事业、爱情等人生大事时，具有时代气息的价值观和积极的人生态度。

回延安

贺敬之

一

心口呀莫要这么厉害地跳，

灰尘呀莫把我眼睛挡住了……

手抓黄土我不放，

紧紧儿贴在心窝上。

几回回梦里回延安，

双手搂定宝塔山。

千声万声呼唤你

——母亲延安就在这里!

杜甫川唱来柳林铺笑，

红旗飘飘把手招。

白羊肚手巾红腰带，

亲人们迎过延河来。

满心话登时说不出来，
一头扑进亲人怀。

二

二十里铺送过柳林铺迎，
分别十年又回家中。
树梢树枝树根根，
亲山亲水有亲人。
羊羔羔吃奶眼望着妈，
小米饭养活我长大。
东山的糜子西山的谷，
肩膀上的红旗手中的书。
手把手儿教会了我，
母亲打发我们过黄河。
革命的道路千万里，
天南海北想着你……

三

米酒油馍木炭火，
团团围定炕上坐。
满窑里围得不透风，
脑畔上还响着脚步声。
老爷爷进门气喘得紧：
"我梦见鸡毛信来——可真见亲人……"
亲人见了亲人面，
欢喜的眼泪眼眶里转。
"保卫延安你们费了心，
白头发添了几根根。"
团支书又领进社主任，
当年的放羊娃如今长成人。

白生生的窗纸红窗花,

娃娃们争抢来把手拉。

一口口的米酒千万句话,

长江大河起浪花。

十年来革命大发展,

说不尽这三千六百天……

四

千万条腿来千万只眼,

也不够我走来也不够我看!

头顶着蓝天大明镜,

延安城照在我心中;

一条条街道宽又平,

一座座楼房披彩虹;

一盏盏电灯亮又明,

一排排绿树迎春风……

对照过去我认不出了你,

母亲延安换新衣。

五

杨家岭的红旗啊高高地飘,

革命万里起高潮!

宝塔山下留脚印,

毛主席登上了天安门!

枣园的灯光照人心,

延河滚滚喊"前进"!

赤卫军,青年团,红领巾,

走着咱英雄几辈辈人……

社会主义路上大踏步走,

光荣的延河还要在前头!

身长翅膀吧脚生云，

再回延安看母亲！

1956 年 3 月 9 日，延安

【提示训练】

《回延安》抒写诗人回到阔别十年的延安时的喜悦之情，表现了作者思念母亲延安的一片赤子之心，抒发了对母亲延安的眷恋之情。诗歌采用陕北信天游形式，语言质朴，感情热烈。

《回延安》分为 5 个部分。

第一部分：回延安，写回延安的激动喜悦。

第二部分：忆延安，回忆当年延安生活。

第三部分：话延安，写亲人欢聚畅谈的热烈场面。

第四部分：赞延安，写延安城的新面貌。

第五部分：颂延安，歌颂延安光辉历史和展望未来。

朗诵时要把握本首诗歌喜悦激动的感情基调，通过声音快慢、虚实、高低等变化，呈现出浓郁的生活气息和乡土美感，在朴实中表达诗人的赤子之心，全方位表现出本诗显著的地方特色和民歌语言之美。

再别康桥

徐志摩

轻轻的我走了，

正如我轻轻的来；

我轻轻的招手，

作别西天的云彩。

那河畔的金柳，

是夕阳中的新娘；

波光里的艳影，

在我的心头荡漾。

软泥上的青荇，

油油的在水底招摇；
在康河的柔波里，
我甘心做一条水草！

那榆荫下的一潭，
不是清泉，是天上虹；
揉碎在浮藻间，
沉淀着彩虹似的梦。

寻梦？撑一支长篙，
向青草更青处漫溯；
满载一船星辉，
在星辉斑斓里放歌。

但我不能放歌，
悄悄是别离的笙箫；
夏虫也为我沉默，
沉默是今晚的康桥！

悄悄的我走了，
正如我悄悄的来；
我挥一挥衣袖，
不带走一片云彩。

【提示训练】

《再别康桥》是现代诗人徐志摩脍炙人口的诗篇，全诗以离别康桥时感情起伏为线索，抒发了对康桥依依惜别的深情。这首诗歌四行一节，每节押韵，逐节换韵，追求音节的波动和旋律感。"轻轻""悄悄"等叠字的反复运用，增强了诗歌轻盈的节奏。朗诵时第一节声音运用应轻声处理，带着声音的跳动感，以表现出诗人感觉在康桥的时间太短，不忍心离去之情。诗的第二节的节奏要略快，要在"心头"做略为明显的停顿，其他的停顿按照正常情况，

"金柳"与"是"、"艳影"与"在"要连读，表现出诗人对金柳及其倒影的喜爱与难忘。诗的第三、四、五节，诗人的感情不断地走向激动、高亢，诵读的速度应逐渐加快，语调持续提高，并在第五节的最后一句达到全诗的顶点，这是诗人感情发展的高潮。诗的第六节诗人由梦幻回到现实，想到今晚要和康桥离别，情绪低落下来，语速要慢，语音要低，使受众能体味出诗人离别的惆怅。

致橡树

舒婷

我如果爱你——
绝不像攀援的凌霄花，
借你的高枝炫耀自己；
我如果爱你——
绝不学痴情的鸟儿，
为绿荫重复单调的歌曲；
也不止像泉源，
常年送来清凉的慰藉；
也不止像险峰，
增加你的高度，衬托你的威仪。
甚至日光，
甚至春雨。
不，这些都还不够！
我必须是你近旁的一株木棉，
作为树的形象和你站在一起。
根，紧握在地下；
叶，相触在云里。
每一阵风过，
我们都互相致意，
但没有人，

听懂我们的言语。

你有你的铜枝铁干，

像刀，像剑，也像戟；

我有我红硕的花朵，

像沉重的叹息，

又像英勇的火炬。

我们分担寒潮、风雷、霹雳；

我们共享雾霭、流岚、虹霓。

仿佛永远分离，

却又终身相依。

这才是伟大的爱情，

坚贞就在这里：

爱——

不仅爱你伟岸的身躯，

也爱你坚持的位置，

足下的土地。

【提示训练】

这首经典的诗歌中，作者通过拟物化的艺术手法，用木棉树的内心独白，热情而坦诚地歌唱自己的人格理想以及要求各自独立又深情相对的爱情观。本诗可以分为四个部分，第一部分从"我如果爱你，绝不像攀援的凌霄花，借你的高枝炫耀自己"到"甚至春雨"。这部分通过衬托的手法，表述自己不认可的爱情观，"炫耀""单调""常年""增加你的高度"这些最容易表达感情的词汇需要重读。在朗读"凌霄花"和"鸟儿"时，要有带有鄙视的内心示向；朗诵"甚至日光，甚至春雨"时音调可上扬，表现作者情绪的波动和变化。第二部分从"不，这些都还不够"到"但没有人，听懂我们的言语"，这部分表明作者的爱情观，"木棉""树""站"要重读，诗句表达出执着与默契的情感，朗诵"根，紧握在地下；叶，相触在云里"时情感呼应的感受需处理到位。第三部分从"你有你的铜枝铁干"到"仿佛永远分离，却又终身相依"。这部分作者列举了很多意象，语速需快慢变化到位，最后"终身相依"要语速放慢且深情。第四部分从"这才是伟大的爱情"到"不仅爱你伟岸的身躯，也爱你坚持的位置，足下的土地"，这部分感情在升华，句中停顿不宜太长，语速可稍快，最后"足下的土地"需读出坚毅感，呈现本诗的理性气质。

你是人间的四月天

林徽因

我说你是人间的四月天；
笑响点亮了四面风；
轻灵在春的光艳中交舞着变。
你是四月早天里的云烟，
黄昏吹着风的软，
星子在无意中闪，
细雨点洒在花前。
那轻，那娉婷，你是，
鲜妍百花的冠冕你戴着，
你是天真，庄严，
你是夜夜的月圆。
雪化后那片鹅黄，你像；
新鲜初放芽的绿，你是；
柔嫩喜悦，
水光浮动着你梦期待中白莲。
你是一树一树的花开，
是燕在梁间呢喃，
——你是爱，是暖，是希望，
你是人间的四月天！

【提示训练】

《你是人间的四月天》是民国时期诗人林徽因的经典诗作，是为儿子的出生而作，以表达心中对儿子的希望和儿子的出生带来的喜悦。作品将内容与形式完美地结合，将中国诗歌传统中的音乐感、绘画感与英国古典商籁体诗歌对韵律的追求完美地结合起来，是一首可以不断吟诵、可以不断生长出新意的天籁之作。这首诗歌排比的句式将画面连接，情感如水面涟漪层层叠叠荡漾起伏。作品不仅美而且易于吟咏，朗朗动人。朗诵时需注意本诗一至四节句式结构基本相同，形成复沓，构成对称的乐章，要仔细体会每个段落各自的表意中心，在层次递进上有所区分，营造温和静雅的氛围。朗诵时应节奏明快，语流自然轻盈地流动，让受众听后如微风拂面，从身体到心灵感受到一种愉悦的震颤。

我骄傲，我是中国人

王怀让

在无数蓝色的眼睛和褐色的眼睛之中，
我有着一双宝石般的黑色眼睛，
我骄傲，我是中国人！
在无数白色的皮肤和黑色的皮肤之中，
我有着大地般黄色的皮肤，
我骄傲，我是中国人！
我是中国人——
黄土高原是我挺起的胸脯，
黄河流水是我沸腾的热血，
长城是我扬起的手臂，
泰山是我站立的脚跟。
我骄傲我是中国人。
我是中国人——
我的祖先最早走出森林，
我的祖先最早开始耕耘，
我是指南针、印刷术的后裔，
我是圆周率、地动仪的子孙。
在我的民族中，
不光有史册上万古不朽的

孔夫子、司马迁、李自成、孙中山，

还有那文学史上万古不朽的

花木兰、林黛玉、孙悟空、鲁智深。

我骄傲，我是中国人！

我是中国人——

在我的国土上，

不光有雷电轰击不倒的长白雪山、黄山劲松，

还有那风雨不灭的井冈传统、延安精神！

我是中国人——

我那黄河一样粗犷的声音，

不光响在联合国的大厦里，

大声发表着中国的议论，

也响在奥林匹克的赛场上，

大声高喊着"中国得分"！

当掌声把五星红旗送上蓝天，

我骄傲，我是中国人！

我是中国人——

我那长城一样的巨大手臂，

不光把采油钻杆钻进外国人预言打不出石油的地心；

也把通信卫星送上祖先们梦里也没有到过的白云；

抬头，当五大洲倾听东方的时候，

我骄傲，我是中国人！

我是中国人——

我是莫高窟壁画的传人，

让那翩翩欲飞的壁画与我们同往。

我就是飞天，

飞天就是我。

我骄傲，我是中国人！

【提示训练】

这是一篇经典的歌颂中华民族的抒情诗，诗中表达了作者强烈的爱国精

神。整首诗歌情绪饱满，富有激情，气势豪迈，全方位展示作为一名中国人的骄傲和自豪。朗诵时要准确把握自豪热情的基调，停、连富有变化，读出明显的节奏感，同时要控制情绪，不能一味追求高亢而没有变化，尤其要避免声嘶力竭，作为集体诗朗诵练习，可以得到较好的舞台表演效果。

雪落在中国的土地上

艾青

雪落在中国的土地上，
寒冷在封锁着中国呀……
风，
像一个太悲哀了的老妇。
紧紧地跟随着，
伸出寒冷的指爪，
拉扯着行人的衣襟。
用着像土地一样古老的话，
一刻也不停地絮聒着……
那丛林间出现的，
赶着马车的，
你中国的农夫，
戴着皮帽，
冒着大雪，
你要到哪儿去呢？
告诉你，
我也是农人的后裔——
由于你们的，
刻满了痛苦的皱纹的脸，
我能如此深深地，
知道了，
生活在草原上的人们的，

岁月的艰辛。

而我，

也并不比你们快乐啊，

——躺在时间的河流上，

苦难的浪涛，

曾经几次把我吞没而又卷起——

流浪与监禁，

已失去了我的青春的最可贵的日子，

我的生命，

也像你们的生命，

一样的憔悴呀。

雪落在中国的土地上，

寒冷在封锁着中国呀……

沿着雪夜的河流，

一盏小油灯在徐缓地移行，

那破烂的乌篷船里，

映着灯光，垂着头，

坐着的是谁呀？

——啊，你，

蓬发垢面的少妇，

是不是

你的家，

——那幸福与温暖的巢穴——

已被暴戾的敌人，

烧毁了么?

是不是，

也像这样的夜间，

失去了男人的保护，

在死亡的恐怖里，

你已经受尽敌人刺刀的戏弄?

咳，就在如此寒冷的今夜，
无数的，
我们的年老的母亲，
都蜷伏在不是自己的家里，
就像异邦人，
不知明天的车轮，
要滚上怎样的路程？
——而且，
中国的路，
是如此的崎岖，
是如此的泥泞呀。
雪落在中国的土地上，
寒冷在封锁着中国呀……
透过雪夜的草原，
那些被烽火所啮啃着的地域，
无数的，
土地的垦殖者，
失去了他们所饲养的家畜，
失去了他们肥沃的田地，
拥挤在，
生活的绝望的污巷里；
饥馑的大地，
朝向阴暗的天，
伸出乞援的，
颤抖着的两臂。
中国的苦痛与灾难，
像这雪夜一样广阔而又漫长呀！
雪落在中国的土地上，
寒冷在封锁着中国呀……
中国，

我的在没有灯光的晚上，
所写的无力的诗句，
能给你些许的温暖么？

1937 年 12 月 28 日夜间

【提示训练】

《雪落在中国的土地上》是艾青的代表作品，全诗通过描写大雪纷扬下的农夫、少妇、母亲的形象，表现中华民族的苦痛与灾难，表达了诗人深厚的爱国热情。朗诵时要透彻理解诗人对祖国赤诚炽烈、深沉执着的情感，把诗人急切忧虑和愤懑的心绪表达出来。在整篇稿件朗诵中，要呈现出平淡沉郁、痛苦沉重、愤怒绝望等不同的感情色彩，通过声音弹性的变化，让作品中充满悲愤力量的诗句有力地震撼着受众的心灵，给人们带来感情上的温暖和精神上的鼓舞。

一棵开花的树

席慕蓉

如何，让你遇见我？
在我最美丽的时刻。
为这——
我已在佛前求了五百年，
求它让我们结一段尘缘。
佛于是把我化做一棵树，
长在你必经的路旁。
阳光下，
慎重地开满了花，
朵朵都是我前世的盼望！
当你走近，
请你细听，
那颤抖的叶，
是我等待的热情！

而当你终于无视地走过，
在你身后落了一地的……
朋友啊!
那不是花瓣，
是我凋零的心。

【提示训练】

《一棵开花的树》是席慕蓉创作的一首抒情诗，把一位少女的怀春之心表现得情真意切，震撼人心。这不是失恋的悲歌，而是对真挚的爱的热烈祈求。这首诗始终紧扣着一棵开花的树来写，意象单纯，抒情真切，音韵和谐，艺术水平很高。全诗共三节。第一节抒写了"我"对"你"的深切期待。诗人运用夸张的手法，先声夺人，朗诵时要表达出热烈期待的感情基调，将浓重的爱呈现。诗的第二节，"我"以树的形象出现。"树"作为一个意象承载了"我"的爱的全部内涵，"我"日日夜夜守望着爱情，坚贞不渝，朗诵时要深刻理解诗句的意义，这份爱不是一时冲动，而是由来已久，愈久弥坚，播读时声音的力度可适当增强。诗的第三节写"我"的心灵低语，心底对爱的声声呼唤，令人心碎，花自飘零，人自惆怅，要做到以情带声，语速可适当放慢，表现出失落忧伤的心境。

乡愁

余光中

小时候，
乡愁是一枚小小的邮票，
我在这头，
母亲在那头。
长大后，
乡愁是一张窄窄的船票，
我在这头，
新娘在那头。
后来啊，

乡愁是一方矮矮的坟墓，

我在外头，

母亲在里头。

而现在，

乡愁是一湾浅浅的海峡，

我在这头，

大陆在那头。

【提示训练】

《乡愁》表达了诗人余光中对故乡恋恋不舍的一份情怀，更体现了作者期待中华民族早日统一的美好愿望。全诗共四节，以时空的隔离与变化来层层推进诗情的抒发，构思极为巧妙。一方面，诗人以时间的变化组诗，小时候——长大后——后来——现在，四个人生阶段。另一方面，诗人以空间上的阻隔作为这四个阶段共同的特征，小时候的母子分离——长大后的夫妻分离——后来的母子死别——现在的游子与大陆的分离。诗人为这人生的四个阶段各自找到一个表达乡愁的对应物，小时候的邮票——长大后的船票——后来的坟墓——现在的海峡。朗诵时情绪应当是深情、惆怅，语速略慢，语调轻柔，四个阶段的层次区分要准确细致，在平铺直舒中营造一种低回怅惘的氛围。

雪花的快乐

徐志摩

假如我是一朵雪花，

翩翩的在半空里潇洒，

我一定认清我的方向——

飞扬，飞扬，飞扬——

地面上有我的方向。

不去那冷寞的幽谷，

不去那凄清的山麓，

也不上荒街去惆怅——

飞扬，飞扬，飞扬——
你看，我有我的方向！
在半空里娟娟地飞舞，
明了那清幽的住处，
等着她来花园里探望——
飞扬，飞扬，飞扬——
啊，她身上有朱砂梅的清香！
那时我凭借我的身轻，
盈盈地，沾住了她的衣襟，
贴近她柔波似的心胸——
消溶，消溶，消溶——
溶入了她柔波似的心胸！

【提示训练】

《雪花的快乐》是现代诗人徐志摩的诗歌。作者早期受资产阶级民主思想影响，但看到中国现实的黑暗，意识到在当时的环境中是不能实现他的民主思想。这首诗是在这样矛盾的心情下进行创作，体现出浓浓的个人情绪，理想没有现实的土壤来根植，作者只能"假若我是一朵雪花"，这个"假若"定下了本首诗的基调，本诗虽然清丽、温柔，但也有着化不开的愁绪。本诗诗节与诗行十分均齐，每个诗行基本三顿，每个诗节的三四行都退后一格。句后加上破折号，从视觉上赋予诗节以错落有致的动感。再加上每一节，都有三句排叠，造成雪花飘飞的意象动感，具有和谐灵动的音韵美。"雪花"是作者的灵魂，只有作为雪花，才能离开现实，在中空"飞扬"。"飞扬"里有坚定也有迷茫，朗诵时需声音渐高，给人以轻快的感受和向上的激情。"消溶"应该声音渐弱，语速缓慢，朗诵出回味悠长的韵味，使整首诗节奏变化丰富，动人心脾。

对岸

泰戈尔

我渴望到河的对岸去。

在那边，好些船只一行儿系在竹竿上；

人们在早晨乘船渡过那边去，肩上扛着犁头，去耕耘他们的远处的田；

在那边，牧人使他们鸣叫着的牛涉水到河旁的牧场去；

黄昏的时候，他们都回家了，只留下豺狼在这长满着野草的岛上哀叫。

妈妈，如果你不介意，我长大的时候，要做这渡船的船夫。

据说有好些古怪的池塘藏在这个高岸之后。

雨过去了，一群一群的野鸭飞到那里去。

茂盛的芦苇在岸边四周生长，水鸟在那里生蛋。

竹鸡摇着跳舞的尾巴，将它们细小的足印印在洁净的软泥上；

黄昏的时候，长草顶着白花，邀月光在长草的波浪上浮游。

妈妈，如果你不介意，我长大的时候，要做这渡船的船夫。

我要自此岸至彼岸，渡过来，渡过去，所有村中正在那儿沐浴的男孩女孩，都要诧异地望着我。

太阳升到中天，早晨变为正午了，我将跑到您那里去，说道："妈妈，我饿了！"

一天完了，影子俯伏在树底下，我便要在黄昏中回家。

我将永远不同爸爸那样，离开你到城里去做事。

妈妈，如果你不介意，我长大的时候，要做这渡船的船夫。

【提示训练】

《对岸》选自泰戈尔的诗集《新月集》，作者在悼亡夫人逝世、儿女夭亡的悲痛日子里，怀着对孩子深厚的慈爱、对自己童年生活的回忆，写下了这部著名的散文诗集。在本首诗歌中，孩子对对岸的渴想，实际表现的是作者对理想世界的向往追求，"对岸"是恬美神奇的乐土，人们在那里耕耘、放牧，各种飞禽走兽在那里自由自在地栖息生长，连长草在月光下也呈现出异彩。"妈妈，如果你不介意，我长大的时候，要做这渡船的船夫"这一句总是出现在每段的末尾，加强了诗歌的节奏感，体现了一种韵律美。朗诵时要根据每段的情感变化有所不同，不能雷同。本诗描摹的是儿童的心理，朗诵时要从孩子的视角出发，表达出渴望、追求、积极的情绪，基调应欣喜愉快，声音可略高，语流跳跃感强，用明亮动人的声音，呈现出作者对大自然的热爱和对故土的眷恋之情。

我曾经爱过你

普希金

我曾经爱过你：爱情，也许
在我的心灵里还没有完全消亡，
但愿它不会再打扰你，
我也不想再使你难过悲伤。
我曾经默默无语、毫无指望地爱过你，
我既忍受着羞怯，又忍受着嫉妒的折磨，
我曾经那样真诚、那样温柔地爱过你，
但愿上帝保佑你，
另一个人也会像我一样地爱你。

【提示训练】

　　《我曾经爱过你》是普希金的一首爱情诗，作品体现出的爱情的纯真、心胸的博大感动了无数读者。诗歌生动地描绘了诗人对女主人公至深的爱恋，他爱得真挚且专一，可姑娘早已另有所爱，但诗人宁愿忍受羞怯和嫉妒的折磨，也不愿意去打扰她或者使她悲伤，他还祈求上帝保佑她，愿姑娘能得到另一个和他一样爱她的心上人。在诗中，诗人把自己一往情深的爱情和坚强自制的性格刻画得淋漓尽致，表达了深深的眷念和真诚的祝福，充满了动人的艺术魅力。朗诵时要饱含深情，情感真挚，含蓄又热烈，应注意此诗感情细腻，要通过语气和节奏的灵活转换，特别是声音的虚实变化，将作者丰富的内心世界勾勒出来。

我愿意是急流

裴多菲

我愿意是急流，
山里的小河，

在崎岖的路上、
岩石上经过……
只要我的爱人
是一条小鱼，
在我的浪花中
快乐地游来游去。
我愿意是荒林，
在河流的两岸，
对一阵阵的狂风，
勇敢地作战……
只要我的爱人
是一只小鸟，
在我的稠密的
树枝间做窠，鸣叫。
我愿意是废墟，
在峻峭的山岩上，
这静默的毁灭
并不使我懊丧……
只要我的爱人
是青青的常春藤，
沿着我荒凉的额，
亲密地攀援上升。
我愿意是草屋，
在深深的山谷底，
草屋的顶上
饱受风雨的打击……
只要我的爱人
是可爱的火焰，
在我的炉子里，
愉快地缓缓闪现。

我愿意是云朵，

是灰色的破旗，

在广漠的空中，

懒懒地飘来荡去，

只要我的爱人

是珊瑚似的夕阳，

傍着我苍白的脸，

显出鲜艳的辉煌。

【提示训练】

《我愿意是急流》是裴多菲创作的一首自由诗，诗歌以爱情为表现题材，通过"急流"旁敲侧击，引人深思，产生美感。诗没有完整的人物形象，通过比喻、象征的语言方式表露内心强烈的感情，采用重言复唱手法，多次重复"我愿是""只要我的爱人"，渲染气氛，加强感情。从诗人所构造的意象来看，六组并列的意象多维度、深层次、酣畅淋漓地展示出了"我"在求爱道路上毫无保留、无私奉献的内心。六组意象即"急流"与"小鱼"、"荒林"与"小鸟"、"废墟"与"常春藤"、"草屋"与"火焰"、"云朵""破旗"与"夕阳"，它们一者雄浑，一者娇秀，但是相依相存，相得益彰，衬托出一幅幅诗意盎然、动人心扉的画卷。朗诵时要情绪饱满，声音舒展，在节奏的递进中透露出作者内心为爱奉献一切的无畏精神，表现出这首诗歌独特的音韵特点。

第三章 童话 寓言

童话是一种带有浓厚幻想色彩的虚构故事，如《田螺姑娘》《神笔马良》等。幻想是童话的基本特征，是童话的核心，也是童话的灵魂。童话多表现幻想世界，充满幻想色彩。从风霜雨雪到星辰日月，从花木草石到鱼鸟虫兽，对大自然的一切事物都可加以人格化，以物拟人，妙趣横生，如《渔夫的故事》。童话的表现形式十分丰富，除以散文形式写的童话外，还有童话诗和童话剧。童话的想象丰富，幻想奇特，抒情说理，寓教于乐，突出形象性，注重趣味性，讲究可读性，如《宝葫芦的秘密》《卖火柴的小女孩》等。

在中国，童话最初也是群众集体创作，在民间流传。而成为文学的童话，始于辛亥革命时期，如孙毓修等编纂的童话集。当时对于童话的概念还是模糊的，认为它无非是"儿童的话"。真正赋予童话新的内容，培植、鼓励童话创作，使它成为一种独特的文学体裁的是现代作家郑振铎。西方童话的产生比中国略早。十九世纪中期丹麦作家安徒生创作了大量的童话，颇受读者的青睐。

寓言，是含有劝喻和讽刺意味的故事。寓，就是寄托，即借助于某种故事形式来表达作者的创作意图。如《汉书·叙传上》里的《邯郸学步》："昔有学步于邯郸者，曾未得其仿佛，又复失其故步，遂匍匐而归耳。"尽管文字简洁，但已形成有相对完整情节的简短故事，而故事本身又寓含某种深刻的道理，故堪为一篇典型的寓言。

寓言，结构简单，篇幅短小，情节单纯有趣。如《塞翁失马》《黔驴技穷》等。

寓言多来自现实生活，内容多以反映人们对生活的看法，或对某种社会现象的批评，或对某种人的讽刺和箴戒。寓言虽然具有虚构的成分，但却是社会现象的高度提炼和概括，更容易为人所接受，如《孟子》里的《揠苗助长》。

寓言，表现为借题发挥，由此及彼，托古讽今，小中见大，突出讽刺性，注重实用性，讲究哲理性善于启发性，如《自相矛盾》《刻舟求剑》。

寓言的产生比神话略晚。它是在历史不断向前发展，人类对社会的认识逐渐深化时产生的。它是人类自觉地以自己的认识对社会种种形态进行艺术加工。最初，它来自群众的集体创作，后经过文人收集，提炼形成优美的文学作品。我国春秋战国时期寓言发展最为兴盛，诸子百家著作中都有不少寓言故事流传下来。外国著名寓言有古希腊的《伊索寓言》，法国的《拉封丹寓言》和俄罗斯的《克雷洛夫寓言》等。

鹬蚌相争

战国时，赵国要攻打燕国，燕国派谋士苏代去劝说赵王。苏代就给赵王讲了这样一个故事：一只大蚌在河滩上晒太阳，它刚刚张开贝壳，水鸟鹬就伸出长嘴去啄蚌肉，蚌连忙收紧贝壳，将鹬的长嘴夹住了。鹬鸟生气地说："今天不下雨，明天不下雨，我看你怎么活下去？"蚌也毫不让步地说："今天不放你，明天不放你，我瞧你也活不成！"正当鹬和蚌闹得不可开交的时候，被一位渔翁发现，他毫不费力就把它们捉住了。

苏代告诉赵王，赵国攻打燕国就如同鹬蚌相争，两国都得不到好处，而强大的秦国就会像渔翁一样占到便宜。

这个故事后来被概括成了成语"鹬蚌相争，渔翁得利"，用来比喻争夺的双方互不相让，结果两败俱伤，让第三者得到了利益。

【提示训练】

注意这则寓言结尾处的重音与停连的处理，通过重音与停连的处理表达"教育"的目的。

狡兔三窟

战国时期，齐国相国田文，号孟尝君，门下养了三千宾客，其中有一个门客叫冯谖 (xuān)，是个很有才能的人，但一直没有受到孟尝君的重视。一天，孟尝君召集宾客，问道："我在薛地放了很多债，谁能为我去收取本利？"别人还没开口，冯谖抢着说："我愿意去。"孟尝君点头同意。冯谖又问道："我收完了债，要给您买些什么回来？"孟尝君随口说："先生看我家中缺什么，就买什么吧。"

冯谖带着债券来到薛地召集老百姓，把债券核对后，放火烧了。他对老百姓说："孟尝君体谅大家的苦处，命令我将所有的债务一概免除！"借债的百姓无不感激涕零。

冯谖见到孟尝君后，诉说了一切，孟尝君很不高兴。一年后，齐王罢免了孟尝君，三千宾客都跑了。冯谖劝他去薛地居住。孟尝君的车子走到离薛地还有一百里的地方，薛地的老百姓就前来迎接。孟尝君叹了口气说："先生为我买的'义'，我今天才算真正见到了。"冯谖说："狡兔三窟，方能免除一死。您如今只有一窟，还不能高枕而卧，让我再为您凿两个窟吧。"

冯谖来到魏国游说魏王聘请孟尝君。魏王派出使者带着一百辆马车和千斤黄金，去薛地聘请孟尝君。冯谖又劝孟尝君拒绝他们的聘请。这样，魏国的使者往返了三次，孟尝君就是不肯到魏国去做相国。

齐王知道了这件事以后，担心孟尝君为别国卖力，连忙派大臣带上千斤黄金和一柄有白玉佩带的宝剑，到薛地去向孟尝君谢罪，并恢复了他相国的职务。这就是冯谖为孟尝君凿成的第二窟。

随后，冯谖又要孟尝君向齐王请赐先王的祭器，在薛地建造宗庙，供奉起来。宗庙建成后，冯谖派人去报告孟尝君说："三窟已成，您能够高枕无忧了。"

【提示训练】
播读时注意段落层次之间的递进关系，人物对话的语气要准确。

猕猴救月

在一片幽静的森林中，住着一群猕猴。一天晚上，猕猴们到森林外面来玩，有一只最小的猕猴来到水潭边。它探头往潭里一看，吓得大叫起来："不得了啦！不得了啦！月亮掉进潭里去啦！"猕猴们听到喊声，一窝蜂跑到潭边。它们纷纷探头向潭里望去，果然潭里有个又圆又大的月亮。

猕猴们又跑到猴王面前，争先恐后地报告猴王："大王，大王，您知道吗？月亮掉到潭里去了！"

有一只猕猴说道："大王，我们赶紧去把月亮捞上来，放到原来的地方去吧。"

猴王想了想，说："好吧！我们想个办法把月亮捞上来。"

那只最小的猕猴问："潭那么深，我们怎么捞月亮呢？"

是呀，怎么捞呢？这群猕猴你看看我，我看看你，都没了主意。突然，一只聪明的猕猴叫道："我有一个好办法。我用手，抓住一只猴子的脚，它再用手，抓另一只猴子的脚，这样连成一串，不就能把月亮捞出来了吗？"

大家都说这个办法好。于是，一只猕猴爬上树，用脚攀住一根枝条，然后倒吊下来，用手抓住另一个猕猴的脚。这只猕猴也倒吊下来，再用手抓住另一只猕猴的脚。就这样，一只一只连起来，一直垂到潭边。

最小的猕猴在最下面，它伸手到水里去捞月亮。它一捞，水面被搅出很多的波纹，月亮就变成了一块块碎片。小猕猴吓得赶紧缩回手来，叫道，"不好了！月亮碎啦！"

猕猴们纷纷探头张望。这时，水面又恢复了平静。抓住小猕猴脚的那只猕猴看到月亮还好好的，生气地说："你瞎嚷嚷什么，月亮不是好好地在那里吗？"小猕猴低头一看，咦？月亮果然还是圆圆的，一点儿也没有碎。它又伸手去捞。这时，树枝突然间断了，猕猴们一起掉进了潭里。

【提示训练】

播读时要注意处理最小的猕猴说的"不得了啦！不得了啦！月亮掉进潭里去啦！"和众猕猴们说的"大王，大王，您知道吗？月亮掉到潭里去了！"，切忌语气夸张，不能"演"，要感情真挚地表现"惊奇"和"着急"之感，做到情景再现。通篇的情感要随着内容变化而变化。

老人与鞋子

从前，有一双鞋子，它特别自豪，因为它产自一个很出名的鞋厂。这个品牌的质量，也是其他鞋子所不能相提并论的。于是这双鞋子在被买走之前就为自己定下了一个远大的目标：一定要比同类让主人穿的时间长，而且还要让主人经常称赞自己。

终于有一天，这双鞋子被买走了，它非常高兴。不过不幸的是，它并没有像其他同类一样，能够时而坐坐汽车，时而逛逛公园，时而与自己喜欢的鞋子一起散散步，时而……而是被一个小伙子买去后送给了在乡下生活的父亲。

"多好的鞋子啊！"小伙子走后老人忍不住自言自语，"哎！应该把它放起来，穿这么好的鞋子实在太浪费了。"

鞋子听到老人的叹息，禁不住又想起了自己的理想，它对老人说："你如果把我放在这个整天不见天日的柜子里，那我的存在还有什么意义呢？"

老人看了看鞋子，又看了看自己脚上那双补了又补的鞋，无奈地叹了口气："是该换了，儿子每次来探家都会为此唠叨不止。这双鞋子是儿子的一片孝心啊！穿上它不就等于穿上了幸福吗？"就这样，鞋子被老人穿在了脚上。

刚开始的时候，老人每走一步路，鞋子都尽力让老人觉得舒服，一步又一步，一天又一天。

但随着时间的流逝，没过多久，鞋子开始觉得自己好累，身上的压力是那么大，无论怎样安慰自己，始终都觉得理想是那么遥远，那么难以实现。一天夜里，鞋子实在承受不住了，轻声地抽噎起来，这声音虽然很小，但还是被老人听到了。

老人慈爱地问道："你怎么了？是不是我不小心伤到了你？"

听了老人的话，鞋子哭得更厉害了，觉得好委屈，于是对老人讲了自己的理想，最后还埋怨道："上天对我太不公平了，让我生活在乡下，即便如此，可我还是一直坚持着理想，希望有一天你会称赞我。不过除了第一次见到你那天以外，我再也没有听到你的称赞，你仅仅每天晚上睡前摸摸我而已。我真的好累，每天被你踩着，这种压力是你永远也无法体会的。"

听完鞋子的哭诉，老人什么都没说，仅仅在第二天早上把鞋子放到了院子里一个雨淋不到的屋檐下。

晒着暖洋洋的阳光，享受着轻风吹拂，轻松了很多，鞋子想：这种生活多自由！

这样的日子一直持续着，直到一个雷雨交加的夜晚，鞋子才开始觉得孤单和害怕。它多希望老人能像以前一样把自己放在身边的床头，但却只能听到让人惊恐万状的雷声和令人毛骨悚然的雨声。望着窗子里的老人，他似乎已入梦了，鞋子忍不住默默地流下了眼泪。

这个时候，忽然有一双手把鞋子拿了起来。鞋子睁开蒙胧的眼睛，看到的正是刚才熟睡的老人，哭得更厉害了。它抽噎着对老人说："自从你把我放在外面后，虽然我每天都晒着太阳、睡着懒觉，每天都无忧无虑的，但我心里却很空虚。我所能看到的世界只有一个小小的院子而已。以前我虽然没能听到你的称赞，还要承受你给的压力，撑着你走路，但也是你给了我动力，带着我开阔了视野，让我明白了我生存的意义——只有在被人穿着走路的时候，我的存在才有意义，明天换上我吧！"

老人笑了，笑容还是那么慈爱。他对鞋子说："其实我每天对你的抚摸就是在称赞你呀！只是你没有感觉到。我和你一样，都没有权力去选择最初的命运。那个时候，我们只有被选择的份，但我们并不是没有了选择，我们还可以选择对待生活的态度——乐观或悲观。你现在不是也明白了吗？压力不一定是不幸，要看你从什么角度去看它。"

第二天早上，老人又穿上了这双鞋子。

【提示训练】

文章运用拟人化的手法体现鞋子一波三折的"命运"，播读时要注意老人和鞋子的对话中，鞋子三次不同的情绪。①"你如果把我放在这个整天不见天日的柜子里，那我的存在还有什么意义呢？"②"上天对我太不公平了，让我生活在乡下，即便如此，可我还是一直坚持着理想，希望有一天你会称赞我。不过除了第一次见到你那天以外，我再也没有听到你的称赞，你仅仅每天晚上睡前摸摸我而已。我真的好累，每天被你踩着，这种压力是你永远也无法体会的。"③"自从你把我放在外面后，虽然我每天都晒着太阳、睡着懒觉，每天都无忧无虑的，但我心里却很空虚。我所能看到的世界只有一个小小的院子而已。以前我虽然没能听到你的称赞，还要承受你给的压力，撑着你走路，但也是你给了我动力，带着我开阔了视野，让我明白了我生存的意义——只有在被人穿着走路的时候，我的存在才有意义，明天换上我吧！"准确把握这三次不同情绪的转换，才能充分体现这篇寓言的主旨。

飞不起来的鸟

乌鸦、老鹰、斑鸠是三个很要好的朋友，它们住在不同的地方。乌鸦的家在两千尺高的山上，老鹰的家在十丈高的悬崖上。斑鸠则住在一片森林里。它们是在一次旅行中认识的。因为大家都很喜欢游玩，就约好每年结伴出来玩一次。

虽然它们都会飞，但是彼此的个性却相差很多。乌鸦是一个整天聒噪不休，不说话就浑身不对劲的"长舌妇"。老鹰是一个沉默而脾气暴躁的艺术家。斑鸠是一个既顽皮又不听话的离家的小孩儿。

这年秋天，它们约好一起到远方大湖去游玩。由于很久没有见面的缘故，一路上大家都叽叽喳喳地谈自己的生活。你一句我一句的，根本没留意周围发生了什么事。

没想到，这个大湖旁的树林里，有个虎视眈眈的猎人，正张着一张好大的猎网。那网大约有四幢房子那么大，网丝坚韧细密，在太阳光下，不仔细看，还真看不出来呢。

猎人蹲在隐秘的树林里，静静地等待着。等了一会儿，猎人听到乌鸦"哑，哑"的叫唤，抬头一看，果真是乌鸦、老鹰、斑鸠优哉优哉地飞过来了。

爱捣乱的斑鸠一看到底下优美的景色，就像疯了一样直冲下去。老鹰却一脸不屑地说："这么小的一个湖啊？哪里比得上我家旁边的大海？""是啊，这里也没什么好看的。是谁说要到这里来玩的呢？"乌鸦附和着说，"不过如果有好吃的东西也就罢了。"

一说到吃，大家的肚子就咕噜咕噜地叫，都迫不及待地跟着斑鸠冲下去了。谁知道猎网就在下面等着它们呢。

"这是怎么回事？怎么回事啊？"斑鸠困在网里，莫名其妙地大喊。不幸的是，乌鸦、老鹰都还没来得及想清楚，也一同栽进了猎网。

看着越挣扎缠得越紧的双脚，老鹰简直要气炸了。

乌鸦则破口大骂："是谁，是谁说要到这儿来的？是谁？"

"什么时候了，你还在怨天尤人。我们赶快一起用力飞出去吧！"斑鸠着急地说。

它们奋力一飞，网子也跟着飞起来了。但是，才一会儿，它们又落了下来。

原来，三只鸟又为往哪里飞而吵架。

"往东飞。"斑鸠说。

"往西飞。"老鹰说。

"往北飞会比较安全。"乌鸦大喊。

大家意见纷纷，吵成一团，再也飞不起来了。

【提示训练】

《飞不起来的鸟》告诉我们，和气是非常重要的，特别是在和朋友发生不愉快事情的时候，应该以大局为重，心平气和地去做决定。这是人际交往的上策。

守株待兔

古时候有个种田人，一天，他在田里干活，忽然看见一只野兔从树林里窜出来。不知怎么，它一头撞在田边的树桩上，折断了颈骨，死了。

种田人急忙跑过去，没花一点力气，白捡了一只又肥又大的野兔。他乐滋滋地走回家去，心里想：要是每天能捡到一只野兔，那该多好啊！

他从此丢下锄头，整天坐在树桩旁边等着，看有没有野兔再跑来撞死在树桩上。日子一天一天过去了，再也没有野兔来过，他的田里却长满了野草，庄稼全完了。

【提示训练】

这则寓言故事告诉人们不要存有侥幸心理，想着不劳而获；如果不付出努力，而寄希望于意外，结果只能是一事无成；不能死守狭隘经验、墨守成规。人们使用这个成语批评那些想要不劳而获的人，把偶然事件当成必然性事件是十分愚蠢的，讽刺那些不努力劳动，却想有回报的人。朗诵时，要紧紧扣住这则寓言的寓意特点，通过种田人意外得兔——坐等野兔——荒废田地的生动描述，揭示寓言的寓意。第一自然段叙述故事的起因，朗诵时要用叙述语气，声音适中，速度平缓，"忽然"二字要做重音处理，强调故事情节的转折。第二自然段写种田人意外得到兔子的心理活动。读种田人捡兔子时，播读声音要有力度，速度较快，表现出种田人轻松得到兔子的状态。种田人心里的想法要用若有所思的状态播读，语速稍慢，语气中带有庆幸的感觉。最后一段，要把农夫的奢望变成失望的心理过程展现出来，语速不宜太快。这样从整体上把握寓言故事来朗诵，听者就可从朗诵者对故事的描述中，悟出其中的深意。

嘴的抗议

鼻子因为伤风堵住了，人只得用嘴来呼吸。嘴因此很不高兴，嘟囔着说："我总是最倒霉，什么吃饭啦，喝水啦，哦，甚至于接吻，都要用到我。成年累月一天到晚不给一点安静，忙得我够呛。呼吸嘛，本来是鼻子的工作，现在也推到我头上来了，好像我是一匹该干到死的驴。"

"嘴兄……"鼻子抱歉地说，"这实在出于不得已，请暂且帮一两天忙。"

"住嘴!"嘴咆哮起来，"懒惰的东西，你以为我是傻瓜吗？我不会以实际行动来抗议吗？你等着吧!"嘴巴紧紧闭住双唇，人顿时无法呼吸，就痛苦地憋死了。

【提示训练】

这篇寓言故事蕴含着深刻的道理：整体和局部有着密切的关联关系，局部之间的相互协作很重要，有时帮助其他人就是在帮助自己，危害其他人就是危害自己，要有大局意识，通过互帮互助，维护好整体的利益。在朗诵时要处理好关键词。比如朗诵到作品第一段"本来是鼻子的工作，现在也推到我头上来了"时，要重点突出"鼻子"和"我"，表现出"嘴"自私自利的狭隘思想和"嘴"对"鼻子"的反感情绪。叙事环节要慢慢道来，把故事情节逐步交代清楚，将"鼻子"和"嘴"的形象描绘得生动形象。作品的最后一句是故事的关键点，有了这样的结局，作品才对"嘴"的行为充满嘲讽之意。可在"就痛苦地"之后进行停顿，再渐渐放慢语速，播读出"憋死了"三个字，表达这句的内在语——"嘴也没有了生命"，进而引发受众深层次思考，更全面地了解寓言的本质含义。

揠苗助长

古时候有个人，他巴望自己田里的禾苗长得快些，天天到田边去看。可是一天，两天，三天，禾苗好像一点儿也没有长高。他在田边焦急地转来转去，自言自语地说："我得想个办法帮它们长。"

他终于想出了办法，就急忙跑到田里，把禾苗一棵一棵往高里拔，从中午一直忙到太阳落山，弄得筋疲力尽。

他回到家里，一边喘气一边说："今天可把我累坏！力气总算没白费，禾苗都长高了一大截。"

他的儿子不明白是怎么回事，第二天跑到田里一看，禾苗都枯死了。

【提示训练】

《揠苗助长》这篇寓言的寓意是事物的发展有它的自然规律，如果违背规律，会产生与主观愿望相背离的结果，"欲速则不达"，"心急吃不了热豆腐"，人们必须要尊重自然规律。文中农夫的形象比喻的是社会生活中那类急躁的人，可运用较高的声音、较快的节奏把这个人急躁的特点表现出来。文章中的叙述性语言可用常规音量、平和语气来播读。整篇文章则需要通过语速的快慢，音量的高低，语气的转换，把农夫的心理活动变化播读出来，让受众理解农夫主观地强求速成的行为特点。

狐假虎威

有一天，一只老虎正在深山老林里转悠，突然发现了一只狐狸，便迅速抓住了它，心想今天又可以美美地享受一顿午餐了。

狡猾的狐狸眼珠子骨碌一转，扯着嗓子对老虎说："你敢吃我？我是天帝派到山林中来当百兽之王的。你要是吃了我，天帝是不会饶恕你的。"

老虎对狐狸的话将信将疑，便问："你是百兽之王，有何证据？"狐狸赶紧说："你如果不相信我的话，可以随我到山林中去走一走，我让你亲眼看看百兽对我望而生畏的样子。"

老虎想这倒也是个办法，于是就让狐狸在前面带路，自己尾随其后，一道向山林的深处走去。

森林中的野兔、山羊、花鹿、黑熊等各种野兽远远地看见老虎来了，一个个都吓得魂飞魄散，纷纷夺路逃命。

转了一圈之后，狐狸洋洋得意地对老虎说道："现在你该看到了吧？森林中的百兽，有谁敢不怕我？"

老虎并不知道百兽害怕的正是它自己，反而因此相信了狐狸的谎言。狐狸不仅躲过了被吃的厄运，而且还在百兽面前大耍了一回威风。

【提示训练】

这是一则家喻户晓的寓言故事，说的是狐狸凭自己的智谋逃出了虎口，后来用来比喻依仗别人的势力欺压人。故事的引申意义是仗势欺人的坏蛋，虽然能够嚣张一时，但最终绝不会有好的下场。故事中的狐狸比喻的是社会生活中那些倚仗主子势力在百姓面前作威作福的奴才、走狗，朗诵狐狸的部分时语速可稍快，声音要高、尖、飘浮，语气需狡猾奸诈，着重表现狐狸虚张声势、装模作样的特点。

寓言朗诵一定要把握寓言形象鲜明的性格特点，以抓住本质、核心的东西为主，尽量做到形神兼备。

乌鸦和猪的"谅解"

乌鸦在一棵树上，看见下面有一只浑身长满黑毛的猪。

"哈哈！这个黑家伙，多难看呀！"乌鸦说。

猪向四处看了看，发现说话的是乌鸦，也就说："讲话的，原来是一个黑得可怜的小东西！"

"你说谁？你也不看看你自己！"乌鸦气愤地说。

"你也看看你自己吧！"猪也很气愤。

它们争吵了一阵，就一道去池塘，看看谁更黑、更难看。它们从水里照了照自己，又互相端详了一下，谁也不开口了。乌鸦忽然高兴起来，说："其实，黑又有什么不好看呢？"

"我也以为黑是很好看的。"猪也快乐地说。

【提示训练】

这篇文章的寓意是不要因为彼此都有同样的缺点，就相互谅解，并且把缺点当作优点来自称自赞。朗诵乌鸦的部分时，由于乌鸦体形小，声音可尖一些，加快语速，塑造出其狡猾的形象。朗诵猪的部分时，声音放低变粗，因为猪常被定位为愚笨的形象。通过两个不同声音的运用，增强作品的艺术效果，但注意要把握好分寸，不要夸张过度，比如塑造乌鸦的形象时尖声大叫，声嘶力竭；朗诵猪的语言时过于瓮声瓮气，导致受众无法听清楚，则会让受众感觉过于做作，而产生反感。

叶公好龙

春秋时期，楚国有一个叫叶公的人。叶公经常对别人说："我特别喜欢龙，龙多么神气、多么吉祥啊！"于是当他家装修房子的时候，工匠们就帮他在房梁上、柱子上、门窗上、墙壁上到处都雕刻上龙，家里就像龙宫一样。就连叶公自己的衣服上也绣了栩栩如生的龙。

叶公喜欢龙的消息传到了天宫中真龙的耳朵里，真龙想："没想到人间还有一个这样喜欢我的人呢！我得下去看看他。"有一天，龙从天上降下来，来到了叶公的家里。龙把大大的头伸进叶公家的窗户，长长的尾巴拖在地上。叶公听到有声音，就走出卧室来看。这一看可不得了了，一只真龙正在那里瞪着他。叶公顿时吓得脸色苍白，浑身发抖，大叫一声逃走了。

后来，人们用"叶公好龙"这四个字比喻那些表面上喜欢某种事物，其实并不是真的喜欢的人或事。

【提示训练】

这个成语比喻表面上或口头上爱好、赞赏某事物，实际上并不爱好，或者实际上并不了解，一旦真正接触，不但并不爱好或赞赏，甚至还惧怕它、反对它。这个故事讽刺了叶公式的人物，揭露了他们只唱高调、不务实际的思想作风。朗读时要根据叶公前后对真、假龙的不同态度，运用夸张、对比的手法塑造人物角色。文章前面部分可用苍老低沉的声音和缓慢语速播读，语气轻柔，"绣""镶"等动词要读得响亮，夸张表现出叶公好像很喜欢龙。而读到叶公见到真龙被吓跑时，声音要虚、高、飘，加快语速，展示叶公截然不同的态度，表现出其惊慌失措的样子，最后一句声音要缓慢，点明主旨，引人深思。

一头学问渊博的猪

一头绝顶聪明的猪，住在一个非常出名的图书馆的院子里。它深信自己由于多年图书馆的生涯，已经成了渊博的学者。

有一天，一只八哥来访。这头猪立即按照惯例，对客人进行介绍。

"朋友，相信我吧！"它说，"我在这个图书馆里待的时间很长了，我对这儿的沟渠、粪坑、垃圾堆，都有着深刻的了解，甚至屋后山坡上的墓穴都拱翻了好几个。谁要是想在这个图书馆得到知识而不找我，那他是白跑一趟了。"

八哥说："你说的都是图书馆外面的事，那里面的东西也了解吗？"

"里面？"这头学问渊博的猪说，"那我最清楚不过了。里面无非是一些木架子，上面堆满了各色各样的书。"

"你对那些书也了解吗？"八哥问。

"怎么不了解呢？"这位渊博的学者说，"那是最没意思的了。它们既没有什么香气，也没有什么臭气。我咀嚼过好几本，也谈不上有什么味道，干巴巴的，连一点儿水分也没有。"

"可是人们老在里面待着，据说他们在里面探求知识的宝藏呢！"八哥又说。

"人们？你说他们干什么？"这位猪学者说，"他们确实是那样想的，想在书里找点什么东西。我常常看到许多人把那些书翻来翻去，结果什么也没有得到，把书丢在架子上又走了。我保证他们在里面连糠渣、菜叶都没有得到一点，还谈什么宝藏！我从不做那种蠢事。与其花时间去啃书本，还不如到垃圾堆翻几个烂萝卜啃啃。"

"算了吧，我的学者！"八哥说，"一张在垃圾堆里啃烂萝卜的嘴巴，来谈论书本上的事，是不大相宜的。你还是去啃烂萝卜吧！"

【提示训练】

这是一篇"讽喻"的寓言，它嘲讽了愚昧无知而又自作聪明的人。猪是重点刻画的对象，也是一个反面角色，这篇作品中作者赋予了它愚昧无知却又自鸣得意的心理属性。八哥在这个作品中是个正面角色。在寓言中，天真好学的八哥对猪的认识有个从"仰慕"到"愤怒"的过程。猪的外形肥圆，行动蠢笨，我们具体表达时，对猪的语言声音造型，可以用口腔共鸣和胸腔共鸣，用声尽量靠后，嘴唇稍前撅并放松，使声腔拉长、咬字含混，再伴以拖腔但不能失度，内心始终伴有"自鸣得意"之感，语言夸张，语速较慢。八哥的语言声音造型，可用声靠前，声区较高，音色尖脆，语速较快，语言干脆利落，以表现其小巧的自然外形和鸟的自然生理属性。相对猪而言，八哥的思想、态度变化较大，尤其是最后一段话，因此我们在表达时，应当体现出"异峰凸起"的态势，表现八哥的思想变化以及作品的内蕴。

猴吃西瓜

猴王找到了一个大西瓜，可是，怎么吃呢？这个猴啊，是从来也没有吃过西瓜。忽然，他想出了一条妙计，于是，把所有的猴都招集来了。

他清了清嗓子："今天，我找到了一个大西瓜。至于这西瓜的吃法嘛，我当然……当然是知道的。不过，我要考验一下大伙的智慧，看看谁能说出这西瓜的吃法。如果说对了，我可以多赏他一块。如果说错了，我可要惩罚他！"

大伙你看看我，我看看你，谁也没有吃过西瓜。

小毛猴眨巴眨巴眼睛，挠了挠腮说："我知道，吃西瓜是吃瓢！"

"不对！小毛猴说得不对！"秃尾巴猴跳了起来，"我小的时候跟我妈去姥姥家，吃过甜瓜，吃甜瓜就是吃皮。我想，这甜瓜是瓜，西瓜也是瓜，吃西瓜嘛，当然也是吃皮咯。"

这时候，大伙争执起来，有的说："吃西瓜吃皮！"有的说："吃西瓜吃瓢！"可他们争了半天，也没争出个结果，于是都不由得把目光集中到一只老猴的身上……

这老猴认为出头露面的机会来了，他将了将胡子，打扫了一下嗓子说："这吃西瓜嘛，当然……当然是吃皮咯。我从小就爱吃西瓜，而且……而且一直都是吃皮的。我想，我之所以老而不死，就是吃了这西瓜皮的缘故……"

大伙都欢呼起来："对！吃西瓜吃皮！"

猴王认为找到了正确答案。他站起身来，上前一步，说道："对！大伙说得对！吃西瓜是吃皮。哼！就小毛猴崽子一个人说吃西瓜吃瓢，那就让他一个人吃吧！咱们大伙，都吃西瓜皮！"

西瓜被一刀切为两半，小毛猴吃瓢，大伙共分西瓜皮。

有个猴吃了两口，就捅了捅旁边的老猴："哎，我说这可不是滋味啊！"老猴："咳，老弟，我常吃西瓜，西瓜嘛，就是这味……"

【提示训练】

这则寓言中老猴的形象有点像生活中那些自以为是、倚老卖老的人。他们刻意表现自己的"老资格"，实际上却不懂装懂。我们应该认识到，很多寓言作品都是在幽默中批评某种行为或思想。为了达到幽默的效果，常常需要夸张或者模仿，但是我们必须掌握好"度"，不能一味地夸张而对表达造成负面影响。我们在一些朗诵比赛中常常见到朗诵者为了"逼真"地表现出作品中的角色形象，模仿、夸张过了头，结果完全破坏了效果，让人感到十分做作。

狼和小羊

狼来到小溪边，看见小羊正在那儿喝水。狼很想吃掉小羊，但是狼转念一想："我要是就这么把小羊吃了，万一让别的动物看见了，会说我的闲话。我得找一个合理的借口吃掉小羊，这样既能饱餐一顿，又不被别的动物说闲话。"于是狼就故意找碴儿，说："小东西，你把我喝的水弄脏了，害我喝不到干净的水了！你安的什么心？"

小羊以前从来没见过狼，不知道狼要吃它，就对狼说："狼先生，这条河是大家的，不是你一个人的。况且我怎么可能会把您喝的水弄脏呢？您站在上游，我站在下游。水是从您那儿流到我这儿来的，不是从我这儿流到您那儿去的。"

狼见这个借口行不通，又换一个借口，说："就算是这样吧，你总是个坏家伙！我听别的动物说，你去年在背地里说我的坏话，凭这点我就可以吃掉你！"

小羊听了更着急了，喊起来："啊！狼先生！那怎么可能呢？去年我还没有出生呢！而且我和你无冤无仇，我为什么要骂你呢？"

狼知道自己难不倒小羊，就对小羊说："虽然你很能辩解，但是今天我还是要吃掉你！"狼说着，就往小羊身上扑去。

小羊绝望地喊道："你这个狡猾的坏家伙！你找那么多荒唐的借口，不过是想把我吃掉罢了！"

可是狼已经听不到这些了，它心里想的是终于可以饱餐一顿了。

单纯的小羊终于知道，狼找这么多借口，都不过是为了把它当成一顿美餐吃掉罢了。

【提示训练】

《狼和小羊》是出自《伊索寓言》的故事，讲述的是狼和小羊碰巧同时到一条小溪边喝水，狼找各种借口想要吃小羊的故事。这个故事告诉我们面对像狼这样的坏人，无论你和他说什么都是没用的，因为坏人是不会和你讲道理的，所以我们要学会保护自己。寓言用绝妙的讽刺笔法，揭露了当时统治者的残暴与蛮横。播读时，狼用粗而低沉的语调，较快的语速，凶蛮狡诈的语气；小羊用温和、细柔、说理的语调，较慢的语速，清脆稚嫩的声音。

曾子杀猪

一个晴朗的早晨，曾子的妻子梳洗完毕，换上一身干净整洁的蓝布新衣，准备去集市买一些东西。她出了家门没走多远，儿子就哭喊着从身后跟上来，吵着闹着要跟着去。孩子不大，集市离家又远，带着他很不方便，因此曾子的妻子对儿子说："你在家等着，我买了东西就回来。你不是爱吃酱汁烧的蹄子、猪肠炖的汤吗，我回来以后杀了猪就给你做。"这话倒也灵验，她儿子一听，立即安静下来，乖乖地望着妈妈一个人远去。

曾子的妻子从集市回来时，还没跨进家门就听见院子里捉猪的声音。她进门一看，原来是曾子正准备杀猪给儿子做好吃的东西。她急忙上前拦住丈夫，说道："家里只养了这几头猪，都是逢年过节时才杀的。你怎么拿我哄孩子的话当真呢？"曾子说："在小孩面前是不能撒谎的。他们年幼无知，经常从父母那里学习知识，听取教诲。如果我们现在说一些欺骗他的话，等于是教他今后去欺骗别人。虽然做母亲的一时能哄得过孩子，但是过后他知道受了骗，就不会再相信妈妈的话。这样一来，你就很难再教育好自己的孩子了。"曾子的妻子觉得丈夫的话很有道理，于是心悦诚服地帮助曾子杀猪去毛、剔骨切肉。没多久，曾子的妻子就为儿子做好了一顿丰盛的晚餐。

【提示训练】

这则寓言告诉我们，哪怕是对孩子，也要诚实无欺，言而有信，身教重于言传。身为父母，我们要像曾子夫妇一样用自己的行为来做表率，去影响自己的子女。播读时要对曾子和曾子妻子的语言细致分析，在表达的语气上有所区分。

买椟还珠

一个楚国人，他有一颗漂亮的珍珠，他打算把这颗珍珠卖出去。为了卖个好价钱，他想把珍珠好好包装一下。他觉得有了高贵的包装，珍珠的"身份"就自然会高起来了。

这个楚国人找来名贵的木兰，又请来手艺高超的匠人，为珍珠做了一个盒子（即椟），用桂椒香料把盒子熏得香气扑鼻。然后，在盒子的外面精雕细刻了许多好看的花纹，镶上漂亮的金属花边，看上去闪闪发亮，实在是一件精致美观的工艺品。楚人将珍珠小心翼翼地放进盒子里，拿到市场上去卖。

到市场上不久，很多人就围上来欣赏楚人的盒子。一个郑国人将盒子拿在手里看了半天，爱不释手，终于出高价将楚人的盒子买了下来。郑人交过钱后，便拿着盒子往回走。可是没走几步他又回来了。楚人以为郑人后悔了，要退货，谁知却见郑人把盒子里的珍珠取出来交给楚人，说："先生，您将一颗珍珠放在盒子里了，我特意回来还珠子的。"于是郑人将珍珠交给了楚人，然后低着头一边欣赏着木盒子，一边往回走。楚人拿着被退回的珍珠，十分尴尬地站在那里。他原本以为别人会欣赏他的珍珠，可是没想到精美的外包装的价值超过了包装盒内物品的价值，以至于喧宾夺主，令人哭笑不得。

【提示训练】

这则寓言故事的寓意是做什么事情都要分清主次，否则就会像郑人这样做出舍本逐末、取舍不当的傻事来。如果人只会盯着精美的盒子，就会丢失真正有价值的珍珠。寓言中楚人的过度包装，着实有些可笑，过分注重外表，使外包装的价值高于珍珠的价值，会让人沉迷于外包装而忽视内在的本质，这种行为在生活中也应避免。

寒号鸟

山脚下有一堵石崖，崖上有一道缝，寒号鸟把这道缝当作自己的窝。石崖前面有一条河，河边有一棵大杨树，杨树上住着喜鹊。寒号鸟和喜鹊面对面住着，成了邻居。

几阵秋风，树叶落尽，冬天快要到了。有一天，天气晴朗，喜鹊一早飞出去，东寻西找，衔回来一些枯草，就忙着做窝，准备过冬。寒号鸟却整天出去玩，累了就回来睡觉。喜鹊说："寒号鸟，别睡了，大好晴天，赶快做窝。"

寒号鸟不听劝告，躺在崖缝里对喜鹊说："傻喜鹊，不要吵，天气暖和，正好睡觉。"

冬天说到就到，寒风呼呼地刮着。喜鹊住在温暖的窝里。寒号鸟在崖缝里冻得直打哆嗦，不停地叫着："哆啰啰，哆啰啰，寒风冻死我，明天就做窝。"

第二天清早，风停了，太阳暖暖地，好像又是春天了。喜鹊来到崖缝前劝寒号鸟："趁天晴，快做窝，现在懒惰，将来难过。"寒号鸟还是不听劝告，伸伸懒腰，答道："傻喜鹊，别啰唆，天气暖和，得过且过。"

寒冬腊月，大雪纷飞。北风像狮子一样狂吼，崖缝里冷得像冰窖。寒号鸟重复着哀号："哆啰啰，哆啰啰，寒风快冻死我了，明天就做窝。"

天亮了，太阳出来了，喜鹊在枝头呼唤寒号鸟。可是，寒号鸟已经在夜里冻死了。

【提示训练】

这则寓言告诉我们，在人生中，过好"今天"极其重要，把握今天就掌控了人生，总是拖延的人会丧失很多良机，最终一事无成。我们不应像寒号鸟一样由于懒惰最终被冻死，而是要像喜鹊一样用勤奋获得幸福。播读时寒号鸟的语言要表现出其自满且懒惰的性格特点。

老驴推磨

老驴推磨，一圈又一圈地转着。它觉得自己走了不少的路，对自己的成绩感到分外满意。"一里、二里……十里……百里、千里……真了不起，我已走过这么长的路。"

老驴把眼镜推到额上，眯上双眼，满意地欣赏着自己的事业，频频点头微笑。旁边的黄牛对它说："老兄，不要把自己看得太高了，你不过是在原地打转，一步也没有前进啊！"

老驴马上发火了："什么？胡说！我的腿天天在走路，这难道不是铁一般的事实吗？哼！现在我知道为什么会有草率的批评了，原来庸人都是嫉妒天才的！"

【提示训练】

这则寓言告诉我们，人贵在有自知之明，且做事要有明确的目标，不能只是埋头苦干，否则最终可能会一事无成。播读时要注重老驴形象的塑造，应当声音苍老低沉，拖长音节，语速略慢，表现出老驴自负的性格特点。

猫和老鼠做朋友

从前有一只猫结识了一只老鼠。猫一再说它多么爱老鼠，愿意跟它做朋友。老鼠终于同意和它住在一间屋里，共同生活。"我们应当准备冬季的食物了，不然，我们会挨饿的。"猫说，"亲爱的老鼠，你不要到处乱闯，我怕你最后会落到捕鼠器里去。"老鼠听从猫的忠告，它们买了一罐猪油，但它们不知道该把罐子放到哪里好。考虑了好久，猫说："藏猪油的地方，没有比教堂更好的了，谁也不敢到那里拿东西。我们把罐子藏到祭坛下面，不到需要的时候，不要去动它。"

罐子总算藏到安全的地方了，但是没过多久，猫想吃猪油了。它对老鼠说："我想对你讲件事，亲爱的老鼠，我的表妹生了个宝贝儿子，要请我去做干爹。这只小雄猫一身白绒毛，带有褐色花斑，我得抱它去受洗。我今天出去一下，你独自把家照管好。"

"行，行。"老鼠回答说，"去吧，上帝保佑你！你要是吃到什么好东西，可别忘了我。我挺喜欢喝一点产妇喝的红甜酒。"但是这一切都是假的，猫既没有表妹，也没有人请它去做干爹，它径直到教堂去了。它偷偷地溜到那罐猪油旁边，开始舔油。它舔去了油上面的一层表皮，然后在市区的屋顶上散了一会步，接着找了个地方，便在太阳下舒舒服服地躺下来休息。它只要一想到那罐猪油，就馋得直舔胡须。直到傍晚，它才回家。"呵，你回来啦。"老鼠说，"你一定快快活活地过了一天。""过得很好。"猫回答说。

"那孩子叫什么名字？"老鼠问道。"叫'去了皮'。"猫冷冰冰地回答。"'去了皮'？"老鼠叫道，"这可是一个奇怪而少见的名字。你们常用这个名字吗？""这有什么稀奇？"猫说，"它不比你们叫'偷面包屑'的坏呀。"

没有多久，猫又馋起来了。它对老鼠说："你得帮帮我的忙，再单独看一次家，又有人家请我去做干爹了。由于那个孩子脖子上有一道白圈，所以我不能推辞。"善良的老鼠同意了。猫却悄悄地从城墙后面走到教堂里，把罐子里面的猪油吃了一半。它说："再也没有比自己单独吃东西的味道更好的了。”它心满意足地回家了。到家后，老鼠问道：“这个孩子叫什么名字?”

“叫‘去了一半’。”猫回答说。“‘去了一半’? 你在说什么呀，这种名字我平生还没听见过。我敢打赌，历史书上都没有这个名字。”

不久，猫又对那美味的猪油垂涎三尺了。它对老鼠说：“好事必成三，我又要去做干爹了。那孩子浑身乌黑，唯有爪子是白的，除此之外，全身没有一根白毛。这可是几年才碰到一次的事，你让我去吗?”

“‘去了皮’! ‘去了一半’!”老鼠说，“都是些非常奇怪的名字，这真叫我搞不明白。”

“你呀，穿着深灰色粗绒外套，拖着长辫子，大白天也不出门，整天坐在家里胡思乱想，当然弄不明白!”

猫走后，老鼠便打扫房屋，把家里弄得很整洁。那只馋嘴猫却把一罐猪油吃光了。它自言自语地说：“通通吃完，也就安心了。”直到夜里，它才吃得饱饱的，胀鼓鼓地回到家里。老鼠马上问第三个孩子的名字。“你可能也是下会喜欢的。”猫说，“它叫‘一扫光’。”

“‘一扫光’?”老鼠叫了起来，“这是一个很难理解的名字，我在书上还没有看见过。‘一扫光’，这是什么意思?”它摇摇头，蜷起身子，躺下睡觉了。

从此以后，再没有人请猫去做干爹。冬天到了，外面找不到半点吃的东西，老鼠想到它们储存的东西，便说：“走吧，猫，我们去吃储存的那罐猪油吧，那东西一定很好吃。”

“是的，”猫答道，“一定合你的口味，就像你把伶俐的舌头伸到窗外去喝西北风的滋味一样。”它们动身上路。到了那里，罐子还在原来的地方，但早已空空的了。“哎呀，”老鼠恍然大悟，“现在我知道是怎么一回事啦，可真相大白了，你真不愧是我的好朋友! 你假装去做什么干爹，却把猪油全都吃光了! 先是吃皮，然后吃了一半，最后就……”

“你给我住口!”猫叫道，“再说一个字，我就吃掉你!”但是“一扫光”几个字已经到了可怜的老鼠嘴边。话刚一出口，猫就跳过去，一把抓住它，把它吃了。

你看，天下的事情就是这个样子的。

【提示训练】

我们在朗诵寓言作品时，要根据作品对某一形象的刻画来确定播读方式，同一形象在每一篇作品中的作用是不同的，不能生硬地将一篇作品中某一形象的造型原样搬到另一篇作品中。在这篇寓言故事中，猫和老鼠的形象和其他作品有所不同，猫对朋友不忠诚，非常狡猾欺诈，而老鼠则是一个可怜、糊涂的角色，它没有丝毫的防备之心，轻信了猫的话，落得了一个可悲的下场。我们在朗诵这则寓言故事时，要把猫想象为一个狡诈奸猾的伪君子；把老鼠想象为个老实善良的人。播读时对猫的行为应有憎恶感，对老鼠的行为要有同情感，不能将嘲讽的语气表达出来。

三只小猪盖房子

猪妈妈有三个孩子，老大叫呼呼，老二叫噜噜，还有一个老三叫嘟嘟。有一天，猪妈妈对小猪说："现在，你们已经长大了，应该学一些本领。你们各自去盖一座房子，然后搬出去住吧!"三只小猪问："妈妈，用什么东西盖房子呢?"猪妈妈说："稻草、木头、砖都可以盖房子，但是草房没有木房结实，木房没有砖房结实。"三只小猪高高兴兴走了。走着，走着，看见前面一堆稻草。老大呼呼忙说："我就用这稻草盖草房吧。"呼呼的草房只花了三个小时就盖好了。老二噜噜和老三嘟嘟一起向前走去，走着，走着，看见前面有一堆木头。老二噜噜连忙说："我就用这木头盖间木房吧。"噜噜的木房在三天内也盖好了。老三嘟嘟还是向前走去，走着，走着，看见前面有一堆砖头。嘟嘟高兴地说："我就用这砖盖间砖房吧。"于是，嘟嘟一块砖一块砖地盖起来。不一会儿，汗出来了，胳膊也酸了，嘟嘟还不肯歇一下。嘟嘟花了三个月时间，砖房终于盖好啦! 红墙红瓦，真漂亮。小猪嘟嘟乐开了花。

山后边住着一只大灰狼，它听说来了三只小猪，哈哈大笑说："三只小猪来得好，正好让我吃个饱!"大灰狼来到草房前，叫小猪呼呼开门。呼呼不肯开。大灰狼轻轻地吹了一下，草房就倒了。呼呼急忙逃出草房，边跑边喊："大灰狼来了! 大灰狼来了!"木房里的噜噜听见了，连忙打开门，让呼呼进来，又把门紧紧地关上。大灰狼来到木房前，叫小猪噜噜开门。噜噜不肯开。大灰狼用力撞一下，小木房摇一摇。大灰狼又用力撞了一下，木房就倒了，呼呼和噜噜急忙逃出木房，边跑边喊："大灰狼来了! 大灰狼来了!"砖房里的嘟嘟听了，连忙打开门，让呼呼和噜噜进来，又紧紧地把门关上。大灰狼来到砖房前，叫小猪嘟嘟开门，嘟嘟不肯开。大灰狼用力地撞一下，砖房一动也不动，又撞了一下，砖房还是一动也不动。大灰狼用尽全身力气，对砖房重重地撞了一下，砖房还是一动也不动。大灰狼头上撞出了三个疙瘩，四脚朝天地跌倒在地上。大灰狼还是不甘心，看到房顶上有一个大烟囱，就爬上房顶，从烟囱里钻进去。三只小猪忙在炉膛里添了许多柴，烧了一锅开水。大灰狼从烟囱里钻进去，结果跌进热锅，被开水烫伤了。从此，它再也不敢来捣乱了。

老大呼呼高兴地对嘟嘟说："盖草房虽然最省力，但是很不结实，以后我要多花力气盖砖房。"老二噜噜也高兴地对嘟嘟说："盖木房也不结实，以后我也要多花力气盖砖房。"嘟嘟看着两个哥哥，坚定地点点头说："好，让我们一起来盖一座大的砖房，把妈妈也接来，大家一起住吧！"

【提示训练】

这个故事构思简洁，主题鲜明，告诉我们做人要勤劳肯干、聪明机智、乐于助人，不能追求华而不实的东西，要为长远打算，否则就会有不好的后果。

蚂蚁的醒悟

有只勤奋的蚂蚁，有一天误入了牛角。蚂蚁很小，弯弯的牛角在它看来就像是一条极其宽阔的隧道。它想，走出隧道，定会是一个草美水丰的洞天福地。可谁料，脚下的路却越走越窄，到后来竟难以容身。因此，蚂蚁不得不停下来进行认真思考。经过一番激烈的思想斗争，它决心掉过头来，重新开始。

这一回，它从牛角尖向牛角口进发。结果它惊喜地发现道路越走越宽广，而且走出牛角后，天空蓝莹莹的，极其高远；地郁郁葱葱的，宛如绿浪滚滚的大海。一时间，它觉得自己就是天上自由飞翔的小鸟儿，大海中随意竞游的小鱼儿。

之后，蚂蚁逢人便说："当你遇到无法逾越的障碍时，不妨换一种方式，这就像面对一扇无法打开的门一样，换一把钥匙，希望之门或许就会为你敞开。"

【提示训练】

这则寓言告诉我们，在遇到困难和挫折时，不要轻易放弃，而是应该停下来认真思考一下，尝试用另外的方式去做，这样也许会收到意想不到的效果。

雾的悲哀

山上有郁郁苍苍的青松，山下有青青翠翠的修竹，山前有软软柔柔的嫩芽，山后有明明亮亮的水波。如此舰丽的山川，引来无数游客，有的用彩笔描绘它的美姿，有的用相机拍摄它的艳容，有的用笔锋记录它的意境。

"我让你美!"雾心生妒忌，咬牙切齿地说，接着便抖开它白色的长裙，把山川遮得严严实实。"快来画呀，拍呀!"游客高兴得喊叫起来，"山川时隐时现，如梦似仙，更增添了它的朦胧美，可别错过时机啊!"

这时，只见摄影师高举相机，咔嚓咔嚓地按着快门，画家挥舞画笔，刷刷地泼洒着各种色彩;作家紧握笔头嗖嗖地写着心头的感受。他们都迫不及待地想要留下这难得一见的美景。雾气得浑身颤抖："真没想到!我原想掩盖山川的美貌，结果反而更美化了它，装饰了它，让游客更喜欢它了。"

【提示训练】

这个寓言告诉我们，不能够一味地嫉妒他人，当别人有比自己更好的表现时，应该用包容的心去学习别人的优点和长处，为别人喝彩，督促自己进步。心胸独窄的人，他们一心想丑化他人，但结果可能反而让别人更上一层楼。

一粒种子

上帝创造了一粒种子，他打算把种子埋进泥土里。他问种子："你想成为什么植物?"

种子说："我想变成美丽的花儿。"

上帝笑着说："好，我这就把你变成美丽的玫瑰花吧!不过，玫瑰花的身上可是有不少尖刺哟!"

种子想了想，接着说："什么?有尖刺?那我就不想变成玫瑰花了。万能的上帝呀，请您把我变成小草吧!"

上帝又笑了："好，我会满足你的要求的。小草翠绿可人，漫山遍野，煞是好看，可它也有不尽如人意的地方，它柔弱无力，风一吹就倒伏于地……"

"不行，不行！我又不想成为小草了。"种子尖声叫了起来。

上帝为难地皱起眉头，说："这就叫我没有办法了，世界上任何事物都不是完美的。你想完美无缺，那就维持现这个样子吧！"

这粒种子始终没能发芽。

【提示训练】

这是作家张孝成创作的一则寓言。很多时候，我们也会像这粒种子一样，会有很多抱怨。有的人生来相貌普通，就经常抱怨父母，为什么不把自己生得好看一些。有的人稍微遇到一点困难，就抱怨生活对自己不公，为什么困难会落到自己身上。有的人虽然付出了很大的努力，但最终还是失败了，从此就对自己失去了信心。这是多么愚蠢啊！世界上没有人是完美的，我们要正确看待缺点，不能只看到它的不足。

盲人摸象

很久很久以前，印度有一位国王，他心地善良，很乐意帮助别人，对臣民也是如此。

有一次，几个盲人来到王宫求见国王。国王问他们说："有什么事是我可以帮你们的吗？"盲人们答道："感谢国王陛下的仁慈。我们天生就什么也看不见。听人家说，大象是一种个头巨大的动物，可是我们从来没有见过，很是好奇，求陛下让我们亲手摸一摸象，也好知道象究竟是什么样子的。"

国王欣然答应，命令手下的大臣："你去牵一头大象来让这几个盲人摸一摸，也好了结了他们的心愿。"

不一会儿，大臣便牵着大象回来了："象来了，象来了，你们赶快过来摸吧！"

于是，几个盲人高高兴兴地向大象走了过去。大象实在太大了，他们有的摸到了大象的鼻子，有的摸到了大象的耳朵，有的摸到了大象的牙齿，有的碰到了大象的身子，有的触到了整个大象的腿，还有的抓住了大象的尾巴。他们都以为自己摸到的就是整个大象，便仔仔细细地摸索和思量起来。

过了好一会儿，他们都摸得差不多了。国王问道："现在你们明白大象是什么样子的了吗?"盲人们齐声回答:"明白了!"国王说:"那你们都说说看。"

摸到象鼻子的人说:"大象又粗又长,就像一根管子。"摸到象耳朵的人忙说:"不对不对,大象又宽又大又扁,像一把扇子。"摸到象牙的人驳斥说:"哪里,大象像一根大萝卜!"摸到象身的人说:"大象明明又厚又大,就像一堵墙样嘛。"摸到象腿的人也发表意见道:"我认为大象就像一根柱子。"最后,抓到象尾巴的人慢条斯理地说:"你们都错了!依我看,大象又细又长,活像一条绳子。"

盲人们谁也不服谁,都认为自己一定没错。就这样,他们吵了个没完没了。

【提示训练】

盲人摸象这个成语,比喻看问题以点代面、以偏概全。寓言讽刺的对象是目光短浅,只是知道局部就认为掌握了全部的人。播读时要对不同盲人的语言从语势、语态上有所区分,灵活描摹出现场争执的场面。

猴子捞月

一群猴子在林子里玩耍,它们有的在树上蹦蹦跳跳,有的在地上打打闹闹,好不快活。它们中的一只小猴独自到林子旁边的一口井旁玩耍,它趴在井沿,往井里边一伸脖子,忽然大叫起来:"不得了啦,不得了啦!月亮掉到井里去了!"原来,小猴看到井里有个月亮。

一只大猴听到叫声,跑到井边朝井里一看,也吃了一惊,跟着大叫起来:"糟了,糟了!月亮掉到井里去啦!"它们的叫声惊动了猴群,老猴带着一大群猴子都朝井边跑来。当它们看到井里的月亮时,都一起惊叫起来:"哎呀完了,哎呀完了!月亮真的掉到井里去了!"猴子们叽叽喳喳地叫着、闹着。最后,老猴说:"大家别嚷嚷了,我们快想办法把月亮捞起来吧!"众猴都义不容辞地响应老猴的建议,加入捞月的队伍中。

井旁边有一棵老槐树,老猴率先跳到树上,自己头朝下倒挂在树上,其他的猴子就依次一个一个你抱我的腿,我勾你的头,挂成一长条,头朝下一直深入井中。小猴子体轻,挂在最下边,它的手伸伸到井水中,都可以抓住月亮了。众猴想，这下我们总可以把月亮捞上来了！它们很是高兴。小猴子将手伸到井水中，对着明晃晃的月亮一把抓起，可是除了抓住几滴水珠外，怎么也抓不到月亮。小猴这样不停地抓呀、扮呀，折腾了老半天，依然捞不着月亮。

倒挂了半天的猴子们觉得很累，都有点支持不住了。有的开始埋怨说："快些捞呀，怎么还没捞起来呢？"有的叫着："妈呀，我挂不住啦！挂不住啦！老猴子也渐渐腰酸腿疼，它猛一抬头，忽然发现月亮依然在天上，于是它大声说："不用捞了，不用捞了，月亮还在天上呢！"

众猴都抬头朝天上看，月亮果真好端端在天上呢！由于众猴不了解井中月亮的真相，以假当真，所以空忙一场，真是又愚蠢又可笑。

【提示训练】

这个寓言告诉我们应该有所追求，但是努力的方向要正确，不能盲目地追求，缺少智慧和规划性的执着往往结果并不乐观。表达时老猴子的声音要有厚度，语速略慢，小猴子的声音可以表现出急躁的状态，用声轻飘、较细，语速略快，通过夸张的方式，突出故事中不同猴子角色的鲜明个性特点。

愚公移山

很久很久以前，在王屋、太行两座大山的山脚下，住着一户人家。家中的主人叫愚公，已经快 90 岁了。由于交通阻塞，与外界交往要绕很远很的路，很不方便。为此，他将全家人召集到一起，共同商议解决的办法。愚公提议："我们全家人齐心合力，共同来搬掉屋门前的这两座大山，开辟一条直通豫州南部的大道，一直到达汉水南岸。你们说可以吗？"大家七嘴八舌地表示赞同这一主张。

这时，只有愚公的老伴有些担心，她瞧着丈夫说："靠你的这把老骨头，恐怕连魁父那样的小山丘都削不平，又怎么对付得了太行和王屋这两座大山呢？再说了，你每天挖出来的泥土、石块，又往哪儿搁呢？"儿孙们听后，争先恐后地抢着回答："将那些泥土、石块都扔到渤海去不就行了吗？"

决心既下，愚公立刻率领子孙三人挑上担子，扛起锄头，干了起来。他们砸石块，挖泥土，用藤筐将其运往渤海湾。他家有个邻居是寡妇，寡妇有一个七八岁的小男孩，也蹦蹦跳跳地赶来帮忙，工地上好不热闹！任凭寒来暑往，愚公祖孙很少回家休息。

不久，消息传到了邻近村子里一个叫智叟的老人的耳朵里。他觉得愚公率子孙每天辛辛苦苦地挖山十分可笑。他劝阻愚公说："你也真是傻到家了！就你这一大把年纪，恐怕连山上的一棵树也撼不动，又怎么能搬走这两座山呢？"

愚公听了以后，不禁长长地叹了一口气。他对智叟说："你的思想呀，简直是到了顽固不化的地步，还不如那位寡妇和她的小儿子呢！当然，我的确是活不了几天了，可是我死了以后有儿子，儿子又生孙子，孙子还会生儿子，这样子子孙孙生息繁衍下去，是没有穷尽的。而眼前这两座山却是再也不会长高了，只要我们坚持不懈地挖下去，还愁挖不平吗？"面对愚公如此坚定的信念，智叟无言以对。

山神得知这件事后，害怕愚公每天挖山不止，就去禀告上帝。上帝被愚公的精神感动了，于是就派两个大力士来到人间，将这两座山给背走了。

【提示训练】

这篇寓言借愚公形象的塑造，表现了我国古代劳动人民有移山填海的坚定信心和顽强毅力，说明了"愚公不愚，智叟不智"，只要不怕困难，坚持斗争，定能获得事业上的成功。播读时要注重分析寓言中愚公和智叟的形象，在语气上有所区分。

鲲鹏与蓬雀

传说古代在很远很远的北方，大地以草为毛发，而有个地方气候异常寒冷，草木不生，于是人们把那个地方叫"穷发"。

在那个草木不生的地方，有一片大海，是大自然造就的一片辽阔的水城。在这片水城中，生活着一条硕大无比的鱼，这条鱼的身体有几千里宽，而它的身体有多长呢，谁也说不清楚。这条大鱼的名字就叫作鲲。有一天，这条大鱼变成了一只鸟，也同样是大得不可思议。这只鸟的脊背像泰山那样高大，

双翅一展，就像是挂在天空的云彩遮住了半个天空。这只鸟名叫鹏。

这只大鹏鸟打算从北海飞到南海一游，它扇动起两个巨大的翅膀，盘旋直冲天空而形成一股狂风。大鹏鸟直飞到九万里的高空，那是一个连云气都

达不到的地方。大鹏的脊背几乎是紧靠着青天的，然后它准备朝南海飞去。

有一群小蓬雀活动在一片灌木丛中，整天聚集在蓬刺矮树间跳来跳去、叽叽喳喳，倒也自得其乐，十分满足。当它们听说了大鹏鸟飞上九万里高空的事情后，十分惊讶与困惑。它们嚷嚷道："简直是发了疯了，发了疯了！它干吗要飞那么高呢？它到底想干什么呢？"其中一只蓬雀以批评家的口气说："我跳跃着向上一飞，也不过几丈高就落了下来；我在灌木丛中飞来飞去，悠然自得，这就是世界上最好的飞翔了。那只奇怪的大鹏干吗要飞那么高呢？飞那么高有什么意义呢？"

【提示训练】

这则寓言中的鲲鹏和蓬雀，分别象征志向高远和胸无大志的人，这两类人的思想境界不同，有着不可跨越的鸿沟，播读时要细心揣摩，用心表达，重点将蓬雀的愚蠢思想清晰地表达出来。

第四章　广播剧

通俗来说，广播剧就是有声小说。广播剧以人物对白为主，并配以解说词、音乐伴奏、音响效果等手段，通过创造听觉形象，展开戏剧情节，塑造人物，表达主题思想。

广播剧属于非常特殊的戏剧方式。戏剧艺术家曹禺曾说："广播剧的艺术家们，给听众留下了广阔的天地，使听众参与了创作。闭目静听，一切人物，生活的无穷变幻，凭借神奇的语言和音乐，你不觉展开想象的翅膀，翱翔在奥妙的世界中。"作为听觉上的艺术形式，广播剧的语言是非常重要的展现方式，其在广播剧当中占据着十分重要的位置，展现了创作人员对艺术作品的实际掌控情况，进而对人们的热情与主动性起到最为直接的影响。

在进行广播剧配乐前，吃透剧本是进行配乐再创造的出发点。吃透剧本意味着必须在情感和场景组织上与剧作者保有同样的观点，并在此基础上加以升华，因此要找准全篇总体基调。

演绎广播剧时，既要用到播音主持的语言艺术，又要用到朗读朗诵的语言呈现，还要用到戏剧表演的语言技巧，可以说是多种语言艺术的综合运用。语言艺术博大精深，值得我们的创作者不断实践探索。

到北京去放羊

故事梗概：

刚刚大学毕业的小周满怀着憧憬，从北京来到山区支教。在这群山环抱、交通闭塞的山区里，小周遇到了家庭贫困但心地善良的阿宝一家。阿宝和妹妹小美是典型的留守儿童，母亲去了大城市打工，留下他们和奶奶在一起。而阿宝的梦想就是去北京，那个简单甚至是有些幼稚的梦想——他想去北京找他的妈妈，他想到北京去放羊。

主要人物：

阿宝

小美（毛丫）

阿宝奶奶

阿宝妈：常玉凤

村长：李大山

1. 外 大山（日）

（绵延的山峦，树木葱翠。一群雪白的羊群在山坡上吃草，高亢悠绵的曲调在山涧回荡……阿宝靠在奶奶的怀里，看着远处的山）

阿宝：奶奶，你说北京有多大？

阿宝：望不到边。

阿宝：离俺这有多远？

阿宝：远着呢，在山那一头呢！咋，你又动啥心眼子呢？

阿宝：奶奶，你说北京有放羊的么？

奶奶：你想啥着呢？北京城里的人吃的羊肉都是从俺们这拉走的！

（阿宝若有所思地看着远方的大山。一个七八岁的小姑娘出现在山脚下）

小美：哥——村长说上课啦！

阿宝：你个小丫头敢骗我，村长拿啥上呢？

小美：村长从北京把老师接来了

阿宝：你给我编，村长啥时候去北京呢？我咋不知道。看我不捶你！

（小美转身就跑，阿宝急忙追赶，阿宝边跑边喊）

小美：你敢捶我就告新来的老师。

阿宝：你就给我跑，我非攥上你。

2. 外 学校（晨）

（村长陪着新来的女老师周敏在简陋的校园内介绍情况，一群好奇的孩子跟在周老师的周围，有胆大的还不时地用手摸老师的衣服，一个小女生上来抓住老师的手好奇地瞪着大眼睛）

村长：周老师啊，学校基本上就是这个情况，条件是差了些。您一个高才生到俺们这山洼洼里做老师，我这个村长愧对学校的校长这个头衔啊，我……

周敏：李村长，您别说了，我都懂，我在来之前，其实对这的情况已经都了解过了。你不用担心我啥，也不用觉得有什么。我是自愿来支教的，我只是帮助这些孩子多学点知识。

村长：嗯，周老师，你这么说俺就放心了。那啥，大家别闹了，都进去上课。

3. 内　教室（日）

（孩子们兴奋地跑回教室，打打闹闹乱成一锅）

村长：都坐好了，我给你们介绍新来的周老师。

（一男生掐了同桌女生一下，女生尖叫）

村长：马小强，你个坏娃，放学后可让你爷爷狠狠锤你一顿。周老师，不好意思，娃娃们都没有个人样，你多担待着点！

周老师：没关系，我有准备。

村长：周老师是从北京——啥大学？

周老师：师范大学。

村长：对，吃饭大学来支教的……

马小强：村长，周老师说的是师范大学，不是吃饭大学。还没到中午呢，你就饿啦！

村长：你说啥，书念不好，舌头还嚼得挺烂的。

马小强：你连普通话都听不懂，还怪别人。

周老师：村长，我来说几句。同学们，我很喜欢你们。从今天起，我和你们一起学习，共同生活，你们欢迎吗？

小美：老师，你说共同生活，你可以住到我家吗？

（周老师一愣，不知该怎样回答。）

马小强：你想得美，你们家穷得叮当响呢，咋让老师住呢？老师到俺们家住，我让俺爷爷天天给你做羊肉臊子面……

阿宝：俺们家再穷，也轮不到你笑话，你再欺负俺妹妹，我就天天捶你。

（俩人搂抱着倒在地上，滚做一团，教室大乱。村长赶忙跑上前拉架，村长气得拧着两人的耳朵出了教室）

村长：周老师对不住了，你给娃娃们上课，我到外面教训这两个坏娃。

周老师：村长……村长……

（此时的周老师一脸的无奈，她心有余悸，回不过神来，教室里死一般的沉寂，有个女生小声喊她）

小美：老师，上课吗？

（周老师寻声望去，还是刚才的那个女生怯怯地望着自己）

周老师：你叫什么名字？

小美：小美。

周老师：很好听的名字。刚才打架的是你哥哥吗？你告诉老师，为什么让我到你家住？

小美：俺娘很久没回家了。

（此时的周敏已泪眼模糊）

周老师：你娘她……

小美：俺娘在你们北京挣钱。

周老师：噢！多久没回来了？

（周老师似乎觉得问得不妥，环顾四周，有好些女生都在默默流泪）

周老师：好，同学们，今天我就给你们讲讲北京。庄严辉煌的天安门、人民大会堂，高楼林立的城区，车水马龙人群熙攘的街道，水立方、鸟巢……

4. 内　北京（日）

（北大附近一菜市场，阿宝妈妈提着菜篮子在买菜，给她称菜的是一个十岁左右的小男孩，还有一个八岁大小的女孩在一张小凳上写作业。阿宝妈妈看得钱也忘了给，男孩叫了几声，惊动卖菜的大人）

卖菜人：大妹子是你啊，又来买菜啊。你在王教授家干了有两年了吧？

阿宝妈：两年多了，这俩孩子是你的吧？

卖菜人：是啊！刚从老家接来，在北京上学。

阿宝妈：你真有福气，一家人能在一起！

卖菜人：大妹子你也有孩子？

阿宝妈：和你一样，两个。

卖菜人：多久没回去了？

阿宝妈：来北京后就没回去过！

卖菜人：伺候完老的又伺候小的，你可真不容易！找机会回家看看，娃娃没人管太可怜了！

阿宝妈：嗯，多挣几个钱给娃娃上学么，那我先走了。

5. 内　村长家（夜）

村长：周老师，我们这个村分前山村和后山村，你来的是后山村，这里实在是太穷了！我们的主要粮食就是山芋，交通也不方便。村里的壮劳力大部分进城谋生去了，剩下就是我们这些老弱病残。原村长进城做了包工头，也就是马小强他爹，我这个老村长只好出来管管。唉，难呀！光这些可怜的娃娃就让你有操不完的心！

周老师：孩子的父母出去打工是在本省呢，还是在外省？

村长：哪里都有，南方的，邻省的，还有北京的，阿宝兄妹俩的母亲就在北京。

周老师：我正想问问这俩孩子的情况，听说跟着一个瞎眼的奶奶生活？

村长：阿宝他爷爷死得早，阿宝爸爸五年前在山上放羊，一只头羊爬到山尖，蹄子被卡进石头缝里，唉！羊没救下来，人却掉了下来。那正是个冬天，乡亲们晚上找到他的时候，尸体都已经冻成冰疙瘩了。唉，哪个惨呀！家里唯一的支柱啊，这一走，……

周老师：那现在谁照顾这一家老小啊？

村长：这几年都是她媳妇，日子也是过得紧巴巴的，为给他娘治眼睛，跟上村里人跑到北京去挣钱。这不，一去两年多了，没回来过。

周老师：村长，你早点休息吧，我想上阿宝家看看。

村长：周老师，你等等，我陪你去。黑灯瞎火的，山路又不平。

6. 内　阿宝家（夜）

（陈旧的山里农家房，昏暗的厅堂内不多的家具，山宝兄妹俩趴在桌子的两头在写着什么，里屋不时传来老人的阵阵咳嗽声）

小美：哥，你的作业写完了没？明天早上老师要检查呢！

阿宝：没有。

小美：那你趴到桌子上赶啥呢？我都写完了！

阿宝：你作文写完了？你把我的名字也写上，俺们两个交一份。

小美：那咋行呢！

阿宝：咋不行呢！俺们两个是一个爹和娘，作文的名字叫《爹和娘的故事》，你写出来的爹和娘和我写出来的爹和娘还不是一回事！

小美：你让我想想……

阿宝：别想了，要不你让我抄一份？

（阿宝走到妹妹跟前拿作业，阿宝妹赶忙用手压住作业）

小美：不行的，你在骗老师，老师能看出来呢！

（阿宝用力抽作业本，把本子给撕了，小美放声大哭）

小美：你把俺作业给撕了，你赔俺爹娘！你赔，你赔！

（哭声惊动了里屋的奶奶，老人家拄着拐杖走出来，气愤得浑身打抖）

奶奶：你个坏娃，就是不让你们先人省心，早晚我这条老命让你气死了！

阿宝：我和小美闹着耍呢。谁又气你了！

奶奶：你个小东西，还学会顶嘴了！

（阿宝奶奶举着拐杖打向阿，因视力不好，老奶奶趴在了桌子上。阿宝气呼呼地推门而出，正被此时而来的村长和周老师撞了个满怀。村长一把揪住阿宝的胳膊给拽到屋里）

7. 内 阿宝家（夜）

村长：这是咋了，又气你奶奶，你个没良心的坏娃，把你奶奶气死了，我看谁管你们！

阿宝：哼，反正俺就是没人要、没人管的，你们都不要管俺。

阿宝奶：你个坏娃，你要上哪去？

周老师：阿宝，你给我站住！

（挣脱村长手的阿宝要跑出家门，被老师一声大叫给镇住了）

奶奶：村长，城里来客人了？快请人家坐，山里人家，乱，别笑话！

周老师：大娘，我不是城里的客人，我是阿宝兄妹俩的老师。

奶奶：听说了，小美都给我讲了，快，给你老师沏碗茶！你费心了，从那么远的大城里来，到俺兔子都不拉屎的山窝窝里教这些个娃娃，不容易，不容易啊! ——村长,你自己坐。

周老师:村长你回去歇着吧,我要很晚才能回去。

村长:那就辛苦你,晚了让阿宝送你回去。

周老师:嗯,行,您就放心吧,我没事。大娘啊,我来看看你和阿宝他们俩,你身子骨还好吗?

奶奶:唉!活一天少一天了,不中用了,连娃娃都管不住了!

周老师:大娘,你别担心,有啥事让阿宝告诉我!

奶奶:快罢了,有这帮娃娃就够你受的了,不麻烦,不能麻烦!

周老师:小美,到老师这里来。又和阿宝生气了?阿宝,你是哥哥,要让着妹妹。奶奶身体不好,这个家你就是男子汉。我听村长说,家里的农活你都会干,割草、提水,还帮奶奶做饭,真不简单!我看了你以前的作业,你是个聪明的孩子。来,把凳子搬来,坐到老师身边。

小美:老师,你为什么让我们写爹娘的故事?

周老师:怎么?小美,这作文不好写吗?

小美:同学们都不愿意写!

周老师:为什么?

阿宝:村子里有一大帮娃娃都没爹妈,他们不愿意写!

奶奶:也难为娃娃们了,好多娃自生下来就没看见过爹妈啥样,爹娘一出去就是好几年,回来炕头还没焐热就又走了,哎!这哪像个家呀,人都走完了!田也没人种,娃娃也没人管,都放羊了!她老师你慢慢说着,我就不陪你了……

周老师:大娘你歇着吧!小美,扶你奶奶进屋去。

阿宝:老师,你能教俺们多久?

周老师:你希望老师教你多久?

阿宝:不知道,俺们农村好多老师都走了。

周老师:阿宝,你的问题……老师不知道该怎样回答你,不过你放心,老师要和你们呆很长一段时间。

小美:老师,今天晚上你别回学校了,住在俺们家,行吧?

周老师:天这么黑,你就是撵我走,我也不走了!

小美:老师,我给你铺炕,俺们俩睡一个炕。

周老师：好的，你去吧！阿宝，你在哪屋睡？

阿宝：我跟奶奶睡。

周老师：明天是周末，我陪你们俩上山多打点柴，你们也早点睡吧！

8. 外　阿宝家（夜）

（夜深了，在浓浓的月色下，是一个安静的小村庄，万籁俱寂，恬静而又美好）

周敏打开了信纸，顿了一下，便开始写道：

亲爱的爸、妈，你们好。虽然才来到这个小山村不久，但我却深深地喜欢上了这个地方，喜欢这里淳朴的民风，喜欢这里的孩子们。他们是多么渴望学习啊，虽然很多孩子的父母都不在身边，而且每天也有很多农活要干，但是他们依然在坚持，依然很努力，我被这些可爱的孩子所感动，所折服。而我，也一定会坚持我自己的想法，我会和他们一起努力的。最近天气变凉，我不在身边，你们要注意身体啊。

你们的女儿

周敏

9. 外　阿宝家（晨）

（神色困顿、疲惫的阿宝在往炉子里加柴，奶奶抖抖擞擞在做饭，远处的人家已升起炊烟。云雾缭绕的村庄，山路上依稀的村民）

奶奶：看看老师醒了没，饭熟了，也不知你老师能吃下不！

周老师：大娘，真不好意思，让你受累了！

奶奶：不累，山里人就是这么个过来的，习惯了！

（阿宝兄妹俩已摆好了早饭，一大碗煮熟的山芋，小米粥稀饭，一盘咸菜，两只咸鸡蛋）

奶奶：他老师，山里没啥好吃的，别笑话，对付着吃上一点吧！

周老师：挺好，现在城里人也吃这个，健康！

（苏老师边说边把两个咸鸡蛋放到了两个孩子跟前）

阿宝：你吃，这是奶奶给你煮的。

小美：自家鸡下的蛋，可香了，老师，你都吃上吧！

周老师：平时你们吃鸡蛋吗？

小美：不常吃，攒多了去集上卖钱换粮食。

周老师：那今天就吃两个吧，周老师请你们吃，但是你们俩以后可得好好学习。

小美，阿宝：嗯

周老师：你们想妈妈么？

小美阿宝：想。

周老师：那你们想去看妈妈么？

阿宝：我想去北京，想看妈妈，还想去北京放羊。

小美：北京才不给放羊呢。

周老师：阿宝啊，你们俩好好学习，老师保证带你们去北京。

阿宝：那能放羊么？

（周老师愣了下，顿了顿，笑笑）

周老师：能，能。

阿宝：毛丫，能，听见没！老师说能，呵呵，我要去北京放羊咯。

10. 内　教室（日）

（上课）

周老师：同学们，我看了你们交来的作业，作文写得最好的是小美，还有好多同学没有交作业，什么原因？马小强，听其他老师说你很少交作业，你能告诉我不写作业的原因吗？

（没交作业的同学都低着头，不敢看老师，其他同学都看着马小强）

周老师：马小强，为什么不回答老师？

马小强：老师，你偏心！

周老师：为什么说老师偏心，你能告诉我吗？

（倔强的马小强梗着脑袋，涨红着脸）

马小强：你在阿宝家住了！还……护着他们！

（咯咯咯咯……周老师笑弯了腰）

周老师：马小强同学，你很可爱！老师是在家访，已经去过好多同学的家了，他们的爸爸妈妈都不在身边，家里还有病残的老人，老师没有偏心！下礼拜就去你们家，你还有什么问题吗？

马小强：我也让你住到俺们家！

马学文：老师你不要住到他们家，他爹是色狼！

（同学们哈哈大笑，惹急了马小强）

马小强：你说啥呢，我才不怕你！下课我跟你单挑。

周老师：马小强同学，说什么呢。马学文同学，以后不许在同学面前揭别人家的短。

马学强：老师，我没骗你！他爹是包工头，在城里找了小老婆，不要他妈了，他妈没脸回村子……

周老师：住嘴，马学文同学，你太不像话了！谁都不许说了。老师知道，老师原先布置的作文可能有些不合适了，你们写不好，老师不怪你们。老师决定换一个题目，题目就叫我的梦想。大家回去好好想一想，下个礼拜一交给我。好，那我们就接着上课。请把书翻到第二十三页……

11. 外　阿宝家（黄昏）

（阿宝奶奶在院子生火，炉子上的铁锅冒着热气，老人的精神明显不好，咳嗽声断断续续，听见阿宝他们回来，准备站起来，腿一软坐在了地上，阿宝兄妹赶快撂下水桶，上前将奶奶扶起）

小美：奶奶你咋了？

阿宝：你累了就炕上躺着，饭做好了我给你端上。

奶奶：孙娃子，你们奶奶怕是不行了！哪一天我要是蹬腿了，丢下你们两个可咋办呢！

小美：奶奶你说啥呢？好好的你别吓唬我！

（小美扶奶奶进了屋，阿宝在做饭，村长提着东西进了院子）

村长：宝娃子，做饭呢，煮熟了给村长端上一碗。还生我的气呢？村长不白吃你的饭，你看，我还给你们买了好吃的！还给你奶奶抓了几服药。

阿宝：谁稀罕吃你的东西。

村长：耶，你还挺有志气，等会你别吃啊！

小美：山爷爷，你来了！

村长：还是毛丫乖！把药给你奶奶拿进去，吃完饭熬上，让你奶奶睡觉前喝上。

奶奶：村长，你来了！

村长：老妹子，好些没？

奶奶：咋说呢，我感觉不好得很！心口窝也堵得慌，头还发晕！

村长：不好。我给你抓了几服药，晚上喝上，药吃完了不见好，我领你上县上看看。

奶奶：快别看了，一把碎骨头了，咋也提不起来了！娃娃在北京挣两个钱也不容易，都花在我的身上了，作孽呃！

村长：快别这么想，早点把病治好了，让娃在北京也放心！山娃子兄妹还小呢，想开点，啊！

奶奶：村长，有些话我不敢对孙子们说，最近晚上老梦见他爷爷，我怕是……

村长：你可不敢，这两个娃娃就靠你活着呢，你要是走了，这个家就……

小美：山爷爷，吃饭了，我给你端进来还是在外面吃？

村长：走，外面吃，爷爷还给你们买了点好吃的，给你奶奶拿些。

村长：毛丫，好吃不？

小美：好吃呢！

村长：嗯，那你们吃吧，我就先走了，你们好好照顾你奶奶，听见没。

小美：嗯，村长你慢走。

12. 外　阿宝家（日）

（阿宝背着一捆草回到家，给小羊撂了一把，到锅里拿了一个煮好的山芋，突然听到屋里咕咚的一声）

阿宝：奶奶，你下炕了？

（阿宝没有听到奶奶回答，进了屋，看到奶奶倒在地上，急忙跑过去）

阿宝：奶奶，奶奶，你咋了？奶奶你醒醒！

（阿宝哇地大哭，使劲摇着奶奶。阿宝见奶奶不回答，急忙跑出家门直奔村长家）

（阿宝在山路上奔跑）

13. 外 村长家 (日)

阿宝：山爷爷——俺奶奶昏倒了！山爷爷你快来呀！

（阿宝的呼喊惊动了村长，他好像意识到问题的严重性，把架子车一下就张了，回头就往屋里跑）

村长：你腿脚快，前头跑，拦个车！

（阿宝奔跑）

14. 外 村路上 (日)

一中年男子正在路边发动拖拉机。焦急的阿宝马上跑过去。

阿宝：六爹——六爹——六爹，俺奶奶晕倒了，麻烦你把她送到医院。

（叫六爹的人似乎不相信阿宝的话，准备开车。阿宝急了，一下子坐在了车头前）

阿宝：六爹，我没骗你，你咋见死不救呢！

六爹：你个怂娃娃起来，你奶奶在哪呢？

村长：老六，快来帮个忙！

（村长抱着阿宝奶奶吃力地朝他们走过来，六爹赶忙跑过去）

六爹：这是咋了？二婶子，二婶子。

村长：别叫唤了，赶忙抬上车，先上镇卫生所。阿宝，你也走！

15. 外 阿宝家 (日)

（小美跑到家，没见哥哥的影子，奶奶也不见了，她折过头往山爷爷家跑）

（拖拉机在山路上跑着；小美在山涧小路上跑着）

小美：山爷爷……山爷爷……

（看到门锁着，小美一屁股坐在了地上，大口喘着气，一个大娘领个孙子正从村长家门口过）

王大娘：毛丫，你咋在这呢坐着呢？你奶奶被送医院了，你咋不去？

小美：王大娘你说啥？

王大娘：你这个丫头看来还不知道！你奶奶病了，村长、你哥，还有你

六爹都去医院了。

　　小美：王大娘，他们去哪个医院了？

　　王大娘：好像是镇上吧，离村子也近。

　　（小美飞快地往山下跑）

16. 内　镇医院（日）

（病床边，阿宝守护着奶奶，医务室里村长和六爹在听医生讲话）

　　医生：幸亏你们送来的及时，不然的话……

　　村长：医生，啥病啥？

　　医生：我也不知道啥病！

　　六爹：你是医生，咋能不知道啥病呢？

　　医生：我的老乡，县医院也不一定能查出啥病！年龄大了病就多了，我的直觉是老太太营养不良造成的这次昏倒，先观察一天，没大碍就先回家，给老人多补补。

17. 内　病房（日）

　　阿宝：奶奶你醒了？

　　奶奶：孙娃子，这是啥地方？

　　阿宝：医院。你病了，六爹和山爷爷把你送来的。

　　奶奶：谁说我病了，我咋不知道！你山爷爷呢？你六爹呢？回家，回家！

　　（医生进来）

　　医生：病还没治呢，咋喊着回家呢！

　　六爹：二婶子，你躺好，医生还给你做检查呢！

　　奶奶：俺没病，查啥呢？回！

　　医生：到了医院你就听我的，我让你回，你再回。

　　村长：大妹子，把病看好，不敢有个闪失！我早就说拉你进城看看，你就不听。你这突然晕倒了，还好没大事，不然孙娃子们咋办呢吗？

　　（阿宝奶听到这，老泪横流，阿宝给奶奶擦泪）

　　阿宝奶：不能走啊，还不到走的时候呢！孙娃子，奶奶把你吓着了！没事，回去上学吧。

18. 内　周老师办公室（日）

（小美跑进老师办公室，被山风吹乱的头发伴着汗珠贴在脸颊。因为紧张，小脸涨得通红，上气不接下气）

小美：老师，俺……奶奶……昏倒了！

（周老师一下子站了起来，紧张地问小美）

周老师：人在哪里？

小美：村长把她送到医院了！

周老师：阿宝也去了吗？

小美：恩！老师，我咋办呢？

周老师：小美你别着急！知道他们去什么医院吗？

小美：好像是镇上医院。

周老师：走，去办公室打个电话。

19. 内　校长办公室（日）

周老师：医生说留她观察一夜，明天就回来了！放学后就在老师这吃饭，晚上你也别回去了！

小美：不行的，家里还有活干呢，小羊羔羔还没喂呢！

周老师：你先上课，晚上我跟你一起回去！

（小美面露难色）

周老师：小美，你咋了，还有什么事么？

小美：周老师，我想给我妈打个电话。

周老师：嗯，好吧。这么大个事也是应该跟她说说。

20. 内　王教授家（日）

（王教授在轮椅上看报，两岁多的小孙子亮亮就在爷爷的脚下玩着大堆的玩具。阿宝妈一边看着孩子，一边在给王教授纳鞋底）

王教授：想孩子么？

阿妈：不想，他们都大了。

王教授：有好长时间没给家里打电话了吧？

阿宝妈：打了。

王教授：我跟你说过多次，以后打电话就在家里打，你总是客气！以后想孩子了就打个电话给他们，听见没？

阿宝妈：嗯，王教授。我替孩子们谢谢你。

（电话响）

王教授：喂，找谁？嗯，好。呵呵，这说到电话，电话就来了，找你的，是你女儿。

阿宝妈：啊，她打电话干吗。喂，毛丫啊，咋打电话过来了？

小美：妈，奶奶住院了，说啥住院观察，村长给送医院的。妈，我想你了。

阿宝妈：毛丫，妈也想你，你在家一定要好好听话。

小美：嗯，妈。学校里新来个老师，人家也是从北京来的，长得可像你了。周老师对我们特好，还说带我们去北京看你呢。

阿宝妈：嗯，那周老师在么，妈妈跟她说几句。

小美：周老师，我妈妈要和你说话。

周老师：喂，小美的妈妈吧，你好，我是小美的老师，我叫周敏。

阿宝妈：周老师你好啊，听毛丫说咱妈病了？啥情况啊？

周老师：目前还不太清楚，只是说住院观察，估计是年纪大了，再加上劳累，应该没什么大碍。

阿宝妈：周老师，我在北京，一时半会也回不去，家里头就一个老人照看孩子，我知道这样说是有点不太好意思，但麻烦您多照看照看这俩孩子，谢谢你了。

周老师：阿宝妈，你这说的是叫啥话。你不在身边，我就是这俩孩子的妈，这俩孩子都很听话，有我在，你就放心吧。

阿宝妈：嗯，那就好，有你这句话我就放心了。那啥，我还有事，就不说了。

周老师：嗯，好。你一个人在外面也多注意身体。

阿宝妈：好、好，再见。

21. 内　办公室（日）

小美：周老师，我妈说啥了？

周老师：小美，你妈妈说啊，她现在很忙，暂时回不来，要你和阿宝好好读书。你妈妈现在不在你们身边，我就是你的妈妈。

小美：真的么，周老师？

周老师：当然是真的啦，周老师怎么会骗你呢？等你俩考了好成绩，我就带你俩去北京看妈妈。好不好？

小美：好，周老师你真好！

周老师：咱现在就回家吧，回去给奶奶做好吃的。

小美：太棒了，周老师，回家做饭咯。

22. 内 阿宝家 （日）

（村长把阿宝奶奶送回了家，周敏和小美忙了一下午，做了一大桌菜）

奶奶：小周啊，快来坐吧，弄了这么一大桌菜，肯定累坏了。一个客人家，哪能叫你做饭呢。

周老师：大娘，您又说我是客人了。今天我跟阿宝妈妈说了，她现在回不来，我就是阿宝兄妹俩的妈妈。

阿宝：真的么？周老师？

小美：当然是真的了，周老师今天亲口跟我说的，还说以后等咱俩考了好成绩，带咱俩去北京呢。

阿宝：真的么，真的么？周老师，你说话可一定得算数！

奶奶：阿宝，不能那样对周老师说话，老师是哄你们的。

周老师：大娘，我不是哄他们的。阿宝啊，老师说话一定算数，从今以后我就是你和小美的妈妈，等你俩考了好成绩，我就带你们去北京，去看妈妈！

村长：周老师啊，我当这个村长也几十年了，来我们山村支教的人也换了一茬又一茬，可没有一个像你这样对待孩子这么真诚的。你今天说的这些话我很感动，我替我们村的孩子们，替阿宝的妈妈谢谢你。

周老师：村长，你别这么说，我这么做是应该的。阿宝他们年纪这么小，都这么努力。我还是大学生，还是首都来的大学生，怎么也不能输给小娃娃，您说是不是。来，咱们，吃菜，吃菜。

奶奶：对！吃菜，来吃菜。

23. 内　教室（日）

（阿宝在读作文）

阿宝：我的梦想。我的梦想就是去北京。周老师跟我说，如果我和小美考了好成绩，她就带我们去北京看妈妈。我很想妈妈，也很想去北京。我想去看北京的故宫、天安门，我还要去北京放羊……

目前我国大约有 1.2 亿农民离乡背井，到城里打工。到 2020 年，这一数字将增加到 3 亿，估计有 2000 万名儿童被留在了老家。中国自古就有重家的传统，家是人们心灵的归宿，是社会稳定的最基础单位。但当前大规模的人口流动所造成的父母与孩子分离的局面，使得传统的血缘关系和家庭纽带快速淡化。而这一代在缺少父（母）爱、靠自己照顾自己的环境里成长起来的孩子，将是构成我们这个国家未来的一个重要组成部分。如果他们的身心在成长过程中因没有得到爱的呵护而留下阴影，其危害不难想象。据大部分有关留守儿童的调查显示：心理健康和人格发展问题是留守儿童最容易出现的问题，也是最突出的问题。

希望这 2000 万留守儿童不再生活在被人遗忘的角落里。

【提示训练】

在声音远近感的表达中可以发现，声源距离人们耳朵越近，声音越大，距离人们耳朵越远，声音越小。在录制广播剧声音时，不能单纯要求配音演员在远景配音时降低声音，否则会给听众一种只是声音减小了，并非人物距离较远的感觉。因为声音在空气中传递时，会随着距离的增加而不断减弱，高频会逐渐分散，低频会逐渐凸显，因此远距离的声音听起来更加低沉。以声波在空气中传播的频率为基础，在处理声音的过程中可以使用软件调整声音的频率，将低频的声音凸显。在配音时将音量调小，会让人从声音中听出距离的不同。

广播剧的配音演员在配音的过程中，要梳理人物之间的关系，根据人物距离的远近，在语气强度、语调的表达上对自己的声音进行处理。例如，当两个人物的距离较近，在说悄悄话时，配音演员的声音也要压低或者哑声说话，在后期修音时便于声音的处理，听众在听广播剧的过程中也能很好地了解人物之间的距离。广播剧中声音的远近能增强听众对剧情的代入感，能帮助听众更好地了解广播剧的剧情、人物的情感。

声音的方位感主要是声源距离人耳的位置不同产生的。声音的方位感能够帮助听众了解人物之间的站位，对后续情节的发展有着重要的作用。在广播剧中，声音的方位感较难体现，因为听众在听广播剧的过程中，声源位置是固定的，都在同一声道播放，很难体现声音的方位与层次。双声道技术的出现解决了单声道的遗憾，在录音的过程中使用立体声或者传声器拾音的方式，在收集同一个声源时，声音到达两个话筒的时间、强度、音色都是不同的，立体声传声器可以将这些细微的差别捕捉，形成方位感、层次感、包容感较强的声音效果。

【训练要领】

（1）通过控制发声部位塑造人物性别。一般来说，男性一般偏中低音，低音的发音靠后，效果低沉浓厚；女性的声音一般尖细明亮，高音较多，一般发声靠前，即在舌尖牙齿的部位。

（2）通过语速变化区分人物的年龄和身份。一般来说，年龄较大的人，语速较慢，年龄小的人，语速较快；社会地位高的人，说话语速会较慢，社会地位较低的人，说话语速会较快；年龄相仿的两个人，一般女性的语速比男性快。

（3）通过腔调的变化塑造人物性格。腔调就是个人的风格和品位，是言谈举止、个性等综合起来给人的感觉。比如《三国演义》里的张飞（豪放型）和赵云（沉稳型），同样是武将，两个人的性格却截然不同，语言习惯当然也是不同的。

（4）通过丰富的情感变化让人物形象生动起来。广播剧是用声音来演戏，所以一般来说，广播剧的创作叫作演播。既然有演的部分，当然就要有一定的演技。演播时可以把自己想象成作品中的那个角色，把他经历的事情、遭遇的挫折、所处的环境设身处地地想象成是自己经历的一切，然后把自己的情感带入进去，即利用同理心，也就是平常所说的换位思考的方式来丰富角色的情感。

卖火柴的小女孩

人物（小女孩；马车夫；妈妈）

圣诞夜的前夜，天下着大雪，天气冷得可怕。

一个卖火柴的小女孩在街上走着，她的衣服又旧又破，脚上穿着一双妈妈的大拖鞋。她的口袋里装着许多盒火柴，一路上不住口地叫卖。

小女孩：卖火柴呀，有人买火柴吗？好饿，好冷啊！

中午了，她一根火柴也没卖掉，谁也没有给她一个铜板。

她走着走着，在一幢楼房的窗前停下了，室内的情景吸引住了她。屋里的圣诞树多美呀，那两个孩子手里的糖果纸真漂亮……

看着此刻幸福的情景，小女孩想到了生病的妈妈和死去的奶奶，伤心地哭了。哭有什么用呢？小女孩擦干眼泪，继续向前走去。

小女孩：卖火柴呀，卖火柴呀！叔叔，阿姨，买一些火柴吧！

可是，人们买完节日礼物，都匆匆地回家去，谁也没有听到她的叫卖声。雪花落在她金黄色的长头发上，看上去是那么美丽，可谁也没有注意到她。

忽然一辆马车向她驶了过来。

马车夫：滚开！驾！滚开，小姑娘！

小女孩：啊！

她用力一躲，倒在了一旁的雪堆中。头发湿了，衣服湿了，火柴也湿了。

小女孩（略带哭腔）：火柴！我的火柴！（抽泣一下）都湿了。（音乐起）

她打开一包包火柴，看见它们全都湿透了。

小女孩（细心地数着）：一根，两根，三根。

只有三根没湿。小女孩来到一个黑暗的角落，点燃了一支火柴。

小女孩：好美啊！真温暖，就像妈妈的脸。

妈妈：孩子，你要坚强啊，妈妈会保护你的。

小女孩：妈妈！啊！好烫。

火柴灭了，余烬烫到她冻得麻木了的手。她紧接着又点燃了一支火柴。

小女孩：妈妈，我好想你啊。我会坚强的。妈妈！

火柴又灭了，天越发冷了。小女孩的脚和脸已经麻木了。她用最后的力气点燃了第三支火柴。（音乐起）

妈妈：孩子，我也很想你。

小女孩：（渐弱）妈妈，妈妈，呵，我又见到你了！

冰雪的寒冷使得女孩的笑容都开始僵硬。

小女孩：妈妈，你带我走吧。只要和你在一起，去哪我都不怕！

这时，妈妈从火光中走了出来，拉起了小女孩的手，去了个美丽的地方。

火柴熄灭了，四周一片漆黑，小姑娘幸福地闭上了眼睛。

新年早晨，雪停了，风小了，太阳升起来了，照得大地金灿灿的。大人们来到街上，互相祝贺着新年快乐。小孩们穿着新衣，愉快地打着雪仗。

这时，人们看到了一个小女孩冻死在墙角，她脸上放着光彩，嘴边露着微笑。她周围撒满了一地的火柴梗，小手中还捏着一根火柴。

【提示训练】

广播剧语言主要包含对白、独白、旁白，以及解说等。对白属于人物对话，在创作时要具备两位或多位人物的角色感；独白是剧中人物独自抒发个人情感和愿望时说的话，创作时要着重表达出它的倾诉感和人物复杂的内心世界；旁白和解说是剧中的阐述和介绍部分，也包括评叙和议论，创作时要根据不同的情境和语境，在语言、语貌上做出相应的调整。独白主要是人物抒发实际情感时的话语，将人物的心理活动充分展现出来。戏剧中的独白有有声独白和无声独白两种，而广播剧是听的戏，所以只适用于"有声独白"。

独白在广播剧中一般表现的是人物内心活动，有对问题的思索，有表达人物的情感，有表达人物的意念和愿望。

独白往往发生在人物内心激情最饱满或者内心冲突最激烈的时刻，是角色自己内心的倾诉和表达，创作时要紧扣人物的性格特点和情绪、情感的发展，用富有感染力的语言手段，来提示人物的内心活动，使人物形象更加丰满，性格塑造更为突出。

旁白属于戏剧艺术当中较为特殊的语言方式，如同画外音，通常分两种情况：一是人物主观阐释，站在第一人称的角度上对过去进行回忆等，让人们感觉非常亲切；二是作者客观阐释故事内容，比如背景、态度等。

旁白具备结构以及情境转变等方面的作用。旁白大部分是叙述性的语言，所以在声音表达上一般是用中音来演绎。虽说是叙述性的语言，但并不代表丝毫没有感情，作为一个旁观者看到旁白中的场景时产生的情感共鸣也应该表现出来。这方面的语言表达建议平时多做朗读练习，根据广播剧中不同的情境和语境，在语音和语貌上做出相应的调整。

奋斗（片段）

广播剧《奋斗》由同名电视剧改编

人物（杨晓芸，以下简称杨；向南，以下简称向；警察）

（电话铃声响起）

向南（电话中）：喂，陆涛，你这不是没事找事干吗，没看我正忙吗？

杨：谁呀？干吗不接了？

向：没事儿！

杨：向南，我告诉你，你人丢了都行，但绝不能把我心爱的梁静茹的演唱会门票丢了，不然，不然，我叫你回家跪搓衣板。

向：（电话中）你有完没完，没看到这二人世界吗？你成功了，又有什么值得骄傲的？不就是什么破项目经理吗，又有什么值得炫耀的，没看见我在逛街吗？

杨：谁呀？

向：不就是陆涛吗，他当了项目经理。

杨：别人都是项目经理了，你呀，就永远是个打工仔，永远都没有出息！

向：你说谁没有出息呢？我每天除了上班下班，就是陪你逛街，你居然说我没有出息，你还有没有良心啊你！

杨：上班？你怕苦又怕累，陪我逛街，你还嫌累。你换了几个公司，哪个不是待了几个月就走了，还说不上班是为了我？看别人陆涛……

向：陆涛陆涛，他有本事，你跟他去呀！

杨：你说什么？你……好……好……我呸！我们分手，我一分钟都跟你过不下去了，我不想和你这个不奋斗、没出息的人在一起，成天找那么多借口。

向：你怎么这么不讲道理！

杨：我什么不讲道理啊

向：行行行，不要一说吵架就说分手。我知道你爱我！

杨：呸，我才不爱你呢！

向：你给我煮方便面，还加两鸡蛋，这叫不爱我，我呸！

杨：我给狗煮鸡蛋，呸！

向：给狗煮方便面你还加鸡蛋？我呸！

杨：我煮狗鸡蛋，我呸！

向：你就是对我好，承认怎么啦！

杨：呸！我才不承认呢！

向：告诉你，我就是你的最爱，就是你的初恋，就是分不了手！

杨：你就是一无赖！

向：谢谢你提醒我，我还真就是一无赖，我还真赖上你了怎么啦！我告诉你杨晓芸，我们分不了，因为我改主意了，我不同意分手。

杨：分手，马上分手，不分我现在就踩死你。

向：没门儿！你玩儿去吧，你跟我玩勺子把儿（注：北方方言，玩具诙谐的说法）去吧！

杨：你……你说什么你！

向：呸！

警察：诶，先生，这不能抽烟。

杨：谁让你抽烟了！

向：你管得着吗你？

杨：好，我管不着，我走。

向：不不不，你……我不是说你……我……

杨：够了，向南，我们结束吧！我真的累了！

向：你怎么哭了你……

杨：到现在我给了你很多机会。我让你去找工作，给你时间换公司。你说累，没关系我可以帮你捶背，你说你没有时间吃饭，我可以把饭做好端到你面前。你要怎么样就怎么样，只要你努力工作。除了今天，我从来没有要求你陪我逛街买衣服。我杨晓芸不是那么小气的人，东西掉了可以再买，可是人如果没有了对生活的热心，那就完了。

向（打断）：不是我不是。

杨：没想到你听到陆涛成功就发这么大的火，你这是嫉妒，是在害怕。可你就知道害怕，还说你自己怀才不遇。我告诉你没有人会随随便便成功。我不是要你一定要多好，多有钱、有车、有房，我们相爱，我们一起创造生活，这就够了！可是……可是你连创造生活的勇气都没有，你这样没有用的男人，你要我怎么陪你一起走下去？

向：我不是……

杨：向南，我受够了，我们分手。

向：别走，我不允许你走。

杨：你放手！

向：我不放！

杨：放！

向：不放！

杨：你……你就是一窝囊废！

向：是又怎样，我就是不放。

杨：听着，向南，我已经，已经……不爱你了！

向：杨晓芸，你这个坏蛋，你……我……

【提示训练】

在给人物配音过程中，声音的运动感也十分重要，因为在广播剧中不可能以画面的形式将人物的动作呈现出来，这就需要使用声音呈现人物之间的动作，表达人物的情感。例如，在配音的过程中如果人物的动作幅度较小，人物的性格温柔，就需要使用更加柔和的声线，声调的起伏程度要减弱，用声音呈现出此人在说话过程中的动作；如果人物性格暴躁，声音幅度变化要大，音色要粗犷一些，使听众在听声音的过程中联想出此人说话时的神态、动作。在电视剧与电影中，人物、环境的远近都能通过近景、远景的画面实现，画面距离观众视点的距离可以产生空间感。广播剧的远近感与方位感需要通过声音表现，这样才能将听众更好地带入到广播剧的剧情中。目前，在广播剧录制过程中，录制人员为了确保声音清晰，要求声源距离录制设备越近越好，因此无论是配音演员的旁白、对话，还是声源师对各种声音的模拟，都距离话筒较近，如果不加修饰，人们无法从声音中辨别人物的远近以及人物的位置。广播剧的人物各种各样，复杂多变，不同性格、不同年龄、不同性别的人物，其语言特点是不同的，所以演播者在演播过程中要找准不同人物的角色感。

广播剧（一）节选

当向平安醒来的时候，他正在一辆面包车上，左右两边分别是周杰和曹枫，开车的司机不认识。听声音，另外三人坐在后面。

向平安感觉自己头有点痛，而且有点痒痒的，黏黏的。他刚想伸出左手去摸一下，就被眼疾手快的周杰抓住了。

周杰焦急地说："不能碰，你脑袋被砖砸伤了，开了很大一个口子。"

曹枫激动地说："向老大醒了，应该没事！"

毛仔："你还说，刚才你还给他女朋友打电话，幸好没他家里面的，要不然就惨了。"

鸡公婆："就是，这点伤算什么！我们向老大刀里来火里去的，怕过什么？"

猴子："好像——你们之前也担心得要死。"

曹枫附和道："就是！"

向平安："好啦！我没事，死不了。哎！张苇茹知道了，麻烦就大呢。对了，我们这是去哪？"

周杰："还能去哪？当然是医院。"

向平安："哪家？"

曹枫："当然是人民医院。"

向平安："人民医院贵死呢。赶紧，师傅，去中医院。"

周杰："师傅！别听他的。还是去人民医院。"

曹枫："对！我都给张苇茹打电话了。"

鸡公婆："这时候你还想着怎么省钱，看来你是不想要命了。"

毛仔："就是，人民医院的医疗水平比中医院要高多了。"

猴子："向老大，你这是要钱不要命的节奏。你这是伤着脑袋，不好好治，万一留下后遗症怎么办？"

向平安越听头越大，再让他们说下去，自己就真成要钱不要命的人了。

向平安："你们给我闭嘴！去人民医院，就去人民医院。"

人民医院门口，张苇茹接到电话就从家里面赶了过来。

现在的她很焦急，心里七上八下的，眼泪还不争气地流个不停。

之前曹枫打电话过来说，平安被人用砖头砸到了头部，已经晕过去了。

具体情况，自己一点也不清楚，免不了胡思乱想。

大家约定好到人民医院的。自己已经来了很久了，可是一直都没等到他们。看来，得打个电话问一下。

于是，张苇茹拿出手机找到曹枫电话就拨了出去。电话一打通，她就迫不及待地带着抽泣声问："曹枫，怎么还没到？向平安怎么样呢？"

曹枫听电话响，一看是张苇茹的，立马接听，还对向平安说，是张苇茹。

曹枫听到张苇茹的哭声和提问，立马回道："马上就到，我们已经在半路上了。平安老大已经醒了。他现在活蹦乱跳的，你不用担心。"

听到向平安已经醒过来的消息，张苇茹心里的担心缓解了些，但是眼泪就是停不下来。

突然，电话里传来向平安的声音："苇茹！别担心，我没事，就只是蹭破了一点皮。你别哭呢！曹枫谎报军情。别担心！我真的，一点事也没有。"

向平安听到手机里张苇茹哭泣的声音，立马抢过曹枫的手机，极尽温柔地说道。

"向平安，你个混蛋！你答应我，你不跟别人打架的。你要是出事了，我怎么办？"

张苇茹说完，哭泣声更大了。周围很多人在议论和围观她，她一点也不在乎。

向平安听到张苇茹越哭越厉害，心里急了，一边要求司机快点，一边安慰张苇茹。

司机说："你看，没多远了，只有分把钟就到了。"

当张苇茹听到手机里面向平安说到了，然后就挂掉电话的时候，一辆面包车减速使向医院门口，停了下来。

张苇茹立马认定是向平安乘坐的车来了，跑了过去。

车停下，向平安跟着周杰刚下车，刚出车门，就被泣不成声的张苇茹一把抱住。

　　见自己喜欢的人，因为担心自己哭得那么伤心，向平安很自责，第一次感觉到自己不应该打架，于是就安慰张苇茹："你别哭了！我没事，别看我满头的血，其实一点都不严重，只是开了个小口子而已。先进医院吧！好了，宝宝乖啦！别哭了。哭得我心都快碎了。别让我没有被砸死，反而被你哭死了。宝宝乖，别哭了。"

　　张苇茹见一脸血的向平安若无其事，心里的担心又减轻了不少，听到向平安的调笑又十分气愤，对向平安一阵好打，考虑到向平安有伤在身没下重手。外人看着，被向平安抱着的张苇茹就是在撒娇。最终，向平安假装自己伤情加重才被放过。

　　"好了，我先去看医生。"向平安说完就带着大家进了医院，张苇茹扶着他。

　　门诊室里面，医生正在给人看病。外面还排了几个病号。向平安直接进了门诊室。

　　"张医生，帮我看一下。我脑袋被人砸了。"向平安大声地说道。

　　张医生抬起了头，看了一眼老熟人向平安，左边脸全是血，都已经到衣服上了。伤口在左边额头上。还好，血已经止住了。

　　张医生心想：看来，这家伙又打架了。后面还跟着一群二流子。旁边这个小姑娘是哪个？长得挺漂亮的。以前不是另外一个吗？怎么换人了呢？

　　"你吼什么！又打架呢？等下你表姐知道了，看她怎么收拾你。看你还有力气，吼得这么大声，一时半会还死不了。"张医生一脸嫌弃地说。

　　"信不信，我表姐把我收拾了，也不会放过你。我只要告诉她，你不肯帮我治。"向平安威胁道。

　　张医生听了向平安的威胁，立马反应过激："你给我到外面排队，别给打搅我给别人看病。"

　　张苇茹见向平安跟医生闹僵了，怕耽误向平安伤情的处理，立马可怜分分地对张医生说："张医生，你先帮平安看一下吧！伤口在头上，是被砖砸的，也不知道有没有暗伤。你就行行好，先帮他看一下。"

　　听着张苇茹柔柔弱弱、清脆好听的求助声，张医生心软了。正好他也需要个台阶下。

　　"你们几个，先帮他去挂个号。"张医生指着周杰、曹枫他们说道。

一伙人立马答应，一起帮向平安挂号去了。

"小姑娘你带着他，去给他脑袋照个片，急的那种。告诉医生说，是我说的。病情要紧，脑袋伤着了要及时治疗，免得有什么后遗症，号有人在挂。"

听了张医生的话，张苇茹谢过后，就带着向平安照片子去了。

看着向平安离去，张医生一阵摇头：这家伙，无药可救了。张医生给看病的人报了个道歉，然后拿起手机就给某人表姐打电话了。

当向平安一边向张苇茹抱怨着医院黑心，急照比普通贵一半，一边和她一起向门诊室走去，周杰他们已经挂好号等在门诊室外边了。

门诊室里边，泼妇骂人的声言传出。

当向平安走进门诊室，骂人的声音戛然而止。向平安迎来的是表姐的关心："小安，你脑袋怎么被人弄伤的呢？严不严重？"

听到表姐急切的问候声，向平安一阵温暖。旁边的张医生一阵郁闷！

表姐双手按住向平安的头，在看右看。

"还好，看着吓人，伤口不大。应该没什么事！"表姐说完又对张苇茹说，"把片子拿给我。"

张苇茹只好弱弱地说："给你。"说完就递了过去。

表姐接过片子一边认真地看，一边问向平安："她是你女朋友？"

向平安一听，糟了！被表姐这个大嘴巴知道了。不光今天的事，家里人都会知道；可能自己和张苇茹谈念爱的事也会被家里人知道。

当着张苇茹的面不好否认，向平安只好红着脸回答："刚谈没多久。"

"放心，你姐姐我是不会出卖你的，我不告诉其他人。"

向平安听了，心里想：信你才怪，这事你知道了，能不说出去？可能吗？

向平安嘴上却说："谢谢你了，姐！我发现你越来越漂亮了，心也越来越善良。"

"好了！你心里怎么想的，我还不知道？"表姐说完，接着又说，"片子和伤口都看了，没事，等下张医生帮你把伤口附近的头发剃掉一点，然后帮你消下毒，再上点药包扎一下就好了。我还有事，就先走了。还好，你没什么大事，刚才担心死我了。"

表姐说完，把片子递给张医生就走了。

张医生接过片子，先把手上病人看完，就帮向平安医治。

张医生也属于讲话唠叨型，一边治，一边夸张头部受伤的严重后果，什么一不小心就跟佛祖聊天去了，一不小心就植物人呀，或者要动手术花很多钱，等等。

张苇茹越听越害怕，越听越担心。

等向平安伤口处理好，打发掉周杰他们，俩人坐在医院公园的椅子上的时候，张苇茹终于爆发了，轻声哭了起来。

"向平安，你知不知道，在我接到电话说你受伤晕迷的时候，我有多担心？我好害怕再也见不到你了。刚刚医生说的，如果不是你运气好，说不定就变成真的。答应我，以后别打架了，也别再冒险了，好不好？"

向平安见张苇茹又哭了起来，手足无措，一时间找不到纸巾，只好用手帮她擦眼泪，并且立马保证以后不打架了。向平安见张苇茹没有停止哭泣，还一脸的不信任，又立马发誓般地说："我错了！我错了，好吧！我发誓，以后再也不打架，如果再打架，你就让我被雷劈死！"

听向平安这么说，张苇茹急了，打了向平安一下，说："别乱说，你被雷劈死了，我还得为你伤心。你以后再打架，我就不理你了。你重新发誓，如果你再打架，以后就别见我。"

向平安立马说："好！我发誓，如果我再打架，以后就永远不见你。这下好了吧！对我来说，刚才发的誓比之前的还毒。"

张苇茹："我相信你！天快黑了，再陪你一下我就回家去了。"

向平安："好的！等下我送你回去。"

张苇茹："对了，是谁把你弄伤的？"

【提示训练】

广播剧语言特征是运用声音手段塑造人物、烘托环境、展现剧情，受众则是在听觉与思想情感的转换中理解剧情，是"线性的、想象的艺术"。德国电影理论家爱因汉姆在论述电影的艺术表演手段时指出，声音可以引起具体的空间幻觉。广播剧中的声音材料无论是在自然和生活中撷取的，还是经过艺术加工、提炼、模拟的，都根据不同的人物性格、情感变化、剧情发展而自然地、有机地融为一体，影响着受众的感性。广播剧的声音不仅能够联结不同时间、不同空间的各个场景，而且可以表现同一场景中的几组动作，使听者自然灵活地完成时空的跳跃和穿梭，加强了剧情表现的广度和深度。声音的溶入、溶出与剧情的情景交融。与声音的淡入、淡出一样，溶入、溶出也是一种声音的技巧型处理方式。即上一个场景的声音渐渐消失的同时，下一个场景的声音渐渐出现。与淡入、淡出不同的是，声音环境与剧情场景的溶入、溶出相结合，不产生分割的时空，使剧情连接更加连贯、流畅，没有突兀感。

广播剧（二）节选

主要演员介绍：

叶清华：女，任性刁蛮。

柏露：男，淘气，爱搞恶作剧，不受欢迎。

张宁：女，心直口快。

韩明轩：男，说话直，口无遮拦。

李雪晗：女，斤斤计较。

郭晟嗣：男，性格内向。

班长：女，活泼、开朗，有组织能力。

老师：女，年轻，有爱心。

第一场（地点：教室内）

开场：（下课铃声响起，同学们有秩序地走出教室，来到操场上做游戏。张宁、叶华清二人在整理书本，柏路在看漫画书）

刘洋：叶清华，快点，轮到你了。（十分着急）

叶清华：这就来。（一边收拾书本，一边急匆匆地往外走，不小心把张宁的书本和文具弄掉了）

张宁：站住，真讨厌，你给我捡起来。

叶清华：说谁讨厌呢，我又不是故意的，你自己捡吧！我来了。（说完，跑到操场玩了起来）

张宁：（狠狠地瞪了叶清华一眼，一边捡一边说）全班我最讨厌你了，再也不理你了。

第二场（地点：操场）

柏露：瞧瞧，瞧瞧，这不，班里女生又吵起来了，为了那么点鸡毛蒜皮的小事吵架，多没劲。什么？你问我是谁？提起我，在全班可是相当有名了，我——人送外号"淘气大王"，班里同学成天向老师反映，不是说我不写作业啦，就是不值日啦，你说他们烦不烦？尤其是我的同桌，成天嚷嚷要换座，成天不理我。我还不理他呢，踢球去喽！哎呀，踢着人了，赶快跑。

韩明轩：（在操场跳绳）哎哟，疼死我了，是谁踢的？你没长眼睛啊？

柏露：说谁呢？你才没长眼睛呢！不就踢了你一下，有什么大不了的。

（两人争执起来，此时上课铃声响起）

第三场（地点：教室）

（上课铃响，同学们回到教室内，迅速坐好，学生韩明轩小声哭泣，柏露课桌上乱七八糟，摇着椅子，一副不屑一顾的神情。老师走进教室，环顾四周，走到韩明轩面前）

老师：怎么了？（韩明轩摇头不语）

柏露：别装了，不就是被球踢了一下么，有那么严重吗？不行的话就去医院，我家有的是钱，多少吱一声就行。

老师：请大家坐好，不要议论。

李雪晗：老师，我请求换座位，柏露太讨厌了，我不想和他一起坐（老师刚要发表意见，尹叶举手，老师示意她发言）

尹叶：我也建议给柏露换座，他上课总说话，影响我们小组的荣誉。

（小组同学纷纷附和：对……就是……让他走!）

老师：大家静一静，柏露的座位已经换了好几次了，你们觉得他应该和谁坐呢？（大家你看我，我看你）

陈欣：让他一个人坐。

刘欣鹏：让他一个人坐。（全班哄笑，同学们又议论起来，声音越来越大）

【提示训练】

广播剧是"听"的艺术，如何让听众在广播剧中听到人物的动作，除了增加脚步声、衣服的摩擦声、敲门声等情境音效之外，演播者演播时语言的"动作感"尤为重要。动作感是一种语言动势，表现人在走、跑、跳、拉、爬等不同动作状态中说话的感觉。如叶清华一边收拾书本，一边急匆匆地往外走，在后期加入往外面急匆匆赶的脚步声，就可以听出环境的"再现"。除了有声语言表达之外，还有一种"无语言表情声音"，即人的哭、笑声，不同情状的气息声以及咳嗽等种种由心理与生理所致的具有一定意义和情感色彩的声音。

广播剧（三）节选

薄姬（冷冷地）：怎么？你那个好姐妹死了？

窦漪房（不屑）：死了又如何？不死又如何？

薄姬（冷笑）：哼，哀家当初真是没看错你！你果然狠毒，居然连自己的好姐妹都不放过。

窦漪房（冷笑）：没错，臣妾确实狠毒。所以今天臣妾又来找太后娘娘了。

薄姬：你又想玩什么花样？

窦漪房垂下眼帘，笑：也没什么。就是——（狡黠）想要借用一下太后娘娘的金印。

薄姬：哼！混账！那也是你能用的东西吗？！

薄姬：哀家是当今的太后，你要是再往前走一步，皇帝是绝对不会饶恕你的！

窦漪房：皇帝？今天的事，就是皇帝允许的。想来太后娘娘也知道，周亚夫拥兵不返吧？

薄姬：哼，那又如何？

窦漪房：那又如何？！如果再进一步，汉宫将会失守。太后娘娘说，还会如何呢？

薄姬：哼哼！你以为你能哄瞒哀家？周亚夫跟慎夫人联手，也只不过是清君侧而已。（狠狠地对窦）你才是他们的目标！

薄姬：等废后结束了以后，恒儿会安然无恙的。

窦漪房：你确定？（走到薄姬跟前，递竹简）南越王赵佗也掺和进来了，事情已经不是太后娘娘……想得那么简单了。

窦漪房：太后娘娘，我来说，你来写。写完之后再盖个金印，臣妾就会远离你，不再扰你清修了。

薄姬：哼！哀家是不会写的。你这个狠毒的女人，你又在耍什么鬼花样？

[窦漪房狠摔竹简（超有气势），薄姬大惊，转身。开始对吼]

薄姬：你想干什么?！你想造反吗?！

窦漪房：我倒想问问太后娘娘你想干什么！现在是什么时候了，我们都心知肚明。我不是吕后！你也未必能成就她那样的霸业！为什么还要揪住那些虚无缥缈的事情不放呢？明日慎夫人已死的消息传出去，周亚夫领兵攻城，您就那么确定可以安然躲过这场战乱吗？兵败宫倾之日，您还想划破脸去救皇上吗?！（薄姬狠剜窦漪房一眼）

窦漪房：佩心！（吼）去把太后的金印找出来！

窦漪房：混账东西！本宫的话你都不听了吗？统辖六宫的主人是本宫！叫你去找，你就去找！

（佩心惶恐，赶忙转身去找，薄姬一眼剜过来）

窦漪房：太后娘娘最好是写！不然，你儿子的命跟你的荣华富贵，都会随风而散！

【提示训练】

广播剧被称为"声音的艺术"或"听觉艺术"。广播剧中的声音主要是由语言、音响、音乐这三个基本要素构成。在广播剧中，人物之间的矛盾冲突、情感变化都要靠语言表现出来，我们无法像电影那样看到人物的动作、表情的变化，所以在广播剧中，语言是最重要的构成元素。从广播剧创作中声音设计角度来讲，其艺术表现力就是通过声音设计来表现的，声音设计包括人声、音乐、音响等。演播时通过细节设计，综合考量整体作品，进一步提升广播剧的整体艺术感染力。然而，声音设计的艺术表现力多种多样，它的表现形式也千变万化，同时也具备不同的艺术意义。从声音设计角度而言，声音设计需要具备较强的戏剧性，侧重于将声音、故事、剧情发展表现为一体，从而进一步让听众融入广播剧中。声音艺术的戏剧性表达是合理利用背景音乐、人物对话来将原本要交代的、生硬的讲解念白和背景台词转换为一个活灵活现的故事。这样的声音设计艺术表现力要求，也可以说是广播剧艺术渲染力的最根本要求之一。只有将原本生硬的背景、念白变成戏剧性的对话，利用人物对话、背景音乐等形式，从剧情发展中体现出来，才可以实现声音设计中的艺术表现力,增强全剧的渲染能力。演播者需运用重音、语气、停连等演播技巧,配合悬疑、幽寂的背景音将听众引入戏剧情境中,将剧中人物的思想性格、剧情走向串联起来,把人物内心跌宕起伏的情感变化勾勒出来,从而推动剧情的发展。

第五章　影视剧配音

配音是指对没有经过同期录音的电影或电视剧进行的一种声音还原或填补的后期制作，包括现场音效、拟音、语言(或台词)、旁白解说及音乐等。配音艺术创作从有声电影发明的那一天开始，就具有了独特的艺术魅力与表现技巧。在影视剧配音中，人物的(台词)语言应与剧中表演人物的口型、语气、动作和态度相一致，现场的音效应符合剧中环境与事件，旁白的解说和音乐要体现出演员和拍摄者的表达意图，并与故事剧情发展相呼应。影视剧配音的创作核心是对剧中人物的再次塑造，仅从人物创作来说，配音是影视剧作品中，专为人物的对白、独白、旁白等语言(台词)进行后期制作的艺术创作。

在影视剧的创作中，如果说剧作家的剧本创作是一度创作，演员的表演是二度创作，那么配音演员的配音则是三度创作。创作的度数越多，规定制约性就越强。作为最后一度创作的影视配音，具有十分鲜明的规定制约性，除了前期的创作依据以及后期的创作手段之外，创作对象的"视觉形象"显得格外重要。本章将以卡夫卡的长篇小说《城堡》为例，围绕配音员如何做到与剧中人物贴合、如何与演员状态贴合、配音技巧等方面内容展开分析。

城堡
卡夫卡

K 到村子的时候，已经是后半夜了。村子深深地陷在雪地里。城堡所在的那个山冈笼罩在雾霭和夜色里看不见了，连一星儿显示出有一座城堡屹立在那儿的亮光也看不见。K 站在一座从大路通向村子的木桥上，对着他头上那一片空洞虚无的幻景，凝视了好一会儿。

接着他向前走去，寻找今晚投宿的地方。客栈倒还开着，尽管客栈老板已经没法给他腾出一间房间来，而且时间这么晚，想不到还有客人来，也使他感到恼火，可他还是愿意让 K 睡在大厅里的草包上。K 接受了他的建议。几个庄稼汉还坐在那儿喝啤酒，但是他不想攀谈，他到阁楼上去给自己拿来了一个草包，便在火炉旁边躺了下来。这里是一个很暖和的地方，那几个庄稼汉都静悄悄的，不吱一声，于是他抬起疲乏的眼睛在他们身上随便转了一圈以后，很快就睡熟了。

可是不多一会儿，他给人叫醒了。一个年轻小伙子，穿得像城里人一样，长着一张像演员似的脸儿，狭长的眼睛，浓密的眉毛，正跟客栈老板一起站在他的身边。那几个庄稼汉还在屋子里，有几个人为了想看得清楚一些和听得仔细一些，都把椅子转了过来。年轻小伙子因为惊醒了 K，彬彬有礼地向他表示歉意，同时做自我介绍，说自己是城守的儿子，接着说道："这个村子是属于城堡所有的，谁要是住在这儿或者在这儿过夜，也可以说就是住在城堡里。没有伯爵的许可，谁都不能在这儿耽搁。可是你没有得到这种许可，或者起码你没有拿出一张这样的证件。"

K 已经支起了半个身子，理了理自己的头发，抬起头来望着这两个人，说："我这是闯进了哪个村子啦？这儿有一座城堡吗？"

"一点不错。"年轻小伙子慢条斯理地回答道。这时，满屋子的人都对 K 这句问话摇头："这儿是我的大人威斯特·威斯伯爵的城堡。"

"难道一个人得有一张许可证才能在这儿过夜吗？" K 问道，似乎想弄清楚自己所听到的会不会是一场梦。

"一个人必须有一张许可证，"那个小伙子伸出臂膀向那些在场的人说，他那种手势带着鄙视 K 的嘲笑意味，"难道一个人不需要有许可证吗？"

"唔，那么，我就得去搞一张。" K 说。K 打着哈欠推开毯子，像是准备起来的样子。

"请问你打算去向谁申请许可证？"小伙子问他。

"从伯爵那儿呀。" K 说，"只有这么办啦。"

"深更半夜的，想去伯爵老爷那儿搞一张许可证！"小伙子往后退了一步，叫嚷了起来。

"这样不行吗？" K 冷冷地问道，"那你干吗叫醒我？"

这一下把小伙子惹恼了。"你少耍你这种流氓态度！"他嚷道，"我坚决要求你尊重伯爵的权威！我叫醒你是通知你必须马上离开伯爵的领地。"

"这种玩笑已经开够啦。"K用一种特别冷静的声调说着，重新躺下来，盖上了毯子，"你未免有点儿过分啦，我的朋友，明天我得谈谈你这种态度，假如需要的话，客栈老板和诸位先生会给我作证的。让我告诉你吧，我就是伯爵大人正在等待着的那位土地测量员。我的助手们明天就会带着工具坐马车来到这儿。我因为不想错过在雪地里步行的机会，这才徒步走来的，可是我不幸一再迷路，所以到得这么晚。在你想要来通知我以前，我早就知道上城堡去报到是太迟了。这就是为什么我今晚权且在这样的床铺上过夜的缘故，可是你，不妨说得客气一点，却粗鲁无礼地把我吵醒了。这就是我所要说的一切。先生们，晚安。"说罢，K就向火炉转过身去。

"土地测量员？"他听见背后这样犹豫不决地问着，接着是一阵沉默。但是那个小伙子很快又恢复了自信，压低了自己的声音，充分表示他关心K的睡眠，但是他的话还是能让人家听得很清楚。他对客栈老板说："我得打电话去问一问。"这么说，在这样一个村店里居然还有电话机？凡是应有的设备，他们全都有。眼前这个例子就使K感到惊奇，但是总的说来，他也确实预料到的。电话机似乎就装在他的头顶上面，当时他睡意正浓，没有注意到。假如那个小伙子非打电话不可的话，那么，即使他心眼儿再好，也还是免不了要惊动K的，因此，唯一的问题是K是否愿意让他这样干。他决定让他干。那么，在这样的情况下，装作睡觉就没有什么意义了，所以他又翻转身来，仰天睡着。他看得见那些庄稼汉正在交头接耳，窃窃私语。来了一位土地测量员，可不是一件小事。那扇通向厨房的门已经打开，整个门框给客栈老板娘那副庞大的身子堵住了，客栈老板踮着脚尖向她走过去，告诉她发生了什么事情。现在，电话机上的对话开始了。城堡的城守已经睡着了，可是一位副城守——弗里兹还在那儿。那个小伙子一面通报自己是希伐若，一面报告说他发现了K，一个其貌不扬、三十岁左右的汉子，枕着一个小背囊，正安静地睡在一只草包上，手边放着一根手杖。他自然怀疑这个家伙，由于客栈老板的显然失职，那么他，希伐若，就有责任来查究这件事情。他叫醒了这个人，盘问了他，并且给了他正式的离境警告，可是K对待这一切的态度很无礼，也许他有着什么正当的理由，因为临了他声称自己是伯爵大人雇来的土地测量员。当然，这种说法至少总得要有官方的证实，所以，他，希伐若，请求弗里兹先生问一问中央局，是否真的在等这么一个土地测量员来着，然后请立刻电话回复。

【提示训练】

卡夫卡以其精神气质在《城堡》中塑造了非现实的人和事，并以 K 的追寻、城堡的权威、村民对城堡的盲目崇拜等细节展示现代人存在的可能性、人被现实征服的荒谬性，以及人在存在与荒谬中坚守努力的未来性。

在《城堡》这部作品的配音中要注意"喻实而所喻亦虚"，指城堡的隐喻具有多义性，让人难以捉摸。土地测量员 K 在风雨交加的后半夜进入村庄，没有人愿意让他暂住，K 只好赖在旅馆里的一个偏僻的角落。第二天他决定离开村子去城堡，然而道路就像是一个迷宫，城堡可望而不可即。"城堡"寓意是什么，众说纷纭。在这部作品的演播与配音中要理解和感受卡夫卡用生命在作品中表达的精神意蕴。

这样，当弗里兹在那边查询，小伙子在这边等候回音的时候，屋子里静悄悄的。K 没有挪动位置，甚至连身子也没有动一下，仿佛毫不在乎似的，只是望着空中。希伐若这种混合着敌意和审慎的报告，使 K 想起了外交手段，而像希伐若这么一个城堡的下级人员居然也精通此道。而且，他们还勤于职守，中央局在夜里还有人值班呢。再说，他们显然很快就回答了问题，因为弗里兹已经打电话来了。他的答复似乎够简单的，因为希伐若立刻放下了听筒，生气地叫了起来："就跟我原先说的一样！什么土地测量员，连一点影子都没有。一个普通的招摇撞骗的流浪汉，而且说不定比这更坏。"K 转念一想，希伐若、庄稼汉、客栈老板和老板娘也许会联合起来对付他。为了至少能躲避他们第一阵袭击，于是他紧紧地缩在毯子里。但是电话铃又响起来了，而且，在 K 听来，铃声似乎响得特别有力。他慢慢地探出头来。尽管这回电话不可能也跟 K 有关系，但是他们都静了下来，希伐若再一次拿起听筒。他听了对方相当长的一段话以后，便低声地说："一个误会，是吗？我听了很遗憾。部长本人是这么说的吗？怪极了，怪极了。叫我怎么向土地测量员解释这一切呢？"

K 竖起了耳朵，这么说，城堡已经承认他是一个土地测量员啦。从这一方面来说，这样对他是不利的，因为这意味着，关于他的情况，城堡已经得到了详细的报告，估计到了一切可能发生的情况，因此，含着微笑接受了这样的挑衅。可是从另一方面说，这对他很有利，因为如果他的解释是对的，那么他们就是低估了他的力量，他也就可以有比自己想要的更多的行动自由。但如果他们打算用承认他是土地测量员的这种高傲的上司对下属的态度把他吓跑，那他们就打错了主意。这一切只不过使他身上感到有一点不好受，如此而已。

希伐若怯怯地向他走过来，但是他挥了挥手把希伐若赶走了。客栈老板殷勤地请他搬到自己的房间里去睡，他也拒绝了，只是从老板手里接受了一杯热茶，从老板娘手里接受了一只脸盆、一块肥皂和一条毛巾。他甚至不用提出让大家离开这间屋子的要求，因为所有的人都转过脸去一拥而出了，生怕他第二天认出他们是谁。灯已经吹灭了，最后静静地留下他一个人。他沉沉地一直睡到第二天早晨，连老鼠在他身边跑过一两次也没有把他惊醒。

【提示训练】

配音创作的基础是人物，对于这部作品我们需要用心体会人物来准确地获得语言表达的心理依据，不仅仅是体会人物的外貌形象，而是用心体会人物的心理特征、个性特征，是有音容笑貌、言谈举止的完整且有性格的人物，即要剥出人物的"核"，高度概括出角色人物所特有的内心环境、独特的行为方式和态度倾向。只有注入情感的配音，才能使角色人物形象更加丰满，进而与受众产生强大的共鸣。

吃了早餐以后，客栈老板告诉他，早餐以及他所有的膳宿费用都由城堡负担。他准备马上出门去村子里，但是看到老板似乎为了昨天晚上怠慢了他，老是含着沉默的哀求在他的身边打转，他对这个家伙感到有点怜悯起来，便请他坐一会儿。

"我还没有见到伯爵，"K说，"可是他对活儿干得好的人，准会付优厚的酬报的，是不是？像我这样大老远从家乡跑到这儿来，就得在口袋里装进一点东西才能回去啊。"

"体面的先生用不着为这种事情犯愁。在我们这儿，没有人会抱怨人家少给了他工钱的。"

"唔，"K说，"我可不是像你们这样胆小的人。即使对伯爵那样的人，我也敢表达我的意见。但是当然啦，用不着费什么麻烦就把一切事情都解决，那就更好了。"

客栈老板坐在 K 对面的窗架边上，不敢找舒适一点的地方坐下来，他那对棕色的大眼睛含着忧虑的神色直愣愣地望着 K。起初他一心想跟 K 在一块儿聊聊，可是现在他似乎又急于溜走了。他是害怕 K 要向他询问伯爵的情况，还是在这个他认为是"绅士"的人身上发现了什么破绽，因而害怕了呢？K 必须转移他的注意力。他望着挂钟说道："我的助手们不久就要到了。你能给他们在这儿安排一个住处吗？"

"当然，先生，"他说，"可是他们不会跟你一起住到城堡里去吗？"

难道客栈老板真是这么乐意把大有希望的顾客，特别是 K 这样的人放走，毫无条件地把他转让给城堡吗？

"这现在还说不定，"K 说。"我得先弄清楚人家要我干的是什么工作。要是我必须在这下面村子里工作，比方这么说的话，那我在这儿住着也许更妥当一些。再说，我怕城堡里的生活我过不惯，我是喜欢自由自在的人。"

"你不了解城堡。"客栈老板悄悄地说。

"当然，"K 回答道，"一个人的判断不应该下得过早。我眼下只知道他们懂得怎样挑选一个优秀的土地测量员。说不定也还有别的吸引人的东西吧。"说着，他站起来想摆脱面前这个客栈老板，因为这家伙正心神不定地咬着嘴唇哩，想要赢得他的信任是不容易的。

K 正要走出去，这时看见墙上一只暗淡无光的框架里有一幅黑黝黝的肖像。他睡在靠近炉边的铺上时，早就打量过，可是从那么远的地方望过去，根本看不清是什么，还以为是钉在木框上的一块普通底板呢。可是现在才看清楚，这原来是一幅画，是一个五十光景的男人的半身像。他的头低低地耷拉在胸前，低得连眼睛也几乎看不见了，又高又大的前额和结实的鹰钩鼻重得似乎使脑袋都抬不起来。由于这样的姿势，他那满腮的大胡子就都给下巴压住了，而且还往下披散。他的左手淹没在浓密的头发里，但是好像没法子把脑袋撑起来似的。"他是谁？"K 问，"是伯爵吗？"他站在画像前面朝客栈老板转过身去。"不，"客栈老板说，"他是城守。""这可真是一个漂亮的城守啊，"K 说，"可惜他生了一个没有教养的儿子。""不，不，"客栈老板说。他把 K 拉近一点，凑着他的耳朵低低地说道，"昨天希伐若是吹牛，他的父亲只不过是一个副城守，而且是职位最低的一个。"这会儿，K 觉得客栈老板正像是一个小孩子似的。"这个坏蛋!" K 笑了一笑说。可是客栈老板没有笑,他接下去说道:"可就说他的父亲,势力也就不小呢。""你给我站远一点吧。" K 说,"你以为谁都是有势力的。我,说不定也是有势力的,是吧?""不,"他胆怯但又一本正经地回答,"我可并不以为你有势力。""你的眼睛可真厉害," K 说,"说实话,我可真的不是一个有势力的人,所以我认为我尊敬有势力的人并不比你差,只是我没有你那么老实,而且也不经常愿意承认这一点。"说罢, K 在他的面颊上轻轻打了一下,为的是使他高兴起来,唤起他的友谊。这居然使他微微地笑了一下。他实在还很年轻哩,脸蛋儿挺嫩,几乎还没有长胡子。他怎么会娶上那个身材那么庞大、年龄比他大的妻子呢?从一扇小窗口就能望见她露着胳膊肘儿在厨房里忙得直打转儿。K 不想再勉强赢得他的信任了,再说也不愿意把自己最后好容易把他逗出来的笑容吓跑。这样,他就仅仅向他做了个手势,叫他把门打开,接着就跨进了晴朗的冬天的早晨。

【提示训练】

给声音注入情感,是角色形象塑造的关键。首先,配音演员必须深刻理解创作内容,在此基础之上才能进一步确定声音的表现形式,从而确定表达基调。不要局限于外部技巧的口型贴合,要抓住原片演员的情感内容,紧扣作品的实质与灵魂。在这部作品的配音创作中,一定要深刻研究原片演员的每一个情绪的变化与转化,充分而深刻地理解规定情境中的故事情节。

现在,他看得见那座城堡了。在光明闪耀的天空,它显得轮廓分明,再给一层薄薄的积雪一盖,就显得更加清晰了。山上的积雪似乎比山下村子里的少得多。昨天打村子里经过的时候, K 觉得就跟在大路上一样难走。这儿,厚厚的积雪一直堆到茅屋的窗口,再往上就又盖满了低矮的屋顶,可是在山上,一切都是那么轻盈。雪花那么自在地在空中飞翔,或者至少可以说,从下面看起来是这样。

大体说来,这个城堡的远景是在 K 的预料之中的。它既不是一个古老的要塞,也不是一座新颖的大厦,而是一堆杂乱无章的建筑群,由无数紧紧挤在一起的小型建筑物组成,其中有一层的,也有两层的。倘使 K 原先不知道它是城堡,可能会把它看作是一座小小的市镇呢。就目力所及,他望见那儿只有一座高塔,它究竟是属于一所住宅的呢,还是属于教堂的,他没法肯定。

一群群乌鸦正绕着高塔飞翔。

K一面向前走，一面盯着城堡看，此外他就什么也不想。可是当他走近城堡的时候，不禁大失所望：原来它不过是一座形状寒伧的市镇而已，一堆乱七八糟的村舍，如果说有什么值得称道的地方，那么，唯一的优点就是它们都是石头建筑，可是泥灰早已剥落殆尽，石头也似乎正在风化消蚀。霎时间K想起了他家乡的村镇，它绝不亚于这座所谓的城堡。如果只是上这儿来观光一番的话，那么，跑这么远的路就未免太不值得了，还不如重访自己的故乡，他已经很久没有回故乡去看看了。于是，他在心里就把家乡那座教堂的钟楼同这座在他头上的高塔做起比较来。家乡那座钟楼线条挺拔，屹然矗立，从底部到顶端扶摇直上，顶上还有盖着红瓦的宽阔屋顶，是一座人间的佳作。人们还能造出别的什么建筑来呢？——而且它具有一种比之普通住房更为崇高的目的和比之纷纭繁杂的日常生活更为清晰的含义。而在他上面的这座高塔——唯一看得见的一座高塔，现在看起来显然是一所住宅，或者是一座主建筑的塔楼，从上到下都是圆形的，一部分被常春藤亲切地覆盖着，一扇扇小窗子，从常春藤里探出来，在阳光下闪闪发光，一种好像发着癫狂似的闪光。塔顶盖着一种阁楼似的东西，上面的雉堞参差不齐，断断续续十分难看，仿佛是一个小孩子的哆哆嗦嗦或者漫不经心的手设计出来的，在蔚蓝的苍穹映衬之下，显得轮廓分明。犹如一个患着忧郁症的人，原来应该把他锁在家里最高一层的房间里，结果却从屋顶钻了出来，高高地站立着，让世界都望着他。

K又停了下来，似乎停了他才有更多的判断力，但是他却受到了干扰。他停的地方是乡村教堂，那后面就是学校。教堂实际上不过是一所礼拜堂和一些为了供教区居民住用而扩建的，像谷仓一样的附加建筑罢了。那学校是一所又长又矮的房子，一副老态龙钟的神气，跟土里土气的模样触目地混合在一起。它坐落在如今已经变成一片雪地的一座围着篱笆的花园后面。这当儿，孩子们正跟着他们的老师走出来。他们围拥着他，都仰起头来盯着他看，同时像连珠炮似的叽叽喳喳地谈着。他们说得那么快，K简直没法子听懂他们在说些什么。那位老师是一个肩膀狭窄、身材矮小的青年，走起路来身子直挺挺的，可是那样的姿态倒还并不显得怎么可笑。他从远处就已经用眼睛紧紧盯住K看了，这也是很自然的，因为眼前除了这些小学生之外，再没有别人。作为一个外乡人，尤其因为对方是一个仪表威严的小伙子，因此 K 便首先走上去，说道："您早，先生。"孩子们仿佛约好了似的，一下子都静了下来，也许他们的老师喜欢有这么一种突然的静默作为他斟酌词句的准备。"你在看城堡吗？"他这句话问得比 K 所预料的温和，但是他说话的腔调流露出他并不赞成 K 这样的行为。"是的，"K 说，"我在这儿是一个外乡人，我昨天晚上才来到这个村子。""你不喜欢城堡吗？"教师很快又问他。"什么？"K 反问道，他感到有点惊奇，于是用缓和的口气又问了一遍，"我不喜欢城堡？为什么您认为我不喜欢城堡呢？""从来没有一个外乡人是喜欢城堡的。"教师说。为了免得说错话，K 便改变话题，说道："我想您是认识伯爵的吧？""不认识。"教师说，把身子转了过去。可是 K 不愿意就这样给他摆脱掉，便又问道："怎么，您不认识伯爵？""干吗我一定要认识伯爵？"教师低声地回答说，接着用法语高声添了一句，"请不要忘记有天真烂漫的孩子们在场啊。"K 抓住这句话作为一个正当的理由，问道："我改天能来拜访您吗，先生？我在这儿得待一些时候，可我已经感到有点寂寞了。我跟那些庄稼汉合不来，我想，我跟城堡恐怕也合不来呢。""农民和城堡没有什么区别。"教师说。"也许是吧，"K 说，"可是这一点并不能改变我的处境。改天我能去拜访您吗？""我住在天鹅街一个屠夫家里。"这与其说是邀请，实在还不如说是通知。可是 K 说："好，我一定去看您。"教师点了点头，便领着他那群孩子往前走去，孩子们立刻又叫嚷起来了。他们不久就在那陡峭直下的小路上消失了。

可是 K 对这次谈话感到又害怕又气。自从来到这里以后，他第一次真正感到疲倦起来。他经过那么漫长的一段旅程，起先似乎并没有使他觉得身子怎样疲乏——在那些日子里，他是多么从容不迫地一步一步走过来的啊！可是现在他感到劳累的后果了，而且是在这样不合时宜的时刻。他感到自己有一种不可抗拒的渴望，想结识一些新的朋友，可是每结识一个朋友，似乎又只是增加了他的厌倦。尽管如此，在目前的情况下，假使他一定要叫自己继续往前走，至少走到城堡入口那儿，那他的气力还是绰绰有余的。

【提示训练】

塑造人物，是影视配音创作的核心。把原片人物表达思想、进行交流的声音、语言当作灵魂，人物形象当作躯壳，通过自己的有声语言去表达和塑造原片中的人物形象，这就是精神世界，我们称之为灵魂。播读时要抓特点幻化人物，传人物之神，还人物之魂。

　　因此，他又走起来了，可是路实在很长，因为他走的这条村子的大街根本通不到城堡的山冈，它只是向着城堡的山冈，接着仿佛是经过匠心设计似的，便巧妙地转到另一个方向去了，虽然并没有离开城堡，可是也一步没有靠近它。每转一个弯，K就指望大路又会靠近城堡，也是因为这个缘故，他才继续向前走着。尽管他已经筋疲力尽，他却决不愿意离开这条街道。再说这个村子居然这么长，也使他感到纳闷，它仿佛没有个尽头似的。他走啊走的，只看到一幢接着一幢的式样相同的小房子，冰霜封冻的窗玻璃，皑皑的白雪，没有一个人影儿——可是最后他到底挣脱了这条迷宫似的大街，逃进了一条小巷。这儿雪积得更深，得花很大的劲才能把脚从雪地里拔出来，这是非常累人的，搞得浑身大汗。他猛地停下来，再也走不动了。

　　好啦，他到底不是在一座荒岛上，在他的左右两边全是茅屋。他捏了一个雪球朝一扇窗子扔过去。立刻有人把门打开了——这是他跑遍全村打开的第一扇门，门口出现了一个穿着褐色皮袄的老农夫，脑袋向一边歪着，显出一副衰弱而和善的模样。"我可以在你家歇一会儿吗？"K问道，"我累极啦。"他没有听见老头儿的答话，但是怀着感激的心情看着一块木板向他身边推过来，准备把他从雪里搭救出来，于是他跨上几步，就走进了厨房。

　　这是一间很大的厨房，屋子里光线很暗。从外面进来，起先什么也看不清。K在一只洗衣桶上绊了一跤，一只女人的手把他扶住了。一个角落里传来了孩子们的大声号哭。另一个角落里涌出一阵阵水蒸气，把本来已经很暗的屋子变得更暗了。K像是站在云端里一样。"他准是喝醉了。"有人在这样说。"你是谁？"有人吓唬地大声喝问着。接着，显然是对老头儿说的："你干吗让他进来？难道咱们要把街上每一个游荡的人都带到家里来吗？""我是伯爵的土地测量员。"K说，在这个他仍旧看不见的人面前，他竭力给自己辩护着。"哦，这是土地测量员啊！"这是一个女人的声音，接着是一片沉默。"那么，你认识我？"K问道。"当然。"还是那个女人的声音简短地说道。但是，人家认识他，这似乎并不就是一种介绍。

　　最后，水蒸气淡了一些，K渐渐地也看得清周围的情景了。这天似乎是一个大扫除的日子，靠近门口的地方，有人在洗衣服。可是水蒸气正从另一个角落里冒出来，那儿有一只大木桶，K 从来没有见过有这么大的木桶，简直有两张床那么宽，两个男人正在冒着热气的水里洗澡。但教他更惊奇（虽然说不出究竟是什么教他那么惊奇）的是右边角落里的情景。后墙上有一个很大的窗洞，这是后墙上仅有的一个窗洞，一道淡淡的雪一般的白光从窗洞外射进来，这显然是从院子里射进来的。白光照在一个女人身上，使她身上的衣服闪耀着一种像丝绸般的光彩。这个女人几乎斜卧在一张高高的靠椅里。她正抱着一个婴儿在喂奶，好几个孩子围在她的身边玩耍，他们显然是农家的孩子。可是这个女人却似乎属于另一个阶级，当然，即使是庄稼人，在生病或者疲倦的时候也会显出一副秀气的样子来的。

"坐下来！"那两个男人中有一个这样说。他长着满腮胡子，老是张开着嘴巴呼哧呼哧地喘气，从澡桶边伸出一只湿淋淋的手，溅起了水，指着——这是一个挺有趣的镜头——张长椅，把 K 淋得满脸都是热腾腾的水珠。那个让 K 进来的老头儿直愣愣地坐在那儿出神。K 这才算是找到了一个座位。从这以后，谁也不再去注意他了。在洗衣桶旁边的那个女人年纪很轻，长得丰满可爱，她一面干着活儿，一面低声地哼着歌儿。男人们在澡桶里踢腿蹬脚、翻来滚去地洗着澡。孩子们想挨近，总是给他们用水狠狠地泼了回来，水珠甚至溅到 K 的身上。躺在靠椅上的那个女人好像是一个没有生命的人，眼睛直勾勾地盯着屋顶，连怀里的婴儿也不瞧一眼。

她构成了一幅美丽、凄苦而凝然不动的画图，K 准是看了她好大一会儿；在这以后，他一定是睡熟了，因为当有人大声喊醒他的时候，他发现自己的头正靠在老头儿的肩膀上。男人们已经从澡桶里出来——在澡桶里打滚的已经是在那个头发好看的女人照料下的那些孩子了，现在他们正衣冠端正地站在 K 的面前。看起来那个长着满腮胡子、吓唬他的汉子，是这两个男人中比较次要的一个。另外那个是性子沉静而思路较慢的人，老是耷拉着脑袋，个儿并不比他的同伴高，胡子也很少，但是肩膀却宽阔得多，而且还长着一张阔阔的脸膛，这会儿是他在说话："你不能待在这儿，先生。请原谅我们的失礼。""我不打算待在这儿，"K 说，"我只是想在这儿休息一会儿。我已经休息好啦，这会儿我就要走了。""我们这样怠慢客人，你也许会感到奇怪，"这个男人说，"可是好客不是我们这儿的风俗，对我们来说，客人没有什么用处。"也许是因为打了个盹儿，K的精神多少恢复了一点，也清醒了一点，对方的话说得这样坦率，倒使他高兴起来。他不再感到那么拘束了，握着手杖指指点点的，走近那个躺在靠椅上的女人。他发现自己在这个房间里是身材最高大的人。

"的确，"K说，"你们要客人有什么用处呢？可是你们有时也还是需要一个的，比方说，我这个土地测量员。""我可不知道，"那人慢腾腾地回答说，"假使说你是给请来的，那可能是我们需要你，就另当别论了。可是我们这些小人物是守着我们的老规矩办事的，你可不能因此责怪我们。""不，不，"K说，"我对你，对这儿的每一个人只有感激。"接着，乘他们不防，他猛地一个转身，机灵地站到了那个躺着的女人面前。她睁着慵倦的蓝眼睛望着他，一条透明的丝头巾直披到前额，婴儿已经在她怀里睡熟了。"你是谁呀？"K问道。女人轻蔑地——不知道是瞧不起K呢，还是她自己的回答得不清楚——回答："是从城堡里来的一个姑娘。"

这只不过是一两秒钟的事，可是那两个男人却已经来到他的身旁，把他推到门口去，仿佛他们没有别的办法来说服他，只能一声不响地使出全身气力把他推出大门了事。他们这样的行径，把那个老头儿逗得直乐，禁不住拍起手来。在洗衣桶旁的那个女人也笑了。孩子们也像发了疯似的突然大叫大嚷起来。

K不久就来到了外面的街上，那两个男人在门口打量着他。现在雪又下起来了，可是天色却似乎亮了一点。那个满面胡子的汉子忍不住喊道："你要上哪儿去？这条是上城堡的路，那条可是到村子里去的。"K没有搭理他，另一个汉子虽说有点腼腆，可是在K看来这两个人中还是他比较可亲一些，因此转过身去，对他说："你是谁？我该感谢谁收留了我一会儿呢？""我是制革匠雷斯曼，"他回答，"可你不用向谁道谢。""好吧，"K说，"或许咱们还会见面的。""我可不这样想，"那人说。在这当儿，另一个汉子招着手叫喊起来："阿瑟，你早啊！杰里米亚！"K掉过头去，心想：这么说，在这些村街上看得见人影啦！有两个年轻人正从城堡那个方向走来，他们都是中等身材，细挑个儿，穿着一身紧身的衣服，两个人模样儿挺相像。虽然他们的皮肤是暗褐色的，可是相比之下，他们黑黑的小山羊胡子却显得分外触目。因为路上不好走，他们两个人的细长的腿合着整齐的步伐，迈开了大步走着。

"你们上哪儿去?"满脸胡子的汉子大声地问着。他们走得很快,而且不愿意停下来,你非得对他们大声叫喊不可。"我们有公事,"他们一面笑着,一面大声回答。"在哪儿?""在客栈里。""我也要上那儿去。"K 突然大声叫了出来,那声音比其他的人都高。他产生了一种强烈的欲望,想跟他们结伴同行。他并不怎么想跟他们交朋友,可是很明显,他们准是有说有笑的好同伴哩。他们听到了他的喊声,但只是点了点头,接着就跑得没影儿了。

【提示训练】

播读时,要深入角色中,领会并走进角色人物的内心世界,用声音去塑造人物的职业、年龄、身份和性格等,使语言性格化、具体化,传人物之神;要时刻把握住人物的思想线、行动线、情感线,感受、体会,培养角色之感情、萌发人物之激情,用自己的声音去表达、去体现。

K 仍旧在雪地里站着,他简直不想把两只脚从雪里拔出来,因为这样不过是再把脚陷进去罢了。制革匠和他的伙伴因为终于摆脱了他而感到心满意足,便慢腾腾地侧着身子从那扇现在只是半开着的大门里走进屋去。他们回过头来看了他两眼,接着便把他孤零零地撒在下着大雪的门外了。"假使我此刻站在这儿,并不是出于人家有意的安排,而只是偶然碰上这种机遇的话,"他起了这样的念头,"这倒是假装失望的一个绝妙的场面。"

就在这当儿,在他左边的那所茅屋打开了一扇小窗子。也许因为雪光反射的缘故,这扇窗子在关着的时候看起来似乎是深蓝色的,窗子小得很,打开了以后,你连看一看窗子后面那个人的整个脸孔都看不到,只看得见两只眼睛,两只衰老的棕色眼睛。"他在那儿呢。"K 听见一个女人颤抖的声音在说话。"那是土地测量员。"一个男人的声音回答着。接着,那个男人也走到窗口,问道:"你在这儿等什么人吗?"他的语调和神色倒并不使人难以亲近,可是仍旧好像生怕在自己家门口惹起什么麻烦来似的。"想等着搭上一辆过路的雪橇,"K 说。"这儿是不会有雪橇经过的,"那人说,"这儿没有车辆来往。""可这是上城堡去的大路呀。"K 分辩道。"那还是一样,那还是一样,"那人带着一种最后下结论的口气说道,"这儿没有车辆来往。"接着两人都不吱声了。但是那人显然在想着什么事情,因为他没有把窗子关上。"这条路可真是糟透啦。"K 说,想引他开口。他得到的唯一回答是:"啊,是的。"但是过了一会儿,他自告奋勇地说道:"要是你愿意的话,我可以用我的雪橇送你。""那就请你送我走吧,"K 欣喜地说,"你要多少钱?""一个钱也不要。"那人说,这句话大大出于 K 的意料之外。"喏,你是土地测量员,"那人解释说,"那你就是城堡的人。你要我把你送到哪儿去呢?""上城堡去。"K 连忙回答说。"我不愿意送你上那儿去。"那人毫不犹豫地说。"可我是城堡的人。"K 重复对方的原话这么说着。"也许是的吧。"那人简短地说道。"啊,那么,就把我送到客栈去吧。""好,"那人说,"我一会儿就拉着雪橇出来。"从他所有这些言语、行动看来,他并不是出于任何特殊友好的愿望,而是出于一种自私,忧虑,而且几乎是装腔作势的固执,一心只想把 K 从自己家门口赶走。

院子的大门打开了,跟着,一只孱弱的小马拉着一辆轻便的小雪橇出现了。雪橇很简单,根本没有什么座位,那个汉子一颠一瘸地在后面跟着,显出一副弯腰曲背的衰弱样子。那张又瘦又红的脸膛,加上鼻子又伤了风,在紧紧裹着一条羊毛围巾的脖子相比之下,显得格外小。显然这会儿他正生病,只因为要送走 K,这才强打起精神出门。K 鼓起勇气向他表示歉意,但是那个汉子挥了挥手把他岔开了。K 从他嘴里就只探听出来他是一个马车夫,名叫盖斯塔克,他之所以驾这辆简陋的雪橇出来,是因为这辆雪橇正现成放着,要是驾别的雪橇,那就要花费很多时间了。"坐上去吧。"他指着雪橇说。"我可以跟你并排着坐。"K 说。"我要步行。"盖斯塔克说。"干吗?"K 问道。"我要步行。"盖斯塔克重复说了一遍,突然咳嗽起来,咳得身子直摇晃,不得不把两条腿在雪地里叉开站着,同时抓住了雪橇的边沿。K 不再多说,便坐上了雪橇。那人的咳嗽也慢慢地平复了下来。于是,他们赶着雪橇走了。

在他们上面的那座城堡——K 原想当天就上那儿去——现在已经开始暗淡下来了,而且又重新退向远处。但是仿佛要给他一个下次再见的告别信号,城堡上面开始响起了一阵愉快的钟声。这阵钟声,至少在那一刹那间使他的心扑扑地跳动起来,因为这钟声同样也含着吓唬他的音调,仿佛是因为他想实现他暧昧的欲望而向他表示威胁似的。这洪亮的钟声不久就消逝了,继之而起的是一阵低微而单调的叮当声,它可能来自城堡,但也可能是从村里什么地方传来的。这单调的叮当声,同这种慢腾腾的旅行和那个形状可怕而又冷漠无情的车夫却是十分和谐一致。

"我说，" K 突然叫喊起来——他们已经走近教堂，离客栈不远了，因此 K 觉得可以冒一点险了，"你居然有这份心肠自愿地赶着雪橇送我，我觉得很奇怪，人家容许你这样做吗？"盖斯塔克没有睬他，只是继续在那匹小马驹旁边默默地走着。"嘘！" K 叫道，同时从雪橇上刮了一些雪，捏成一个雪球往盖斯塔克扔去，这一下正扔在他的耳朵上。他这才停下步子，转回身来。可是当他这样挨近了看他的时候——雪橇向前滑了几步，K 看到他那副好像受过什么迫害的弯腰曲背的身躯，面颊一边平、一边瘪进去的又瘦又乏的红脸膛，张开了嘴巴，露出仅有的几颗稀疏的牙齿，站在那儿听他说话的时候，他这才发现自己刚才怀着恶意说的那句话，应该用怜悯的口吻重说一遍，那意思就是说，他，盖斯塔克，会不会因为给他赶了雪橇而受到处罚。"你说什么？"盖斯塔克迷惑不解地问道，可是不等到回答，他就向小马驹吆喝了一声，接着又往前赶路了。

【提示训练】

配音是配音演员和角色交流、和对手交流、和自己交流的一种听觉上的交流。在配音创作中，配音演员在具体的录音环境下，只能依据剧本所提供的特定语境中完成自己的使命，努力的贴近原人物的音容笑貌、举手投足，向人物靠拢，把握人物的性格特点，让自己的声音完全融合在角色中，和角色融为一体；在沉浸于自己角色的同时，也要兼顾和对手的配合，在与对手配合中接受对方带给自己的语言刺激，从而给自己说出的话寻求外在依据，使这种交流与适应和谐地搭建起来。另外配音过程中当遇到某种原因被迫中断时，要保持情绪的一致，用声的统一和节奏的衔接。

附：

雷雨（四幕悲剧）

曹禺

一九三六年一月

人物

姑奶奶甲（教堂尼姑）

姑奶奶乙

姊——十五岁。

弟弟——十二岁。

周朴园——某煤矿公司董事长，五十五岁。

周蘩漪——其妻，三十五岁。

周萍——其前妻生子，年二十八。

周冲——蘩漪生子，年十七。

鲁贵——周宅仆人，年四十八。

鲁侍萍——其妻，某校女佣，年四十七。

鲁大海——侍萍前夫之子，煤矿工人，年二十七。

鲁四凤——鲁贵与侍萍之女，年十八，周宅使女。

周宅仆人等：仆人甲，仆人乙，老仆

景

序幕

在教堂附属医院的一间特别客厅内——冬天的一个下午。

第一幕

周公馆的客厅内（即序幕的客厅，景与前大致相同）——十年前，一个夏天，郁热的早晨。

第二幕

景同前——当天的下午。

第三幕

在鲁家，一个个套间——当天夜晚十时许。

第四幕

周家的客厅（与第一幕同）——当天半夜两点钟。

尾声

景同序幕——又回到十年后，一个冬天的下午。

（由第一幕至第四幕为时仅一天）

序幕

景——一间宽大的客厅。冬天，下午三点钟，在某教堂附设医院内。

屋中间是两扇棕色的门，通外面；门身很笨重，上面雕着半西洋化的旧花纹，门前垂着满是斑点，褪色的厚帷幔，深紫色的；织成的图案已经脱了线，中间有一块已经破了一个洞。右边——左右以台上演员为准——有一扇门，通着现在的病房。门面的漆已蚀了去。金黄的铜门钮放着暗涩的光，配起那高而宽，有黄花纹的灰门框，和门上凹凸不平，古式的西洋木饰，令人猜想这屋子的前主多半是中国的老留学生，回国后又富贵过一时的。这门前也挂着一条半旧，深紫的绒幔，半拉开，破成碎条的幔角拖在地上。左边也开一道门，两扇的，通着外间饭厅，由那里可以直通楼上，或者从饭厅走出外面，这两扇门较中间的还华丽，颜色更深老；偶尔有人穿过，它好沉重地在门轨上转动，会发着一种久摩擦的滑声，像一个经过多少事故，很沉默，很温和的老人。这前面，没有帷幔，门上脱落，残蚀的轮廓同漆饰都很明显。靠中间门右的右面，墙凹进去如一个神像的壁龛，凹进去的空隙是棱角形的，划着半圆。壁龛的上大半满嵌着细狭而高长的法国窗户，每棱角一扇长窗，很玲珑的；下面只是一块较地板略起的半圆平面，可以放着东西，可以坐；这前面整个地遮上一面有折纹的厚绒垂幔，拉拢了，壁龛可以完全掩盖上，看不见窗户同阳光，屋子里阴沉沉的，有些气闷。开幕时，这帷幕是关上的。

墙的颜色是深褐，年久失修，暗得褪了色。屋内所有的陈设都限富丽，但现在都呈现着衰败的景色。右墙近前是一个壁炉，沿炉嵌着长方的大理石，正前面镶着星形彩色的石块；壁炉上面没有一件陈设，空空地，只悬着一个钉在十字架上的耶稣。现在壁炉里燃着媒人，火焰熊熊地，照着炉前的一张旧圈椅，映出一片红光，这样，一丝丝的温暖，使这古老的房屋还有一些生气。壁炉旁边搁放一个粗制的煤斗同木柴。右边门左侧，挂一张画轴；再左，近后方，墙角抹式三四尺的平面，倚的那里，斜放着一个半人高的旧式紫檀小衣柜，柜门的角上都包着铜片。柜上放着一个暖水壶，两只白饭碗，都搁在旧黄铜盘上。柜前铺一张长方的小地毯；在上面，和柜平行的，放一条很矮的紫檀长几，以前大概是用来摆设瓷器、古董一类的精巧的个东西，现在堆着一沓沓的雪白桌布，白床单等物，刚洗好，还没有放进衣柜去。在正面，柜与壁龛中间立一已圆凳。壁龛之左（中门的右面），是一只长方的红木菜桌。上面放着两个旧烛台，墙上是张大而旧的古油画，中门左面立一只有玻璃的精巧的紫檀柜。里面原为放古董，但现在是空空的，这矩前有一条狭长的矮凳。

离左墙角下远。与角成九十度，斜放着一个宽大深色的沙发，沙发后是只长桌，前面是一条短几，都没有放着东西。沙发左面立一个黄色的站灯，左墙靠墙略凹进，与左后墙成一直角。凹进处有一只茶几，墙上低悬一张小油画。茶几旁，再略向前才是左边通饭厅的门。

屋子中间有一张地毯。上面对放着，但是略斜地，两张大沙发；中间是个圆桌，铺着白桌布。

开幕时，中间的门被沉重地缓缓推开，姑奶奶甲（寺院尼姑）进来，她的服饰如在天主教堂里常见的尼姑一样，头束着雪白布巾，蓬起来像荷兰乡姑，穿一套深蓝的粗布制袍，衣袍几乎拖在地面。她胸前悬着一个十字架，腰间悬一串钥匙，走起路来铿铿地响着。池安静地走进来，脸上很平和的。她转过身子向着门外。

姑奶奶甲：（和蔼地）请进来吧。

[一位苍白的老年人走进来，穿着很考究的旧皮大衣。进门脱下帽子，头发斑白，眼睛沉静而忧郁，他的下颚有苍白的短须，脸上满是皱纹。他戴着一副金边眼镜，进门后，也取下来，放在眼镜盒内，手有些颤。他搓弄一下子，衰弱地咳嗽两声。外面乐声止]

姑奶奶甲：（微笑）外面冷得很！

老人：（点头）嗯——（关心地）她现在还好么？

姑奶奶甲：（同情地）好。

老人：（沉默一时，指着头）她这儿呢？

姑奶奶甲：（怜悯地）那——还是那样。（低低地叹一口气）

老人：（沉静地）我想也是不容易治的。

姑奶奶甲：（矜怜地）您先坐一坐，暖和一下，再看她吧。

老人：（摇头）不。（走向右边病房）

姑奶奶甲：（走向前）您走错了，这屋子是鲁奶奶的病房。您的太太在楼上呢。

老人：（停住，失神地）我——我知道，（指着右边病房）我现在可以看看她么？

姑奶奶甲：（和气地）我不知道。鲁奶奶的病房是另一位姑奶奶管，我看您先到楼上看看，回头再来看这位老太太好不好？

老人：（迷惘地）嗯，也好。

姑奶奶甲：您跟我上楼吧。

[姑甲领着老人进左面的饭厅下]

[屋内静一时。外面有脚步声。姑乙领两个小孩进。姑乙除了年轻些，比较活泼些，一切都与姑甲相同。进来的小孩是姊弟，都穿着冬天的新衣服，脸色都红得像个苹果，整个是胖圆圆的。姐姐有十五岁，梳两个小辫，在背后摆着；弟弟戴上一顶红绒帽。两个都高兴地走进来，二人在一起，姐姐是较沉着些。走进来的时候姐姐在前面]

姑奶奶乙：（和悦地）进来，弟弟。（弟弟进来望着姐姐，两个人只呵手）外头冷，是吧。姐姐，你跟弟弟在这儿坐一坐好不好？

姊：（微笑）嗯。

弟弟：（拉着姐姐的手，窃语）姐姐，妈呢？

姑奶奶乙：你妈看完病就来，弟弟坐在这儿暖和一下，好吧。（弟弟的眼望姐姐）

姊：（很懂事地）弟弟，这儿我来过，就坐这儿吧，我跟你讲笑话。（弟弟好奇地四面看）

姑奶奶乙：（有兴趣地望着他们）对了，叫姐姐跟你讲笑话，（指着火）坐在火旁边讲，两个人一块儿。

弟弟：不，我要坐这个小凳子！（指中门左柜前的个矮凳）

姑奶奶乙：（和气地）也好，你们就坐这儿。可是（小声地）弟弟，你得乖乖地坐着,不要闹!楼上有病人(指右边病房),这旁边也有病人。

姊、弟:(很乖地点头)嗯。

弟弟:(忽然,向姑乙)我妈就回来吧?

姑奶奶乙:对了,就来。你们坐下,(姊、弟二人共坐矮凳上,望着姑乙)不要动!(望着他们)我先进去,就来。

(姊、弟点头,姑乙进右边病房,下)

弟弟:(向姊)她是谁?为什么穿这样衣服?

姊:(很世故地)尼姑,在医院看护病人的。弟弟,你坐下。

弟弟:(不理地)姐姐,你看,你看!(自傲地)你看妈给我买的新手套。

姊:(瞧不起地)看见了,你坐坐吧。(拉弟弟坐下,二人又很规矩地坐着)

[姑甲由左边厅进。直向右角衣柜走去,没看见屋内的人]

弟弟:(又站起,低声,向姊)又一个,姐姐!

姊:(低声)嘘!别说话。(又拉弟弟坐下)

[姑甲打开右面的衣柜,将长几上的白床单,白桌布等物一沓沓放在衣柜里姑乙由右边病房进,见姑甲,二人沉静地点一点头,姑乙助姑甲放置洗物]

姑奶奶乙:(向姑甲,简洁地)完了?

姑奶奶甲:(不明白)谁?

姑奶奶乙:(明快地,指搂上)楼上的。

姑奶奶甲:(怜悯地)完了,她现在又睡着了。

姑奶奶乙:(好奇地询问)没有打人么?

姑奶奶甲:没有,就是大笑了一场,把玻璃又打破了。

姑奶奶乙:(呼出一口气)那还好。

姑奶奶甲:(向姑乙)她呢?

姑奶奶乙:你说楼下的?(指右面病房)她总是那样,哭的时候多,不说话,我来了一年,没听见过她说一句话。

弟弟:(低声,急促地)姐姐,你跟我讲笑话。

姊:(低声)不,弟弟,听她们说话。

姑奶奶甲:(怜悯地)可怜,她在这儿九年了,比楼上的只晚了一年,可是两个人都没有好。——(欣喜地) 对了，刚才楼上的周先生来了。

　　姑奶奶乙：(奇怪地) 怎么？

　　姑奶奶甲：今天是旧年腊月三十。

　　姑奶奶乙：(惊讶地) 哦，今天三十？——那么今天楼下的也会出来，到这房子里来。

　　姑奶奶甲：怎么，她也出来？

　　姑奶奶乙：嗯，(多话地) 每到腊月三十，楼下的就会出来，到这屋子里，在这窗户前面站着。

　　姑奶奶甲：干什么？

　　姑奶奶乙：大概是望她儿子回来吧，她的儿子十年前一天晚上跑了，就没有回来，可怜，她的丈夫也不在了，——(低声地) 听说就在周先生家里当差，一天晚上喝酒喝得太多，死了的。

　　姑奶奶甲：(自己以为明白地) 所以周先生每次来看他太太来，总要问一问楼下的。——我想，过一会儿周先生会下楼来见她来的。

　　姑奶奶乙：(虔诚地) 圣母保佑他。(又放洗物)

　　弟弟：(低声，请求) 姐姐，你跟我就讲半个笑话好不好？

　　姊：(听着有兴趣，忙摇头，压迫地，低声) 弟弟！

　　姑奶奶乙：(又想起一段) 奇怪，周家有这么好的房子，为什么卖给医院呢？

　　姑奶奶甲：(沉静地) 不大清楚。——听说这屋子有一天夜里连男带女死过三个人。

　　姑奶奶乙：(惊讶) 真的？

　　姑奶奶甲：嗯。

　　姑奶奶乙：(自然想到) 那么周先生为什么偏把有病的太太放在楼上，不把她搬出去呢？

　　姑奶奶甲：是呢，不过他太太就在这楼上发的神经病，她自己说什么也不肯搬出去。

　　姑奶奶乙：哦。

　　(弟弟忽然站起)

　　弟弟：(抗议地，高声) 姐姐，我不爱听这个。

　　姊：(劝止他，低声) 好弟弟。

弟弟：（命令地，更高声）不，姐姐，我要你跟我讲笑话！

（姑奶奶甲、姑奶奶乙回头望他们）

姑奶奶甲：（惊奇地）这是谁的孩子？我进来，没有看见他们。

姑奶奶乙：一位看病的太太的，我领他们进来坐一坐。

姑奶奶甲：（小心地）别把他们放在这儿。——万一把他们吓着。

姑奶奶乙：没有地方；外头冷，医院都满了。

姑奶奶甲：我看你还是找他们的妈来吧。万一楼上的跑下来，说不定吓坏了他们！

姑奶奶乙：（顺从地）也好。（向姊、弟，他们两个都瞪着眼望着她们）姐姐，你们在这儿好好地再等一下，我就找你们的妈来。

姊：（有礼地）好，谢谢你！

［姑奶奶乙由中门出］

弟弟：（怀着希望）姐姐，妈就来么？

姊：（还在怪他）嗯。

弟弟：（高兴地）妈来了！我们就回家。（拍掌）回家吃年饭。

姊：弟弟，不要闹，坐下。（推弟弟坐）

姑奶奶甲（关上柜门向姊弟）：弟弟，你同姐姐安安静静地坐一会儿，我上楼去了。

［姑甲由左面饭厅下］

弟弟：（忽然发生兴趣，立起）姐姐，她干什么去了？

姊：（觉得这是不值一问的问题）自然是找楼上的去了。

弟弟：（急切地）谁是楼上的？

姊：（低声）一个疯子。

弟弟：（直觉地臆断）男的吧？

姊：（肯定地）不，女的——一个有钱的太太。

弟弟：（忽然）楼下的呢？

姊：（也肯定地）也是一个疯子。——（知道弟弟会愈问愈多）你不要再问了。

弟弟：（好奇地）姐姐，刚才他们说这屋子死过三个人。

姊：（心虚地）嗯——弟弟，我跟你讲笑话吧！有一年，一个国王……

弟弟：（已引起兴趣）不，你跟我讲讲这三个人怎么会死的？这三个人是谁？

姊：（胆怯）我不知道。

弟弟：（不信，伶俐地）嗯！——你知道，你不愿意告诉我。

姊：（不得已地）你别在这屋子里问，这屋子闹鬼。

[楼上忽然有乱摔东西的声音，铁链声，足步声，女人狂笑，怪叫声]

弟弟：（略惧）你听！

姊：（拉着弟弟手紧紧地）弟弟！（姊、弟抬头，紧张地望着天花板）

[声止]

弟弟：（安定下来，很明白地）姐姐，这一定是楼上的！

姊：（害怕）我们走吧。

弟弟：（倔强）不，你不告诉我这屋子怎么死了三个人，我不走。

姊：你不要闹，回头妈知道打你！

弟弟：（不在乎地）嗯！

[右边门开，一位头发斑白的老妇人颤巍巍地走进来，在屋中停一停，眼睛像是瞎了。慢吞吞地踱到窗前，由帷幔隙中望一望，又踱至台上，像是谛听什么似的。姊弟都紧张地望着她]

弟弟：（平常的声音）这是谁？

姊：（低声）嘘！别说话。她是疯子。

弟弟：（低声，秘密地）这大概是楼下的。

姊：（声颤）我，我不知道。（老妇人躯干无力，渐向下倒）弟弟，你看，她向下倒。

弟弟：（胆大地）我们拉她一把。

姊：不，你别去！

[老妇人突然歪下去，侧面跪倒在舞台中。台渐暗，外面远外合唱声又起]

弟弟：（拉姊向前，看老太婆）姐姐，你告诉我，这屋子是怎么回事？这些疯子干什么？

姊：（惧怕地）不，你问她，（指老妇人）她知道。

弟弟：（催促地）不，姐姐，你告诉我，这屋子怎么死了三个人？这三个人是谁？

姊：（急迫地）我告诉你，问她呢，她一定都知道！

[老妇人渐渐倒在地下，舞台全暗，听见远处合唱弥撒和大风琴声]

弟弟：（很清楚地）姐姐，你去问她。

姊：（低声）不，你问她，（幕落）你问她！

[大弥撒声]

第一幕

开幕时舞台全黑，隔十秒钟，渐明。

景——大致和序幕相同，但是全屋的气象是比较华丽的。这是十年前一个夏天的上午，在周宅的客厅里。

壁龛的帷幔还是深掩着，里面放着艳丽的盆花。中间的门开着，隔一层铁纱门，从纱门望出去，花园的树木绿茵茵的，并且听见蝉在叫。右边的衣服柜，铺上一张黄桌布，上面放着许多小巧的摆饰，最显明的是一张旧相片，很不调和地和这些精致东西放在一起。柜前面狭长的矮几，放着华贵的烟具同一些零碎物件。右边炉上有一个钟同鲜花盆，墙上，挂一幅油画。炉前有两把圈椅，背朝着墙。中间靠左的玻璃柜放满了古玩，前面的小矮桌绿花的椅垫，左角的长沙发不旧，上面放着三四个缎制的厚垫子。沙发前的矮几排置烟具等物，台中两个沙发同圆桌都很华丽，圆桌上放着吕宋烟盒和扇子。

所有的帷幕都是崭新的，一切都是兴旺的气象，屋里家具非常洁净，有金属的地方都放着光彩。

屋中很气闷，郁热逼人，空气氏压着。外面没有阳光，天空灰暗，是将要落暴雨的神气。

开幕时，四凤在靠中墙的长方桌旁，背着观众滤药，她不时地摇着一把蒲扇，一面在揩汗。鲁贵（她的父亲）在沙发旁擦着矮几上零碎的银家具，很吃力地；领上冒着汗珠。四凤约有十七八岁，脸上红润，是个健康的少女。她整个的身体都发育很好，手很白很大，走起路来，过于发育的乳房很显明地在衣服底下颤动着。她穿一件旧的白纺绸上衣，粗山东绸的裤子，一双略旧的布鞋。她全身都非常整洁，举动虽然很活泼，但因为经过两年在周家的训练，她说话很大方，很爽快，却很有分寸。她的一双大而有长睫毛的水灵灵的眼睛能够很灵敏地转动，也能敛一敛眉头，很庄严地注视着。她有大的嘴，嘴唇自然红艳艳的，很宽、很厚，当着她笑的时候，牙齿整齐地露出来，嘴旁也显着一对笑涡。然而她面部整个轮廓是很庄重地显露着诚恳。她的面色不十分白，天气热，鼻尖微微有点汗，她时时用手绢揩着。她很爱笑，她知道自己是好看的，但是她现在皱着眉头。她的父亲——鲁贵，约莫有四十多岁的样子，神气萎缩，最令人注目的是粗而乱的眉毛同肿眼皮。他的嘴唇，松弛地垂下来，和他眼下凹进去的黑圈，都表示着极端的肉欲放纵。他的身体较胖，面上的肌肉宽弛地不肯动，但是总能很卑贱地谄笑着。和许多大家的仆人一样，他很懂事，尤其是很懂礼节。他的背略有点伛偻，似乎永远欠着身子向他的主人答应着"是"。他的眼睛锐利，常常贪婪地窥视着，如一只狼。他很能计算的。虽然这样，他的胆量不算大；整体看去，他还是萎缩的。他穿的虽然华丽，但是不整齐的。现在他用一条抹布擦着东西，脚下是他刚剃好的黄皮鞋。时而，他用自己的衣襟揩脸上的油汗。

鲁贵：（喘着气）四凤！

（鲁四凤只做不听见，依然滤她的汤药）

鲁贵：四凤！

鲁四凤：（看了她的父亲一眼）喝，真热。（走向右边的衣柜旁，寻一把芭蕉扇，又走回中间的茶几旁扇着）

鲁贵：（望着她，停下工作）四凤，你听见了没有？

鲁四凤：（厌烦地，冷冷地看着她的父亲）是！爸！干什么？

鲁贵：我问你听见我刚才说的话了么？

鲁四凤：都知道了。

鲁贵：（一向是这样被女儿看待的，只好是抗议似的）妈的，这孩子！

鲁四凤：（回过头来，脸正向观众）您少说闲话吧！（挥扇，嘘出一口气）呵！天气这样闷热，回头多半下雨。（忽然）老爷出门穿的皮鞋，您擦好了没有？（到鲁贵面前，拿起一只皮鞋不经意地笑着）这是您擦的！这么随随便便抹了两下，——老爷的脾气您可知道。

鲁贵：（一把抢过鞋来）我的事用不着你管。（将鞋扔在地上）四凤，你听着，我再跟你说一遍，回头见着你妈，别忘了把新衣服都拿出来给她瞧瞧。

鲁四凤：（不耐烦地）听见了。

鲁贵：（自傲地）叫她想想，还是你爸爸混事有眼力，还是她有眼力。

鲁四凤：（轻蔑地笑）自然您有眼力啊！

鲁贵：你还别忘了告诉你妈，你在这儿周公馆吃的好，喝的好，就是白天侍候太太少爷，晚上还是听她的话，回家睡觉。

鲁四凤：那倒不用告诉，妈自然会问的。

鲁贵：（得意）还有啦，钱，（贪婪地笑着）你手下也有许多钱啦！

鲁四凤：钱?!

鲁贵：这两年的工钱，赏钱，还有（慢慢地）那零零碎碎的，它们……

鲁四凤：（赶紧接下去，不愿听他要说的话）那您不是一块两块都要走了么？喝了！赌了！

鲁贵：（笑，掩饰自己）你看，你看，你又那样。急，急，急什么？我不跟你要钱。喂，我说，我说的是——（低声）他——不是也不断地塞给你钱花么？

鲁四凤：（惊讶地）他？谁呀？

鲁贵：（索性说出来）大少爷。

鲁四凤：（红验，声略高，走到鲁贵面前）谁说大少爷给我钱？爸爸，您别又穷疯了，胡说乱道的。

鲁贵：（鄙笑着）好，好，好，没有，没有。反正这两年你不是存点钱么？（鄙吝地）我不是跟你要钱，你放心。我说啊，你等你妈来，把这些钱也给她瞧瞧，叫她也开开眼。

鲁四凤：哼，妈不像您，见钱就忘了命。（回到中间茶桌滤药）

鲁贵：（坐在长沙发上）钱不钱，你没有你爸爸成么？你要不到这儿周家大公馆帮主儿，这两年尽听你妈妈的话。你能每天吃着喝着，这大热天还穿得上小纺绸么？

鲁四凤：（回过头）哼，妈是个本分人，念过书的，讲脸，舍不得把自己的女儿叫人家使唤。

鲁贵：什么脸不脸？又是你妈的那一套！你是谁家的小姐？——妈的，底下人的女儿，帮了人就失了身份啦。

鲁四凤：（气得只看父亲，忽然厌恶地）爸，您看您那一脸的油，——您把老爷的鞋再擦擦吧。

鲁贵：（汹汹地）讲脸呢，又学你妈的那点穷骨头，你看她，她要脸！跑他妈的八百里外，女学堂里当老妈，为着一月八块钱，两年才回一趟家。

这叫本分，还念过书呢；简直是没出息。

鲁四凤：（忍气）爸爸，您留几句回家说吧，这是人家周公馆！

鲁贵：咦，周公馆也挡不住我跟我的女儿谈家务啊！我跟你说，你的妈……

鲁四凤：（突然）我可忍了好半天了。我跟您先说下，妈可是好容易才回一趟家。这次，也是看哥哥跟我来的。您要是再给她一个不痛快，我就把您这两年做的事都告诉哥哥。

鲁贵：我，我，我做了什么事啦？（觉得在女儿面前失了身分）喝点，赌点，玩点，这三样，我快五十的人啦，还怕他么？

鲁四凤：他才懒得管您这些事呢！——可是他每月从矿上寄给妈用的钱，您偷偷地花了，他知道了，就不会答应您！

鲁贵：那他敢怎么样，（高声地）他妈嫁给我，我就是他爸爸。

鲁四凤：（羞愧）小声点！这有什么喊头。——太太在楼上养病呢。

鲁贵：哼！（滔滔地）我跟你说，我娶你妈，我还抱老大的委屈呢。你看我这么个机灵人，这周家上上下下几十口子，哪一个不说我鲁贵呱呱叫。来这里不到两个月，我的女儿就在这公馆找上事，就说你哥哥，没有我，能在周家的矿上当工人么？叫你妈说，她成么？——这样哥哥的面上不认她，说不定就离了她，别看她替我养个女儿，外带来你这个倒霉蛋的哥哥。

鲁四凤：（不愿听）哦，爸爸。

鲁贵：哼，（骂得高兴了）谁知道哪个王八蛋养的儿子。

鲁四凤：哥哥哪点对不起您，您这样骂他干什么？

鲁贵：他哪一点对得起我？当大兵，拉包月车，干机器匠，念书上学，哪一行他是好好地干过？好不容易我荐他到了周家的矿上去，他又跟工头闹起来，把人家打啦。

鲁四凤：（小心地）我听说，不是我们老爷先叫矿上的警察开了枪，他才领着工人动的手么？

鲁贵：反正这孩子混蛋，吃人家的钱粮，就得听人家的话。好好地，要罢工，现在又得靠我这老面子跟老爷求情啦！

鲁四凤：您听错了吧，哥哥说他今天自己要见老爷，不是找您求情来的。

鲁贵：（得意）可是谁叫我是他的爸爸呢，我不能不管啦。

鲁四凤：（轻蔑地看着她的父亲，叹了一口气）好，您歇歇吧，我要上楼跟大大送药去了。（端起药碗向左边饭厅走）鲁贵你先停一停，我再说一句话。

鲁四凤：（打岔）开午饭了，老爷的普洱茶先泡好了没有？

鲁贵：那用不着我，他们小当差早伺候到了。

鲁四凤：（闪避地）哦，好极了，那我走了。

鲁贵：（拦住她）四凤，你别忙，我跟你商量点事。

鲁四凤：什么？

鲁贵：你听啊，昨天不是老爷的生日么？大少爷也赏给我四块钱。

鲁四凤：好极了，（口快地）我要是大少爷，我一个子也不给您。

鲁贵：（鄙笑）你这话对极了！四块钱，够干什么的，还了点账，就干了。

鲁四凤：（伶俐地笑着）那回头您跟哥哥要吧。

鲁贵：四凤，别——你爸爸什么时候借钱不还账，现在你手下方便，随便匀给我七块八块好么？

鲁四凤：我没有钱。（停一下，放下药碗）您真是还账了么？

鲁贵：（赌咒）我跟我的亲生女儿说瞎话是王八蛋！

鲁四凤：您别骗我，说了实在的，我也好替您想想法。

鲁贵：真的！——说起来这不怪我。昨天那几个零钱，大账还不够，小账剩点零，所以我就耍了两把，也许赢了钱，不都还了么？谁知运气下好，连喝带输，还倒欠了十来块。

鲁四凤：这是真的？

鲁贵（真心地）这可一句瞎话也没有。

鲁四凤（故意揶揄地）：那我实实在在地告诉您，我也没有钱！（说毕就要拿起药碗）

鲁贵：（着急）凤儿，你这孩子是什么心事？你可是我的亲生孩。

鲁四凤：（嘲笑地）亲生的女儿也没有法子把自己卖了，替您老人家还赌账啊！

鲁贵：（严重地）孩子，你可放明白点，你妈疼你，只在嘴上，我可是把你的什么要紧的事情，都处处替你想。

鲁四凤：（明白地，但是不知他闹的什么把戏）您心里又要说什么？

鲁贵：（停一停，四面望了一望，更近地逼着四凤，佯笑）我说，大少爷常跟我提过你，大少爷，他说……

鲁四凤：（管不住自己）大少爷！大少爷！你疯了！——我走了，太太就要叫我呢。

鲁贵：别走，我问你一句，前天！我看见大少爷买衣料……

鲁四凤（沉下脸）：怎么样？（冷冷地看着鲁贵）

鲁贵：（打量四凤周身）嗯——（慢慢地拿起四凤的手）你这早上的戒指，（笑着）不也是他送给你的么？

鲁四凤：（厌恶地）您说话的神气真叫我心里想吐。

鲁贵：（有点气，痛快地）你不必这样假门假事，你是我的女儿。（忽然贪婪地笑着）一个当差的女儿，收人家点东西，用人家一点钱，没有什么说不过去的。这不要紧，我都明白。

鲁四凤：好吧，那么你说吧，究竟要多少钱用？

鲁贵：不多，三十块钱就成了。

鲁四凤：哦，（恶意地）那你就跟这位大少爷要去吧。我走了。

鲁贵：（恼羞）好孩子，你以为我真装糊涂，不知道你同这混账大少爷做的事么？

鲁四凤：（惹怒）您是父亲么？父亲有跟女儿这样说话的么？

鲁贵：（恶相地）我是你的爸爸，我就要管你。我问你，前天晚上——

鲁四凤：前天晚上？

鲁贵：我不在家，你半夜才回来，以前你干什么？

鲁四凤：（掩饰）我替太太找东西呢。

鲁贵：为什么那么晚才回家？

鲁四凤：（轻蔑地）您这样的父亲没有资格来问我。

鲁贵：好文明词！你就说不上你上哪儿去呢。

鲁四凤：那有什么说不上！

鲁贵：什么？说！

鲁四凤：那是太太听说老爷刚回来，又要我捡老爷的衣服。

鲁贵：哦，（低声，恐吓地）可是半夜送你回家的那位是谁？坐着汽车，醉醺醺，只对你说胡话的那位是谁呀？（得意地微笑）

鲁四凤：（惊吓）那，那——

　　鲁贵：（大笑）哦，你不用说了，那是我们鲁家的阔女婿！——哼，我们两间半破瓦房居然来了坐汽车的男朋友，找我这当差的女儿啦！（突然严厉）我问你，他是谁？你说。

　　鲁四凤：他，他是——

　　[鲁大海进——四凤的哥哥，鲁贵的半子。他身体魁伟，粗黑的眉毛几乎遮盖着他的锐利的眼，两颊微微地向内凹。显得颧骨异常突出，正同他的尖长的下巴一样地表现他的性格的倔强的，他有一张大而薄的嘴唇，正和他的妹妹带着南方的热烈的、厚而红的嘴唇成强烈的对照。他说话微微有点口吃，但是在他的感情激昂的时候，他词锋是锐利的。现在他刚从六百里外的煤矿回来，矿里罢了工，他是煽动者之一，几月来的精神的紧张，使他现在露出有点疲乏的神色，胡须乱蓬蓬的，看去几乎老得像鲁贵的弟弟，只有逼近地观察他，才觉出他的眼神同声音，还正是和他的妹妹一样年轻，一样地热，都是火山的爆发，满蓄着精力的白热的人物，他穿了一件工人的蓝布褂子，油渍的草帽在手里，一双黑皮鞋，有一只鞋带早不知失在哪里。进门的时候，也略微有点不自在，把胸膛敞开一部分，笨拙地又扣上一两个扣子。他说话很简短，表面是冷冷的]

　　鲁大海：凤儿！

　　鲁四凤：哥哥！

　　鲁贵：（向四凤）你说呀！装什么哑巴。

　　鲁四凤：（看大海，有意义地开话头）哥哥！

　　鲁贵：（不顾地）你哥哥来也得说呀。

　　鲁大海：怎么回事？

　　鲁贵：（看一看大海，又回头）你先别管。

　　鲁四凤：哥哥，没什么要紧的事。（向鲁贵）好吧，爸，我们回头商量，好吧？

　　鲁贵：（了解地）回头商量？（肯定一下，再盯四凤一眼）那么，就这么办。（回头看大海，傲慢地）咦，你怎么随随便便跑进来啦？

　　鲁大海：（简单地）在门房等了半天，一个人也不理我，我就进来啦。

　　鲁贵：大海，你究竟是矿上打粗的工人，连一点大公馆的规矩也不懂。

　　鲁四凤：人家不是周家的底下人。

鲁贵：（很有理由地）他在矿上吃的也是周家的饭哪。

鲁大海：（冷冷地）他在哪儿？

鲁贵：（故意地）他，谁是他？

鲁大海：董事长。

鲁贵：（教训的样子）老爷就是老爷，什么董事长，上我们这儿就得叫老爷。

鲁大海：好，你跟我问他一声，说矿上有个工人代表要见见他。

鲁贵：我看，你先回家去。（有把握地）矿上的事有你爸爸在这儿替你张罗。回头跟你妈、妹妹聚两天，等你妈去，你回到矿上，事情还是有的。

鲁大海：你说我们一块儿在矿上罢完工，我一个人要你说情，自己再回去？

鲁贵：那也没有什么难看啊。

鲁大海：（没有办法）好，你先给我问他一声。我有点旁的事，要先跟他谈谈。

鲁四凤：（希望他走）爸，你看老爷的客走了没有，你再领着哥哥见老爷。

鲁贵：（摇头）哼，我怕他不会见你吧。

鲁大海：（理直气壮）他应当见我，我也是矿上工人的代表。前天，我们一块在这儿的公司见过他一次。

鲁贵：（犹疑地）那我先跟你问问去。

鲁四凤：你去吧。（鲁贵走到老爷书房门口）

鲁贵：（转过来）他要是见你，你可少说粗话，听见了没有？（鲁贵很老练地走着阔当差的步伐，进了书房）

鲁大海：（目送鲁贵进了书房）哼，他忘了他还是个人。

鲁四凤：哥哥，你别这样说。（略顿，嗟叹地）无论如何，他总是我们的父亲。

鲁大海：（望着四凤）他是你的，我并不认识他。

鲁四凤：（胆怯地望着哥哥，忽然想起，跑到书房门口，望了一望）你说话顶好声音小点，老爷就在里面旁边的屋子里呢！

鲁大海：（轻蔑地望着四凤）：好。妈也快回来了，我看你把周家的事辞了，好好回家去。

鲁四凤：（惊讶）为什么？

鲁大海：（简短地）这不是你住的地方。

鲁四凤：为什么？

鲁大海：我——恨他们。

鲁四凤：哦！

鲁大海：（刻毒地）周家的人多半不是好东西。这两年我在矿上看见了他们所做的事。（略顿，缓缓地）我恨他们。

鲁四凤：你看见什么？

鲁大海：凤儿，你不要看这样威武的房子，阴沉沉地都是矿上埋死的苦工人给换来的！

鲁四凤：你别胡说，这屋子听说直闹鬼呢。

鲁大海：（忽然）刚才我看见一个年轻人，在花园里躺着，脸色发白，闭着眼睛，像是要死的样子，听说这就是周家的大少爷，我们董事长的儿子。啊，报应，报应。

鲁四凤：（气）你——（忽然）他待人顶好，你知道么？

鲁大海：他父亲做尽了坏人弄钱，他自然可以行善。

鲁四凤：（看大海）两年我不见你，你变了。

鲁大海：我在矿上干了两年，我没有变，我看你变了。

鲁四凤：你的话我有点不懂，你好像——有点像二少爷说话似的。

鲁大海：你是要骂我么？"少爷"？哼，在世界上没有这两个字！（鲁贵由左边书房进）

鲁贵：（向大海）好容易老爷的客刚走，我正要说话，接着又来一个。我看，我们先下去坐坐吧。

鲁大海：那我还是自己进去。

鲁贵：（拦住他）干什么？

鲁四凤：不，不。

鲁大海：也好，不要叫他看见我们工人不懂礼节。

鲁贵：你看你这点穷骨头。老爷说不见就不见，在下房再等一等，算什么？我跟你走，这么大院子，你别胡闯乱闯走错了。（走向中门，回头）四凤，你先别走，我就回来，你听见没有？

鲁四凤：你去吧。

［鲁贵、大海同下］

鲁四凤：（厌倦地摸着前额，自语）哦，妈呀！

[外面花园里听见一个年青的轻快的声音，唤着"四凤"，疾步中夹杂着跳跃，渐渐移近中间门口]

鲁四凤：（有点惊慌）哦，二少爷。

[门口的声音：四凤！四凤！你在哪儿？]

[四凤慌忙躲在沙发背后]

[声：四凤，你在这屋子里么？]

[周冲进。他身体很小，却有着大的心，也有着一切孩子似的空想。他年青，才十七岁，他已经幻想过许多许多不可能的事实，他是在美的梦里活着的。现在他的眼睛欣喜地闪动着，脸色通红，冒着汗，他在笑。他左腋下夹着一只球拍，右手正用白毛巾擦汗，穿着打球的白衣服。他低声唤着四凤]

周冲：四凤！四凤！（四周望一望）咦，她上哪儿去了？（蹑足走向右边的饭厅，开开门，低声）四凤你出来，四凤，我告诉你一件事。四凤，一件喜事。

周冲：（轻轻地走到书房门口，更低声）：四凤。

[里面的声音：（严厉地）是冲儿么？]

周冲：（胆怯地）是我，爸爸。

[里面的声音：你在干什么？]

周冲：嗯，我叫四凤呢。

[里面的声音：（命令地）快去，她不在这儿]

[周冲把头由门口缩回来，做了一个鬼脸]

周冲：咦，奇怪。

[他失望地向右边的饭厅走去，一路低低唤着四凤]

鲁四凤：（看见周冲已走，呼出一口气）他走了！（焦灼地望着通花园的门）

[鲁贵由中门进]

鲁贵：（向四凤）刚才是谁在喊你？

鲁四凤：二少爷。

鲁贵：他叫你干什么？

鲁四凤：谁知道。

鲁贵：（责备地）你为什么不理他？

鲁四凤：哦，我（擦眼泪）——不是您叫我等着么？

鲁贵：（安慰地）怎么，你哭了么？

鲁四凤：我没哭。

鲁贵：孩子，哭什么，这有什么难过？（仿佛在做戏）谁叫我们穷呢？穷人没有什么讲究。没法子，什么事都忍着点，谁都知道我的孩子是个好孩子。

鲁四凤：（抬起头）得了，您痛痛快快说话好不好。

鲁贵：（不好意思）你看，刚才我走到下房，这些王八蛋就跑到公馆跟我要账。当着上上下下的人，我看没有二十块钱，简直圆不下这个脸。

鲁四凤：（拿出钱来）我的都在这儿。这是我回头预备给妈买衣服的，现在你先拿去用吧。

鲁贵：（佯辞）那你不是没有花的了么？

鲁四凤：得了，您别这样客气啦。

鲁贵：（笑着接下钱，数）只十二块？

鲁四凤：（坦白地）现钱我只有这么一点。

鲁贵：那么，这堵着周公馆跟我要账的，怎么打发呢？

鲁四凤：（忍着气）您叫他们晚上到我们家里要吧。回头，见着妈，再想别的法子，这钱，您留着自己用吧。

鲁贵：（高兴地）这给我啦，那我只当着你这是孝敬父亲的。——哦，好孩子，我早知道你是个孝顺孩子。

鲁四凤：（没有办法）这样，您让我上楼去吧。

鲁贵：你看，谁管过你啦。去吧，跟太太说一声，说鲁贵直惦记太太的病。

鲁四凤：知道，忘不了。（拿药走）

鲁贵：（得意）对了，四凤，我还告诉你一件事。

鲁四凤：您留着以后再说吧，我可得跟太太送药去了。

鲁贵：（暗示着）你看，这是你自己的事。（假笑）

鲁四凤：（沉下脸）我又有什么事？（放下药碗）好，我们今天都算清楚再走。

鲁贵：你瞧瞧，又急了。真快成小姐了，耍脾气倒是呱呱叫啊。

鲁四凤：我沉得住气，您尽管说吧。

鲁贵：孩子，你别这样，（正经地）我劝你小心点。

鲁四凤：（嘲弄地）我现在钱也没有了，还用得着小心干什么？

鲁贵：我跟你说，太太这两天的神气有点不大对的。

鲁四凤：太太的神气不对有我的什么？

鲁贵：我怕太太看见你才有点不痛快。

鲁四凤：为什么？

鲁贵：为什么？我先提你个醒。老爷比太太岁数大得多，太太跟老爷不好。大少爷不是这位太太生的，他比太太的岁数差得也有限。

鲁四凤：这我都知道。

鲁贵：可是太太疼大少爷比疼自己的孩子还热，还好。

鲁四凤：当后娘只好这样。

鲁贵：你知道这屋子为什么晚上没有人来，老爷在矿上的时候，就是白天也是一个人也没有么？

鲁四凤：不是半夜里闹鬼么？

鲁贵：你知道这鬼是什么样儿么？

鲁四凤：我只听说到从前这屋子里常听见叹气的声音，有时哭，有时笑的，听说这屋子死过人，屈死鬼。

鲁贵：鬼！一点也不错，——我可偷偷地看见啦。

鲁四凤：什么，您看见，您看见什么？鬼？

鲁贵：（自负地）那是你爸爸的造化。

鲁四凤：您说。

鲁贵：那时你还没有来，老爷在矿上，那么大，阴森森的院子，只有太太，二少爷，大少爷住。那时这屋子就闹鬼，二少爷小孩，胆小，叫我在他门口睡。那时是秋天，半夜里二少爷忽然把我叫起来，说客厅又闹鬼，叫我一个人去看看。二少爷的脸发青，我也直发毛。可是我是刚来的底下人，少爷说了，我怎么好不去呢？

鲁四凤：您去了没有？

鲁贵：我喝了两口烧酒，穿过荷花池，就偷偷地钻到这门外的走廊旁边，就听见这屋子里啾啾地像一个女鬼在哭。哭得惨！心里越怕，越想看。我就硬着头皮从这窗缝向里一望。

鲁四凤：（喘气）您瞧见什么？

鲁贵：就在这张桌上点着一支要灭不灭的洋蜡烛，我恍恍惚惚地看见两个穿着黑衣裳的鬼，并排地坐着，像是一男一女，背朝着我，那个女鬼像是靠着男鬼的身边哭，那个男鬼低着头直叹气。

鲁四凤：哦，这屋子有鬼是真的。

鲁贵：可不是？我就是乘着酒劲，朝着窗户缝，轻轻地咳嗽一声。就看这两个鬼飕一下子分开了，都向我这边望。这一下子他们的脸清清楚楚地正对着我，这我可真见了鬼了。

鲁四凤：鬼么？什么样？（停一下，鲁贵四面望一望）谁？

鲁贵：我这才看见那个女鬼呀，——（回头低声）是我们的太太。

鲁四凤：太太？——那个男的呢？

鲁贵：那个男鬼，你别怕，——就是大少爷。

鲁四凤：他？

鲁贵：就是他，他同他的后娘就在这屋子里闹鬼呢。

鲁四凤：我不信，您看错了吧？

鲁贵：你别骗自己。所以孩子，你看开点，别糊涂，周家的人就是那么一回事。

鲁四凤：（摇头）不，不对，他不会这样。

鲁贵：你忘了，大少爷比太太只小六七岁。

鲁四凤：我不信，不，不像。

鲁贵：好，信不信都在你，反正我先告诉你，太太的神气现在对你不大对，就是因为你，因为你……

鲁四凤：（不愿意他说出真有这件事）太太知道您在门口，一定不会饶您的。

鲁贵：是啊，我吓了一身汗，我没等他们出来，我就跑了。

鲁四凤：那么，二少爷以后就不问您？

鲁贵：他问我，我说我没有看见什么就算了。

鲁四凤：哼，太太那么……一个人，不会算了吧？

鲁贵：她当然厉害，拿话套了我十几回，我一句话也没有漏出来。这两年过去，说不定他们以为那晚上真是鬼在咳嗽呢。

鲁四凤：（自语）不，不，我不信。——就是有了这样的事，他也会告诉我的。

鲁贵：你说大少爷会告诉你。你想想，你是谁？他是谁？你没有个好爸爸，跟人家当底下人，人家当真心地待你？你又做你的小姐梦啦，你，就凭你？

鲁四凤：（突然闷气地喊了一声）您别说了！（忽然站起来）妈今天回家，您看我太快活是么？您说这些瞎话——这些瞎话！哦，您一边去吧。

鲁贵：你看你，告诉你真话，叫你聪明点。你反而生气了，唉，你呀！（很不经意地扫四凤一眼，他傲然地，好像满意自己这段话的效果，觉得自己是比一切人都聪明似的。他走到茶几旁，从烟筒里，抽出一支烟，预备点上，忽然想起这是周公馆，于是改了主张，很熟练地偷了几支烟卷同雪茄，放在自己的旧得露出黄铜底镀银的烟盒里）

鲁四凤：（厌恶地望着鲁贵做完他的偷窃的勾当，轻蔑地）哦，就这么一点事么？那么，我知道了。（四凤拿起药碗就走）

鲁贵：你别说，我的话没说完。

鲁四凤：没说完？

鲁贵：这刚到正题。

鲁四凤：对不起您老人家，我不愿意听了。（反身就走）

鲁贵（拉住她的手）：你得听！

鲁四凤：放开我！（急）——我喊啦。

鲁贵：我告诉你这一句话，你再闹。（对着四凤的耳朵）回头你妈就到这儿来找你。（放手）

鲁四凤：（变色）什么？

鲁贵：你妈一下火车，就到这儿公馆来。

鲁四凤：妈不愿意我在公馆里帮人，您为什么叫她到这儿来找我？我每天晚上，回家的时候自然会看见她，您叫她到这儿来干什么？

鲁贵：不是我，四凤小姐，是太太要我找她来的。

鲁四凤：太太要她来？

鲁贵：嗯，（神秘地）奇怪不是，没亲没故。你看太太偏要请她来谈一谈。

鲁四凤：哦，天！您别吞吞吐吐地好么？

鲁贵：你知道太太为什么一个人在楼上，作诗写字，装着病不下来？

鲁四凤：老爷一回家，太太向来是这样。

鲁贵：这次不对吧？

鲁四凤：那么，您快说出来。

鲁贵：你一点不觉得？——大少爷没提过什么？

鲁四凤：我知道这半年多，他跟太太不常说话的。

鲁贵：真的么？——那么太太对你呢？

鲁四凤：这几天比往日特别地好。

鲁贵：那就对了！——我告诉你，太太知道我不愿意你离开这儿。这次，她自己要对你妈说，叫她带着你卷铺盖，滚蛋！

鲁四凤：（低声）她要我走——可是——为什么？

鲁贵：哼！那你自己明白吧。——还有……

鲁四凤：（低声）要妈来干什么？

鲁贵：对了，她要告诉你妈一件很要紧的事。

鲁四凤：（突然明白）哦，爸爸，无论如何，我在这儿的事，不能让妈知道的。（惧悔交集，大恸）哦，爸爸，您想，妈前年离开我的时候，她嘱咐过您，好好地看着我，不许您送我到公馆帮人。您不听，您要我来。妈不知道这些事，妈疼我，妈爱我，我是妈的好孩子，我死也不能叫妈知道这儿这些事情的。（扑在桌上）我的妈呀！

鲁贵：孩子！（他知道他的戏到什么情形应当怎么做，他轻轻地抚着四凤）你看现在才是爸爸好了吧，爸疼你，不要怕！不要怕！她不敢怎么样，她不会辞你的。

鲁四凤：她为什么不？她恨我，她恨我。

鲁贵：她恨你，可是，哼，她不会不知道这儿有一个叫她怕的。

鲁四凤：她会怕谁？

鲁贵：哼，她怕你的爸爸！你忘了我告诉你那两个鬼哪。你爸爸会抓鬼。昨天晚上我替你告假，她说你妈来的时候，要我叫你妈来。我看她那两天的神气，我就猜了一半，我顺便就把那大半夜的事提了两句，她是机灵人，不会不懂的。——哼，她要是跟我装蒜，现在老爷在家，我们就是个麻烦；我知道她是个厉害人，可是谁欺负了我的女儿，我就跟谁拼了。

鲁四凤：爸爸，（抬起头）您可不要胡来！

鲁贵：这家除了老头，我谁也看不上眼。别着急，有你爸爸。再说，也许是我瞎猜，她原来就许没有这意思。她外面倒是跟我说，因为听说你妈会读书写字，总想见见谈谈。

鲁四凤：（忽然谛听）爸，别说话，我听见好像有人在饭厅（指左边）咳嗽似的。

鲁贵：（听一下）别是太太吧？（走到通饭厅的门前，由锁眼窥视，忙回来）可不是她，奇怪，她下楼来了。

鲁四凤：（擦眼泪）爸爸，擦干了么？

鲁贵：别慌，别露相，什么话也别提。我走了。

鲁四凤：嗯，妈来了，您先告诉我一声。

鲁贵：对了，见着你妈，就当什么都不知道，听见了没有？（走到中门，又回头）别忘了，跟太太说鲁贵惦记着太太的病。[鲁贵慌忙由中门下]

[四凤端着药碗向饭厅门，至门前，周蘩漪进。她一望就知道是个果敢阴鸷的女人。她的脸色苍白，只有嘴唇微红，她的大而灰暗的眼睛同高鼻梁令人觉得有些可怕。但是眉目间看出来她是忧郁的，在那静静的长的睫毛的下面，有时为心中的郁积的火燃烧着，她的眼光会充满了一个年轻妇人失望后的痛苦与怨恨。她的嘴角向后略弯，显出一个受抑制的女人在管制着自己。她那雪白细长的手，时常在她轻轻咳嗽的时候，按着自己瘦弱的胸。直等自己喘出一口气来，她才摸摸自己涨得红红的面颊，喘出一口气。她是一个中国旧式女人，有她的文弱，她的哀静，她的明慧，她对诗文的爱好，但是她也有更原始的一点野性——她的心，他的胆量，她的狂热的思想，她莫名其妙的决断时忽然来的力量。整个地来看她，她似乎是一个水晶，只能给男人精神的安慰，她的明亮的前额表现出深沉的理解，像只是可以供清谈的；但是当她陷于情感的冥想中，忽然愉快地笑着；当着她见着她所爱的，红晕的颜色为快乐散布在脸上，两颊的笑涡也显露出来的时节，你才觉得出她是能被人爱的，应当被人爱的，你才知道她到底是一个女人，跟一切年轻的女人一样。她会爱你如一只饿了三天的狗咬着它最喜欢的骨头，她恨起你来也会像只恶狗狺狺地，不，多不声不响地恨恨地吃了你的。然而她的外形是沉静的，忧烦的，她会如秋天傍晚的树叶轻轻落在你的身旁。她觉得自己的夏天已经过去，西天的晚霞早暗下来了。她通身是黑色。旗袍镶着灰银色的花边。她拿着一把团扇，挂在手指上，走进来。她的眼眶略微有点塌进去，很自然

地望着四凤]

鲁四凤：（奇怪地）太太！您怎么下楼来啦？我正预备给您送药去呢！

周蘩漪：（咳）老爷在书房里么？

鲁四凤：老爷在书房里会客呢。

周蘩漪：谁来？

鲁四凤：刚才是盖新房子的工程师，现在不知道是谁。您预备见他？

周蘩漪：不。——老妈子告诉我说，这房子已经卖给一个教堂做医院，是么？

鲁四凤：是的，老爷叫把小东西都收一收，大家具有些已经搬到新房子里去了。

周蘩漪：谁说要搬房子？

鲁四凤：老爷回来就催着要搬。

周蘩漪：（停一下，忽然）怎么不告诉我一声？

鲁四凤：老爷说太太不舒服，怕您听着嫌麻烦。

周蘩漪：（又停一下，看看四面）两礼拜没下来，这屋子改了样子了。

鲁四凤：是的，老爷说原来的样子不好看，又把您添的新家具搬了几件走。这是老爷自己摆的。

周蘩漪（看看右面的衣柜）：这是他顶喜欢的衣柜，又拿来了。（叹气）什么事自然要依着他，他是什么都不肯将就的。（咳，坐下）

鲁四凤：太太，您脸上像是发烧，您还是到楼上歇着吧。

周蘩漪：不，楼上太热。（咳）

鲁四凤：老爷说太太的病很重，嘱咐过请您好好地在楼上躺着。

周蘩漪：我不愿意躺在床上。——喂，我忘了，老爷哪一天从矿上回来的？

鲁四凤：前天晚上。老爷见着您发烧很厉害，叫我们别惊醒您，就一个人在楼下睡的。

周蘩漪：白天我像是没见过老爷来。

鲁四凤：嗯，这两天老爷天天忙着跟矿上的董事们开会，到晚上才上楼看您。可是您又把门锁上了。

周蘩漪：（不经意地）哦，哦，——怎么，楼下也这么闷热。

鲁四凤：对了，闷的很。一早晨黑云就遮满了天，也许今儿个会下一场大雨。

周蘩漪：你换一把大点的团扇，我简直有点喘不过气来。

（四凤拿一把团扇给她，她望着四凤，又故意地转过头去）

周繁漪：怎么这两天没见着大少爷？

鲁四凤：大概是很忙。

周繁漪：听说他也要到矿上去是吗？

鲁四凤：我不知道。

周繁漪：你没有听见说么？

鲁四凤：倒是伺候大少爷的下人这两天尽忙着跟他检衣裳。

周繁漪：你父亲干什么呢？

鲁四凤：大概跟老爷买檀香去啦。——他说，他问太太的病。

周繁漪：他倒是惦记着我。（停一下忽然）他现在还没起来么？

鲁四凤：谁？

周繁漪：（没有想到四凤这样问，忙收敛一下）嗯，——自然是大少爷。

鲁四凤：我不知道。

周繁漪：（看了她一眼）嗯？

鲁四凤：这一早晨我没有见着他。

周繁漪：他昨天晚上什么时候回来的？

鲁四凤：（红脸）您想，我每天晚上总是回家睡觉，我怎么知道。

周繁漪：（不自主地，尖酸）哦，你每天晚上回家睡！（觉得失言）老爷回来，家里没有人会伺候他，你怎么天天要回家呢？

鲁四凤：太太，不是您吩咐过，叫我回去睡么？

周繁漪：那时是老爷不在家。

鲁四凤：我怕老爷念经吃素，不喜欢我们伺候他，听说老爷一向是讨厌女人家的。

周繁漪：哦，（看四凤，想着自己的经历）嗯，（低语）难说的很。（忽而抬起头来，眼睛张开）这么说，他在这几天就走，究竟到什么地方去呢？

鲁四凤：（胆怯地）您说的是大少爷？

周繁漪：（斜着看四凤）嗯！

鲁四凤：我没听见。（嗫嚅地）他，他总是两三点钟回家，我早晨像是听见我父亲叨叨说下半夜跟他开的门来着。

周繁漪：他又喝醉了么？

鲁四凤：我不清楚。——（想找一个新题目）太太，您吃药吧。

周蘩漪：谁说我要吃药？

鲁四凤：老爷吩咐的。

周蘩漪：我并没请医生，哪里来的药？

鲁四凤：老爷说您犯的是肝郁，今天早上想起从前您吃的老方子，就叫抓一服，说太太一醒，就跟您煎上。

周蘩漪：煎好了没有？

鲁四凤：煎好，凉在这儿好半天啦。

（四凤端过药碗来）

鲁四凤：您喝吧。

周蘩漪：（喝一口）苦的很。谁煎的？

鲁四凤：我。

周蘩漪：太不好喝，倒了它吧！

鲁四凤：倒了它？

周蘩漪：嗯？好，（想起朴园严厉的脸）要不，你先把它放在那儿。不，（厌恶）你还是倒了它。

鲁四凤：（犹豫）嗯。

周蘩漪：这些年喝这种苦药，我大概是喝够了。

鲁四凤：（拿着药碗）您忍一忍喝了吧。还是苦药能够治病。

周蘩漪：（心里忽然恨起她来）谁要你劝我？倒掉！（自己觉得失了身份）这次老爷回来，我听老妈子说瘦了。

鲁四凤：嗯，瘦多了，也黑多了。听说矿上正在罢工，老爷很着急的。

周蘩漪：老爷很不高兴么？

鲁四凤：老爷还是那样，除了会客，念念经，打打坐，在家里一句话也不说。

周蘩漪：没有跟少爷们说话么？

鲁四凤：见了大少爷只点一点头，没说话，倒是问了二少爷学堂的事。对了，二少爷今天早上还问您的病呢。

周蘩漪：我现在不怎么愿意说话，你告诉他我很好就是了。——回头叫账房拿四十块钱给二少爷，说这是给他买书的钱。

鲁四凤：二少爷总想见见您。

周蘩漪：那就叫他到楼上来见我。——（站起来，踱了两步）哦，这老房子永远是这样闷气，家具都发了霉，人们也都是鬼里鬼气的！

鲁四凤：（想想）太太，今天我想跟您告假。

周蘩漪：是你母亲从济南回来么？——嗯，你父亲说过来着。

［花园里，周冲又在喊：四凤！四凤！］

周蘩漪：你去看看，二少爷在喊你。

［周冲在喊：四凤。］

鲁四凤：在这儿。

［周冲由中门进，穿一套白西服上身］

周冲：（进门只看见四凤）四凤，我找你一早晨。（看见蘩漪）妈，怎么您下楼来了？

周蘩漪：冲儿，你的脸怎么这样红？

周冲：我刚同一个同学打网球。（亲热地）我正有许多话要跟您说。您好一点儿没有？（坐在蘩漪身旁）这两天我到楼上看您，您怎么总把门关上？

周蘩漪：我想清静清静。你看我的气色怎么样？四凤，你给二少爷拿一瓶汽水。你看你的脸通红。

［四凤由饭厅门口下］

周冲：（高兴地）谢谢您。让我看看您。我看您很好，没有一点病。为什么他们总说您有病呢？您一个人躲在房里头。您看，父亲回家三天，您都没有见着他。

周蘩漪：（忧郁地看着冲）我心里不舒服。

周冲：哦，妈，不要这样。父亲对不起您，可是他老了，我是您的将来，我要娶一个顶好的人。妈，您跟我们一块住，那我们一定会叫您快活的。

周蘩漪：（脸上闪出一丝微笑的影子）快活？（忽然）冲儿，你是十七了吧？

周冲：（喜欢他的母亲有时这样奇突）妈，您看，您要再忘了我的岁数，我一定得跟您生气啦！

周蘩漪：妈不是个好母亲。有时候自己都忘了自己在哪儿。（沉思）——哦，十八年了，在这老房子里，你看，妈老了吧？

周冲：不，妈，您想什么？

周蘩漪：我不想什么。

周冲：妈，您知道我们要搬家么，新房子。父亲昨天对我说后天就搬过去。

周蘩漪：你知道父亲为什么要搬房子？

周冲：您想父亲哪一次做事先告诉过我们？——不过我想他老了，他说过以后要不做矿上的事，加上这旧房子不吉利。——哦，妈，您不知道这房子闹鬼么？前年秋天，半夜里，我像是听见什么似的。

周蘩漪：你不要再说了。

周冲：妈，您也信这些话么？

周蘩漪：我不相信，不过这老房子很怪，我很喜欢它，我总觉得这房子有点灵气，它拉着我，不让我走。

周冲：（忽然高兴地）妈——

［四凤拿汽水上］

鲁四凤：二少爷。

周冲：（站起来）谢谢你。（四凤红脸）

（四凤倒汽水）

周冲：你给太太再拿一个杯子来，好么？　［四凤下］

周蘩漪：（目不转睛地看着他们）冲儿，你们为什么这样客气？

周冲：（喝水）妈，我就想告诉您，那是因为，——(四凤进)回头我告诉您。妈，您跟我画的扇面呢？

周蘩漪：你忘了我不是病了么？

周冲：对了，您原谅我。我，我，——怎么这屋子这样热？

周蘩漪：大概是窗户没有开。

周冲：让我来开。

鲁四凤：老爷说过不叫开，说外面比屋里热。

周蘩漪：不，四凤，开开它。他在外头一去就是两年不回家，这屋子里的死气他是不知道的。（四凤拉开壁龛前的帷幔）

周冲：（见四凤很费力地移动窗前的花盆）四凤，你不要动。让我来。（走过去）

鲁四凤：我一个人成，二少爷。

周冲：（争执着）让我。（二人拿起花盆，放下时压了四凤的手，四凤轻轻叫了一声痛）怎么样？四凤？（拿着她的手）

鲁四凤：（抽出自己的手）没有什么，二少爷。

周冲：不要紧，我跟你拿点橡皮膏。

周蘩漪：冲儿，不用了。——(转头向四凤)你到厨房去看一看，问问跟老爷做的素菜都做完了没有？

[四凤由中门下，冲望着地下去]

周蘩漪：冲儿，（冲回来）坐下。你说吧。

周冲：（看看蘩漪，带了希冀和快乐的神色）妈，我这两天很快活。

周蘩漪：在这家里，你能快活，自然是好现象。

周冲：妈，我一向什么都不肯瞒过您，您不是一个平常的母亲。您最大胆，最有想象，又，最同情我的思想的。

周蘩漪：那我很欢喜。

周冲：妈，我要告诉您一件事，——不，我要跟您商量一件事。

周蘩漪：你先说给我听听。

周冲：妈，（神秘地）您不说我么？

周蘩漪：我不说你，孩子，你说吧。

周冲：（高兴地）哦，妈——（又停下了，迟疑着）不，不，不，我不说了。

周蘩漪：（笑了）为什么？

周冲：我，我怕您生气。（停）我说了以后，你还是一样地喜欢我么？

周蘩漪：傻孩子，妈永远是喜欢你的。

周冲：（笑）我的好妈妈。真的，您还喜欢我，不生气？

周蘩漪：嗯，真的——你说吧。

周冲：妈，说完以后我还不许您笑话我。

周蘩漪：嗯，我不笑话你。

周冲：真的？

周蘩漪：真的！

周冲：妈，我现在喜欢一个人。

周蘩漪：哦！（证实了她的疑惧）哦！

周冲：（望着蘩漪的凝视的眼睛）妈，您看，您的神气又好像说我不应该似的。

周蘩漪：不。不，你这句话叫我想起来，——叫我觉得我自己——哦，不，不，不。你说吧。这个女孩子是谁？

周冲：她是世界上最——（看一看繁漪）不，妈，您看您又要笑话我。反正她是我认为最满意的女孩子。她心地单纯，她懂得活着的快乐，她知道同情，她明白劳动有意义，是最好的。她不是小姐堆里娇生惯养出来的人。

周繁漪：可是你不是喜欢受过教育的人么？她念过书么？

周冲：自然没念过书。这是她，也可说是唯一的缺点，然而这并不怪她。

周繁漪：哦。（眼睛暗下来，不得不问下一句，沉重地）冲儿，你说的不是——四凤？

周冲：是，妈妈。——妈，我知道旁人会笑话我，您不会不同情我的。

周繁漪：（惊愕，停，自语）怎么，我自己的孩子也……

周冲：（焦灼）您不愿意么？您以为我做错了么？

周繁漪：不，不，那倒不。我怕她这样的孩子不会给你幸福的。

周冲：不，她是个聪明有感情的人，并且她懂得我。

周繁漪：你不怕父亲不满意你么？

周冲：这是我自己的事情。

周繁漪：别人知道了说闲话呢？

周冲：那我更不放在心上。

周繁漪：这倒像我自己的孩子。不过我怕你走错了。第一，她始终是个没受过教育的下等人。你要是喜欢她，她当然以为这是她的幸运。

周冲：妈，您以为她没有主张么？

周繁漪：冲儿，你把什么人都看得太高了。

周冲：妈，我认为您这句话对她用是不合适的。她是最纯洁，最有主张的好孩子，昨天我跟她求婚……

周繁漪：（更惊愕）什么？求婚？（这两个字叫她想笑）你跟她求婚？

周冲：（很正经地，不喜欢母亲这样的态度）不，妈，您不要笑！她拒绝我了。——可是我很高兴，这样我觉得她更高贵了。她说她不愿意嫁给我。

周繁漪：哦，拒绝！（这两个字也觉得十分可笑）她还"拒绝"你。——哼，我明白她。

周冲：你以为她不答应我，是故意地虚伪么？不，不，她说，她心里另外有一个人。

周繁漪：她没有说谁？

周冲：我没有问。总是她的邻居，常见的人吧。——不过真的爱情免不了波折，我爱她，她会渐渐地明白我，喜欢我的。

周繁漪：我的儿子要娶也不能娶她。

周冲：妈妈，您为什么这样厌恶她？四凤是个好女孩子，她背地总是很佩服您，敬重您的。

周繁漪：你现在预备怎么样？

周冲：我预备把这个意思告诉父亲。

周繁漪：你忘了你父亲是什么样一个人啦！

周冲：我一定要告诉他的。我将来并不一定跟她结婚。如果她不愿意我，我仍然是尊重她，帮助她的。但是我希望她现在受教育，我希望父亲允许我把我的教育费分给她一半上学。

周繁漪：你真是个孩子。

周冲：（不高兴地）我不是孩子。我不是孩子。

周繁漪：你父亲一句话就把你所有的梦打破了。

周冲：我不相信。——（有点沮丧）得了，妈，我们不谈这个吧。哦，昨天我见着哥哥，他说他这次可要到矿上去做事了，明天就走。他说他太忙，叫我告诉您一声，他不上楼见您了。您不会怪他吧？

周繁漪：为什么？怪他？

周冲：我总觉得您同哥哥的感情不如以前那样似的。妈，您想，他自幼就没有母亲，性情自然容易古怪。我想他的母亲一定也感情很盛的，哥哥就是一个很有感情的人。

周繁漪：你父亲回来了，你少说哥哥的母亲，免得你父亲又板起脸，叫一家子不高兴。

周冲：妈，可是哥哥现在真有点怪，他喝酒喝得很多，脾气很暴，有时他还到外国教堂去，不知干什么？

周繁漪：他还怎么样？

周冲：前三天他喝得太醉了。他拉着我的手，跟我说，他恨他自己，说了许多我不大明白的话。

周繁漪：哦！

周冲：最后他忽然说，他从前爱过一个他绝不应该爱的女人！

周繁漪：（自语）从前？

周冲：说完就大哭，当时就逼着我，要我离开他的屋子。

周繁漪：他还说什么来么？

周冲：没有，他很寂寞的样子，我替他很难过，他到现在为什么还不结婚呢？

周繁漪：（喃喃地）谁知道呢？谁知道呢？

周冲：（听见门外脚步的声音，回头看）咦，哥哥进来了。

[中门大开，周萍进。他约莫有二十八九，颜色苍白，躯干比他的弟弟略微长些。他的面目清秀，甚至于可以说美，但不是一看就使女人醉心的那种男子。他有宽而黑的眉毛，有厚的耳垂，粗大的手掌，乍一看，有时会令人觉得他有些憨气的；不过，若是你再长久地同他坐一坐，会感到他的气味不是你所想的那样纯朴可喜，他是经过了雕琢的，虽然性格上那些粗涩的滓渣经过了教育的提炼，成为精细而优美了；但是一种可以炼钢熔铁的，不成形的原始人生活中所有的那种"蛮"力，也就因为郁闷，长久离开了空气的原因，成为怀疑的，怯弱的，莫名其妙的了。和他谈两三句话，便知道这也是一个美丽的空形，如生在田野的麦苗移植在暖室里，虽然也开花结实，但是空虚脆弱，经不起现实的风霜。在他灰暗的眼神里，你看见了不定，犹疑，怯弱同冲突。当他的眼神暗下来，瞳仁微微地在闪烁的时候，你知道他在审阅自己的内心过缺，而又怕人窥探出他是这样无能，只讨生活于自己的内心的小圈子里。但是你以为他是做不出惊人的事情，没有男子的胆量么？不，在他感情的潮涌起来的时候，——哦，你单看他眼角间一条时时刻刻地变动的刺激人的圆线，极冲动而敏锐的红而厚的嘴唇，你便知道在这种时候，他会贸然地做出自己终身诅咒的事，而他生活是不会有计划的。他的唇角松弛地垂下来。一点疲乏会使他眸子发呆，叫你觉得他不能克制自己，也不能有规律地终身做一件事。然而他明白自己的病，他在改，不，不如说在悔，永远地在悔恨自己过去由直觉铸成的错误；因为当着一个新的冲动来时，他的热情，他的欲望，整个如潮水似的冲上来，淹没了他。他一星星的理智，只是一段枯枝卷在漩涡里，他昏迷似的做出自己认为不应该做的事。这样很自然地一个大错跟着一个更大的错。他是有道德观念的，有情爱的，但同时又是渴望着生活，觉得自己是个有肉体的人。于是他痛苦了，他恨自己，他羡慕一切没有

顾忌，敢做坏事的人，于是他会同情鲁贵。他又钦羡一切能抱着一件事业向前做，能依循着一般人所谓的"道德"生活下去，为"模范市民""模范家长"的人，于是他佩服他的父亲。他的父亲在他的见闻里，除了一点倔强冷酷，——但是这个也是他喜欢的，因为这两种性格他都没有——是一个无瑕的男子。他觉得他在那一方面欺骗他的父亲是不对了，并不是因为他怎么爱他的父亲（固然他不能说不爱他），他觉得这样是卑鄙，像老鼠在狮子睡着的时候偷咬一口的行为，同时如一切好内省而又冲动的人，在他的直觉过去，理智冷回来的时候，他更刻毒地恨自己，更深地觉得这是反人性，一切的犯了罪的痛苦都牵到自己身上。他要把自己拯救起来，他需要新的力，无论是什么，只要能帮助他，把他由冲突的苦海中救出来，他愿意找。他见着四凤，当时就觉得她新鲜，她的"活"！他发现他最需要的那一点东西，是充满地流动着在四凤的身里。她有"青春"，有"美"，有充溢着的血，固然他也看到她是粗，但是他直觉到这才是他要的，渐渐地他厌恶一切忧郁过分的女人，忧郁已经蚀尽了他的心；他也恨一切经过教育陶冶的女人（因为她们会提醒他的缺点），同一切细致的情绪，他觉得腻！然而这种感情的波纹是在他心里隐约地流荡着，潜伏着；他自己只是顺着自己之情感的流在走，他不能用理智再冷酷地剖析自己，他怕，他有时是怕看自己内心的残疾的。现在他不得不爱四凤了，他要死心塌地地爱她，他想这样忘了自己，当然他也明白，他这次的爱不只是为求自己心灵的药，他还有一个地方是渴。但是在这一层他并不感觉有从前的冲突，他想好好地待她，心里觉得这样也说得过去了。经过她那有处女香的温热的气息后，豁然地，他觉出心地的清朗，他看见了自己心内的太阳，他想"能拯救他的女人大概是她吧"，于是就把生命交给这个女孩子，然而昔日的记忆如巨大的铁掌抓住了他的心，不时地，尤其是在繁漪面前，他感觉一丝一丝刺心的疚痛；于是他要离开这个地方——这个能引起人的无边噩梦似的老房子，走到任何地方。而在未打开这个狭的笼之先，四凤不能了解也不能安慰他的疚伤的时候，便不自主地纵于酒，于热烈的狂欢，于一切外面的刺激之中。于是他精神颓丧，永远成了不安定的神情]

（现在他穿一件藏青的绸袍，西服裤，漆皮鞋，没有修脸。整个是不整齐，他打着呵欠）

周冲：哥哥。

周萍：你在这儿。

周繁漪：（觉得没有理她）萍！

周萍：哦？（低了头，又抬起）您——您也在这儿。

周繁漪：我刚下楼来。

周萍：（转头问冲）父亲没有出去吧？

周冲：没有，你预备见他么？

周萍：我想在临走以前跟父亲谈一次。（直走向书房）

周冲：你不要去。

周萍：他老人家干什么呢？

周冲：他大概跟一个人谈公事。我刚才见着他，他说他一会儿会到这儿来，叫我们在这儿等他。

周萍：那我先回到我屋子里写封信。（要走）

周冲：不，哥哥，母亲说好久不见你。你不愿意一齐坐一坐，谈谈么？

周繁漪：你看，你让哥哥歇一歇，他愿意一个人坐着的。

周萍：（有些烦）那也不见得，我总怕父亲回来，您很忙，所以……

周冲：你不知道母亲病了么？

周繁漪：你哥哥怎么会把我的病放在心上？

周冲：妈！

周萍：您好一点了么？

周繁漪：谢谢你，我刚刚下楼。

周萍：对了，我预备明天离开家里到矿上去。

周繁漪：哦，（停）好得很。——什么时候回来呢？

周萍：不一定，也许两年，也许三年。哦，这屋子怎么闷气得很。

周冲：窗户已经打开了。——我想，大概是大雨要来了。

周繁漪：（停一停）你在矿上做什么呢？

周冲：妈，你忘了，哥哥是专门学矿科的。

周繁漪：这是理由么，萍？

周萍：（拿起报纸看，遮掩自己）说不出来，像是家里住得太久了，烦得很。

周繁漪：（笑）我怕你是胆小吧？

周萍：怎么讲？

周繁漪：这屋子曾经闹过鬼，你忘了。

周萍：没有忘，但是这儿我住厌了。

周繁漪：（笑）假若我是你，这周围的人我都会厌恶，我也离开这个死地方的。

周冲：妈，我不要您这样说话。

周萍：（忧郁地）哼，我自己对自己都恨不够，我还配说厌恶别人？——（叹一口气）弟弟，我想回屋去了。（起立）

（书房门开）

周冲：别走，这大概是爸爸来了。

里面的声音：（书房门开一半，周朴园进，向内露着半个身子说话）我的意思是这么办，没有问题了，很好，再见吧，不送。

[门大开，周朴园进，他的莫有五六十岁，鬓发已经斑白，带着椭圆形的金边眼镜，一对沉鸷的眼在底下闪烁着。像一切起家立业的人物，他的威严在儿孙面前格外显得峻厉。他穿的衣服，还是二十年前的新装，一件团花的官纱大褂，底下是白纺绸的衬衫，长衫的领扣松散着，露着颈上的肉。他的衣服很舒展地贴在身上，整洁，没有一丝尘垢。他有些胖，背微微地伛偻，面色苍白，腮肉松弛地垂下来，眼眶略微下陷，眸子闪闪地放着光彩，时常也倦怠地闭着眼皮。他的脸带着多年的世故和忙碌，一种冷峭的目光和偶然在嘴角逼出的冷笑，看出他平日的专横，自是和倔强。年轻时一切的冒失，狂妄已经为脸上的皱纹深深遮盖着，再也寻不着一点痕迹，只有他的半白的头发还保持昔日的丰采，很润泽地分梳到后面。在阳光底下，他的脸呈着很白色，一般人说这就是贵人的特征，所以他才有这样大的矿产。他的下颚的胡须已经灰白，常用一只象牙的小梳梳理。他的大指套着一个扳指]

[他现在精神很饱满，沉重地走出来]

周萍：（同时）爸。

周冲：客走了？

周朴国：（点头，转向繁漪）你怎么今天下楼来了，完全好了么？

周繁漪：病原来不很重——回来身体好么？

周朴园：还好。——你应当再到楼上去休息。冲儿，你看你母亲的气色比以前怎么样？

周冲：母亲原来就没有什么病。

周朴园：（不喜欢儿子们这样答复老人的话，沉重地，眼翻上来）谁告诉你的？我不在的时候，你常来问你母亲的病么？（坐在沙发上）

周蘩漪：（怕他又来教训）朴园，你的样子像有点瘦了似的。——矿上的罢工究竟怎么样？

周朴园：昨天早上已经复工，不生问题。

周冲：爸爸，怎么鲁大海还在这儿等着要见您呢？

周朴园：谁是鲁大海？

周冲：鲁贵的儿子。前年荐进去，这次当代表的。

周朴园：这个人！我想这个人有背景，厂方已经把他开除了。

周冲：开除！爸爸，这个人脑筋很清楚，我方才跟这个人谈了一回。代表罢工的工人并不见得就该开除。

周朴园：哼，现在一般年轻人，跟工人谈谈，说两三句不痛痒、同情的话，像是一件很时髦的事情！

周冲：我以为这些人替自己的一群努力，我们应当同情的。并且我们这样享福，同他们争饭吃，是不对的。这不是时髦不时髦的事。

周朴园：（眼翻上来）你知道社会是什么？你读过几本关于社会经济的书？我记得我在德国念书的时候，对于这方面，我自命比你这种半瓶醋的社会思想要彻底的多！

周冲：（被压制下去，然而）爸，我听说矿上对于这次受伤的工人不给一点抚恤金。

周朴园：（头扬起来）我认为你这次说话说得太多了。（向蘩漪）这两年他学得很像你了。（看钟）十分钟后我还有一个客来，嗯，你们关于自己有什么话说么？

周萍：爸，刚才我就想见您。

周朴园：哦，什么事？

周萍：我想明天就到矿上去。

周朴园：这边公司的事，你交代完了么？

周萍：差不多完了。我想请父亲给我点实在的事情做，我不想看看就完事。

周朴园：（停一下，看萍）苦的事你成么？要做就做到底。我不愿意我的儿子叫旁人说闲话的。

周萍：这两年在这儿做事不舒服，心里很想在内地乡下走走。

周朴园：让我想想。——（停）你可以明天起身，做哪一类事情，到了矿上我再打电报给你。

[四凤由饭厅门入，端了碗普洱茶]

周冲：（犹豫地）爸爸。

周朴园：（知道他又有新花样）嗯，你？

周冲：我现在想跟爸爸商量一件很重要的事。

周朴园：什么？

周冲：（低下头）我想把我的学费的一部分分出来。

周朴园：哦。

周冲：（鼓起勇气）把我的学费拿出一部分送给……

周朴园：（四凤端茶，放朴园前）四凤，——（向冲）你先等一等。——（向四凤）叫你跟太太煎的药呢？

鲁四凤：煎好了。

周朴园：为什么不拿来？

（鲁四凤看繁漪，不说话）

周繁漪：（觉出四周的征兆有些恶相）她刚才跟我倒来了，我没有喝。

周朴园：为什么？（停，向四凤）药呢？

周繁漪：（快说）倒了，我叫四凤倒了。

周朴园：（慢）倒了？哦？（更慢）倒了！——（向四凤）药还有么？

鲁四凤：药罐里还有一点。

周朴园：（低而缓地）倒了来。

周繁漪：（反抗地）我不愿意喝这种苦东西。

周朴园：（向四凤，高声）倒了来。

（四凤走到左面倒药）

周冲：爸，妈不愿意，您何必这样强迫呢？

周朴园：你同你母亲都不知道自己的病在哪儿。（向繁漪低声）你喝了，就会完全好的。（见四凤犹豫，指药）送到太太那里去。

周繁漪： （顺忍地）好，先放在这儿。

周朴园： （不高兴地）不。你最好现在喝了它吧。

周繁漪： （忽然）四凤，你把它拿走。

周朴园： （忽然严厉地）喝了它，不要任性，当着这么大的孩子。

周繁漪： （声颤）我不想喝。

周朴园冲儿，你把药端到母亲面前去。

周冲： （反抗地）爸！

周朴园： （怒视）去！

（冲只好把药端到繁漪面前）

周朴园：说，请母亲喝。

周冲： （拿着药碗，手发颤，回头，高声）爸，您不要这样。

周朴园： （高声地）我要你说。

周萍： （低头，至冲前，低声）听父亲的话吧，父亲的脾气你是知道的。

周冲： （无法，含着泪，向着母亲）您喝吧，为我喝一点吧，要不然，父亲的气是不会消的。

周繁漪： （恳求地）哦，留着我晚上喝不成么？

周朴园： （冷峻地）繁漪，当了母亲的人，处处应当替孩子着想，就是自己不保重身体，也应当替孩子做个服从的榜样。

周繁漪： （四面看一看，望望朴园，又望望萍。拿起药，落下眼泪，忽而又放下）哦，不！我喝不下！

周朴园：萍儿，劝你母亲喝下去。

周萍：爸！我——

周朴园：去，走到母亲面前！跪下，劝你的母亲。

（萍走至繁漪前）

周萍： （求恕地）哦，爸爸！

周朴园： （高声）跪下！ （萍望繁漪和冲；繁漪泪痕满面，冲身体发抖）叫你跪下！ （萍正向下跪）

周繁漪： （望着萍，不等萍跪下，急促地）我喝，我现在喝！ （拿碗，喝了两口，气得眼泪又涌出来，她望一望朴园的峻厉的眼和苦恼着的萍，咽下愤恨，一气喝下）哦？ （哭着，由右边饭厅跑下）

（半晌）

周朴园：（看表）还有三分钟，（向冲）你刚才说的事呢？

周冲：（抬头，慢慢地）什么？

周朴园：你说把你的学费分出一部分？嗯，是怎么样？

周冲：（低声）我现在没有什么事情啦。

周朴园：真没有什么新鲜的问题啦么？

周冲：（哭声）没有什么，没有什么，——妈的话是对的。（跑向饭厅）

周朴园：冲儿，上哪儿去？

周冲：到楼上去看看妈。

周朴园：就这么跑了么？

周冲：（抑制住自己，走回去）是，爸，我要走了，您有事吩咐么？

周朴园：去吧。（冲向饭厅走了两步）回来。

周冲：爸爸。

周朴园：你告诉你的母亲，说我已经请德国的克大夫来，跟她看病。

周冲：妈不是已经吃了您的药了么？

周朴园：我看你的母亲，精神有点失常，病像是不轻。（回头向萍）我看，你也是一样。

周萍：爸，我想下去，歇一会儿。

周朴园：不，你不要走，我有话跟你说。（向冲）你告诉她，说克大夫是个有名的脑病专家，我在德国认识的。来了，叫她一定看一看，听见了没有？

周冲：听见了。（走了两步）爸，没有事啦？

周朴园：上去吧。

［冲由饭厅下］

周朴园：（回头向四凤）四凤，我记得我告诉过你，这个房子你们没有事就得走的。

鲁四凤：是，老爷。［也由饭厅下］

［鲁贵由书房上］

鲁贵：（见着老爷，便不自主地好像说不出话来）老，老，老爷。客，客来了！

周朴园：哦，先清到大客厅里去。

鲁贵：是，老爷。（鲁贵下）

周朴园：怎么这窗户谁开开了？

周萍：弟弟跟我开的。

周朴园：关上，（擦眼镜）这屋子不要底下人随便进来，回头我预备一个人在这里休息的。

周萍：是。

周朴园：（擦着眼镜，看周围的家具）这间屋子的家具多半是你生母顶喜欢的东西。我从南边移到北边，搬了多少次家，总是不肯丢下的。（戴上眼镜，咳嗽一声）这屋子摆的样子，我愿意总是三十年前的老样子，这叫我的眼看着舒服一点。（踱到桌前，看桌上的相片）你的生母永远喜欢夏天把窗户关上的。

周萍：（强笑着）不过，爸爸，纪念母亲也不必——

周朴园：（突然抬起头来）我听人说你现在做了一件很对不起自己的事情。

周萍：（惊）什——什么？

周朴园：（低声走到萍的面前）你知道你现在做的事是对不起你的父亲么？并且——（停）——对不起你的母亲么？

周萍：（失措）爸爸。

周朴园：（仁慈地，拿着萍的手）你是我的长子，我不愿意当着人谈这件事。（停，喘一口气严厉地）我听说我在外边的时候，你这两年来在家里很不规矩。

周萍：（更惊恐）爸，没有的事，没有，没有。

周朴园：一个人敢做一件事就要当一件事。

周萍：（失色）爸！

周朴园：公司的人说你总是在跳舞场里鬼混，尤其是这两三个月，喝酒，赌钱，整夜地不回家。

周萍：哦，（喘出一口气）您说的是——

周朴园：这些事是真的么？（半响）说实话！

周萍：真的，爸爸。（红了脸）

周朴园：将近三十的人应当懂得自爱！——你还记得你的名为什么叫萍吗？

周萍：记得。

周朴园：你自己说一遍。

周萍：那是因为母亲叫侍萍，母亲临死，自己替我起的名字。

周朴园：那我请你为你的生母，你把现在的行为完全改过来。

周萍：是，爸爸，那是我一时的荒唐。

[鲁贵由书房上]

鲁贵：老，老，老爷。客，——等，等，等了好半天啦。

周朴园：知道。

[鲁贵退]

周朴园：我的家庭是我认为最圆满，最有秩序的家庭，我的儿子我也认为都还是健全的子弟，我教育出来的孩子，我绝对不愿叫任何人说他们一点闲话的。

周萍：是，爸爸。

周朴园：来人啦。（自语）哦，我有点累啦。（萍扶他至沙发坐）

[鲁贵上]

鲁贵：老爷。

周朴园：你请客到这边来坐。

鲁贵：是，老爷。

周萍：不，——爸，您歇一会吧。

周朴园：不，你不要管。（向鲁贵）去，请进来。

鲁贵：是，老爷。

[鲁贵：下，朴园拿出一支雪茄，萍为他点上。朴园徐徐抽烟，端坐]

第二幕

午饭后，天气很阴沉，更郁热，湿潮的空气，低压着在屋内的人，使人成为烦躁的了。周萍一个人由饭厅走上来，望望花园，冷清清的，没有一个人；偷偷走到书房门口，书房里是空的，也没有人；忽然想起父亲在别的地方会客，他放下心，又走到窗户前开窗门，看着外面绿茵茵的树丛，低低地吹出一种奇怪的哨声，中间他低沉地叫了两三声"四凤"！不一时，好像听见远处有哨声在回应，渐移渐近，他又缓缓地叫一声"凤儿"。门外有一个女人的声音："萍，是你么？"萍就把窗门关上。

[四凤由外面轻轻地跑进来]

周萍：（回头，望着中门，四凤正从中门进，低声，热烈地）凤儿！（走近，拉着她的手）

鲁四凤：不，（推开他）不。不。（谛听，四面望）看看，有人！

周萍：没有，凤，你坐下。（推她到沙发坐下）

鲁四凤：（不安地）老爷呢？

周萍：在大客厅会客呢。

鲁四凤：（坐下，叹一口长气。望着）总是这样偷偷摸摸的。

周萍：嗯。

鲁四凤：你连叫我都不敢叫。

周萍：所以我要离开这儿哪。

鲁四凤：（想一下）哦，太太怪可怜的。为什么老爷回来，头一次见太太就发这么大的脾气？

周萍：父亲就是这个样，他的话，向来不能改的。他的意见就是法律。

鲁四凤：（怯懦地）我——我怕得很。

周萍：怕什么？

鲁四凤：我怕万一老爷知道了，我怕。有一天，你说过，要把我们的事情告诉老爷的。

周萍：（摇头，深沉地）可怕的事不在这儿。

鲁四凤：还有什么？

周萍：（忽然地）你没有听见什么话？

鲁四凤：什么？（停）没有。

周萍：关于我，你没有听见什么？

鲁四凤：没有。

周萍：从来没听见过什么？

鲁四凤：（不愿提）没有——你说什么？

周萍：那——没什么！没什么。

鲁四凤：（真挚地）我信你，我相信你以后永远不会骗我。这我就够了。刚才，我听你说，你明天就要到矿上去。

周萍：我昨天晚上已经跟你说过了。

鲁四凤：（爽直地）你为什么不带我去？

周萍：因为，（笑）因为我不想带你去。

鲁四凤：这边的事我早晚是要走的。——太太，说不定今天要辞掉我。

周萍：（没想到）她要辞掉你，——为什么？

鲁四凤：你不要问。

周萍：不，我要知道。

鲁四凤：自然因为我做错了事。我想，太太大概没有这个意思。也许是我瞎猜。（停）萍，你带我去好不好？

周萍：不。

鲁四凤：（温柔地）萍，我好好地侍候你，你要这么一个人。我跟你缝衣服，烧饭做菜，我都做得好，只要你叫我跟你在一块儿。

周萍：哦，我还要一个女人，跟着我，侍候我，叫我享福？难道，这些年，在家里，这种生活我还不够么？

鲁四凤：我知道你一个人在外头是不成的。

周萍：凤，你看不出来现在，我怎么能带你出去？——你这不是孩子话吗？

鲁四凤：萍，你带我走！我不连累你，要是外面因为我，说你的坏话，我立刻就走。你——你不要怕。

周萍：（急躁地）凤，你以为我这么自私自利么？你不应该这么想我。——哼，我怕，我怕什么？（管不住自己）这些年，我做出这许多的？哼，我的心都死了，我恨极了我自己。现在我的心刚刚有点生气了，我能放开胆子喜欢一个女人，我反而怕人家骂？哼，让大家说吧，周家大少爷看上他家里面的女下人，怕什么，我喜欢她。

鲁四凤：（安慰地）萍，不要难过。你做了什么，我也不怨你的。（想）

周萍：（平静下来）你现在想什么？

鲁四凤：我想，你走了以后，我怎么样。

周萍：你等着我。

鲁四凤：（苦笑）可是你忘了一个人。

周萍：谁？

鲁四凤：他总不放过我。

周萍：哦，他呀——他又怎么样？

鲁四凤：他又把前一个月的话跟我提了。

周萍：他说，他要你？

鲁四凤：不，他问我肯嫁他不肯。

周萍：你呢？

鲁四凤：我先没有说什么，后来他逼着问我，我只好告诉他实话。

周萍：实话？

鲁四凤：我没有说旁的。我只提我已经许了人家。

周萍：他没有问旁的？

鲁四凤：没有，他倒说，他要供我上学。

周萍：上学？（笑）他真呆气！——可是，谁知道，你听了他的话，也许很喜欢的。

鲁四凤：你知道我不喜欢，我愿意老陪着你。

周萍：可是我已经快三十了，你才十八，我也不比他的将来有希望，并且我做过许多见不得人的事。

鲁四凤：萍，你不要同我瞎扯，我现在心里很难过。你得想出法子，他是个孩子，老是这样装着腔，对付他，我实在不喜欢。你又不许我跟他说明白。

周萍：我没有叫你不跟他说。

鲁四凤：可是你每次见我跟他在一块儿，你的神气，偏偏——

周萍：我的神气那自然是不快活的。我看见我最喜欢的女人时常跟别人在一块儿。哪怕他是我的弟弟，我也不情愿的。

鲁四凤：你看你又扯到别处。萍，你不要扯，你现在到底对我怎么样？你要跟我说明白。

周萍：我对你怎么样？（他笑了。他不愿意说，他觉女人们都有些呆气。这一句话似乎有一个女人也这样问过他，他心里隐隐有些痛）要我说出来？（笑）那么，你要我怎么说呢？

鲁四凤：（苦恼地）萍。你别这样待我好不好？你明明知道我现在什么都是你的，你还——你还这样欺负人。

周萍（他不喜欢这样，同时又以为她究竟有些不明白）：哦！（叹一口气）天哪！

鲁四凤：萍，我父亲只会跟人要钱，我哥哥瞧不起我，说我没有志气，我母亲如果知道了这件事，她一定恨我。哦，萍，没有你就没有我。我父亲，我哥哥，我母亲，他们也许有一天会不理我，你不能够的，你不能够的。（抽咽）

周萍：四凤，不，不，别这样，你让我好好地想一想。

鲁四凤：我的妈最疼我，我的妈不愿意我在公馆里做事，我怕她万一看出我的谎话，知道我在这里做了事，并且同你……如果你又不是真心的，那我——那我就伤了我妈的心了。（哭）还有……

周萍：不，凤，你不该这样疑心我。我告诉你，今天晚上我预备到你那里去。

鲁四凤：不，我妈今天回来。

周萍：那么，我们在外面会一会好么？

鲁四凤：不成，我妈晚上一定会跟我谈话的。

周萍：不过，我明天早车就要走了。

鲁四凤：你真不预备带我走么？

周萍：那怎么成？

鲁四凤：那么，你——你叫我想想。

周萍：我要一个人离开家，过后，再想法子，跟父亲说明白，把你接出来。

鲁四凤：（看着他）也好，那么今天晚上你只好到我家里来。我想，那两间房子，爸爸跟妈一定在外房睡，哥哥总是不在家睡觉，我的房子在半夜里一定是空的。

周萍：那么，我来还是先吹哨，（吹一声）你听得清楚吧？

鲁四凤：嗯，我要是叫你来，我的窗上一定有个红灯，要是没有灯，那你千万不要来。

周萍：不要来？

鲁四凤：那就是我改了主意，家里一定有许多人。

周萍：好，就这样，十一点钟。

鲁四凤：嗯，十一点。

[鲁贵由中门上，见四凤和周萍在这里，突然停止，故意做出懂事的假笑]

鲁贵：哦！（向四凤）我正要找你。（向萍）大少爷，您刚吃完饭。

鲁四凤：找我有什么事？

鲁贵：你妈来了。

鲁四凤：（喜形于色）妈来了，在哪儿？

鲁贵：在门房，跟你哥哥刚见面，说着话呢。

（四凤跑向中门）

周萍：四凤。见着你妈，跟我问问好。

鲁四凤：谢谢您，回头见。［凤下］

鲁贵：大少爷，您是明天起身么？

周萍：嗯。

鲁贵：让我送送您。

周萍：不用，谢谢你。

鲁贵：平时总是您心好，照顾着我们。您这一走，我同我这丫头都得惦记着您了。

周萍：（笑）你又没钱了吧？

鲁贵：（奸笑）大少爷，您这可是开玩笑了。——我说的是实话，四凤知道，我总是背后说大少爷好的。

周萍：好吧。——你没有事么？

鲁贵：没事，没事，我只跟您商量点闲拌儿。您知道，四凤的妈来了，楼上的太太要见她。

［繁漪由饭厅门上，鲁贵一眼看见，话说一半，又吞进去］

鲁贵：哦，太太下来了！太太，您病完全好啦？（繁漪点一点头）鲁贵直惦记着。

周繁漪：好，你下去吧。

［鲁贵鞠躬，由中门下］

周繁漪：（向萍）他上哪儿去了？

周萍：（莫名其妙）谁？

周繁漪：你父亲。

周萍：他有事情，见客，一会儿就回来。弟弟呢？

周繁漪：他只会哭，他走了。

周萍：（怕和她一同在这间屋里）哦。（停）我要走了，我现在要收拾

东西去。（走向饭厅）

周繁漪：回来，（萍停步）我请你略微坐一坐。

周萍：什么事？

周繁漪：（阴沉地）有话说。

周萍：（看出她的神色）你像是有很重要的话跟我谈似的。

周繁漪：嗯。

周萍：说吧。

周繁漪：我希望你明白方才的情形。这不是一天的事情。

周萍：（躲避地）父亲一向是那样，他说一句就是一句的

周繁漪：可是人家说一句，我就要听一句，那是违背我的本性的。

周萍：我明白你。（强笑）那么你顶好不听他的话就得了。

周繁漪：萍，我盼望你还是从前那样诚恳的人。顶好不要学着现在一般青年人玩世不恭的态度。你知道我没有你在我面前，这样，我已经很苦了。

周萍：所以我就要走了。不要叫我们见着，互相提醒我们最后悔的事情。

周繁漪：我不后悔，我向来做事没有后悔过。

周萍：（不得已地）我想，我很明白地对你表示过。这些日子我没有见你，我想你很明白。

周繁漪：很明白。

周萍：那么，我是个最糊涂，最不明白的人。我后悔，我认为那是我生平做错一件大事。我对不起自己，对不起弟弟，更对不起父亲。

周繁漪：（低沉地）但是你最对不起的人有一个，你反而轻轻地忘了。

周萍：我最对不起的人，自然也有，但是我不必同你说。

周繁漪：（冷笑）那不是她！你最对不起的是我，是你曾经引诱过的后母！

周萍：（有些怕她）你疯了。

周繁漪：你欠了我一笔债，你对我负着责任；你不能看见了新的世界，就一个人跑。

周萍：我认为你用的这些字眼，简直可怕。这种字句不是在父亲这样——这样体面的家庭里说的。

周繁漪：（气极）父亲，父亲，你撇开你的父亲吧！体面？你也说体面？（冷笑）我在这样的体面家庭已经十八年啦。周家家庭里所出的罪恶，我听

过，我见过，我做过。我始终不是你们周家的人。我做的事，我自己负责任。不像你们的祖父，叔祖，同你们的好父亲，偷偷做出许多可怕的事情，祸移在他人身上，外面还是一副道德面孔，慈善家，社会上的好人物。

周萍：繁漪，大家庭自然免不了不良分子，不过我们这一支，除了我。

周繁漪：都一样，你父亲是第一个伪君子，他从前就引诱过一个良家的姑娘。

周萍：你不要乱说话。

周繁漪：萍，你再听清楚点，你就是你父亲的私生子！

周萍：（惊异而无主地）你瞎说，你有什么证据？

周繁漪：请你问你的体面父亲，这是他十五年前喝醉了的时候告诉我的。（指桌上相片）你就是这年青的姑娘生的小孩。她因为你父亲又不要她，就自己投河死了。

周萍：你，你，你简直——好，好，（强笑）我都承认。你预备怎么样？你要跟我说什么？

周繁漪：你父亲对不起我，他用同样手段把我骗到你们家来，我逃不开，生了冲儿。十几年来像刚才一样的凶横，把我渐渐地磨成了石头样的死人。你突然从家乡出来，是你，是你把我引到一条母亲不像母亲，情妇不像情妇的路上去。是你引诱的我！

周萍：引诱！我请你不要用这两个字好不好？你知道当时的情形怎么样！

周繁漪：你忘记了在这屋子里，半夜，我哭的时候，你叹息着说的话么？你说你恨你的父亲，你说过，你愿他死，就是犯了灭伦的罪也干。

周萍：你忘了。那是我年青，我的热叫我说出来这样糊涂的话。

周繁漪：你忘了，我虽然比你只大几岁，那时，我总还是你的母亲，你知道你不该对我说这种话么？

周萍：哦——（叹一口气）总之，你不该嫁到周家来，周家的空气满是罪恶。

周繁漪：对了，罪恶，罪恶。你的祖宗就不曾清白过，你们家里永远是不干净。

周萍：年青人一时糊涂，做错了的事，你就不肯原谅么？（苦恼地皱着眉）

周繁漪：这不是原谅不原谅的问题，我已经预备好棺材，安安静静地等死，一个人偏把我救活了又不理我，撇得我枯死，慢慢地渴死。让你说，我该怎么办？

周萍：那，那我也不知道，你来说吧？

周蘩漪：（一字一字地）我希望你不要走。

周萍：怎么，你要我陪着你，在这样的家庭，每天想着过去的罪恶，这样活活地闷死么？

周蘩漪：你既然知道这家庭可以闷死人，你怎么肯一个人走，把我放在家里？

周萍：你没有权利说这种话，你是冲弟弟的母亲。

周蘩漪：我不是！我不是！自从我把我的性命，名誉，交给你，我什么都不顾了。我不是他的母亲，不是，不是，我也不是周朴园：的妻子。

周萍：（冷冷地）如果你以为你不是父亲的妻子，我自己还承认我是我父亲的儿子。

周蘩漪：（不曾想到他会说这一句话，呆了一下）哦，你是你的父亲的儿子。——这些月，你特别不来看我，是怕你的父亲？

周萍：也可以说是怕他，才这样的吧。

周蘩漪：你这一次到矿上去，也是学着你父亲的英雄榜样，把一个真正明白你，爱你的人丢开不管么？

周萍：这么解释也未尝不可。

周蘩漪：（冷冷地）怎么说，你到底是你父亲的儿子。（笑）父亲的儿子？（狂笑）父亲的儿子，（狂笑，忽然冷静严厉地）哼，都是些没有用，胆小怕事，不值得人为他牺牲的东西！我恨着我早没有知道你！

周萍：那么你现在知道了！我对不起你，我已经同你详细解释过，我厌恶这种不自然的关系。我告诉你，我厌恶。我负起我的责任，我承认我那时的错，然而叫我犯了那样的错，你也不能完全没有责任。你是我认为最聪明，最能了解人的女子，所以我想，你最后会原谅我。我的态度，你现在骂我玩世不恭也好，不负责任也好，我告诉你，我盼望这一次的谈话是我们最末一次谈话了。（走向饭厅门）

周蘩漪：（沉重的语气）站着。（萍停住）我希望你明白我刚才说的话，我不是请求你。我盼望你用你的心，想一想，过去我们在这屋子说的，（停，难过）许多，许多的话。一个女子，你记着，不能受两代的欺侮，你可以想一想。

周萍：我已经想得很透彻，我自己这些天的痛苦，我想你不是不知道，好，请你让我走吧。

[周萍由饭厅下，繁漪的眼泪一颗颗地流在腮上，她走到镜台前，照着自己苍白的、有皱纹的脸，便嘤嘤地扑在镜台上哭起来]

[鲁贵偷偷地由中门走进来，看见太太在哭]

鲁贵：（低声）太太！

周繁漪：（突然站起）你来干什么？

鲁贵：鲁妈来了好半天啦。

周繁漪：谁？谁来了好半天啦？

鲁贵：我家里的，太太不是说过要我叫她来见么？

周繁漪：你为什么不早点来告诉我，

鲁贵：（假笑）我倒是想着，可是我（低声）刚才瞧见太太跟大少爷说话，所以就没敢惊动您。

周繁漪：啊，你，你刚才在——

鲁贵：我？我在大客厅伺候老爷见客呢！（故意地不明白）太太有什么事么？

周繁漪：没什么，那么你叫鲁妈进来吧。

鲁贵：（谄笑）我们家里都是个下等人，说话粗里粗气，您可别见怪。

周繁漪：都是一样的人。我不过想见一见，跟她谈谈闲话。

鲁贵：是，那是太太的恩典。对了，老爷刚才跟我说，怕明天要下大雨，请太太把老爷的那一件旧雨衣拿出来，说不定老爷就要出去。

周繁漪：四凤不会拿么？

鲁贵：我也是这么说啊，您不是不舒服么？可是老爷吩咐，不要四凤，还是要太太自己拿。

周繁漪：那么，我一会儿拿来。

鲁贵：不，是老爷吩咐，说现在就要拿出来。

周繁漪：哦，好，我就去吧。——你现在叫鲁妈进来，叫她在这房里等一等。

鲁贵：是，太太。

[鲁贵下。繁漪的脸更显得苍白，她在极力压制自己的烦郁]

周蘩漪：（把窗户打开，吸一口气，自语）热极了，闷极了，这里真是再也不能住的。我希望我今天变成火山的口，热烈烈地冒一次，什么我都烧个干净，那时我就再掉在冰川里，冻成死灰。一生只热热地烧一次，也就算够了。我过去的是完了，希望大概也是死了的。哼，什么我都预备好了，来吧，恨我的人，来吧，叫我失望的人，叫我忌妒的人，都来吧，我在等候着你们。（望着空空的前面，继而垂下头去。鲁贵上）

鲁贵：刚才小当差来，说老爷催着要。

周蘩漪：（抬头）好，你先去吧。我叫陈妈送去。

[蘩漪由饭厅下，贵由中门下。此时鲁妈，即鲁侍萍与四凤上。鲁妈的年纪约有四十七岁的光景，鬓发已经有点斑白，面貌白净，看上去也只有三十八九岁的样子。她的眼有些呆滞，时而呆呆地望着前面，但是在那秀长的睫毛，和她圆大的眸子间，还寻得出她少年时静慧的神韵。她的衣服朴素而有身份，旧蓝布裤褂，很洁净地穿在身上。远远地看着，依然像大家户里落魄的妇人。她的高贵的气质和她的丈夫的鄙俗，奸小，恰成一个强烈的对比。她的头还包着一条白布手巾，怕是坐火车围着避土的。她说话总爱微微地笑，尤其因为刚见着两年未见的亲女，神色还是快慰地闪着快乐的光彩。她的声音很低，很沉稳，语音像一个南方人曾经和北方人相处很久，夹杂着许多模糊、轻快的南方音，但是她的字句说得很清楚。她的牙齿非常齐整，笑的时候在嘴角旁露出一对深深的笑涡，叫我们想起来四凤笑时口旁一对浅浅的涡影]

（鲁妈拉着女儿的手，四凤就像个小鸟偎在她身边走进来。后面跟着鲁贵，提着一个旧包袱。他骄傲地笑着，比起来，这母子的单纯的欢欣，他更是粗鄙了）

鲁四凤：太太呢？

鲁贵：就下来。

鲁四凤：妈，您坐下。（鲁妈坐）您累么？

鲁侍萍：不累。

鲁四凤：（高兴地）妈，您坐一坐。我给您倒一杯冰镇的凉水。

鲁侍萍：不，不要走，我不热。

鲁贵：凤儿，你跟你妈拿一瓶汽水来，（向鲁妈）这儿公馆什么没有？一到夏天，柠檬水，果子露，西瓜汤，橘子，香蕉，鲜荔枝，你要什么，就有什么。

鲁侍萍：不，不，你别听你爸爸的话。这是人家的东西。你在我身旁跟我多坐一会，回头跟我同——同这位周太太谈谈，比喝什么都强。

鲁贵：太太就会下来，你看你，那块白包头，总舍不得拿下来。

鲁侍萍：（和蔼地笑着）真的，说了那么半天。（笑望着四凤）连我在火车上搭的白手巾都忘了解啦。（要解它）

鲁四凤：（笑着）妈，您让我替您解开吧。（走过去解。这时，鲁贵走到小茶几旁，又偷偷地把烟放在自己的烟盒里）

鲁侍萍：（解下白手巾）你看我的脸脏么？火车上尽是土，你看我的头发，不要叫人家笑。

鲁四凤：不、不，一点都不脏。两年没见您，您还是那个样。

鲁侍萍：哦，凤儿，你看我的记性。谈了这半天，我忘记把你顶喜欢的东西跟你拿出来啦。

鲁四凤：什么？妈。

鲁侍萍：（由身上拿出一个小包来）你看，你一定喜欢的。

鲁四凤：不，您先别给我看，让我猜猜。

鲁侍萍：好，你猜吧。

鲁四凤：小石娃娃？

鲁侍萍：（摇头）不对，你太大了。

鲁四凤：小粉扑子。

鲁侍萍：（摇头）给你那个有什么用？

鲁四凤：哦，那一定是小针线盒。

鲁侍萍：（笑）差不多。

鲁四凤：那您叫我打开吧。（忙打开纸包）哦，妈！顶针，银顶针！爸，您看，您看！（给鲁贵看）

鲁贵：（随声说）好！好！

鲁四凤：这顶针太好看了，上面还镶着宝石。

鲁贵：什么？（走两步，拿来细看）给我看看。

鲁侍萍：这是学校校长的太太送给我的。校长丢了个要紧的钱包，叫我拾着了，还给他。校长的太太就非要送给我东西，拿出一大堆小首饰，叫我挑，送给我的女儿。我就捡出这一件，拿来送给你，你看好不好？

鲁四凤：好，妈，我正要这个呢。

鲁贵：咦，哼，（把顶针交给四凤）得了吧，这宝石是假的，你挑的真好。

鲁四凤：（见着母亲特别欢喜说话，轻蔑地）哼，您呀，真宝石到了您的手里也是假的。

鲁侍萍：凤儿，不许这样跟爸爸说话。

鲁四凤：（撒娇）妈，您不知道，您不在这儿，爸爸就拿我一个人撒气，尽欺负我。

鲁贵：（看不惯他妻女这样"乡气"，于是轻蔑地）你看你们这点穷相，走到大家公馆，不来看看人家的阔排场，尽在一边闲扯。四凤，你先把你这两年做的衣裳给你妈看看。

鲁四凤：（白眼）妈不希罕这个。

鲁贵：你不也有点首饰么？你拿出来给你妈开开眼。看看是我对，还是把女儿关在家里对？

鲁侍萍：（向鲁贵）我走的时候嘱咐过你，这两年写信的时候也总不断地提醒过你，我说过我不愿意把我的女儿送到一个阔公馆，叫人家使唤。你偏——（忽然觉得这不是谈家事的地方，回头向四凤）你哥哥呢？

鲁四凤：不是在门房里等着我们么？

鲁贵：不是等着你们，人家等着见老爷呢。（向鲁妈）去年我叫人跟你捎个信，告诉你大海也当了矿上的工头，那都是我在这儿嘀咕上的。

鲁四凤：（厌恶她父亲又表白自己的本领）爸爸，您看哥哥去吧。他的脾气有点不好，怕他等急了，跟张爷刘爷们闹起来。

鲁贵：真他妈的。这孩子的狗脾气我倒忘了，（走向中门，回头）你们好好在这屋子坐一会，别乱动，太太一会儿就下来。

[鲁贵下。母女见鲁贵走了，如同犯人望见看守走了一样，舒展地吐出一口气来。母女二人相对凄然地笑了一笑，刹那间，她们脸上又浮出欢欣，这次是由衷心升起来愉快的笑]

鲁侍萍：（伸出手来，向四凤）哦，孩子，让我看看你。

（四凤走到母亲面前，跪下）

鲁四凤：妈，您不怪我吧？您不怪我这次没听您的话，跑到周公馆做事吧？

鲁侍萍：不，不，做了就做了。——不过为什么这两年你一个字也不告诉我，我下车走到家里，才听见张大婶告诉我，说我的女儿在这儿。

鲁四凤：妈，我怕您生气，我怕您难过，我不敢告诉您。——其实，妈，我们也不是什么富贵人家，就是像我这样帮人，我想也没有什么关系。

鲁侍萍：不，你以为妈怕穷么？怕人家笑我们穷么？不，孩子，妈最知道认命，妈最看得开，不过，孩子，我怕你太年青，容易一阵子犯糊涂，妈受过苦，妈知道的。你不懂，你不知道这世界太——人的心太——（叹一口气）好，我们先不提这个。（站起来）这家的太太真怪！她要见我干什么？

鲁四凤：嗯，嗯，是啊。（她的恐惧来了，但是她愿意向好的一面想）不，妈，这边太太没有多少朋友，她听说妈也会写字，念书，也许觉得很相近，所以想请妈来谈谈。

鲁侍萍（不信地）：哦？（慢慢看这屋子的摆设，指着有镜台的柜）这屋子倒是很雅致的。就是家具太旧了点。这是——

鲁四凤：这是老爷用的红木书桌，现在做摆饰用了。听说这是三十年前的老东西，老爷偏偏喜欢用，到哪儿带到哪儿。

鲁侍萍：那个（指着有镜台的柜）是什么？

鲁四凤：那也是件老东西，从前的第一个太太，就是大少爷的母亲，顶爱的东西。您看，从前的家具多笨哪。

鲁侍萍：咦，奇怪。——为什么窗户还关上呢？

鲁四凤：您也觉奇怪不是？这是我们老爷的怪脾气，夏天反而要关窗户。

鲁侍萍：（回想）凤儿，这屋子我像是在哪儿见过似的。

鲁四凤：（笑）真的？您大概是想我想的梦里到过这儿。

鲁侍萍：对了，梦似的。——奇怪，这地方怪得很，这地方忽然叫我想起了许多许多事情。（低下头坐下）

鲁四凤：（慌）妈，您怎么脸上发白？您别是受了暑，我跟您拿一杯冷水吧？

鲁侍萍：不，不是，你别去——我怕得很，这屋子有鬼怪！

鲁四凤：妈，您怎么啦？

鲁侍萍：我怕得很，忽然我把三十年前的事情一件一件地都想起来了，已经忘了许多年的人又在我心里转。四凤，你摸摸我的手。

鲁四凤：（摸鲁妈的手）冰凉，妈，您可别吓坏我。我胆子小，妈，妈，——这屋子从前可闹过鬼的！

鲁侍萍：孩子，你别怕，妈不怎么样。不过，四凤，好像我的魂来过这儿似的。

鲁四凤：妈，您别瞎说啦，您怎么来过？他们二十年前才搬到这儿北方来，那时候，您不是还在南方么？

鲁侍萍：不，不，我来过。这些家具，我想不起来——我在哪儿见过。

鲁四凤：妈，您的眼不要直瞪瞪地望着，我怕。

鲁侍萍：别怕，孩子，别怕。孩子。（声音愈低。她用力地想，她整个人，缩到记忆的最深处）

鲁四凤：妈，您看那个柜干什么？那就是从前死了的第一个太太的东西。

鲁侍萍：（突然低声颤颤地向四凤）凤儿，你去看，你去看，那只柜子靠右第三个抽屉里，有没有一只小孩穿的绣花虎头鞋。

鲁四凤：妈，您怎么啦？不要这样疑神疑鬼的。

鲁侍萍：凤儿，你去，你去看一看。我心里有点怯，我有点走不动，你去！

鲁四凤：好，我去看。

（她走到柜前，拉开抽斗，看）

鲁侍萍：（急问）有没有？

鲁四凤：没有，妈。

鲁侍萍：你看清楚了？

鲁四凤：没有，里面空空地就是些茶碗。

鲁侍萍：哦，那大概是我在做梦了。

鲁四凤：（怜惜她的母亲）别多说话了，妈，静一静吧。妈，您在外受了委屈了，（落泪）从前，您不是这样神魂颠倒的。可怜的妈呀（抱着她）好一点了么？

鲁侍萍：不要紧的。——刚才我在门房听见这家里还有两位少爷？

鲁四凤：嗯，妈都很好，都很和气的。

鲁侍萍：（自言自语地）不，我的女儿说什么也不能在这儿多呆。不成。不成。

鲁四凤：妈，您说什么？这儿上上下下都待我很好。妈，这里老爷、太太向来不骂底下人，两位少爷都很和气的。这周家不但是活着的人心好，就是死了的人样子也是挺厚道的。

鲁侍萍：周？这家里姓周？

鲁四凤：妈，您看您，您刚才不是问着周家的门进来的么，怎么会忘了？（笑）妈，我明白了，您还是路上受热了。我先跟你拿着周家第一个太太的照片，给您看。我再跟你拿点水来喝。

（四凤在镜台上拿了相片过来，站在鲁妈背后，给她看）

鲁侍萍：（拿着相片，看）哦！（惊愕得说不出话来，手发颤）

鲁四凤：（站在鲁妈背后）您看她多好看，这就是大少爷的母亲，笑得多美，他们说还有点像我呢。可惜，她死了，要不然，——（觉得鲁妈头向前倒）哦，妈，您怎么啦？您怎么……

鲁侍萍：不，不，我头晕，我想喝水。

鲁四凤：（慌，掐着鲁妈的手指，搓她的头）妈，您到这边来！（扶鲁妈到一个大的沙发前，鲁妈手里还紧紧地拿着相片）妈，您在这儿躺一躺。我跟您拿水去。

［四凤由饭厅门忙跑下］

鲁侍萍：哦，天哪。我是死了的人！这是真的么？这张相片？这些家具？怎么会？——哦，天底下地方大得很，怎么？熬过这几十年偏偏又把我这个可怜的孩子，放回到他——他的家里？哦，好不公平的天哪！（哭泣）

［四凤拿水上，鲁妈忙擦眼泪］

鲁四凤：（持水杯，向鲁妈）妈，您喝一口，不，再喝几口。（鲁妈饮）好一点了么？

鲁侍萍：嗯，好，好啦。孩子，你现在就跟我回家。

鲁四凤：（惊讶）妈，您怎么啦？

［由饭厅传出周繁漪喊"四凤"的声音］

鲁侍萍：谁喊你？

鲁四凤：太太。

［周繁漪声：四凤。］

［周繁漪声：四凤，你来，老爷的雨衣你给放在哪儿啦？］

鲁四凤：（喊）我就来。（向鲁妈）妈等一等，我就回来。

鲁侍萍：好，你去吧。

[四凤下。鲁妈周围望望，走到柜前，抚摸着她从前的家具，低头沉思。忽然听见屋外花园里走路的声音，她转过身来，等候着]

[鲁贵由中门上]

鲁贵：四凤呢？

鲁侍萍：这儿的太太叫了去啦。

鲁贵：你回头告诉太太，说找着雨衣，老爷自己到这儿来穿，还要跟太太说几句话。

鲁侍萍：老爷要到这屋里来？

鲁贵：嗯，你告诉清楚了，别回头老爷来到这儿，太太不在，老头儿又发脾气了。

鲁侍萍：你跟太太说吧。

鲁贵：这上上下下许多底下人都得我支派，我忙不开，我可不能等。

鲁侍萍：我要回家去，我不见太太了。

鲁贵：为什么？这次太太叫你来，我告诉你，就许有点什么很要紧的事跟你谈谈。

鲁侍萍：我预备带着凤儿回去，叫她辞了这儿的事。

鲁贵：什么？你看你这点——

[周蘩漪由饭厅上]

鲁贵：太太。

周蘩漪：（向门内）四凤，你先把那两套也拿出来，问问老爷要哪一件。（里面答应）哦，（吐出一口气，向鲁妈）这就是四凤的妈吧？叫你久等了。

鲁贵：等太太是应当的。太太准她来跟您请安就是老大的面子。

[四凤由饭厅出，拿雨衣进]

周蘩漪：请坐！你来了好半天啦。（鲁妈只在打量着，没有坐下）

鲁侍萍：不多一会，太太。

鲁四凤：太太，把这三件雨衣都送给老爷那边去么？

鲁贵：老爷说就放在这儿，老爷自己来拿，还请太太等一会，老爷见您有话说呢。

周蘩漪：知道了。（向四凤）你先到厨房，把晚饭的菜看看，告诉厨房一下。

鲁四凤：是，太太。（望着鲁贵，又疑惧地望着繁漪由中门下）

周繁漪：鲁贵，告诉老爷，说我同四凤的母亲谈话，回头再请他到这儿来。

鲁贵：是，太太。（但不走）

周繁漪：（见鲁贵不走）你有什么事么？

鲁贵：太太，今天早上老爷吩咐德国克大夫来。

周繁漪：二少爷告诉过我了。

鲁贵：老爷刚才吩咐，说来了就请太太去看。

周繁漪：我知道了。好，你去吧。

［鲁贵由中门下］

周繁漪：（向鲁妈）坐下谈，不要客气。（自己坐在沙发上）

鲁侍萍：（坐在旁边一张椅子上）我刚下火车，就听见太太这边吩咐，要我来见见您。

周繁漪：我常听四凤提到你，说你念过书，从前也是很好的门第。

鲁侍萍：（不愿提起从前的事）四凤这孩子很傻，不懂规矩，这两年叫您多生气啦。

周繁漪：不，她非常聪明，我也很喜欢她。这孩子不应当叫她伺候人，应当替她找一个正当的出路。

鲁侍萍：太太多夸奖她了。我倒是不愿意这孩子帮人。

周繁漪：这一点我很明白。我知道你是个知书达礼的人，一见面，彼此都觉得性情是直爽的，所以我就不妨把请你来的原因现在跟你说一说。

鲁侍萍：（忍不住）太太，是不是我这小孩平时的举动有点叫人说闲话？

周繁漪：（笑着，故意很肯定他说）不，不是。

［鲁贵由中门上］

鲁贵：太太。

周繁漪：什么事？

鲁贵：克大夫已经来了，刚才汽车夫接来的，现正在小客厅等着呢。

周繁漪：我有客。

鲁贵：客？——老爷说请太太就去。

周繁漪：我知道，你先去吧。

［鲁贵下］

周蘩漪：（向鲁妈）我先把我家里的情形说一说。第一我家里的女人很少。

鲁侍萍：是，太太。

周蘩漪：我一个人是个女人，两个少爷，一位老爷，除了一两个老妈子以外，其余用的都是男下人。

鲁侍萍：是，太太，我明白。

周蘩漪：四凤的年纪很轻，哦，她才十九岁，是不是？

鲁侍萍：不，十八。

周蘩漪：那就对了，我记得好像她比我的孩子是大一岁的样子。这样年青的孩子，在外边做事，又生得很秀气的。

鲁侍萍：太太，如果四凤有不检点的地方，请您千万不要瞒我。

周蘩漪：不，不，（又笑了）她很好的。我只是说说这个情形。我自己有一个儿子，他才十六岁。——恐怕刚才你在花园见过———个不十分懂事的孩子。

[鲁贵自书房门上]

鲁贵：老爷催着太太去看病。

周蘩漪：没有人陪着克大夫么？

鲁贵：王局长刚走，老爷自己在陪着呢。

鲁侍萍：太太，您先看去。我在这儿等着不要紧。

周蘩漪：不，我话还没说完。（向鲁贵）你跟老爷说，说我没有病，我自己并没要请医生来。

鲁贵：是，太太。（但不走）

周蘩漪：（看鲁贵）你在干什么？

鲁贵：我等太太还有什么旁的事要吩咐。

周蘩漪：（忽然想起来）有，你跟老爷回完话之后，你出去叫一个电灯匠来。刚才我听说花园藤萝架上的旧电线落下来了，走电，叫他赶快收拾一下，不要电了人。

鲁贵：是，太太。

[鲁贵由中门下]

周蘩漪：（见鲁妈立起）鲁奶奶，你还是坐呀。哦，这屋子又闷热起来啦。（走到窗户，把窗户打开，回来，坐）这些天我就看着我这孩子奇怪，谁知这两天，他忽然跟我说他很喜欢四凤。

鲁侍萍：什么？

周繁漪：也许预备要帮助她学费，叫她上学。

鲁侍萍：太太，这是笑话。

周繁漪：我这孩子还想四凤嫁给他。

鲁侍萍：太太，请您不必往下说，我都明白了。

周繁漪：（追一步）四凤比我的孩子大，四凤又是很聪明的女孩子，这种情形——

鲁侍萍：（不喜欢繁漪暧昧的口气）我的女儿，我总相信是个懂事，明白大体的孩子。我向来不愿意她到大公馆帮人，可是我信得过，我的女儿就帮这儿两年，她总不会做出一点糊涂事的。

周繁漪：鲁奶奶，我也知道四凤是个明白的孩子，不过有了这种不幸的情形，我的意思，是非常容易叫人发生误会的。

鲁侍萍：（叹气）今天我到这儿来是万没想到的事，回头我就预备把她带走，现在我就请太太准了她的长假。

周繁漪：哦，哦，——如果你以为这样办好，我也觉得很妥当的。不过有一层，我怕，我的孩子有点傻气，他还是会找到你家里见四凤的。

鲁侍萍：您放心。我后悔得很，我不该把这个孩子一个人交给她父亲管的。明天，我准离开此地，我会远远地带她走，不会见着周家的人。太太，我想现在带着我的女儿走。

周繁漪：那么，也好，回头我叫账房把工钱算出来。她自己的东西，我可以派人送去，我有一箱子旧衣服，也可以带着去，留着她以后在家里穿。

鲁侍萍：（自语）凤儿，我的可怜的孩子！（坐在沙发上落泪）天哪。

周繁漪：（走到鲁妈面前）不要伤心，鲁奶奶。如果钱上有什么问题，尽管到我这儿来，一定有办法。好好地带她回去，有你这样一个母亲教育他，自然比在这儿好的。

[朴园由书房上]

周朴园：繁漪！（繁漪抬头。鲁妈站起，忙躲在一旁，神色大变，观察他）你怎么还不去？

周繁漪：（故意地）上哪儿？

周朴园：克大夫在等着你，你不知道么？

周繁漪：克大夫？谁是克大夫？

周朴园：跟你从前看病的克大夫。

周繁漪：我的药喝够了，我不预备再喝了。

周朴园：那么你的病？

周繁漪：我没有病。

周朴园：（忍耐）克大夫是我在德国的好朋友，对于妇科很有研究。你的神经有点失常，他一定治得好。

周繁漪：谁说我的神经失常？你们为什么这样咒我？我没有病，我没有病，我告诉你，我没有病！

周朴园：（冷酷地）你当着人这样胡喊乱闹，你自己有病，偏偏要讳疾忌医，不肯叫医生治，这不就是神经上的病态么？

周繁漪：哼，我假若是有病，也不是医生治得好的。（向饭厅门走）

周朴园：（大声喊）站住！你上哪儿去？

周繁漪：（不在意地）到楼上去。

周朴园：（命令地）你应当听话。

周繁漪：（好像不明白地）哦！（停，不经意地打量他）你看你！（尖声笑两声）你简直叫我想笑。（轻蔑地笑）你忘了你自己是怎么样一个人啦！（又大笑，由饭厅跑下，重重地关上门）

周朴园：来人！

[仆人上]

仆人：老爷！

周朴园：太太现在在楼上。你叫大少爷陪着克大夫到楼上去跟太太看病。

仆人：是，老爷。

周朴园：你告诉大少爷，太太现在神经病很重，叫他小心点，叫楼上老妈子好好地看着太太。

仆人：是，老爷。

周朴园：还有，叫大少爷告诉克大夫，说我有点累，不陪他了。

仆人：是，老爷。

[仆人下。朴园点着一支吕宋烟，看见桌上的雨衣]

周朴园：（向鲁妈）这是太太找出来的雨衣吗？

鲁侍萍：（看着他）大概是的。

周朴园：（拿起看看）不对，不对，这都是新的。我要我的旧雨衣，你回头跟太太说。

鲁侍萍：嗯。

周朴园：（看她不走）你不知道这间房子底下人不准随便进来么？

鲁侍萍：（看着他）不知道，老爷。

周朴园：你是新来的下人？

鲁侍萍：不是的，我找我的女儿来的。

周朴园：你的女儿？

鲁侍萍：四凤是我的女儿。

周朴园：那你走错屋子了。

鲁侍萍：哦。——老爷没有事了？

周朴园：（指窗）窗户谁叫打开的？

鲁侍萍：哦。（很自然地走到窗前，关上窗户，慢慢地走向中门）

周朴园：（看她关好窗门，忽然觉得她很奇怪）你站一站，（鲁妈停）你——你贵姓？

鲁侍萍：我姓鲁。

周朴园：姓鲁。你的口音不像北方人。

鲁侍萍：对了，我不是，我是江苏的。

周朴园：你好像有点无锡口音。

鲁侍萍：我自小就在无锡长大的。

周朴园：（沉思）无锡？嗯，无锡。（忽而）你在无锡是什么时候？

鲁侍萍：光绪二十年，离现在有三十多年了。

周朴园：哦，三十年前你在无锡？

鲁侍萍：是的，三十多年前呢，那时候我记得我们还没有用洋火呢。

周朴园：（沉思）三十多年前，是的，很远啦，我想想，我大概是二十多岁的时候。那时候我还在无锡呢。

鲁侍萍：老爷是那个地方的人？

周朴园：嗯，（沉吟）无锡是个好地方。

鲁侍萍：哦，好地方。

周朴园：你三十年前在无锡么？

鲁侍萍：是，老爷。

周朴园：三十年前，在无锡有一件很出名的事情……

鲁侍萍：哦。

周朴园：你知道么？

鲁侍萍：也许记得，不知道老爷说的是哪一件？

周朴园：哦，很远的，提起来大家都忘了。

鲁侍萍：说不定，也许记得的。

周朴园：我问过许多那个时候到过无锡的人，我想打听打听。可是那个时候在无锡的人，到现在不是老了就是死了，活着的多半是不知道的，或者忘了。

鲁侍萍：如若老爷想打听的话，无论什么事，无锡那边我还有认识的人，虽然许久不通音信，托他们打听点事情总还可以的。

周朴园：我派人到无锡打听过。——不过也许凑巧你会知道。三十年前在无锡有一家姓梅的。

鲁侍萍：姓梅的？

周朴园：梅家的一个年轻小姐，很贤慧，也很规矩，有一天夜里，忽然地投水死了，后来，后来，——你知道么？

鲁侍萍：不敢说。

周朴园：哦。

鲁侍萍：我倒认识一个年轻的姑娘姓梅的。

周朴园：哦？你说说看。

鲁侍萍：可是她不是小姐，她也不贤慧，并且听说是不大规矩的。

周朴园：也许，也许你弄错了，不过你不妨说说看。

鲁侍萍：这个梅姑娘倒是有一天晚上跳的河，可是不是一个，她手里抱着一个刚生下三天的男孩。听人说她生前是不规矩的。

周朴园：（痛苦）哦！

鲁侍萍：她是个下等人，不很守本分的。听说她跟那时周公馆的少爷有点不清白，生了两个儿子。生了第二个，才过三天，忽然周少爷不要她了，大孩子就放在周公馆，刚生的孩子她抱在怀里，在年三十夜里投河死的。

周朴园：（汗涔涔地）哦。

鲁侍萍：她不是小姐，她是无锡周公馆梅妈的女儿，她叫侍萍。

周朴园：（抬起头来）你姓什么？

鲁侍萍：我姓鲁，老爷。

周朴园：（喘出一口气，沉思地）侍萍，侍萍，对了。这个女孩子的尸首，说是有一个穷人见着埋了。你可以打听得她的坟在哪儿么？

鲁侍萍：老爷问这些闲事干什么？

周朴园：这个人跟我们有点亲戚。

鲁侍萍：亲戚？

周朴园：嗯，——我们想把她的坟墓修一修。

鲁侍萍：哦——那用不着了。

周朴园：怎么？

鲁侍萍：这个人现在还活着。

周朴园：（惊愕）什么？

鲁侍萍：她没有死。

周朴园：她还在？不会吧？我看见她河边上的衣服，里面有她的绝命书。

鲁侍萍：不过她被一个慈善的人救活了。

周朴园：哦，救活啦？

鲁侍萍：以后无锡的人是没见着她，以为她那夜晚死了。

周朴园：那么，她呢？

鲁侍萍：一个人在外乡活着。

周朴园：那个小孩呢？

鲁侍萍：也活着。

周朴园：（忽然立起）你是谁？

鲁侍萍：我是这儿四凤的妈，老爷。

周朴园：哦。

鲁侍萍：她现在老了，嫁给一个下等人，又生了个女孩，境况很不好。

周朴园：你知道她现在在哪儿？

鲁侍萍：我前几天还见着她！

周朴园：什么？她就在这儿？此地？

鲁侍萍：嗯，就在此地。

周朴园：哦！

鲁侍萍：老爷，您想见一见她么。

周朴园：不，不。谢谢你。

鲁侍萍：她的命很苦，离开了周家，周家少爷就娶了一位有钱、有门第的小姐。她一个单身人，无亲无故，带着一个孩子在外乡什么事都做。讨饭，缝衣服，当老妈，在学校里伺候人。

周朴园：她为什么不再找到周家？

鲁侍萍：大概她是不愿意吧，为着她自己的孩子，她嫁过两次。

周朴园：嗯，以后她又嫁过两次。

鲁侍萍：嗯，都是很下等的人。她遇人都很不如意，老爷想帮一帮她？

周朴园：好，你先下去。让我想一想。

鲁侍萍：老爷，没有事了？（望着朴园，眼泪要涌出）老爷，您那雨衣，我怎么说？

周朴园：你去告诉四凤，叫她把我樟木箱子里那件旧雨衣拿出来，顺便把那箱子里的几件旧衬衣也捡出来。

鲁侍萍：旧衬衣？

周朴园：你告诉她在我那顶老的箱子里，纺绸的衬衣，没有领子的。

鲁侍萍：老爷那种绸衬衣不是一共有五件，您要哪一件？

周朴园：要哪一件？

鲁侍萍：不是有一件，在右袖襟上有个烧破的窟窿，后来用丝线绣成一朵梅花补上的？还有一件……

周朴园：（惊愕）梅花？

鲁侍萍：还有一件绸衬衣，左袖襟也绣着一朵梅花，旁边还绣着一个萍字。还有一件……

周朴园：（徐徐立起）哦，你，你，你是——

鲁侍萍：我是从前伺候过老爷的下人。

周朴园：哦，侍萍！（低声）怎么，是你？

鲁侍萍：你自然想不到，侍萍的相貌有一天也会老得连你都不认识了。

周朴园：你——侍萍？（不觉地望望柜上的相片，又望鲁妈）

鲁侍萍：朴园，你找侍萍么？侍萍在这儿。

周朴园：（忽然严厉地）你来干什么？

鲁侍萍：不是我要来的。

周朴园：谁指使你来的？

鲁侍萍：（悲愤）命！不公平的命指使我来的。

周朴园：（冷冷地）三十年的工夫你还是找到这儿来了。

鲁侍萍：（愤怨）我没有找你，我没有找你，我以为你早死了。我今天没想到这儿来，这是天要我在这儿又碰见你。

周朴园：你可以冷静点。现在你我都是有子女的人，如果你觉得心里有委屈，这么大年纪，我们先可以不必哭哭啼啼的。

鲁侍萍：哭？哼，我的眼泪早哭干了。我没有委屈，我有的是恨，是悔，是三十年一天一天我自己受的苦。你大概已经忘了你做的事了！三十年前，过年三十的晚上我生下你的第二个儿子才三天，你为了要赶紧娶那位有钱、有门第的小姐，你们逼着我冒着大雪出去，要我离开你们周家的门。

周朴园：从前的旧恩怨，过了几十年，又何必再提呢？

鲁侍萍：那是因为周大少爷一帆风顺，现在也是社会上的好人物。可是自从我被你们家赶出来以后，我没有死成，我把我的母亲可给气死了，我亲生的两个孩子，你们家里逼着我留在你们家里。

周朴园：你的第二个孩子，你不是已经抱走了么？

鲁侍萍：那是你们老太太看着孩子快死了，才叫我带走的。（自语）哦，天哪，我觉得我像在做梦。

周朴园：我看过去的事不必再提起来吧。

鲁侍萍：我要提，我要提，我闷了三十年了！你结了婚，就搬了家，我以为这一辈子也见不着你了；谁知道我自己的孩子偏偏命定要跑到周家来，又做我从前在你们家里做过的事。

周朴园：怪不得四凤这样像你。

鲁侍萍：我伺候你，我的孩子再伺候你生的少爷们。这是我的报应，我的报应。

周朴园：你静一静，把脑子放清醒点。你不要以为我的心是死了，你以为一个人做了一件于心不忍的事就会忘了么？你看这些家具都是你从前顶喜欢的东西，多少年我总是留着，为着纪念你。

鲁侍萍：（低头）哦。

周朴园：你的生日——四月十八，每年我总记得。一切都照着你是正式嫁过周家的人看，甚至于你因为生萍儿，受了病，总要关窗户，这些习惯我都保留着，为的是不忘你，弥补我的罪过。

鲁侍萍：（叹一口气）现在我们都是上了年纪的人，这些傻话请你也不必说了。

周朴园：那更好了。那么我们可以明明白白地谈一谈。

鲁侍萍：不过我觉得没有什么可谈的。

周朴园：话很多。我看你的性情好像没有大改，——鲁贵像是个很不老实的人。

鲁侍萍：你不要怕。他永远不会知道的。

周朴园：那双方面都好。再有，我要问你的，你自己带走的儿子在哪儿？

鲁侍萍：他在你的矿上做工。

周朴园：我问，他现在在哪儿？

鲁侍萍：就在门房等着见你呢。

周朴园：什么？鲁大海？他！我的儿子？

鲁侍萍：他的脚指头因为你的不小心，现在还是少一个的。

周朴园：（冷笑）这么说，我自己的骨肉在矿上鼓动罢工，反对我！

鲁侍萍：他跟你现在完完全全是两样的人。

周朴园：（沉静）他还是我的儿子。

鲁侍萍：你不要以为他还会认你做父亲。

周朴园：（忽然）好！痛痛快快地！你现在要多少钱吧？

鲁侍萍：什么？

周朴园：留着你养老。

鲁侍萍：（苦笑）哼，你还以为我是故意来敲诈你，才来的么？

周朴园：也好，我们暂且不提这一层。那么，我先说我的意思。你听着，鲁贵我现在要辞退的，四凤也要回家。不过——

鲁侍萍：你不要怕，你以为我会用这种关系来敲诈你么？你放心，我不会的。大后天我就带着四凤回到我原来的地方。这是一场梦，这地方我绝对不会再住下去。

　　周朴园：好得很，那么一切路费，用费，都归我担负。

　　鲁侍萍：什么？

　　周朴园：这于我的心也安一点。

　　鲁侍萍：你？（笑）三十年我一个人都过了，现在我反而要你的钱？

　　周朴园：好，好，好，那么，你现在要什么？

　　鲁侍萍：（停一停）我，我要点东西。

　　周朴园：什么？说吧？

　　鲁侍萍：（泪满眼）我——我——我只要见见我的萍儿。

　　周朴园：你想见他？

　　鲁侍萍：嗯，他在哪儿？

　　周朴园：他现在在楼上陪着他的母亲看病。我叫他，他就可以下来见你。
不过是——

　　鲁侍萍："不过是"什么？

　　周朴园：他很大了。

　　鲁侍萍：（追忆）他大概是二十八了吧？我记得他比大海只大一岁。

　　周朴园：并且他以为他母亲早就死了的。

　　鲁侍萍：哦，你以为我会哭哭啼啼地叫他认母亲么？我不会那样傻的。
我难道不知道这样的母亲只给自己的儿子丢人么？我明白他的地位，他的教
育，不容他承认这样的母亲。这些年我也学乖了，我只想看看他，他究竟是
我生的孩子。你不要怕，我就是告诉他，白白地增加他的烦恼，他自己也不
愿意认我的。

　　周朴园：那么，我们就这样解决了。我叫他下来，你看一看他，以后鲁
家的人永远不许再到周家来。

　　鲁侍萍：好，我希望这一生不至于再见你。

　　周朴园：（由衣内取出皮夹的支票签好）很好，这是一张五千块钱的支
票，你可以先拿去用。算是弥补我一点罪过。

　　鲁侍萍：（接过支票）谢谢你。（慢慢撕碎支票）

　　周朴园：侍萍。

　　鲁侍萍：我这些年的苦不是你拿钱算得清的。

周朴园：可是你——

[外面有争吵声。鲁大海的声音：放开我，我要进去。三四男仆声：不成，不成，老爷睡觉呢。门外有男仆等与鲁大海挣扎声]

周朴园：（走至中门）来人！（仆人由中门进）谁在吵？

仆人：就是那个工人鲁大海！他不讲理，非见老爷不可。

周朴园：哦，（沉吟）那你就叫他进来吧。等一等，叫人到楼上请大少爷下来，我有话问他。

仆人：是，老爷。

[仆人由中门下]

周朴园：（向鲁妈）侍萍，你不要太固执，这一点钱你不收下，将来你会后悔的。

（鲁侍萍望着他，一句话也不说）

（仆人领鲁大海进，大海站在左边，三四仆人立一旁）

鲁大海：（见鲁妈）妈，您还在这儿？

周朴园：（打量鲁大海）你叫什么名字？

鲁大海：（大笑）董事长，您不要同我摆架子，您难道不知道我是谁么？

周朴园：你？我只知道你是罢工闹得最凶的工人代表。

鲁大海：对了，一点儿也不错，所以才来拜望拜望您。

周朴园：你有什么事吧？

鲁大海：董事长当然知道我是为什么来的。

周朴园：（摇头）我不知道。

鲁大海：我们老远从矿上来，今天我又在您府上大门房里从早上六点钟一直等到现在，我就是要问问董事长，对于我们工人的条件，究竟是允许不允许？

周朴园：哦，——那么，那三个代表呢？

鲁大海：我跟你说吧，他们现在正在联络旁的工会呢。

周朴园：哦，——他们没有告诉你旁的事情么？

鲁大海：告诉不告诉于你没有关系。——我问你，你的意思，忽而软，忽而硬，究竟是怎么回子事？

[周萍由饭厅上，见有人，即想退回]

周朴园：（看萍）不要走，萍儿。（视鲁妈，鲁妈知萍为其子，眼泪汪

汪地望着他)

周萍：是，爸爸。

周朴园：（指身侧）萍儿，你站在这儿。（向大海）你这么只凭意气是不能交涉事情的。

鲁大海：哼，你们的手段，我都明白。你们这样拖延时候，不过是想去花钱收买少数不要脸的败类，暂时把我们骗在这儿。

周朴园：你的见地也不是没有道理。

鲁大海：可是你完全错了，我们这次罢工是有团结的，有组织的。我们代表这次来并不是来求你们。你听清楚，不求你们。你们允许就允许；不允许，我们一直罢工到底。我们知道你们不到两个月整个地就要关门的。

周朴园：你以为你们那些代表们，那些领袖们都可靠吗？

鲁大海：至少比你们只认识洋钱的家伙要可靠得多。

周朴园：那么我给你一件东西看。

[朴园在桌上找电报，仆人递给他；此时周冲偷偷由左书房进，在旁谛听]

周朴园：（给大海电报）这是昨天从矿上来的电报。

鲁大海：（拿过去读）什么？他们又上工了。（放下电报）不会，不会。

周朴园：矿上的工人已经在昨天早上复工，你当代表的反而不知道么？

鲁大海：（惊，怒）怎么矿上警察开枪打死三十个工人就白打了么？（又看电报，忽然笑起来）哼，这是假的。你们自己做假的电报来离间我们的。（笑）哼，你们这种卑鄙无赖的行为！

周萍：（忍不住）你是谁？敢在这儿胡说？

周朴园：萍儿！没有你的话。（低声向大海）你就这样相信你那同来的几个代表么？

鲁大海：你不用多说，我明白你这些话的用意。

周朴园：好，那我把那复工的合同给你瞧瞧。

鲁大海：（笑）你不要骗小孩子，复工的合同没有我们代表的签字是不生效力的。

周朴园：哦，（向仆人）合同！（仆人由桌上拿合同递他）你看，这是他们三个人签字的合同。

鲁大海：（看合同）什么？（慢慢地，低声）他们三个人签了字。他们怎么会不告诉我，自己就签了字呢？他们就这样把我不理啦。

周朴园：对了，傻小子，没有经验只会胡喊是不成的。

鲁大海：那三个代表呢？

周朴园：昨天晚车就回去了。

鲁大海：（如梦初醒）他们三个就骗了我了，这三个没有骨头的东西，他们就把矿上的工人们卖了。哼，你们这些不要脸的董事长，你们的钱这次又灵了。

周萍：（怒）你混账！

周朴园：不许多说话。（回头向大海）鲁大海，你现在没有资格跟我说话——矿上已经把你开除了。

鲁大海：开除了?!

周冲：爸爸，这是不公平的。

周朴园：（向冲）你少多嘴，出去！（冲由中门走下）

鲁大海：哦，好，好，（切齿）你的手段我早就领教过，只要你能弄钱，你什么都做得出来。你叫警察杀了矿上许多工人，你还——

周朴园：你胡说！

鲁侍萍：（至大海前）别说了，走吧。

鲁大海：哼，你的来历我都知道，你从前在哈尔滨包修江桥，故意在叫江堤出险……

周朴园：（厉声）下去！

（仆人等拉他，说：走！走!）

鲁大海：（对仆人）你们这些混账东西，放开我。我要说，你故意淹死了两千二百个小工，每一个小工的性命你扣三百块钱！姓周的，你发的是绝子绝孙的昧心财！你现在还——

周萍：（忍不住气，走到大海面前，重重地打他两个嘴巴）你这种混账东西！（大海立刻要还手，但是被周宅的仆人人们拉住）打他。

鲁大海：（向萍高声）你，你！（正要骂，仆人一起打大海。大海头流血。鲁妈哭喊着护大海）

周朴园：（厉声）不要打人！（仆人们停止打大海，仍拉着大海的手）

鲁大海：放开我，你们这一群强盗！

周朴园：（向仆人们）把他拉下去。

鲁侍萍：（大哭起来）哦，这真是一群强盗！（走至萍面前，抽咽）你是萍，——凭，凭什么打我的儿子？

周萍：你是谁？

鲁侍萍：我是你的——你打的这个人的妈。

鲁大海：妈，别理这东西，您小心吃了他们的亏。

鲁侍萍：（呆呆地看着萍的脸，忽而又大哭起来）大海，走吧，我们走吧。（抱着大海受伤的头哭）

［大海被仆人拥下，鲁妈亦下］

周萍：（过意不去地）父亲。

周朴园：你太莽撞了。

周萍：可是这个人不应该乱侮辱父亲的名誉啊。

（半晌）

周朴园：克大夫给你母亲看过了么？

周萍：看完了，没有什么。

周朴园：哦，（沉吟，忽然）来人！

［仆人由中门上］

周朴园：你告诉太太，叫她把鲁贵跟四凤的工钱算清楚，我已经把他们辞了。

仆人：是，老爷。

周萍：怎么？他们两个怎么样了？

周朴园：你不知道刚才这个工人也姓鲁，他就是四凤的哥哥么？

周萍：哦，这个人就是四凤的哥哥？不过，爸爸——

周朴园：（向下人）跟太太说，叫账房跟鲁贵同四凤多算两个月的工钱，叫他们今天就去。去吧。

［仆人由饭厅下］

周萍：爸爸，不过四凤同鲁贵在家里都很好。很忠诚的。

周朴园：哦，（呵欠）我很累了。我预备到书房歇一下。你叫他们送一碗浓一点的普洱茶来。

周萍：是，爸爸。

［朴园由书房下］

周萍：（叹一口气）嗨！（急向中门下，冲由中门上）

周冲：（着急地）哥哥，四凤呢？

周萍：我不知道。

周冲：是父亲要辞退四凤么？

周萍：嗯，还有鲁贵：。

周冲：即便是她的哥哥得罪了父亲，我们不是把人家打了么？为什么欺负这么一个女孩子干什么？

周萍：你可问父亲去。

周冲：这太不讲理了。

周萍：我也这样想。

周冲：父亲在哪儿？

周萍：在书房里。

[冲至书房，萍在屋里踱来踱去。四凤由中门走进，颜色苍白，泪还垂在眼角]

周萍：（忙走至四凤前）四凤，我对不起你，我实在不认识他。

（鲁四凤用手摇一摇，满腹说不出的话）

周萍：可是你哥哥也不应该那样乱说话。

鲁四凤：不必提了，错得很。（即向饭厅去）

周萍：你干什么去？

鲁四凤：我收拾我自己的东西去。再见吧，明天你走，我怕不能看你了。

周萍：不，你不要去。（拦住她）

鲁四凤：不，不，你放开我。你不知道我们已经叫你们辞了么？

周萍：（难过）凤，你——你饶恕我么？

鲁四凤：不，你不要这样，我并不怨你，我知道早晚是有这么一天的，不过，今天晚上你千万不要来找我。

周萍：可是，以后呢？

鲁四凤：那——再说吧！

周萍：不，四凤，我要见你，今天晚上，我一定要见你，我有许多话要同你说。四凤，你……

鲁四凤：不，无论如何，你不要来。

周萍：那你想旁的法子来见我。

鲁四凤：没有旁的法子。你难道看不出这是什么情形么？

周萍：要这样，我是一定要来的。

鲁四凤：不，不，你不要胡闹，你千万不……

[繁漪由饭厅上]

鲁四凤：哦，太太。

周繁漪：你们在这儿啊！　（向四凤）等一会儿，你的父亲叫电灯匠就回来。什么东西，我可以交给他带回去。也许我派人跟你送去。——你家住在什么地方？

鲁四凤：杏花巷十号。

周繁漪：你不要难过，没事可以常来找我。送给你的衣服，我回头叫人送到你那里去。是杏花巷十号吧？

鲁四凤：是，谢谢太太。

[鲁妈在外面叫：四凤！四凤！]

鲁四凤：妈，我在这儿。

[鲁妈由中门上]

鲁侍萍：四凤，收拾收拾零碎的东西，我们先走吧。快下大雨了。

[风声、雷声渐起]

鲁四凤：是，妈妈。

鲁侍萍：（向繁漪）太太，我们走了。（向四凤）四凤，你跟太太谢谢。

鲁四凤：（向太太请安）太太，谢谢！（含着眼泪看萍，萍缓缓地转过头去）

[鲁妈与四凤由中门下，风雷声更大]

周繁漪：萍，你刚才同四凤说的什么？

周萍：你没有权利问。

周繁漪：萍，你不要以为她会了解你。

周萍：你这是什么意思？

周繁漪：你不要再骗我，我问你，你说要到哪儿去？

周萍：用不着你问。请你自己放尊重一点。

周繁漪：你说，你今天晚上预备上哪儿去？

周萍：我——（突然）我找她，你怎么样？

周繁漪：（恫吓地）你知道她是谁，你是谁么？

周萍：我不知道。我只知道我现在真喜欢她，她也喜欢我。过去这些日子，我知道你早明白得很，现在你既然愿意说破，我当然不必瞒你。

周繁漪：你受过这样高等教育的人现在同这么一个底下人的女儿，这是一个下等女人——

周萍：（暴烈）你胡说！你不配说她下等，你不配！她不像你，她——

周繁漪：（冷笑）小心，小心！你不要把一个失望的女人逼得太狠了，她是什么事都做得出来的。

周萍：我已经打算好了。

周繁漪：好，你去吧！小心，现在（望窗外，自语，暗示着恶兆地）风暴就要起来了！

周萍：（领悟地）谢谢你，我知道。

[朴园由书房上]

周朴园：你们在这儿说什么？

周萍：我正跟母亲说刚才的事情呢。

周朴园：他们走了么？

周繁漪：走了。

周朴园：繁漪，冲儿又叫我说哭了，你叫他出来，安慰安慰他。

周繁漪：（走到书房门口）冲儿。冲儿！（不听见里面答应的声音。便走进去）

[外面风雷大作]

周朴园：（走到窗前望外面，风声甚烈，有花盆落地打碎的声音）萍儿，花盆叫大风吹倒了，你叫下人快把这窗关上。大概是暴雨就要下来了。

周萍：是，爸爸！　[由中门下]

（朴园在窗前，望着外面的闪电）

[幕落]

第三幕

杏花巷十号，在鲁贵家里。

下面是鲁家屋外的情形：

车站的钟打了十下，杏花巷的老少还沿着那白天蒸发着臭气，只有半夜才从租界区域吹来一阵好凉风的水塘边上乘凉。虽然方才落了一阵暴雨，天气还是郁热难堪，天空黑漆漆地布满了恶相的黑云，人们都像晒在太阳下的小草，虽然半夜里沾了点露水，心里还是热燥燥的，期望着再来一次的雷雨。倒是躲在池塘芦苇根下的青蛙叫得起劲，一直不停，闲人谈话的声音有一阵没一阵地。无星的天空时而打着没有雷的闪电，蓝森森地一晃，闪露出来池塘边的垂柳在水面颤动着。闪光过去，还是黑黝黝的一片。

渐渐乘凉的人散了，四周围静下来，雷又隐隐地响着，青蛙像是吓得不敢多叫，风又吹起来，柳叶沙沙地。在深巷里，野狗寂寞地狂吠着。以后闪电更亮，蓝森森得可怕，雷也更凶恶似的隆隆地滚着，四周却更沉闷地静下来，偶尔听见几声青蛙叫和更大的木梆声，野狗的吠声更稀少，狂雨就快要来了。

最后暴风暴雨，一直到闭幕。

不过观众看见的还是四凤的屋子（即鲁贵两间房的内屋），前面的叙述除了声音，只能由屋子中间一扇木窗户显出来。

在四凤的屋子里面呢：

鲁家现在才吃完晚饭，每个人的心绪都是烦恶的，各人有各人的心思。在一个屋角，鲁大海一个人在擦什么东西。鲁妈同四凤一句话也不说，大家静默着。鲁妈低着头在屋子中间的圆桌旁收拾筷子碗，鲁贵坐在左边一张破靠椅上，喝得醉醺醺地，眼睛发了红丝，像个猴子，半身倚着靠背，望着鲁妈打着噎。他的赤脚忽然放在椅子上，忽然又平拖在地上，两条腿像人字似的排开。他穿一件白汗衫，半臂已经汗透了，贴在身上，不住地摇着芭蕉扇。四凤在中间窗户前面站着，背朝着观众，面向窗外不安地望着。窗外池塘边有乘凉的人们说着闲话，有青蛙的叫声。她时而不安地像听见了什么似的，时而又转过头看了看鲁贵，又烦厌地迅速转过去。在她旁边靠左墙是一张搭好的木板床，上面铺着凉席，一床很干净的夹被，一个凉草枕和一把蒲扇，很整齐地放在上面。屋子很小，像一切穷人的房子，屋顶低低地压在头上。床头上挂着一张烟草公司的广告画，在左边的墙上贴着过年时贴上的旧画，已经破烂许多地方。靠着鲁贵的唯一的一张椅子立了一张小方桌，上面有镜子，梳子，女人用的几件平常的化妆品，那大概就是四凤的梳妆台了。在左墙有一条板凳，在中间圆桌旁边孤零零地立着一个圆凳子，在右边四凤的床下正排着两三双很时髦的鞋。鞋的下头，有一只箱子，上面铺着一块白布，放着一个瓷壶同两三个粗的碗。小圆桌上放着一盏洋油灯，上面罩一个鲜红美丽的纸灯罩，还有几件零碎的小东西。在暗淡的灯影里，零碎的小东西虽看不清楚，却依然令人觉得这大概是一个女人的住房。

这屋子有两个门，在左边——就是有木床的一边——开着一个小门，外面挂着一幅强烈的有花的红幔帐。里面存着煤，一两件旧家具，四凤为着自己换衣服用的。右边有一个破旧的木门，通着鲁家的外间，外面是鲁贵住的地方，是今晚鲁贵夫妇睡的处所。那外间屋的门就通着池塘边泥泞的小道。这里间与外间相通的木门，旁边侧立一副铺板。

[开幕时正是鲁贵兴致淋漓地刚刚倒完了半咒骂式的家庭训话。屋内都是沉默而紧张的。沉闷中听得出池塘边唱着淫荡的春曲，掺杂着乘凉人们的谈话。各人在想各人的心思，低着头不作声。鲁贵满身是汗，因为喝酒喝得大多，说话也过于费了力气，嘴里流着涎水，脸红得吓人，他好像很得意自己在家里面的位置同威风，拿着那把破芭蕉扇，挥着，舞着，指着。为汗水浸透了似的肥脑袋探向前面，眼睛迷腾腾地，在各个人的身上扫来扫去。大海依旧擦他的手枪，两个女人都不作声，等着鲁贵继续嘶喊。这时青蛙同卖唱的叫声传了过来。四凤立在窗户前，偶尔深深地叹着气]

鲁贵：（咳嗽起来）他妈的！（一口痰吐在地上，兴奋地问着）你们想，你们哪一个对得起我？（向四凤同大海）你们不要不愿意听，你们哪一个人不是我辛辛苦苦养到大，可是现在你们哪一件事做的对得起我？（先向左，对大海）你说。（忽向右，对四凤）你说。（对着站在中间圆桌旁的鲁妈，胜利地）你也说说，这都是你的好孩子啊！（啪，又一口痰）

[静默。听外面胡琴同唱声]

鲁大海：（向四凤）这是谁？快十点半还在唱？

鲁四凤：（随意地）一个瞎子同他老婆，每天在这儿卖唱的。（挥着扇，微微叹一口气）

鲁贵：我是一辈子犯小人，不走运。刚在周家混了两年，孩子都安置好了，就叫你（指鲁妈）连累下去了。你回家一次就出一次事。刚才是怎么回

事？我叫完电灯匠回公馆，凤儿的事没有了，连我的老根子也拔了。妈的，你不来，（指鲁妈）我能倒这样的霉？（又一口痰）

鲁大海：（放下手枪）你要骂我就骂我。别指东说西，欺负妈好说话。

鲁贵：我骂你？你是少爷！我骂你？你连人家有钱的人都当着面骂了，我敢骂你？

鲁大海：（不耐烦）你喝了不到两盅酒，就叨叨叨，叨叨叨，这半点钟你够不够？

鲁贵：够？哼，我一肚子的冤屈，一肚子的火，我没个够！当初你爸爸也不是没叫人伺候过，吃喝玩乐，我哪一样没讲究过！自从娶了你的妈，我是家败人亡，一天不如一天。

鲁四凤：那不是你自己赌钱输光的！

鲁大海：你别理他，让他说。

鲁贵：（只顾嘴头说得畅快，如同自己是唯一的牺牲者一样）我告诉你，我是家败人亡，一天不如一天。我受人家的气，受你们的气。现在好，连想受人家的气也不成了，我跟你们一块儿饿着肚子等死。你们想想，你们是哪一件事对得起我？（忽而觉得自己的腿没处放，面向鲁妈）侍萍，把那凳子拿过来。我放放大腿。

鲁大海：（看着鲁妈，叫她不要管）妈！（然而鲁妈还是拿了那唯一的圆凳子过来，放在鲁贵的脚下。他把腿放好）

鲁贵：（望着大海）可是这怪谁？你把人家骂了，人家一气，当然就把我们辞了，谁叫我是你的爸爸呢？大海，你心里想想，我这么大年纪，要跟着你饿死，我要是饿死，你是哪一点对得起我？我问问你，我要是这样死了……

鲁大海：（忍不住，立起，大声）你死就死了，你算老几！

鲁贵：（吓醒了一点）妈的，这孩子！

鲁侍萍：大海！（同时惊恐地喊出）

鲁四凤：哥哥！

鲁贵：妈的，这孩子！

鲁侍萍：大海！

鲁四凤：哥哥！

鲁贵：（看见大海那副魁梧的身体，同手里拿着的枪，心里有点怕，笑着）你看看，这孩子这点小脾气！——（又接着说）咳，说回来，这也不能就怪大海，周家的人从上到下就没有一个好东西。我伺候他们两年，他们那点出息，我哪一样不知道？反正有钱的人顶方便，做了坏事，外面比做了好事装得还体面；文明词越用得多，心里头越男盗女娼。王八蛋！别看今天我走的时候，老爷、太太装模作样地跟我尽打官话，好东西，明儿见！他们家里这点出息当我不知道？

鲁四凤：（怕他胡闹）爸！你可，你可千万别去周家！

鲁贵：（不觉骄傲起来）哼，明天，我把周家太太、大少爷这点老底子给它一个宣布，就连老头这老王八蛋也得给我跪下磕头。忘恩负义的东西！（得意地咳嗽起来）他妈的！（啪地又一口痰吐在地上，向四凤）茶呢？

鲁四凤：爸，你真是喝醉了么？刚才不跟你放在桌子上么。

鲁贵：（端起杯子，对四凤）这是白水，小姐！（泼在地上）

鲁四凤：（冷冷地）本来是白水。没有茶。

鲁贵：（因为她打断他的兴头。向四凤）混账。我吃完饭总要喝杯好茶，你还不知道么？

鲁大海：（故意地）哦，爸爸吃完饭还要喝茶的。（向四凤）四凤，你怎么不把那一两四块八的龙井沏上，净叫爸爸生气。

鲁四凤：龙井？家里连茶叶末也没有。

鲁大海：（向鲁贵）听见了没有？你就将就将就喝杯开水吧，别这样穷讲究啦。（拿一杯白开水，放在他身旁桌上，走开）

鲁贵：这是我的家。你要看着不顺眼，你可以滚开。

鲁大海：（上前）你，你——

鲁侍萍：（阻大海）别，别，好孩子，看在妈的份上，别同他闹。

鲁贵：你自己觉得挺不错。你到家不到两天，就闹这么大的乱子，我没有说你，你还要打我么？你给我滚！

鲁大海：（忍着）妈，他这样子我实在看不下去。妈，我走了。

鲁侍萍：胡说。就要下雨，你上哪儿去？

鲁大海：我有点事。办不好，也许到车厂拉车去。

鲁侍萍：大海，你——

鲁贵：走，走，让他走。这孩子就是这点穷骨头。叫他滚，滚，滚！

鲁大海：你小心点。你少惹我的火。

鲁贵：（赖皮）你妈在这儿。你敢把你的爹怎么样？你这杂种！

鲁大海：什么，你骂谁？

鲁贵：我骂你。你这——

鲁侍萍：（向鲁贵）你别不要脸，你少说话！

鲁贵：我不要脸，我没有在家养私孩子，还带着个（指大海）嫁人。

鲁侍萍：（心痛极）哦，天！

鲁大海：（抽出手枪）我——我打死你这老东西！（对鲁贵）

（鲁贵叫，站起，急到里间，僵立不动）

鲁贵：（喊）枪，枪，枪。

鲁四凤：（跑到大海的面前，抱着他的手）哥哥。

鲁侍萍：大海，你放下。

鲁大海：（对鲁贵）你跟妈说，说自己错了，以后永远不再乱说话，乱骂人。

鲁贵：哦——

鲁大海：（进一步）说呀！

鲁贵：（被胁）你，你——你先放下。

鲁大海：（气愤地）不，你先说。

鲁贵：好。（向鲁妈）我说错了，我以后永远不乱说，不骂人了。

鲁大海：（指那唯一的圆椅）还坐在那儿！

鲁贵：（颓唐地坐在椅上，低着头咕噜着）这小杂种！

鲁大海：哼，你不值得我卖这么大的力气。

鲁侍萍：放下。大海，你把手枪放下。

鲁大海：（放下手枪，笑）妈，妈您别怕，我是吓唬吓唬他。

鲁侍萍：给我。你这手枪是哪儿弄来的？

鲁大海：从矿上带来的，警察打我们的时候掉的，我拾起来了。

鲁侍萍：你现在带在身上干什么？

鲁大海：不干什么。

鲁侍萍：不，你要说。

鲁大海：（狞笑）没有什么，周家逼着我，没有路走，这就是一条路。

鲁侍萍：胡说，交给我。

鲁大海：（不肯）妈！

鲁侍萍：刚才吃饭的时候我跟你说过，周家的事算完了，我们姓鲁的永远不提他们了。

鲁大海：（低声，缓慢地）可是我在矿上流的血呢？周家大少爷刚才打在我脸上的巴掌呢？就完了么？

鲁侍萍：嗯，完了。这一本账算不清楚，报复是完不了的。什么都是天定，妈愿意你多受点苦。

鲁大海：那是妈自己，我——

鲁侍萍：（高声）大海，你是我最爱的孩子。你听着，我从来不用这样的口气对你说过话。你要是伤害了周家的人，不管是那里的老爷或者少爷，你只要伤害了他们，我是一辈子也不认你的。

鲁大海：可是妈——（恳求）

鲁侍萍：（肯定地）你知道妈的脾气，你若要做了妈最怕你做的事情，妈就死在你的面前。

鲁大海：（长叹一口气）哦！妈，您——（仰头望，又低下头来）那我会恨——恨他们一辈子。

鲁侍萍：（叹一口气）天，那就不能怪我了。（向大海）把手枪给我。（大海不肯）交给我！（走近大海，把手枪拿了过来）

鲁大海：（痛苦）妈，您——

鲁四凤：哥哥，你给妈！

鲁大海：那么您拿去吧。不过您搁的地方得告诉我。

鲁侍萍：好，我放在这个箱子里。（把手枪放在床头的木箱里）可是，（对大海）明天一早我就报告警察，把枪交给他。

鲁贵：对极了，这才是正理。

鲁大海：你少说话！

鲁侍萍：大海。不要这样同父亲说话。

鲁大海：（看鲁贵，又转头）好，妈，我走了。我要看车厂子里有认识人没有。

鲁侍萍：好，你去。不过，你可得准回来。一家人不许这样怄气。

鲁大海：嗯。就回来。

［大海由左边与外间相通的房门下，听见他关外房的大门的声音。鲁贵立起来看着大海走出去，怀着怨气又回来站在圆桌旁］

鲁贵：（自言自语）这个小王八蛋！（问鲁妈）刚才我叫你买茶叶，你为什么不买？

鲁侍萍：没有闲钱。

鲁贵：可是，四凤，我的钱呢？——刚才你们从公馆领来的工钱呢？

鲁四凤：您说周公馆多给的两个月的工钱？

鲁贵：对，一共连新加旧六十块钱。

鲁四凤：（知道早晚也要告诉他）嗯，是的，还给人啦。

鲁贵：什么，你还给人啦？

鲁四凤：刚才赵三又来堵门要你的赌账，妈就把那个钱都还给他了。

鲁贵：（问鲁妈）六十块钱？都还了账啦？

鲁侍萍：嗯，把你这次的赌账算是还清了。

鲁贵：（急了）妈的，我的家就是叫你们这样败了的，现在是还账的时候么？

鲁侍萍：（沉静地）都还清了好。这儿的家我预备不要了。

鲁贵：这儿的家你不要么？

鲁侍萍：我想，大后天就回济南去。

鲁贵：你回济南，我跟四凤在这儿，这个家也得要啊。

鲁侍萍：这次我带着四凤一块儿走，不叫她一个人在这儿了

鲁贵：（对四凤笑）四凤，你听，你妈要带着你走。

鲁侍萍：上次我走的时候，我不知道我的事情怎么样。外面人地生疏，在这儿四凤有邻居张大婶照应她，我自然不带她走。现在我那边的事已经定了。四凤在这儿又没有事，我为什么不带她走？

鲁四凤：（惊）您，您真要带我走？

鲁侍萍：（沉痛地）嗯，妈以后说什么也不离开你了。

鲁贵：不成，这我们得好好商量商量。

鲁侍萍：这有什么可商量的？你要愿意去，大后天一块儿走也可以。不过那儿是找不着你这一帮赌钱的朋友的。

鲁贵：我自然不到那儿去。可是你要带四凤到那儿干什么？

鲁侍萍：女孩子当然随着妈走，从前那是没有法子。

鲁贵：（滔滔地）四凤跟我有吃有穿，见的是场面人。你带着她，活受罪，干什么？

鲁侍萍：（对他没有办法）跟你也说不明白。你问问她愿意跟我还是愿意跟你？

鲁贵：自然是愿意跟我。

鲁侍萍：你问她！

鲁贵：（自信一定胜利）四凤，你过来，你听清楚了。你愿意怎么样？随你。跟你妈，还是跟我？（四凤转过身来，满脸的眼泪）咦，这孩子，你哭什么？

鲁侍萍：哦，凤儿，我的可怜的孩子。

鲁贵：说呀，这不是大姑娘上轿，说呀！

鲁侍萍：（安慰地）哦，凤儿，告诉我，刚才你答应得好好地，愿意跟着妈走，现在又怎么哪？告诉我，好孩子。老实地告诉妈，妈还是喜欢你。

鲁贵：你说你让她走，她心里不高兴。我知道，她舍不得这个地方。（笑）

鲁四凤：（向鲁贵）去！（向鲁妈）别问我，妈，我心里难过。妈，我的妈，我是跟您走的。妈呀！（抽咽，扑在鲁妈的怀里）

鲁侍萍：哦，我的孩子，我的孩子今天受了委屈了。

鲁贵：你看看，这孩子一身小姐气，她要跟你不是受罪么？

鲁侍萍：（向鲁贵）你少说话，（对四凤）妈命不好，妈对不起你，别难过！以后跟妈在一块儿，没有人会欺负你。哦，我的心肝孩子。

［大海由左边上］

鲁大海：妈，张家大婶回来了。我刚才在路上碰见的。

鲁侍萍：你，你提到我们卖家具的事么？

鲁大海：嗯，提了。她说，她能想法子。

鲁侍萍：车厂上找着认识的人么？

鲁大海：有，我还要出去，找一个保人。

鲁侍萍：那么我们一同出去吧。四凤，你等着我，我就回来！

鲁大海：（对鲁贵）再见，你酒醒了点么？（向鲁妈）今天晚上我恐怕

265

不回家睡觉。

[大海、鲁妈同下]

鲁贵：（目送他们出去）哼，这东西！（见四凤立在窗前，便向她）你妈走了，四凤。你说吧，你预备怎么样呢？

（鲁四凤不理他，叹一口气，听外面的青蛙声同雷声）

鲁贵：（蔑视）你看，你这点心思还不浅。

鲁四凤：（掩饰）什么心思？天气热，闷得难受。

鲁贵：你不要骗我。你吃完饭眼神直瞪瞪的，你在想什么？

鲁四凤：我不想什么。

鲁贵：（故意伤感地）凤儿，你是我的明白孩子，我就有你这一个亲女儿，你跟你妈一走，那就剩我一个人在这儿哪。

鲁四凤：您别说了，我心里乱得很。（外面打雷）您听，远远又打雷。

鲁贵：孩子，别打岔，你真预备跟妈回济南么？

鲁四凤：嗯。（吐一口气）

鲁贵：（无聊地唱）花开花谢年年育。人过了个青春不再来！哎。（忽然地）四凤，人活着就是两三年好日子，好机会一错过就完了。

鲁四凤：您，您去吧。我困了。

鲁贵：（徐徐诱进）周家的事你不要怕。有了我，明天我们还是得回去。你真走得开？（暗指地）你放得下这儿这样好的地方么？你放得下周家——

鲁四凤：（怕）您不要乱说了。您睡去吧！外边乘凉的人都散了。您为什么不睡去？

鲁贵：你不要胡思乱想。（说真心话）这世界上没有一个人靠得住，只有钱是真的。唉，偏偏你同你母亲不知道钱的好处。

鲁四凤：听，我像是听见有人来敲门。

[外面敲门声]

鲁贵：快十一点，这会有谁？

鲁四凤：爸爸，您让我去看。

鲁贵：别，让我出去。

（鲁贵开左门一半）

鲁贵：谁？

[外面的声音：这儿姓鲁么?]

鲁贵：是啊，干什么？

[外面的声音：找人。]

鲁贵：你是谁?

[外面的声音：我姓周。]

鲁贵：（喜形于色）看，来了不是，周家的人来了。

鲁四凤：（惊骇着，忙说）不，爸爸，您说我们都出去了。

鲁贵：咦，（乖巧地看她一眼）这叫什么话?

[鲁贵下]

（鲁四凤把屋子略微整理一下，不用的东西放在左边帐后的小屋里，立在右边角上，等候着客进来）

[这时，听见周冲同鲁贵说话的声音，一时鲁贵同周冲上]

周冲：（见着四凤高兴地）四凤！

鲁四凤：（奇怪地望着）二少爷！

鲁贵：（谄笑）您别见笑，我们这儿穷地方。

周冲：（笑）这地方真不好找。外边有一片水，很好的。

鲁贵：二少爷。您先坐下。四凤，（指圆桌）你把那张好椅子拿过来。

周冲：（见四凤不说话）四凤，怎么，你不舒服么?

鲁四凤：没有。——（规规矩矩地）二少爷，你到这里来干什么？要是太太知道了，你——

周冲：这是太太叫我来的。

鲁贵：（明白了一半）太太要您来的?

周冲：嗯，我自己也想来看看你们。（问四凤）你哥哥同母亲呢?

鲁贵：他们出去了。

鲁四凤：你怎么知道这个地方?

周冲：（天真地）母亲告诉我的。没想到这地方还有一大片水，一下雨真滑，黑天要是不小心，真容易摔下去。

鲁贵：二少爷，您没摔着么?

周冲：（希罕地）没有。我坐着家里的车，很有趣的。（四面望望这屋子的摆设，很高兴地笑着，看四凤）哦，你原来在这儿!

鲁四凤：我看你赶快回家吧。

鲁贵：什么？

周冲：（忽然）对了，我忘了我为什么来的了。妈跟我说，你们离开我们家，她很不放心；她怕你们一时找不着事情，叫我送给你母亲一百块钱。（拿出钱）

鲁四凤：什么？

鲁贵：（以为周家的人怕得罪他，得意地笑着，对四凤）你看人家多厚道，到底是人家有钱的人。

鲁四凤：不，二少爷，你替我谢谢太太，我们还好过日子。拿回去吧。

鲁贵：（向四凤）你看你，哪有你这么说话的，太太叫二少爷亲自送来，这点意思我们好意思不领下么？（收下钞票）你回头跟太太回一声，我们都挺好的。请太太放心，谢谢太太。

鲁四凤：（固执地）爸爸，这不成。

鲁贵：你小孩子知道什么？

鲁四凤：您要收下，妈跟哥哥一定不答应。

鲁贵：（不理她，向冲）谢谢您老远跑一趟。我先跟您买点鲜货吃，您同四凤在屋子里坐一坐，我失陪了。

鲁四凤：爸，您别走！不成。

鲁贵：别净说话，你先跟二少爷倒一碗茶。我就回来。

［鲁贵忙下］

周冲：（不由衷地）让他走了也好。

鲁四凤：（厌恶地）唉，真是下作！——（不愿意地）谁叫你送钱来了？

周冲：你，你，你像是不愿意见我似的。为什么呢？我以后不再乱说话了。

鲁四凤：（找话说）老爷吃过饭了么？

周冲：刚刚吃过。老爷在发脾气，母亲没吃完就跑到楼上生气。我劝了她半天，要不我还不会这样晚来。

鲁四凤：（故意不在心地）大少爷呢？

周冲：我没有见着他。我知道他很难过，他又在自己房里喝酒，大概是喝醉了。

鲁四凤：哦！（叹一口气）——你为什么不叫底下人替你来，何必自己跑到这穷人住的地方来？

周冲：（诚恳地）你现在怨了我们吧！——（羞愧地）今天的事，我真觉得对不起你们，你千万不要以为哥哥是个坏人。他现在很后悔，你不知道他，他还很喜欢你。

鲁四凤：二少爷，我现在已经不是周家的佣人了。

周冲：然而我们永远不可以算是顶好的朋友么？

鲁四凤：我预备跟我妈回济南去。

周冲：不，你先不要走。早晚你同你父亲还可以回去的。我们搬了新房子，我的父亲也许回到矿上去，那时你就回来，那时候我该多么高兴！

鲁四凤：你的心真好。

周冲：四凤，你不要为这一点小事来忧愁。世界大的很，你应当读书，你就知道世界上有过许多人跟我们一样地忍受着痛苦，慢慢地苦干，以后又得到快乐。

鲁四凤：唉，女人究竟是女人！（忽然）你听，（蛙鸣）蛤蟆怎么不睡觉，半夜三更的还叫呢？

周冲：不，你不是个平常的女人，你有力量，你能吃苦，我们都还年青，我们将来一定在这世界为着人类谋幸福。我恨这不平等的社会，我恨只讲强权的人，我讨厌我的父亲，我们都是被压迫的人，我们是一样。

鲁四凤：二少爷，您渴了吧，我跟您倒一杯茶。（站起倒茶）

周冲：不，不要。

鲁四凤：不，让我再伺候伺候您。

周冲：你不要这样说话，现在的世界是不该存在的。我从来没有把你当作我的底下人。你是我的凤姐姐，你是我引路的人。我们的真世界不在这儿。

鲁四凤：哦，你真会说话。

周冲：有时我就忘了现在，（梦幻地）忘了家，忘了你，忘了母亲，并且忘了我自己。我想，我像是在一个冬天的早晨，非常明亮的天空，在无边的海上，哦，有一条轻得像海燕似的小帆船，在海风吹得紧，海上的空气闻得出有点腥，有点咸的时候，白色的帆张得满满地，像一只鹰的翅膀斜贴在海面上飞，飞，向着天边飞。那时天边上只淡淡地浮着两三片白云，我们坐在船头，望着前面，前面就是我们的世界。

鲁四凤：我们？

周冲：对了，我同你，我们可以飞，飞到一个真真干净、快乐的地方，那里没有争执，没有虚伪，没有不平等的，没有……（头微仰，好像眼前就是那么一个所在，忽然）你说好么？

鲁四凤：你想得真好。

周冲：（亲切地）你愿意同我一块儿去么，就是带着他也可以的。

鲁四凤：谁？

周冲：你昨天告诉我的，你说你的心已经许给了他，那个人他一定也像你，他一定是个可爱的人。

［鲁大海进］

鲁四凤：哥哥。

鲁大海：（冷冷地）这是怎么回事？

周冲：鲁先生！

鲁四凤：周家二少爷来看我们来了。

鲁大海：哦——我没想到你们现在在这儿？父亲呢？

鲁四凤：出去买东西去啦。

鲁大海：（向冲）奇怪得很！这么晚！周少爷会到我们这个穷地方来——看我们。

周冲：我正想见你呢。你，你愿意——跟我拉拉手么？（把右手伸出去）

鲁大海：（乖戾地）我不懂得外国规矩。

周冲：（把手又缩回来）那么，让我说，我觉得我心里对你很抱歉的。

鲁大海：什么事？

周冲：（红脸）今天下午，你在我们家里——

鲁大海：（勃然）请你少提那桩事。

鲁四凤：哥哥，你不要这样。人家是好心好意来安慰我们。

鲁大海：少爷，我们用不着你的安慰，我们生成一副穷骨头，用不着你半夜的时候到这儿来安慰我们。

周冲：你大概是误会了我的意思。

鲁大海：（清楚地）我没有误会。我家里没有第三个人，我妹妹在这儿，你在这儿，这是什么意思？

周冲：我没想到你这么想。

鲁大海：可是谁都这样想。（回头向四凤）出去。

鲁四凤：哥哥！

鲁大海：你先出去，我有几句话要同二少爷说。（见四凤不走）出去！

[四凤慢慢地由左门出去]

鲁大海：二少爷，我们谈过后，我知道你在你们家里还算是明白点的；不过你记着，以后你要再到这儿来，来——安慰我们，（突然凶暴地）我就打断你的腿。

周冲：打断我的腿？

鲁大海：（肯定的神态）嗯！

周冲：（笑）我想一个人无论怎样总不会拒绝别人的同情吧。

鲁大海：同情不是你同我的事，也要看看地位才成。

周冲：大海，我觉得你有时候有些偏见大重，有钱的人并不是罪人，难道说就不能同你们接近么？

鲁大海：你太年轻，多说你也不明白。痛痛快快地告诉你吧，你就不应当到这儿来，这儿不是你来的地方。

周冲：为什么？——你今早还说过，你愿意做我的朋友，我想四凤也愿意做我的朋友，那么我就不可以来帮点忙么？

鲁大海：少爷，你不要以为这样就是仁慈。我听说，你想叫四凤念书，是么？四凤是我的妹妹，我知道她！她不过是一个没有定性、平平常常的女孩子，也是想穿丝袜子，想坐汽车的。

周冲：那你看错了她。

鲁大海：我没有看错。你们有钱人的世界，她多看一眼，她就得多一番烦恼。你们的汽车，你们的跳舞，你们闲在的日子，这两年已经把她的眼睛看迷了，她忘了她是从哪里来的，她现在回到她自己的家里看什么都不顺眼啦。可是她是个穷人的孩子，她的将来是给一个工人当老婆，洗衣服，做饭，捡煤渣。哼，上学，念书，嫁给一个阔人当太太，那是一个小姐的梦！这些在我们穷人连想都想不起的。

周冲：你的话固然有点道理，可是——

鲁大海：所以如果矿主的少爷真替四凤着想，那我就请少爷从今以后不要同她往来。

周冲：我认为你的偏见太多，你不能说我的父亲是个矿主，你就要——

鲁大海：现在我警告你。（瞪起眼睛来）

周冲：警告？

鲁大海：如果什么时候我再看见你跑到我家里，再同我的妹妹在一起，我一定——（笑，忽然态度和善些下去）好，我盼望没有这事情发生，少爷，时候不早了，我们要睡觉了。

周冲：你，你那样说话，——是我想不到的，我没想到我的父亲的话还是对的。

鲁大海：（阴沉地）哼，（爆发）你的父亲是个老混蛋！

周冲：什么？

鲁大海：你的哥哥是——

[四凤由左门跑进]

鲁四凤：你，你别说了！（指大海）我看你，你简直变成个怪物！

鲁大海：你，你简直是个糊涂虫！

鲁四凤：我不跟你说话了！（向冲）你走吧，你走吧，不要同他说啦。

周冲：（无奈地，看看大海）好，我走。（向四凤）我觉得很对不起你，来到这儿，更叫你不快活。

鲁四凤：不要提了，二少爷，你走吧，这不是你待的地方。

周冲：好，我走！（向大海）再见，我原谅你，（温和地）我还是愿意做你的朋友。（伸出手来）你愿意同我拉一拉手么？

（大海没有理他，把身子转进去）

鲁四凤：哼！

（周冲也不再说什么，即将走下）

[鲁贵由左门上，捧着水果，酒瓶，同酒菜，脸更红，步伐有点错乱]

鲁贵：（见冲要走）怎么？

鲁大海：让开点，他要走了。

鲁贵：别，别，二少爷为什么刚来就走？

鲁四凤：（愤愤）你问哥哥去！

鲁贵：（明白了一半，忽然笑向着冲）别理他，您坐一会儿。

周冲：不，我是要走了。

鲁贵：那二少爷吃点什么再走，我老远地跟您买的鲜货，吃点，喝两盅再走。

周冲：不，不早了，我要回家了。

鲁大海：（向四凤，指鲁贵的食物）他从哪儿弄来的钱买这些东西？

鲁贵：（转过头向大海）我自己的，你爸爸赚的钱。

鲁四凤：不，爸爸，这是周家的钱！你又胡花了！（回头向大海）刚才周太太送给妈一百块钱。妈不在，爸爸不听我的话，收下了。

鲁贵：（狠狠地看四凤一眼，解释地向大海说）人家二少爷亲自送来的。我不收还像话么？

鲁大海：（走到冲面前）什么，你刚才是给我们送钱来的。

鲁四凤：（向大海）你现在才明白！

鲁贵：（向大海——脸上露了卑下的颜色）你看，人家周家都是好人。

鲁大海：（掉过脸来向鲁贵）把钱给我！

鲁贵：（疑惧地）干什么？

鲁大海：你给不给？（声色俱厉）不给，你可记得住放在箱子里的是什么东西么？

鲁贵：（恐惧地）我给，我给！（把钞票掏出来交给大海）钱在这儿，一百块。

鲁大海：（数一遍）什么？少十块。

鲁贵：（强笑着）我，我，我花了。

周冲：（不愿再看他们）再见吧，我走了。

鲁大海：（拉住他）你别走，你以为我们能上你这样的当么？

周冲：这句话怎么讲？

鲁大海：我有钱，我有钱，我口袋里刚刚剩下十块钱。（拿出零票同现洋，放在一块）刚刚十块。你拿走吧，我们不需要你们可怜我们。

鲁贵：这不像话！

周冲：你这个人真有点儿不懂人情。

鲁大海：对了，我不懂人情。我不懂你们这种虚伪，这种假慈悲。我不懂。

鲁四凤：哥哥！

鲁大海：拿走。我要你跟我滚，跟我滚蛋。

周冲：（他的整个幻想被打散了一半，失望地立了一会，忽然拿起钱）好，我走，我走，我错了。

鲁大海：我告诉你，以后你们周家无论哪一个再来，我就打死他，不管是谁！

周冲：谢谢你。我想周家除了我不会再有人这么糊涂的，再见吧！［向右门下］

鲁贵：大海。

鲁大海：（大声）叫他滚！

鲁贵：好好好，我跟您点灯，外屋黑！

周冲：谢谢你。

［二人由右门下］

鲁四凤：二少爷！［跑下］

鲁大海：四凤，四凤，你别去！（见四凤已下）这个糊涂孩子！

［鲁妈由右门上］

鲁大海：妈。您知道周家二少爷来了。

鲁侍萍：嗯，我看见一辆洋车在门口，我不知道是准来，我没敢进来。

鲁大海：您知道刚才我把他赶了么？

鲁侍萍：（沉重地点一点头）知道，我刚才在门口听了一会。

鲁大海：周家的太太送了您一百块钱。

鲁侍萍：哼！（愤然）不用她给钱，我会带着女儿走的。

鲁大海：您走？带着四凤走？

鲁侍萍：嗯，明天就走。

鲁大海：明天？

鲁侍萍：我改主意了，明天。

鲁大海：好极啦！那我就不必说旁的话了。

鲁侍萍：什么？

鲁大海：（暗悔地）没有什么，我回来的时候看见四凤跟这位二少爷谈天。

鲁侍萍：（不自主地）谈什么？

鲁大海：（暗示地）不知道，像是很亲热似的。

鲁侍萍：（惊）哦？（自语）这个糊涂孩子。

鲁大海：妈，您见着张大婶怎么样？

鲁侍萍：卖家具，已经商量好了。

鲁大海：好，妈，我走了。

鲁侍萍：你上哪儿去？

鲁大海：（孤独地）钱完了，我也许拉一晚上车。

鲁侍萍：干什么？不，用不着，妈这儿有钱，你在家睡觉。

鲁大海：不，您留着自己用吧，我走了。

［大海由右门下］

鲁侍萍：（喊）大海，大海！

［四凤上］

鲁四凤：妈，（不安地）您回来了。

鲁侍萍：你忙着送周家的少爷，没有顾到看见我。

鲁四凤：（解释）二少爷是他母亲叫他来的。

鲁侍萍：我听见你哥哥说，你们谈了半天的话吧？

鲁四凤：您说我跟周家二少爷？

鲁侍萍：嗯，他谈了些什么，

鲁四凤：没有什么！——平平常常的话。

鲁侍萍：凤儿，真的……

鲁四凤：您听哥哥说了些什么话？哥哥是一点人情也不懂。

鲁侍萍：（严肃地）凤儿，（看着她，拉着她的手）你看看我，我是你的妈。是不是？

鲁四凤：妈，您怎么啦？

鲁侍萍：凤，妈是不是顶疼你？

鲁四凤：妈，您为什么说这些话？

鲁侍萍：我问你，妈是不是天底下最可怜，没有人疼的一个苦老婆子？

鲁四凤：不，妈，您别这样说话，我疼您。

鲁侍萍：凤儿，那我求你一件事。

鲁四凤：妈，您说啦，您说什么事！

鲁侍萍：你得告诉我，周家的少爷究竟跟你——怎么样了？

鲁四凤：哥总是瞎说八道的——他跟您说了什么？

鲁侍萍：不是哥，他没说什么，妈要问你！

鲁四凤：妈，您为什么问这个？我不跟您说过吗？一点也没什么。妈，没什么！

[远处隐雷]

鲁侍萍：你听，外面打着雷。妈妈是个可怜人，我的女儿在这些事上不能再骗我！

鲁四凤：（顿）妈，我不骗您！我不是跟您说过，这两年……

[鲁贵的声音（在外屋）：侍萍，快来睡觉吧，不早了。]

鲁侍萍：别管我，你先睡你的。

鲁贵：你来！

鲁侍萍：你别管我！——（对四凤）你说什么？

鲁四凤：我不是跟你说过，这两年，我天天晚上——回家的？

鲁侍萍：孩子，你可要说实话，妈经不起再大的事啦。

鲁四凤：妈，（抽咽）妈，您为什么不信您自己的女儿呢？（扑在鲁妈怀里大哭，鲁妈抱着她）

鲁侍萍：（落眼泪）凤儿，可怜的孩子，不是我不相信你，我太爱你，我生怕外人欺负了你，（沉痛地）我太不敢相信世界上的人了。傻孩子，你不懂妈的心，妈的苦多少年是说不出来的，你妈就是在年青的时候没有人来提醒，——可怜，妈就是一步走错，就步步走错了。孩子，我就生了你这么一个女儿，我的女儿不能再像她妈似的。人的心都靠不住，我并不是说人坏，我就是恨人性太弱，太容易变了。孩子，你是我的，你是我唯一的宝贝，你永远疼我！你要是再骗我，那就是杀了我了，我的苦命的孩子！

鲁四凤：不，妈，不，我以后永远是妈的了。

鲁侍萍：（忽然）凤儿，我在这儿一天担心一天，我们明天一定走，离开这儿。

鲁四凤：（立起）什么，明天就走，

鲁侍萍：（果断地）嗯。我改主意了，我们明天就走。永远不回这儿来了。

鲁四凤：我们永远不回到这儿来了。妈，不，为什么这么早就走？

鲁侍萍：孩子，你要干什么？

鲁四凤：（踌躇地）我，我——

鲁侍萍：不愿意早一点儿跟妈走?

鲁四凤：（叹一口气，苦笑）也好，我们明天走吧。

鲁侍萍：（忽然疑心地）孩子，你还有什么事瞒着我。

鲁四凤：（擦着眼泪）妈，没有什么。

鲁侍萍：（慈祥地）好孩子，你记住妈刚才说的话么?

鲁四凤：记得住!

鲁侍萍：凤儿，我要你永远不见周家的人!

鲁四凤：好，妈!

鲁侍萍：（沉重地）不，要起誓。

鲁四凤：（畏怯地望着鲁妈严厉的脸）哦，这何必呢?

鲁侍萍：（依然严肃地）不，你要说。

鲁四凤：（跪下）妈，（扑在鲁妈身上）不，妈，我——我说不了。

鲁侍萍：（眼泪流下来）你愿意让妈伤心么? 你忘记妈三年前为着你的病几乎死了么? 现在你——(回头泣)

鲁四凤：妈，我说，我说。

鲁侍萍：（立起）你就这样跪下说。

鲁四凤：妈，我答应您，以后我永远不见周家的人。

[雷声轰地滚过去]

鲁侍萍：孩子，天上在打着雷，你要是以后忘了妈的话，见了周家的人呢?

鲁四凤：（畏怯地）妈，我不会的，我不会的。

鲁侍萍：孩子，你要说，你要说。假若你忘了妈的话……

[外面的雷声]

鲁四凤：（不顾一切地）那——那天上的雷劈了我。（扑在鲁妈怀里）哦，我的妈呀!

（哭出声）

[雷声轰地滚过去]

鲁侍萍：（抱着女儿，大哭）可怜的孩子，妈不好，妈造的孽。妈对不起你，是妈对不起你。（泣）

[鲁贵由右门上。脱去短衫，他只有一件线坎肩，满身肥肉，脸上冒着油，唱着春调，眼迷迷地望着鲁妈同四凤]

鲁贵：（向鲁妈）这么晚还不睡？你说点子什么？

鲁侍萍：你别管，你一个人去睡吧。我今天晚上就跟四凤一块儿睡了。

鲁四凤：不，妈，您去吧。让我一个在这儿。

鲁贵：侍萍，凤儿这孩子难过一天了，你搅她干什么？

鲁侍萍：孩子，你真不要妈陪着你么？

鲁四凤：妈，您让我一个人在屋子里歇着吧。

鲁贵：来吧，干什么？你叫这孩子好好地歇一会儿吧。她总是一个人睡的，我先走了。

［鲁贵下］

鲁侍萍：也好，凤儿，你好好地睡，过一会儿我再来看你。

鲁四凤：嗯，妈！

［鲁妈下］

（四凤把右边门关上，隔壁鲁贵又唱"花开花谢年年有，人过了个青春不再来"的春调。她到圆桌前面，把洋灯的火捻小了，这时听见外面的蛙声同狗叫。她坐在床边，换了一双拖鞋，立起解开几个扣子，走两步，却又回来坐在床边，深深地叹一口气倒在床上。外屋鲁贵还低声在唱，母亲像是低声在劝他不要闹，屋外敲着一声一声的梆子。四凤又由床上坐起，拿起蒲扇用力地挥着。闷极了，她把窗户打开，立在窗前，散开自己的头发，深深吸一口长气，轻轻只把窗户关上一半。她还是烦，她想起许多许多的事。她拿手绢擦一擦脸上的汗，走到圆桌旁，又听见鲁贵说话同唱的声音。她苦闷地叫了一声"天"，忽然拿起酒瓶，放在口里喝一口。她摸摸自己的胸，觉得心里在发烧，便在桌旁坐）

［鲁贵由左门上，赤足，拖着鞋］

鲁贵：你怎么还不睡？

鲁四凤：（望望他）嗯。

鲁贵：（看她还拿着酒瓶）谁叫你喝酒啦？（拿起酒瓶同酒菜，笑着）快睡吧。

鲁四凤：（失神地）嗯。

鲁贵：（走到门口）不早了，你妈都睡着了。

［鲁贵下］

　　（四凤到右门口，把门关上，立在右门旁一会，听见鲁贵同鲁妈说话的声音，走到圆桌旁，长叹一声，低而重地捶着桌子，扑在桌上抽咽：天哪！外面有口哨声，远远地。四凤突然立起，畏惧地屏住气息谛听，忽然把桌上的灯转明，跑到窗前，开窗探头向外望，过后她立刻关上，背倚着窗户，惧怕，胸间起伏不定粗重地呼吸。但是口哨的声音更清楚，她把一张红纸罩了灯，放在窗前，她的脸发白，在喘。口哨愈近，远远一阵雷，她怕了，她又把灯拿回去。她把灯转暗，倚在桌上谛听着。窗外面有脚步的声音，一两声咳嗽。四凤轻轻走到窗前，脸向着观众，倚在窗上）

　　[外面的声音：（敲着窗户)]

　　鲁四凤：（颤声）哦！

　　[外面的声音：（敲着窗户，低声）喂！开！开!]

　　鲁四凤：谁？

　　[外面的声音：（含糊地）你猜!]

　　鲁四凤：（颤声）你，你来干什么？

　　[外面的声音：（暗晦地）你猜猜!]

　　鲁四凤：我现在不能见你。（脸色灰白，声音打着战）

　　[外面的声音：（含糊的笑声）这是你心里的话么?]

　　鲁四凤：（急切地）我妈在家里。

　　[外面的声音：（带着诱意）不用骗我！她睡着了。]

　　鲁四凤：（关心地）你小心，我哥哥恨透了你。

　　[外面的声音：（漠然）他不在家，我知道。]

　　鲁四凤：（转身，背向观众）你走！

　　[外面的声音：我不！（外面向里用力推窗门，四凤用力挡住)]

　　鲁四凤：（焦急地）不，不，你不要进来。

　　[外面的声音：（低声）四凤，我求你，你开开!]

　　鲁四凤：不，不！已经到了半夜，我的衣服都脱了。

　　[外面的声音：（急迫地）什么，你衣服脱了?]

　　鲁四凤：（点头）嗯，我已经在床上睡着了！

　　[外面的声音：（颤声）那，那，我就……我……（叹一口长气)]

　　鲁四凤：（恳求地）那你不要进来吧，好不好？

[外面的声音：（转了口气）好，也好，我就走，（又急切地）可是你先打开窗门，叫我……]

鲁四凤：不，不，你赶快走！

[外面的声音：（急切地恳求）不，四凤，你只叫我，啊，只叫我亲一回吧。]

鲁四凤：（苦痛地）啊，大少爷，这不是你的公馆，你饶了我吧。

[外面的声音：（怨恨地）那么你忘了我了，你不再想……]

鲁四凤：（决心地）对了。（转过身，面向观众，苦痛地）我忘了你了。你走吧。

[外面的声音：（忽然地）是不是刚才我的弟弟来了?]

鲁四凤：嗯，（踌躇地）他，他，他来了！

[外面的声音：（尖酸地）哦!（长长叹一口气）那就怪不得你，你现在这样了。]

鲁四凤：（没有办法）你明明知道我是不喜欢他的。

[外面的声音：（狠毒地）哼，没有心肝，只要你变了心，小心我……（冷笑]

鲁四凤：谁变了心!

[外面的声音：（恶躁地）那你为什么不打开门，让我进来? 你不知道我是真爱你，我没有你不成么?]

鲁四凤：（哀诉地）哦，大少爷，你别再缠我好不好? 今天一天你替我们闹出许多事，你还不够?

[外面的声音：（真挚地）那我知道错了，不过，现在我要见你，对了，我要见你。]

鲁四凤：（叹一口气）好，那明天说吧! 明天我依你，什么都成!

[外面的声音：（恳切地）明天?]

鲁四凤：（苦笑，眼泪落了下来，擦眼泪）明天! 对了，明天。

[外面的声音：（犹疑地）明天，真的?]

鲁四凤：嗯，真的，我没有骗过你。

[外面的声音：好吧，就这样吧，明天，你不要冤我。]

[足步声]

鲁四凤：你走了?

[外面的声音：嗯，走了。]

［足步声渐远］

鲁四凤：（心里一块石头落下来，自语）他走了！哦，（摸自己的胸）这样闷，这样热。（把窗户打开，立窗前，风吹进来，她摸自己火热的面孔，深深叹一口气）唉！

［周萍忽然立在窗口］

鲁四凤：哦，妈呀！（忙关窗门，萍已推开一点，二人挣扎）

周萍：（手推着窗门）这次你赶不走我了。

鲁四凤：（用力关）你，你，你走！（二人一推一拉相持中）

（萍到底越过窗进来，他满身泥泞，右半脸沾着鲜红的血）

周萍：你看我还是进来了。

鲁四凤：（退后）你又喝醉了！

周萍：不，（乞怜地）四凤，你为什么躲我？你今天变了。我明天一早就走，你骗我，你要我明天见你。我能见你就是这一点时候，你为什么害怕不敢见我？（右半血脸转过来）

鲁四凤：（怕）你的脸怎么啦？（指萍的血脸）

周萍：（摸脸，一手的血）为着找你，我路上摔的。（挨近四凤）

鲁四凤：不，不，你走吧，我求你，你走吧。

周萍：（奇怪地笑着）不，我得好好地看看你。（拉住她的手）

［雷声大作］

鲁四凤：（躲开）不，你听，雷，雷，你跟我关上窗户。

（萍关上窗户）

周萍：（挨近）你怕什么？

鲁四凤：（颤声）我怕你，（退后）你的样子难看，你的脸满是血。我不认识你，你是……

周萍：（怪样地笑）你以为我是谁？傻孩子？（拉她的手）

［外面有女人叹气的声音，敲窗户］

鲁四凤：（推开他）你听，这是什么？像是有人在敲窗户。

周萍：（听）胡说，没有什么！

鲁四凤：有，有，你听，像有个女人在叹气。

周萍：（听）没有，没有，（忽然笑）你大概见了鬼。

[雷声大作,一声霹雳]

鲁四凤:(低声)哦,妈。(跑到萍怀里)我怕!(躲在角落里)

[雷声轰轰,大雨下,舞台渐暗。一阵风吹开窗户,外面黑黝黝的。忽然一片蓝森森的闪电,照见了蘩漪的惨白发死青的脸露在窗台上面。她像个死尸,任着一条一条的雨水淋向她散乱的头发。她不出声地苦笑,泪水流到眼角下,望着里面只顾拥抱的人们。闪电止了,窗外又是黑漆漆的。再闪时,见她伸进手,拉着窗扇,慢慢地由外面关上。雷更隆隆地响着,屋子整个黑下来。黑暗里,只听见四凤低声说话]

鲁四凤:(低声)你抱紧我,我怕极了。

[舞台黑暗一时,只露着圆桌上的洋灯,和窗外蓝森森的闪电。听见屋外大海叫门的声音,大海进门的声音。舞台渐明,萍坐在圆椅上,四凤在旁立,床上微乱]

周萍:(谛听)这是谁?

鲁四凤:你别作声!

[鲁妈的声音:怎么回来了,大海?]

[大海的声音:雨下得太大,车厂的房子塌了。]

鲁四凤:(低声而急促地)哥哥来了,你走,你赶快走。

(萍忙至窗前,推窗)

周萍:(推不动)奇怪!

鲁四凤:怎么?

周萍:(急迫地)窗户外面有人关上了。

鲁四凤:(怕)真的?那会是谁?

周萍:(再推)不成,开不动。

鲁四凤:你别作声音,他们就在门口。

[大海的声音:铺板呢?]

[鲁妈的声音:在四凤屋里。]

鲁四凤:哦,萍,他们要进来。你藏,你藏起来。

(四凤正引萍入左门,大海持灯推门进)

鲁大海:(慢,嘘声)什么?(见四凤同萍,二人俱僵立不动,静默,哑声)妈,您快进来,我见了鬼!

[鲁妈急进]

鲁侍萍：（喑哑）天！

鲁四凤：（见鲁妈进，即由右门跑出，苦痛地）啊！（鲁妈扶着门闩，几乎晕倒）

鲁大海：哦，原来是你！（拾起桌上铁刀，奔向萍，鲁妈用力拉着他的衣襟）

鲁侍萍：大海，你别动，你动，妈就死在你的面前。

鲁大海：您放下我，您放下我！（急得跺脚）

鲁侍萍：（见萍惊立不动，顿足）糊涂东西，你还不跑？

[萍由右门跑下]

鲁大海：（喊）抓住他，爸，抓住他，（大海被母亲拖着，他想追，把她在地上拖了几步）

鲁侍萍：（见萍已跑远，坐在地上发呆）哦，天！

鲁大海：（跺足）妈！妈！你好糊涂！

[鲁贵上]

鲁贵：他走了？咦，可是四凤呢？

鲁大海：不要脸的东西，她跑了。

鲁侍萍：哦，我的孩子，我的孩子，外面的河涨了水，我的孩子。你千万别糊涂！四凤！（跑）

鲁大海：（拉着她）你上哪儿？

鲁侍萍：这么大的雨她跑出去，我要找她。

鲁大海：好，我也去。

鲁侍萍：我等不了！（跑了，喊"四凤！"的声音愈来愈远）

[鲁贵忽然也带上帽子跑出，大海一人立在圆桌前不动。他走到箱子那里，把手枪取上来，看一看，揣在怀里，快步走下。外面是暴风雨的声音，同鲁妈喊四凤的声音]

[幕急落]

第四幕

景——周宅客厅内。半夜两点钟的光景。

283

开幕时，周朴园一人坐在沙发上，读文件；旁边燃着一个立灯，四周是黑暗的。

[外面还隐隐滚着雷声，雨声淅沥可闻，窗前帷幕垂下来了，中间的门紧紧地掩了。由门上玻璃望出去，花园的景物都掩埋在黑暗里，除了偶尔天空闪过一片耀目的电光，蓝森森的，看见树同电线杆，一瞬又是黑漆漆的。]

周朴园：（放下文件，呵欠，疲倦地伸一伸腰）来人啦！（取眼镜，擦目，声略高）来人！（擦着眼镜，走到左边饭厅门口，又恢复平常的声调）这儿有人么？（外面闪电，停，走到右边柜前，按铃。无意中又望见侍萍的相片，拿起，戴上眼镜看）

[仆人上]

仆人：老爷！

周朴园：我叫了你半天。

仆人：外面下雨，听不见。

周朴园：（指钟）钟怎么停了？

仆人：（解释）每次总是四凤上的，今天她走了，这件事就忘了。

周朴园：什么时候了？

仆人：嗯——大概有两点钟了。

周朴园：刚才我叫账房汇一笔钱到济南去，他们弄清楚了没有？

仆人：您说寄给济南一个，一个姓鲁的，是么？

周朴园：嗯。

仆人：预备好了。

（外面闪电，朴园回头望花园）

周朴园：藤萝架那边的电线，太太叫人来修理了么？

仆人：叫了，电灯匠说下着大雨不好修理，明天再来。

周朴园：那不危险么？

仆人：可不是么，刚才大少爷的狗走过那儿，碰着那根电线，就给电死了。现在那儿已经用绳子圈起来，没有人走那儿。

周朴园：哦。——什么，现在几点了？

仆人：两点多了。老爷要睡觉么？

周朴园：你请太太下来。

仆人：太太睡觉了。

周朴园：（无意地）二少爷呢？

仆人：早睡了。

周朴园：那么，你看看大少爷。

仆人：大少爷吃完饭出去，还没有回来。

（沉默半晌）

周朴园：（走回沙发前坐下，寂寞地）怎么这屋子一个人也没有？

仆人：是，老爷，一个人也没有。

周朴园：今天早上没有一个客来。

仆人：是，老爷。外面下着很大的雨，有家的都在家里待着。

周朴园：（呵欠，感到更深的空洞）家里的人也只有我一个人还在醒着。

仆人：是，差不多都睡了。

周朴园：好，你去吧。

仆人：您不要什么东西么？

周朴园：我不要什么。

[仆人由中门下。朴园站起来，在厅中来回沉闷地踱着，又停在右边柜前，拿起侍萍的相片，开了中间的灯]

[冲由饭厅上]

周冲：（没想到父亲在这儿）爸！

周朴园：（露喜色）你——你没有睡？

周冲：嗯。

周朴园：找我么？

周冲：不，我以为母亲在这儿。

周朴园：（失望）哦——你母亲在楼上。

周冲：没有吧，我在她的门上敲了半天，她的门锁着。——是的，那也许，——爸，我走了。

周朴园：冲儿，（冲立）不要走。

周冲：爸，您有事？

周朴园：没有。（慈爱地）你现在怎么还不睡？

周冲：（服从地）是，爸，我睡晚了，我就睡。

周朴园：你今天吃完饭把克大夫给的药吃了么？

周冲：吃了。

周朴园：打了球没有？

周冲：嗯。

周朴园：快活么？

周冲：嗯。

周朴园：（立起，拉起他的手）为什么，你怕我么？

周冲：是，爸爸。

周朴园：（干涩地）你像是有点不满意我，是么？

周冲：（窘迫）我，我说不出来，爸。

（半晌）

（朴园走回沙发，坐下叹一口气。招冲来，冲走近）

周朴园：（寂寞地）今天呢，爸爸有一点觉得自己老了。（停）你知道么？

周冲：（冷淡地）不，不知道，爸。

周朴园：（忽然）你怕你爸爸有一天死了，没有人照拂你么？你不怕么？

周冲：（无表情地）嗯，怕。

周朴园：（想自己的儿子亲近他，可亲地）你今天早上说要拿你的学费帮一个人，你说说看，我也许答应你。

周冲：（悔怨地）那是我糊涂，以后我不会这样说话了。

（半晌）

周朴园：（恳求地）后天我们就搬新房子，你不喜欢么？

周冲：嗯。

（半晌）

周朴园：（责怪地望着冲）你对我说话很少。

周冲：（无神地）嗯，我——我说不出，您平时总像不愿意见我们似的。（嗫嚅地）您今天有点奇怪，我——我——

周朴园：（不愿他向下说）嗯，你去吧！

周冲：是，爸爸。

[冲由饭厅下]

（朴园失望地看着他儿子下去，立起，拿起侍萍的照片，寂寞地呆望着四

周。关上立灯，面向书房）

[繁漪由中门上。她不作声地走进来，雨衣上的水还在往下滴，发鬓有些湿。颜色是很惨白，整个面部像石膏的塑像。高而白的鼻梁，薄而红的嘴唇死死地刻在脸上，如刻在一个严峻的假面上。整个脸庞是无表情的，只有她的眼睛烧着心内的疯狂的火，然而也是冷酷的，爱和恨烧尽了女人一切的仪态，她像是厌弃了一切，只有计算着如何报复的心念在心中起伏]

（她看见朴园，他惊愕地望着她）

周繁漪：（毫不奇怪地）还没有睡？（立在中门前，不动）

周朴园：你？（走近她，粗而低的声音）你上哪儿去了？（望着她，停）冲儿找你一晚上。

周繁漪：（平常地）我出去走走。

周朴园：这样大的雨，你出去走？

周繁漪：嗯，——（忽然报复地）我有神经病。

周朴园：我问你，你刚才在哪儿？

周繁漪：（厌恶地）你不用管。

周朴园：（打量她）你的衣服都湿了，还不脱了它？

周繁漪：（冷冷地，有意义地）我心里发热，我要在外面冰一冰。

周朴园：（不耐烦地）不要胡言乱语的，你刚才究竟上哪儿去了？

周繁漪：（无神地望着他，清楚地）在你的家里！

周朴园：（烦恶地）在我的家里？

周繁漪：（觉得报复的快感，微笑）嗯，在花园里赏雨。

周朴园：一夜晚？

周繁漪：（快意地）嗯，淋了一夜晚。

（半晌，朴园惊疑地望着她，繁漪像一座石像似的仍站在门前）

周朴园：繁漪，我看你上楼去歇一歇吧。

周繁漪：（冷冷地）不，不，（忽然）你拿的什么？（轻蔑地）哼，又是那个女人的相片！（伸手拿）

周朴园：你可以不看，萍儿母亲的。

周繁漪：（抢过去了，前走了两步，就在灯下看）萍儿的母亲很好看。

（朴园没有理她，在沙发上坐下）

周繁漪：我问你，是不是？

周朴园：嗯。

周繁漪：样子很温存的。

（周朴园眼睛望着前面）

周繁漪：她很聪明。

周朴园：（冥想）嗯。

周繁漪：（高兴地）真年青。

周朴园：（不自觉地）不，老了。

周繁漪：（想起）她不是早死了么？

周朴园：嗯，对了，她早死了。

周繁漪：（放下相片）奇怪，我像是在哪儿见过似的。

周朴园：（抬起头，疑惑地）不，不会吧。——你在哪儿见过她吗？

周繁漪：（忽然）她的名字很雅致，侍萍，侍萍，就是有点丫头气。

周朴园：好，我看你睡去吧。（立起，把相片拿起来）

周繁漪：拿这个做什么？

周朴园：后天搬家，我怕掉了。

周繁漪：不，不，（从他手中取过来）放在这儿一晚上，（怪样地笑）不会掉的，我替你守着她。（放在桌上）

周朴园：不要装疯！你现在有点胡闹！

周繁漪：我是疯了。请你不用管我。

周朴园：（愠怒）好，你上楼去吧，我要一个人在这儿歇一歇。

周繁漪：不，我要一个人在这儿歇一歇，我要你给我出去。

周朴园：（严肃地）繁漪，你走，我叫你上楼去！

周繁漪：（轻蔑地）不，我不愿意。我告诉你，（暴躁地）我不愿意。

（半晌）

周朴园：（低声）你要注意这儿（指头），记着克大夫的话，他要你静静地，少说话。明天克大夫还来，我已经替你请好了。

周繁漪：谢谢你！（望着前面）明天？哼！

［萍低头由饭厅走出，神色忧郁，走向书房］

周朴园：萍儿。

周萍：（抬头，惊讶）爸！您还没有睡。

周朴园：（责备地）怎么，现在才回来？

周萍：不，爸，我早回来，我出去买东西去了。

周朴园：你现在做什么？

周萍：我到书房，看看爸写的介绍信在那儿没有。

周朴园：你不是明天早车走么？

周萍：我忽然想起今天夜晚两点半有一趟车，我预备现在就走。

周繁漪：（忽然）现在？

周萍：嗯。

周繁漪：（有意义地）心里就这样急么？

周萍：是，母亲。

周朴园：（慈爱地）外面下着大雨，半夜走不大方便吧？

周萍：这时走，明天一早到，找人方便些。

周朴园：信就在书房书桌上，你要现在走也好。（萍点头，走向书房）你不用去！（向繁漪）你到书房把信替他拿来。

周繁漪：（看朴园，不信任地）嗯！

[繁漪进书房]

周朴园：（望繁漪出，谨慎地）她不愿上楼，回头你先陪她到楼上去，叫底下人好好地伺候她睡觉。

周萍：（无法地）是，爸爸。

周朴园：（更小心）你过来！（萍走近，低声）告诉底下人，叫他们小心点，（烦恶地）我看她的病更重，刚才她忽然一个人出去了。

周萍：出去了？

周朴园：嗯。（严重地）在外面淋了一夜晚的雨，说话也非常奇怪，我怕这不是好现象。——（觉得恶兆来了以后）我老了，我愿意家里平平安安地。

周萍：（不安地）我想爸爸只要把事不看得太严重了，事情就会过去的。

周朴园：（畏缩地）不，不，有些事简直是想不到的。天意很——有点古怪，今天一天叫我忽然悟到为人太——太冒险，太——太荒唐，（疲倦地）我累得很。（如释重负）今天大概是过去了。（自慰地）我想以后——不该，再有什么风波。（不寒而栗地）不，不该！

[繁漪持信上]

周繁漪：（嫌恶地）信在这儿！

周朴园：（如梦初醒，向萍）好，你走吧，我也想睡了。（振起喜色）嗯！后天我们一定搬新房子，你好好地休息两天。

周繁漪：（盼望他走）嗯，好。

[朴园由书房下]

周繁漪：（见朴园走出，阴沉地）这么说你是一定要走了。

周萍：（声略带愤）嗯。

周繁漪：（忽然急躁地）刚才你父亲对你说什么？

周萍：（闪避地）他说要我陪你上楼去，请你睡觉。

周繁漪：（冷笑）他应当叫几个人把我拉上去，关起来。

周萍：（故意装作不明白）你这是什么意思？

周繁漪：（迸发）你不用瞒我。我知道，我知道，（辛酸地）他说我是神经病，疯子。我知道他，要你这样看我，他要什么人都这样看我。

周萍：（心悸）不，你不要这样想。

周繁漪：（奇怪的神色）你，你也骗我？（低声，阴郁地）我从你们的眼神看出来，你们父子都愿我快成疯子！（刻毒地）你们——父亲同儿子——偷偷在我背后说冷话，说我，笑我，在我背后计算着我。

周萍：（镇静自己）你不要神经过敏，我送你上楼去。

周繁漪：（突然地，高声）我不要你送，走开！（抑制着，恨恶地，低声）我还用不着你父亲偷偷地，背着我，叫你小心，送一个疯子上楼。

周萍：（抑制住自己的烦嫌）那么，你把信给我，让我自己走吧。

周繁漪：（不明白地）你上哪儿？

周萍：（不得已地）我要走，我要收拾收拾我的东西。

周繁漪：（忽然冷静地）我问你，你今天晚上上哪儿去了？

周萍：（敌对地）你不用问，你自己知道。

周繁漪：（低声，恐吓地）到底你还是到她那儿去了。

（半响，繁漪望萍，萍低头）

周萍：（断然，阴沉地）嗯，我去了，我去了，（挑战地）你要怎么样？

周繁漪：（软下来）不怎么样，（强笑）今天下午的话我说错了，你不要怪我。我只问你走了以后，你预备把她怎么样？

周萍：以后？——（贸然地）我娶她！

周蘩漪：（突如其来地）娶她？

周萍：（决定地）嗯。

周蘩漪：（刺心地）父亲呢？

周萍：（淡然）以后再说。

周蘩漪：（神秘地）萍，我现在给你一个机会。

周萍：（不明白）什么？

周蘩漪：（劝诱地）如果今天你不走，你父亲那儿我可以替你想法子。

周萍：不必，这件事我认为光明正大，我可以跟任何人谈。——她——她不过就是穷点。

周蘩漪：（愤然）你现在说话很像你的弟弟。——（忧郁地）萍！

周萍：干什么？

周蘩漪：（阴郁地）你知道你走了以后，我会怎么样？

周萍：不知道。

周蘩漪：（恐惧地）你看看你的父亲，你难道想象不出？

周萍：我不明白你的话。

周蘩漪：（指自己的头）就在这儿，你不知道么？

周萍：（似懂非懂地）怎么讲？

周蘩漪：（好像在叙述别人的事情）第一，那位专家，克大夫免不了会天天来的，要我吃药，逼我吃药。吃药，吃药，吃药！渐渐伺候着我的人一定多，守着我，像个怪物似的守着我。他们——

周萍：（烦）我劝你，不要这样胡想，好不好？

周蘩漪：（不顾地）他们渐渐学会了你父亲的话，小心，小心，她有点疯病！到处都有人偷偷地在我背后低着声音说话，叽咕着。慢慢地无论谁都要小心点，不敢见我，最后铁链子锁着我，那我真就成了疯子了。

周萍：（无办法）唉！（看表）不早了，给我信吧，我还要收拾东西呢。

周蘩漪：（恳求地）萍，这不是不可能的。（乞怜地）萍，你想一想，你就一点——就一点无动于衷么？

周萍：你——（故意恶狠地）你自己要走这一条路，我有什么办法？

周繁漪：（愤怒地）什么，你忘记你自己的母亲也被你父亲气死的么？

周萍：（一了百了，更狠毒地激怒她）我母亲不像你，她懂得爱！她爱她自己的儿子，她没有对不起我父亲。

周繁漪：（爆发，眼睛射出疯狂的人）你有权利说这种话么？你忘了就在这屋子，三年前的你么？你忘了你自己才是个罪人；你忘了，我们——（突停，压制自己，冷笑）哦，这是过去的事，我不提了。（萍低头，身发颤，坐沙发上，悔恨地抓着他的心，面上筋肉成不自然的拘挛。她转向他，哭，失望地说着）哦，萍，好了。这一次我求你，最后一次求你。我从来不肯对人这样低声下气说话，现在我求你可怜可怜我，这家我再也忍受不住了。（哀婉地诉出）今天这一天我受的罪过你都看见了，这样子以后不是一天，是整月、整年地，以至到我死，才算完。他厌恶我，你的父亲。他知道我明白他的底细，他怕我。他愿意人人看我是怪物，是疯子。萍——

周萍：（心乱）你，你别说了。

周繁漪：（急促地）萍，我没有亲戚，没有朋友，没有一个可信的人，我现在求你，你先不要走——

周萍：（躲闪地）不，不成。

周繁漪：（恳求地）即使你要走，你带我也离开这儿。

周萍：（恐惧地）什么。你简直胡说！

周繁漪：（恳求地）不，不。你带我走，带我离开这儿。（不顾一切地）日后，甚至于你要把四凤接来——块儿往，我都可以，只要，只要，（热烈地）只要你不离开我。

周萍：（惊惧地望着她，退后，半响，颤声）我——我怕你真疯了！

周繁漪：（安慰地）不，你不要这样说话。只有我明白你，我知道你的弱点，你也知道我的。你的什么，我都清楚。（诱惑地笑，向萍奇怪地招着手，更诱惑地笑）你过来，你——你怕什么？

周萍：（望着她，忍不住地狂喊出来）哦，我不要你这样笑！（更重）不要你这样对我笑！（苦恼地打着自己的头）哦，我恨我自己。我恨，我恨我为什么要活着。

周繁漪：（酸楚地）我这样累你么？然而你知道我活不到几年了。

周萍：（痛苦地）你难道不知道这种关系谁听着都厌恶么？你明白我每

天喝酒胡闹就因为自己恨——恨我自己么？

周繁漪：（冷冷地）我跟你说过多少遍，我不这样看，我的良心不是这样做的。（郑重地）萍，今天我做错了，如果你现在听我的话，不离开家，我可以再叫四凤回来。

周萍：什么？

周繁漪：（清清楚楚地）叫她回来还来得及。

周萍：（走到她面前，声沉重，慢说）你跟我滚开！

周繁漪：（顿，又缓缓地）什么？

周萍：你现在不像明白人，你上楼睡觉去吧。

周繁漪：（明白自己的命运）那么，完了。

周萍：（疲倦地）嗯，你去吧。

周繁漪：（绝望，沉郁地）刚才我在鲁家看见你同四凤。

周萍：（惊）什么，你刚才是到鲁家去了？

周繁漪：（坐下）嗯，我在他们家附近站了半天。

周萍：（悔惧）什么时候？你在那里……

周繁漪：（低头）我看着你从窗户进去。

周萍：（急切）你呢？

周繁漪：（无神地望着前面）就走到窗户前面站着。

周萍：那么有一个女人叹气的声音是你么？

周繁漪：嗯。

周萍：后来，你又在那里站多半天？

周繁漪：（慢而清朗地）大概是直等到你走。

周萍：哦！（走到她身旁，低声）那窗户是你关上的，是么？

周繁漪：（更低的声音，阴沉地）嗯，我。

周萍：（恨极，恶毒地）你是我想不到的一个怪物！

周繁漪：（抬起头）什么？

周萍：（暴烈地）你真是一个疯子！

周繁漪：（无表情地望着他）你要怎么样？

周萍：（狠恶地）我要你死！再见吧！

[萍由饭厅急走下，门猝然地关上]

293

周蘩漪：（呆滞地坐了一下，望着饭厅的门。瞥见侍萍的相片，拿在手上，低声，阴郁地）这是你的孩子！（缓缓扯下硬卡片贴的相纸，一片一片地撕碎。沉静地立起来，走了两步）奇怪，心里静的很！

[中门轻轻推开，蘩漪回头，鲁贵缓缓地走进来。他的狡黠的眼睛，望着她笑着]

鲁贵：（鞠躬，身略弯）太太，您好。

周蘩漪：（略惊）你来做什么？

鲁贵：（假笑）跟您请安来了。我在门口等了半天。

周蘩漪：（镇静）哦，你刚才在门口？

鲁贵：（低声）对了。（更秘密地）我看见大少爷正跟您打架，我——（假笑）我就没敢进来。

周蘩漪：（沉静地，不为所迫）你原来要做什么？

鲁贵：（有把握地）原来我倒是想报告给太太，说大少爷今天晚上喝醉了，跑到我们家里去。现在太太既然是也去了，那我就不必多说了。

周蘩漪：（嫌恶地）你现在想怎么样？

鲁贵：（倨傲地）我想见见老爷。

周蘩漪：老爷睡觉了，你要见他什么事？

鲁贵：没有什么，要是太太愿意办，不找老爷也可以。——（着重，有意义地）都看太太要怎么样。

周蘩漪：（半晌，忍下来）你说吧，我也许可以帮你的忙。

鲁贵：（重复一遍，狡黠地）要是太太愿意做主，不叫我见老爷那么麻烦，（假笑）那就大家都省事了。

周蘩漪：（仍不露声色）什么？你说吧。

鲁贵：（谄媚地）太太做了主，那就是您积德了。——我们只是求太太还赏饭吃。

周蘩漪：（不高兴地）你，你以为我——（转缓和）好，那也没有什么。

鲁贵：（得意地）谢谢太太。（伶俐地）那么就请太太赏个准日子吧。

周蘩漪：（爽快地）你们在搬了新房子后一天来吧。

鲁贵：（行礼）谢谢太太恩典！（忽然）我忘了，太太，您没见着二少爷么？

周蘩漪：没有。

鲁贵：您刚才不是叫二少爷赏给我们一百块钱么？

周蘩漪：（烦厌地）嗯？

鲁贵：（婉转地）可是，可是都叫我们少爷回了。

周蘩漪：你们少爷？

鲁贵：（解释）就是大海——我那个狗食的儿子。

周蘩漪：怎么样？

鲁贵：（很文雅地）我们的侍萍，实在还不知道呢。

周蘩漪：（惊，低声）侍萍？（沉下脸）谁是侍萍？

鲁贵：（以为自己被轻视了，侮慢地）侍萍就是侍萍，我的家里的——就是鲁妈。

周蘩漪：你说鲁妈，她叫侍萍，

鲁贵：（自夸地）她也念过书。名字是很雅气的。

周蘩漪："侍萍"那两个字怎么写，你知道么？

鲁贵：我，我，（为难，勉强笑出来）我记不得了。反正那个萍字跟大少爷名字的萍，我记得是一样的。

周蘩漪：哦！（忽然把地上撕破的相片碎片拿起来对上，给他看）你看看，这个人你认识不认识？

鲁贵：（看了一会，抬起头）不认识，太太。

周蘩漪：（急切地）你认识的人没有一个像她的么？（略停）你想想看，往近处想。

鲁贵：（摇头）没有一个，太太，没有一个。（突然疑惧地）太太，您怎么了？

周蘩漪：（回思，自己疑惑）多半我是胡思乱想。（坐下）

鲁贵：（贪婪地）啊，太太，您刚才不是赏我们一百块么？可是我们大海又把钱回了，您想……

［中门渐渐推开］

鲁贵：（回头）谁？

［大海由中门进，衣服俱湿，脸色阴沉，眼不安地向四面望，疲倦、憎恨在他举动里显明地露出来。蘩漪惊讶地望着他］

鲁大海：（向鲁贵）你在这儿！

鲁贵：（讨厌他的儿子）嗯，你怎么进来的？

鲁大海：（冰冷地）铁门关着，叫不开，我爬墙进来的。

鲁贵：你现在来这儿干什么？你为什么不看看你妈，找四凤怎么样了？

鲁大海：（用一块湿手巾擦着脸上的雨水）四凤没找着，妈在门外等着呢。（沉重地）你看见四凤了么？

鲁贵：（轻蔑）没有，我没有看见。（觉得大海小题大做，烦恶地皱着眉毛）不要管她，她一会儿就会回家。（走近大海）你跟我回去。周家的事情也妥了，都完了，走吧！

鲁大海：我不走。

鲁贵：你要干什么？

鲁大海：你也别走，——你先跟我把这儿大少爷叫出来，我找不着他。

鲁贵：（疑惧地，摸着自己的下巴）你要怎么样？我刚弄好，你是又要惹祸？

鲁大海：（冷静地）没有什么，我只想跟他谈谈。

鲁贵：（不信地）我看你不对，你大概又要——

鲁大海：（暴躁地，抓着鲁贵的领口）你找不找？

鲁贵：（怯弱地）我找，我找，你先放下我。

鲁大海：好，（放开他）你去吧。

鲁贵：大海，你，你得答应我，你可是就跟大少爷说两句话，你不会——

鲁大海：嗯，我告诉你，我不是打架来的。

鲁贵：真的？

鲁大海：（可怕地走到鲁贵的面前，低声）你去不去？

鲁贵：我，我，大海，你，你——

周繁漪：（镇静地）鲁贵，你去叫他出来，我在这儿，不要紧的。

鲁贵：也好，（向大海）可是我请完大少爷，我就从那门走了，我，（笑）我有点事。

鲁大海：（命令地）你叫他们把门开开，让妈进来，领她在房里避一避雨。

鲁贵：好，好，（向饭厅下）完了，我可有事。我就走了。

鲁大海：站住！（走前一步，低声）你进去，要是不找他出来就一人跑了，你可小心我回头在家里，——哼！

鲁贵：（生气）你，你，你——（低声，自语）这个小王八蛋！［没法子，走进饭厅下］

周繁漪： （立起）你是谁？

鲁大海： （粗鲁地）四凤的哥哥。

周繁漪： （柔声）你是到这儿来找她么？你要见我们大少爷么？

鲁大海：嗯。

周繁漪： （眼色阴沉地）我怕他会不见你。

鲁大海： （冷静地）那倒许。

周繁漪： （缓缓地）听说他现在就要上车。

鲁大海： （回头）什么！

周繁漪： （阴沉的暗示）他现在就要走。

鲁大海： （愤怒地）他要跑了，他——

周繁漪：嗯，他——

[萍由饭厅上，脸上有些慌。他看见大海，勉强地点一点头，声音略有点颤，极力在镇静自己]

周萍： （向大海）哦！

鲁大海：好。你还在这儿， （回头）你叫这位太太走开，我有话要跟你一个人说。

周萍： （望着繁漪，她不动，再走到她面前）请您上楼去吧。

周繁漪：好！ [昂首由饭厅下]

（半晌。二人都紧紧地握着拳，大海愤愤地望着萍，二人不动）

周萍： （耐不住，声略颤）没想到你现在到这儿来。

鲁大海： （阴沉沉）听说你要走。

周萍： （惊，略镇静，强笑）不过现在也赶得上，你来得还是时候，你预备怎么样？我已经准备好了。

鲁大海： （狠恶地笑一笑）你准备好了？

周萍： （沉郁地望着他）嗯。

鲁大海： （走到他面前）你！ （用力地击着萍的脸，方才的创伤又破，血向下流）

周萍： （握着拳抑制自己）你，你——（忍下去，由袋内抽出白绸手绢擦脸上的血）

鲁大海： （切齿地）哼？现在你要跑了！

（半晌）

周萍：（压下自己的怒气，辩白地，故意用低沉的声音）我早有这个计划。

鲁大海：（恶狠地笑）早有这个计划？

周萍：（平静下来）我以为我们中间误会太多。

鲁大海：误会？（看自己手上的血，擦在身上）我对你没有误会，我知道你是没有血性，只顾自己的一个十足的混蛋。

周萍：（柔和地）我们两次见面，都是我性子最坏的时候，叫你得着一个最坏的印象。

鲁大海：（轻蔑地）不用推托，你是个少爷，心地混账。你们都是吃饭太容易，有劲儿不知道怎样使，就拿着穷人家的女儿开开心，完了事可以不负一点儿责任。

周萍：（看出大海的神气，失望地）现在我想辩白是没有用的。我知道你是有目的而来的。（平静地）你把你的枪或者刀拿出来吧。我愿意任你收拾我。

鲁大海：（侮蔑地）你会这样大方，——在你家里，你很聪明！哼，可是你不值得我这样，我现在还不愿意拿我这条有用的命换你这半死的东西。

周萍：（直视大海，有勇气地）我想你以为我现在是怕你。你错了，与其说我怕你，不如说我怕我自己。我现在做错了一件事，我不愿做错第二件事。

鲁大海：（嘲笑地）我看像你这种人，活着就错了。刚才要不是我的母亲，我当时就宰了你。（恐吓地）现在你的命还在我的手心里。

周萍：我死了，那是我的福气。（辛酸地）你以为我怕死，我不，我不，我恨活着，我欢迎你来。我够了，我是活厌了的人。

鲁大海：（厌恨地）哦，你——活厌了，可是你还拉着我年青的糊涂妹妹陪着你，陪着你。

周萍：（无法，强笑）你说我自私么？你以为我是真没有心肝，跟她开开心就完了么。你问问你的妹妹，她知道我是真爱她。她现在就是我能活着的一点生机。

鲁大海：你倒说得很好！（突然）那你为什么——为什么不娶她？

周萍：（略顿）那就是我最恨的事情。我的环境太坏。你想想我这样的家庭怎么允许有这样的事。

鲁大海：（辛辣地）哦，所以你就可以一面表示你是真心爱她，跟她做出什么不要脸的事都可以，一面你还得想着你的家庭，你的董事长爸爸。他们叫你随便就丢掉她，再娶一个门当户对的阔小姐来配你，对不对？

周萍：（忍耐不下）我要你问问四凤，她知道我这次出去，是为了离开家庭，设法脱离父亲，有机会好跟她结婚的。

鲁大海：（嘲弄）你推得很好。那么像你深更半夜的，刚才跑到我家里，你怎样推托呢？

周萍：（迸发，激烈地）我所说的话不是推托，我也用不着跟你推托。我现在看你是四凤的哥哥，我才这样说。我爱四凤，她也爱我，我们都年青，我们都是人，两个人天天在一起，结果免不了有点荒唐。然而我相信我以后会对得起她，我会娶她做我的太太，我没有一点亏心的地方。

鲁大海：这么，你反而很有理了。可是，董事长大少爷，谁相信你会爱上一个工人的妹妹，一个当老妈子的穷女儿？

周萍：（略顿，嗫嚅）那，那——那我也可以告诉你。有一个女人逼着我，激成我这样的。

鲁大海：（紧张地，低声）什么，还有一个女人？

周萍：嗯，就是你刚才见过那位太太。

鲁大海：她？

周萍：（苦恼地）她是我的后母！——哦，我压在心里多少年，我当谁也不敢说——她念过书，她受了很好的教育，她，她，她看见我就跟我发生感情，她要我——（突停）那自然我也要负一部分责任。

鲁大海：四凤知道么？

周萍：她知道，我知道她知道。（含着苦痛的眼泪，苦闷地）那时我太糊涂，以后我越过越怕，越恨，越厌恶。我恨这种不自然的关系，你懂么？我要离开她，然而她不放松我。她拉着我，不放我。她是个鬼，她什么都不顾忌。我真活厌了。你明白么？我喝酒，胡闹。只要离开她，我死都愿意。她叫我恨一切受过好教育，外面都装得很正经的女人。过后我见着四凤，四凤叫我明白，叫我又活了一年。

鲁大海：（不觉吐出一口气）哦。

周萍：这些话多少年我对谁也说不出的，然而——(缓慢地) 奇怪，我忽然跟你说了。

鲁大海：(阴沉地) 那大概是你父亲的报应。

周萍：(没想到，厌恶地) 你，你胡说！(觉得方才太冲动，对一个这么不切识的人说出心中的话。半晌，镇静下，自己想方才脱口说出的原因，忽然，慢慢地) 我告诉你，因为我认你是四凤的哥哥，我要你相信我的诚心，我没有一点骗她。

鲁大海：(略露善意) 那么你真预备要四凤么？你知道四凤是个傻孩子，她不会再嫁第二个人。

周萍：(诚恳地) 嗯，我今天走了，过了一两个月，我就来接她。

鲁大海：可是董事长少爷，这样的话叫人相信么？

周萍：(由衣袋取出一封信) 你可以看这封信，这是我刚才写给她的，就说的这件事。

鲁大海：(故意闪避地) 用不着给我看，我——没有工夫！

周萍：(半晌，抬头) 那我现在再没有什么旁的保证，你口袋里那件杀人的家伙是我的担保。你再不相信我，我现在人还是在你手里。

鲁大海：(辛酸地) 周大少爷，你想这样，就完了么？(恶狠地) 你觉得我真愿意我的妹妹嫁给你这种东西么？(忽然拿出自己的手枪来)

周萍：(惊慌) 你要怎么样？

鲁大海：(恨恶地) 我要杀了你。你父亲虽坏，看着还顺眼。你真是世界上最用不着，最没有劲的东西。

周萍：哦。好，你来吧！(骇惧地闭上目)

鲁大海：可是——(叹一口气，递手枪给萍) 你还是拿去吧。这是你们矿上的东西。

周萍：(莫明其妙地) 怎么？(接下枪)

鲁大海：(苦闷地) 没有什么。老太太们最糊涂。我知道我的妈。我妹妹是她的命，只要你能够多叫四凤好好地活着，我只好不提什么了。

(萍还想说话，大海挥手，叫他不必再说，萍沉郁地到桌前把枪放好)

鲁大海：(命令地) 那么请你把我的妹妹叫出来吧。

周萍：(奇怪) 什么？

鲁大海：四凤啊——她自然在你这儿。

周萍：没有，没有。我以为她在你们家里呢。

鲁大海：（疑惑地）那奇怪，我同我妈在雨里找了她两个钟头，不见她。我想自然在这儿。

周萍：（担心）她在雨里走了两个钟头，她——她没有到旁的地方去么？

鲁大海：（肯定地）半夜里她会到哪儿去？

周萍：（突然恐惧）啊，她不会——（坐下呆望）

鲁大海：（明白）你以为——不，她不会。（轻蔑地）不，我想她没有这个胆量。

周萍：（颤抖地）不，她会的。你不知道她。她爱脸，她性子强，她——不过她应当先见我，（仿佛已经看见她溺在河里）她不该这样冒失。

（半晌）

鲁大海：（忽然）哼，你装得好，你想骗过我，你，——她在你这儿！她在你这儿！

（外面远处口哨声）

周萍：（以手止之）不，你不要嚷。（哨声近，喜色）她，她来了！我听见她！

鲁大海：什么？

周萍：这是她的声音。我们每次见面，是这样的。

鲁大海：她在哪儿？

鲁大海：大概就在花园里？

［萍开窗吹哨，应声更近］

周萍：（回头，眼含着眼泪，笑）她来了！

［中门敲门声］

周萍：（向大海）你先暂时在旁边屋子躲一躲，她没想到你在这儿。我想她再受不得惊了。

［忙引大海至饭厅门，大海下］

［外面的声音：（低）萍！］

周萍：（忙跑至中门）凤儿！（开门）进来！

［四凤由中门进，头发散乱，衣服湿透，眼泪同雨水流在脸上，眼角粘着

淋漓的鬓发，衣裳贴着皮肤，雨后的寒冷逼着她发抖，她的牙齿上下地打颤着。她见萍如同失路的孩子再见着母亲，呆呆地望着他]

鲁四凤：萍！

周萍：（感动地）凤。

鲁四凤：（胆怯地）没有人吧。

周萍：（难过，怜悯地）没有。（拉着她的手）

鲁四凤：（放开胆）哦！萍！（抱着萍抽咽）

周萍：（如许久未见她）你怎么，你怎么会这样？你怎么会找着我？（止不住地）你怎么进来的？

鲁四凤：我从小门偷进来的。

周萍：凤，你的手冰凉，你先换一换衣服。

鲁四凤：不，萍，（抽噎）让我先看看你。

周萍：（引她到沙发，坐在自己一旁，热烈地）你，你上哪儿去了，凤？

鲁四凤：（看看他，含着眼泪微笑）萍，你还在这儿，我好像隔了多年一样。

周萍：（顺手拿起沙发上的一床紫线毯给她围上）我可怜的凤儿，你怎么这样傻！你上哪儿去了？我的傻孩子！

鲁四凤：（擦着眼泪，拉着萍的手，萍蹲在旁边）我一个人在雨里跑，不知道自己在哪儿。天上打着雷，我只看见前面模模糊糊的一片。我什么都忘了。我像是听见妈在喊我，可是我怕，我拼命地跑，我想找着我们门口那一条河跳。

周萍：（紧握着四凤的手）凤！

鲁四凤：可是不知怎么绕来绕去，我总找不着。

周萍：哦，凤，我对不起你，原谅我，是我叫你这样。你原谅我，你不要怨我。

鲁四凤：萍，我怎么也不会怨你的。我糊糊涂涂又碰到这儿，走到花园那电线杆底下，我忽然想死了。我知道一碰那根电线，我就可以什么都忘了。我爱我的母亲，我怕我刚才对她起的誓，我怕她说我这么一声坏女儿，我情愿不活着。可是，我刚要碰那根电线，我忽然看见你窗户的灯，我想到你在屋子里。哦，萍，我突然觉得，我不能这样就死，我不能一个人死，我丢不了你。我想起来，世界大的很，我们可以走，我们只要一块儿离开这儿。萍啊，你——

周萍：（沉重地）我们一块儿离开这儿？

鲁四凤：（急切地）就是这一条路，萍，我现在已经没有家。（辛酸地）哥哥恨死我，母亲我是没有脸见的。我现在什么都没有，我没有亲戚，没有朋友，我只有你，萍，（哀告地）你明天带我去吧。

（半晌）

周萍：（沉重地摇着头）不，不——

鲁四凤：（失望地）萍。

周萍：（望着她，沉重地）不，不——我们现在就走。

鲁四凤：（不相信地）现在就走？

周萍：（怜惜地）嗯，我原来打算一个人现在走，以后再来接你，不过现在不必了。

鲁四凤：（不信地）真的，一块儿走么？

周萍：嗯，真的。

鲁四凤：（狂喜地，扔下线毯，立起，亲萍的一手，一面擦着眼泪）真的，真的，真的！萍，你是我的救星，你是天底下顶好的人，你是我——哦，我爱你！（在他身下流泪）

周萍：（感动地，用手绢擦着眼泪）凤，以后我们永远在一块儿了，不分开了。

鲁四凤：（自慰地，在萍的怀里）嗯，我们离开这儿了，不分开了。

周萍：（约束自己）好，凤，走以前我们先见见一个人。见完他，我们就走。

鲁四凤：一个人？

周萍：你哥哥。

鲁四凤：哥哥？

周萍：他找你，他就在饭厅里头。

鲁四凤：（恐惧地）不，不，你不要见他，他恨你，他会害你的。走吧，我们就走吧。

周萍：（安慰地）我已经见过他。——我们现在一定要见他一面，（不可挽回地）不然我们也走不了的。

鲁四凤：（胆怯）可是，萍，你——

（萍走到饭厅门口，开门）

周萍：（叫）鲁大海！鲁大海！——咦，他不在这儿。奇怪，也许他从饭厅的门出去了。（望着四凤）

鲁四凤：（走到萍面前，哀告地）萍。不要管他，我们走吧。（拉他向中门走）我们就这样走吧。

[四凤拉萍至中门，中门开，鲁妈与大海进]

（两个钟头内鲁妈的样子另变了一个人。声音因为在雨里叫喊、哭号，已经暗哑，眼皮失望地向下垂，前额的皱纹很深地刻在上面，过度的刺激使着她变成了呆滞，整个变成刻板的痛苦的模型。她的衣服像是已烘干了一部分，头发还有些湿，鬓角凌乱地贴着湿的头发。她的手在颤，很小心地走进来）

鲁四凤：（惊惧）妈！（畏缩）

（略顿，鲁妈哀怜地望着四凤）

鲁侍萍：（伸出手向四凤，哀痛地）凤儿，来！

（四凤跑至母亲面前，跪下）

鲁四凤：妈！（抱着母亲的膝）

鲁侍萍：（抚摸四凤的头顶，痛惜地）孩子，我的可怜的孩子。

鲁四凤：（泣不成声地）妈，饶了我吧，饶了我吧，我忘了您的话了。

鲁侍萍：（扶起四凤）你为什么早不告诉我？

鲁四凤：（低头）我疼您，妈。我怕，我不愿意有一点叫您不喜欢我，看不起我，我不敢告诉您。

鲁侍萍：（沉痛地）这还是你的妈太糊涂了，我早该想到的。（酸苦地）然而天，这谁又料得到，天底下会有这种事，偏偏又叫我的孩子们遇着呢？哦，你们妈的命太苦，我们的命也太苦了。

鲁大海：（冷淡地）妈，我们走吧，四凤先跟我们回去，——我已经跟他(指萍)商量好了，他先走，以后他再接四凤。

鲁侍萍：（迷惑地）谁说的？谁说的？

鲁大海：（冷冷地望着鲁妈）妈。我知道您的意思，自然只有这么办。所以，周家的事我以后也不提了，让他们去吧。

鲁侍萍：（迷惑，坐下）什么？让他们去？

周萍：（嗫嚅）鲁奶奶，请您相信我，我一定好好地侍她，我们决定现在就走。

鲁侍萍：（拉着四凤的手，颤抖地）凤，你，你要跟他走?

鲁四凤：（低头，不由得紧握鲁妈的手）妈，我只好先离开您了。

鲁侍萍：（忍不住）你们不能够在一块儿!

鲁大海：（奇怪地）妈，您怎么?

鲁侍萍：（站起）不，不成!

鲁四凤：（着急）妈!

鲁侍萍：（不顾她，拉着她的手）我们走吧。（向大海）你出去叫一辆洋车，四凤大概走不动了。我们走，赶快走。

鲁四凤：（死命地退缩）妈，您不能这样做。

鲁侍萍：不，不成!（呆滞地，单调地）走，走。

鲁四凤：（哀求）妈，您愿您的女儿急得要死在您的眼前么?

周萍：（走向鲁妈）鲁奶奶，我知道我对不起您。不过我能尽我的力量补我的错，现在事情已经做到这一步，您——

鲁大海：妈，（不懂地）您这一次，我可不明白了!

鲁侍萍：（不得已，严厉地）你先去雇车去!（向四凤）凤儿，你听着，我情愿你没有……我不能叫你跟他在一块儿。——走吧!

（大海刚至门口，四凤喊一声）

鲁四凤：（喊）阿，妈，妈!（晕倒在母亲怀里）

鲁侍萍（抱着四凤）我的孩子，你——

周萍：（急）她晕过去了。

（鲁妈按着她的前额，低声唤"四凤"，忍不住泣下）

（萍向饭厅跑）

鲁大海：不用去——不要紧，一点凉水就好。她小时就这样。

（萍拿凉水洒在地面上，四凤渐醒，面呈死白色）

鲁侍萍：（拿凉水灌四凤）凤儿，好孩子。你回来，你回来。——我的苦命的孩子。

鲁四凤：（口渐张，眼睁开，喘上一口气）阿，妈!

鲁侍萍：（安慰地）孩子，你不要怪妈心狠，妈的苦说不出。

305

鲁四凤：（叹出一口气）妈！

鲁侍萍：什么？凤儿。

鲁四凤：我，我不能不告诉你，萍！

周萍：凤，你好点了没有？

鲁四凤：萍，我，总是瞒着你；也不肯告诉您，（乞怜地望着鲁妈）妈，您——

鲁侍萍：什么？孩子，快说。

鲁四凤：（抽咽）我，我——（放胆）我跟他现在已经有……（大哭）

鲁侍萍：（追切地）怎样？你说你有——（受过打击，不动）

周萍：（拉起四凤的手）四凤！怎么，真的，你——

鲁四凤：（哭）嗯。

周萍：（悲喜交集）什么时候，什么时候？

鲁四凤：（低头）大概已经三个月。

周萍：（快慰地）哦，四凤，你为什么不告诉我，我，我的——

鲁侍萍：（低声）天哪。

周萍：（走向鲁）鲁奶奶，您无论如何不要再固执哪，都是我错了。我求您！（跪下）我求您放了她吧。我敢保我以后对得起她，对得起您。

鲁四凤：（立起，走到鲁妈面前跪下）妈，您可怜可怜我们，答应我们，让我们走吧。

鲁侍萍：（不作声，坐着，发痴）我是在做梦。我的儿女，我自己生的儿女。三十年工夫——哦，天哪，（掩面哭，挥手）你们走吧，我不认得你们。（转过头去）

周萍：谢谢您！（立起）我们走吧。凤！（四凤起）

鲁侍萍：（回头，不自主地）不，不能够！

（四凤又跪下）

鲁四凤：（哀求）妈，您，您是怎么？我的心定了。不管他是富，是穷，不管他是谁，我是他的了。我心里第一个许了他，我看得见的只有他。妈，我现在到了这一步，他到哪儿我也到哪儿；他是什么，我也跟他是什么。妈，您难道不明白，我——

鲁侍萍：（指手令她不要向下说，苦痛地）孩子。

鲁大海：妈，妹妹既然是闹到这样，让她去了也好。

周萍：（阴沉地）鲁奶奶，您心里要是一定不放她，我们只好不顺从您的话，自己走了。凤！

鲁四凤：（摇头）萍！（还望着鲁妈）妈！

鲁侍萍：（沉重的悲伤，低声）啊，天知道谁犯了罪，谁造的这种孽！——他们都是可怜的孩子，不知道自己做的是什么。天哪，如果要罚，也罚在我一个人身上。我一个人有罪，我先走错了一步。（伤心地）如今我明白了，我明白了，事情已经做了的，不必再怨这个不公平的天。人犯了一次罪过，第二次也就自然地跟着来。——（摸着四凤的头）他们是我的干净孩子，他们应当好好地活着，享着福。冤孽是在我心里头，苦也应当我一个人尝。他们快活，谁晓得就是罪过？他们年青，他们自己并没有成心做了什么错。（立起，望着天）今天晚上，是我让他们一块儿走，这罪过我知道，可是罪过我现在替他们受了。所有的罪孽都是我一个人惹的，我的儿女们都是好孩子，心地干净的，那么，天，真有了什么，也就让我一个人担待吧。（回过头）凤儿——

鲁四凤：（不安地）妈，您心里难过，——我不明白您说的什么。

鲁侍萍：（回转头。和蔼地）没有什么。（微笑）你起来，凤儿，你们一块儿走吧。

鲁四凤：（立起，感动地，抱着她的母亲）妈！

周萍：去（看表）不早了，还只有二十五分钟，叫他们把汽车开出来，走吧。

鲁侍萍：（沉静地）不，你们这次走，是在黑地里走，不要惊动旁人。（向大海）大海，你出去叫车去，我要回去，你送他们到车站。

鲁大海：嗯。

［大海由中门下］

鲁侍萍：（向四民哀婉地）过来，我的孩子，让我好好地亲一亲。（四凤过来抱母；鲁妈向萍）你也来，让我也看你一下。（萍至前，低头，望他擦眼泪）好，你们走吧，——我要你们两个在未走以前答应我一件事。

周萍：您说吧。

鲁侍萍：你们不答应，我还是不要四凤走的。

307

鲁四凤：妈，您说吧，我答应。

鲁侍萍：（看他们两人）你们这次走，最好越走越远，不要回头。今天离开，你们无论生死，永远也不许见我。

鲁四凤：（难过）妈。那不——

周萍：（眼色、低声）她现在很难过，才说这样的话，过后，她就会好了的。

鲁四凤：嗯，也好，——妈，那我们走吧。

（四凤跪下，向鲁妈叩头。四凤落泪，鲁妈竭力忍着）

鲁侍萍：（挥手）走吧！

周萍：我们从饭厅里出去吧。饭厅里还放着我几件东西。

（三人——萍，四凤，鲁妈——走到饭厅门口。饭厅门开，蘩漪走出，三人俱惊视。）

鲁四凤：（失声）太太！

周蘩漪：（沉稳地）咦，你们到哪儿去？外面还打着雷呢！

周萍：（向蘩漪）怎么你一个人在外面偷听！

周蘩漪：嗯，不只我，还有人呢。（向饭厅）出来呀，你！

[冲由饭厅上，畏缩地]

鲁四凤：（惊愕）二少爷！

周冲：（不安地）四凤！

周萍：（不高兴，向弟）弟弟，你怎么这样不懂事？

周冲：（莫明其妙地）妈叫我来的，我不知道你们这是干什么。

周蘩漪：（冷冷地）现在你就明白了。

周萍：（焦躁，向蘩漪）你这是干什么？

周蘩漪：（嘲弄地）我叫你弟弟来跟你们送行。

周萍：（气愤）你真卑——

周冲：哥哥！

周萍：弟弟，对不起，——（突向蘩漪）不过世界上没有像你这样的母亲！

周冲：（迷惑地）妈，这是怎么回事？

周蘩漪：你看哪！（向四凤）四凤，你预备上哪儿去？

鲁四凤：（嗫嚅）我，我……

周萍：不要说一句瞎话。告诉他们，挺起胸来告诉他们，说我们预备一块儿走。

周冲：（明白）什么，四凤，你预备跟他一块儿走？

鲁四凤：嗯，二少爷，我，我是——

周冲：（半质问地）你为什么早不告诉我？

鲁四凤：我不是不告诉你；我跟你说过，叫你不要找我。因为我——我已经不是个好女人。

周萍：（向四凤）不，你为什么说自己不好，你告诉他们！（指繁漪）告诉他们说你就要嫁我！

周冲：（略惊）四凤，你——

周繁漪：现在你明白了。（冲低头）

周萍：（突向繁漪，刻毒地）你真没有一点心肝！你以为你的儿子会替——会破坏么？弟弟，你说，你现在有什么意思？你说，你预备对我怎么样？说！哥哥都会原谅你。

（冲望繁漪，又望四凤，自己低头）

周繁漪：冲儿，说呀！（半响，急促）冲儿，你为什么不说话呀？你为什么不抓着四凤问？你为什么不抓着你哥哥说话呀？（又顿。众人俱看冲，冲不语）冲儿你说呀，你怎么，你，你难道是个死人？哑巴？是个糊涂孩子？你难道见着自己心上喜欢的人叫人抢去，一点儿都不动气么？

周冲：（抬头，羔羊似的）不，不，妈！（又望四凤，低头）只要四凤愿意，我没有一句话可说。

周萍：（走到冲面前，拉着他的手）哦，我的好弟弟，我的明白弟弟！

周冲：（疑惑地，思考地）不，不，我忽然发现，我觉得，我好像我并不是真爱四凤。（渺渺茫茫地）以前——我，我，我——大概是胡闹！

周萍：（感激地）不过，弟弟——

周冲：（望着萍热烈的神色、退缩地）不，你把她带走吧，只要你好好地待她！

周繁漪：（失望）哦，你呀！（忽然，气愤）你不是我的儿子；你不像我，你——你简直是条死猪！

周冲：（受侮地）妈！

周萍：（惊）你是怎么回事？

周繁漪：（昏乱地）你真没有点男子气，我要是你，我就打了她，烧了她，杀了她。你真是糊涂虫，没有一点生气的。你还是你父亲养的，你父亲的小绵羊。我看错你了——你不是我的，你不是我的儿子。

周萍：（不平地）你是冲弟弟的母亲么？你这样说话。

周繁漪：（痛苦地）萍，你说，你说出来。我不怕，你告诉他，我现在已经不是他的母亲。

周冲：（难过地）妈，您怎么？

周繁漪：（丢弃了拘束）我叫他来的时候，我早已忘了我自己。（向冲，半疯狂地）你不要以为我是你的母亲，（高声）你的母亲早死了，早叫你父亲压死了，闷死了，现在我不是你的母亲。她是见着周萍又活了的女人。（不顾一切地）她也是要一个男人真爱她，要真真活着的女人！

周冲：（心痛地）哦，妈。

周萍：（眼色向冲）她病了。（向繁漪）你跟我上楼去吧！你大概是该歇一歇。

周繁漪：胡说！我没有病，我没有病，我神经上没有一点病。你们不要以为我说胡话。（揩眼泪，哀痛地）我忍了多少年了，我在这个死地方，监狱似的周公馆，陪着一个阎王十八年了，我的心并没有死。你的父亲只叫我生了冲儿，然而我的心，我这个人还是我的。（指萍）就只有他才要了我整个的人，可是他现在不要我，又不要我了。

周冲：（痛恨）妈，我最爱的妈，您这是怎么回事？

周萍：你先不要管她，她在发疯！

周繁漪：（激烈地）不要学你的父亲。没有疯，——我这是没有疯！我要你说，我要你告诉他们。——这是我最后的一口气！

周萍：（狼狈地）你叫我说什么，我看你上楼睡觉去吧。

周繁漪：（冷笑）你不要装！你告诉他们，我并不是你的后母。

（大家俱惊，略顿）

周冲：（无可奈何地）妈！

周繁漪：（不顾地）告诉他们，告诉四凤，告诉她！

鲁四凤：（忍不住）妈呀！（投入鲁妈怀）

周萍：（望着弟弟，转向繁漪）你这是何苦！过去的事你何必说呢？叫弟弟一生不快活。

周蘩漪：（失了母性，喊着）我没有孩子，我没有丈夫，我没有家，我什么都没有。我只要你说，我——我是你的。

周萍：（苦恼）哦，弟弟！你看弟弟可怜的样子，你要是有一点母亲的心——

周蘩漪：（报复地）你现在也学会你的父亲了，你这虚伪的东西。你记着，是你才欺骗了你的弟弟，是你欺骗我，是你才欺骗了你的父亲！

周萍：（愤怒）你胡说，我没有，我没有欺骗他！父亲是个好人，父亲一生是有道德的，（蘩漪冷笑，萍转向四凤）不要理她，她疯了，我们走吧。

周蘩漪：不要走，大门锁了。你父亲就下来，我派人叫他来的。

鲁侍萍：哦，太太！

周萍：你这是干什么？

周蘩漪：（冷冷地）我要你父亲见见他将来的好媳妇，你们再走。（喊）朴园，朴园！

周冲：妈，您不要！

周萍：（走到蘩漪面前）疯子，你敢再喊！

（蘩漪跑到书房门口，喊）

鲁侍萍：（慌）四凤，我们出去。

周蘩漪：不，他来了！

[朴园由书房进，大家俱不动，静寂若死]

周朴园：（在门口）你叫什么？你还不上楼去睡。

周蘩漪：（倨傲地）我请你见见你的好亲戚。

周朴园：（见鲁妈，四凤在一起，惊）阿，你，你——你们这是做什么？

周蘩漪：（拉四凤向朴园）这是你的媳妇，你见见。（指着朴园，向四凤）叫他爸爸！（指着鲁妈，向朴园）你也认识认识这位老太太。

鲁侍萍：太太！

周蘩漪：萍，过来！当着你的父亲，过来，跟这个妈叩头。

周萍：（难堪）爸爸，我，我——

周朴园：（明白地）怎么——（向鲁妈）侍萍，你到底还是回来了。

周蘩漪：（惊）什么？

鲁侍萍：（慌）不，不，您弄错了。

周朴园：（悔恨地）侍萍，我想你也会回来的。

鲁侍萍：不，不！（低头）啊！天！

周蘩漪：（惊愕地）侍萍，什么，她是侍萍？

周朴园：嗯。（烦厌地）蘩漪，你不必再故意地问我，她就是萍儿的母亲，三十年前死了的。

周蘩漪：天哪！

（半晌。四凤苦闷地叫了一声，看着她的母亲，鲁妈苦痛地低着头。萍脑筋昏乱，迷惑地望着父亲同鲁妈。这时蘩漪渐渐移到冲身边，现在她突然发现一个更悲惨的命运，逐渐地使她同情萍。她觉出自己方才的疯狂，这使她很快恢复原来平常母亲的情感。她不由得愧恨地望着自己的冲儿）

周朴园：（沉痛地）萍儿，你过来。你的生母并没有死，她还在世上。

周萍：（半狂地）不是她！爸，您告诉我，不是她！

周朴园：（严厉地）混账！萍儿，不许胡说。她没有什么好身世，也是你的母亲。

周萍：（痛苦万分）哦，爸！

周朴园：（尊重地）不要以为你跟四凤同母，觉得脸上不好看，你就忘了人伦天性。

鲁四凤：（向母）哦，妈！（痛苦地）

周朴园：（沉重地）萍儿，你原谅我。我一生就做错了这一件事。我万没有想到她今天还在，今天找到这儿。我想这只能说是天命。（向鲁妈叹口气）我老了，刚才我叫你走，我很后悔，我预备寄给你两万块钱。现在你既然来了，我想萍儿是个孝顺孩子，他会好好地侍奉你。我对不起你的地方，他会补上的。

周萍：（向鲁妈）您——您是我的——

鲁侍萍：（不自主地）萍——（回头抽咽）

周朴园：跪下，萍儿！不要以为自己是在做梦，这是你的生母。

鲁四凤：（昏乱地）妈，这不会是真的。

（鲁侍萍不语，抽咽）

周蘩漪：（向萍笑，悔恨地）萍，我，我万想不到是——是这样，萍——

周萍：（怪笑，向朴）父亲！（怪笑，向鲁妈）母亲！（看四凤，指她）
你——

鲁四凤：（与萍互视怪笑，忽然忍不住）阿，天！

[四凤由中门跑下，萍扑在沙发上，鲁妈死气沉沉地立着]

周繁漪：（急喊）四凤！四凤！（转向冲）冲儿，她的样子不大对，你
赶快出去看她。

[冲由中门跑下，喊四凤]

周朴园：（至萍前）萍儿，这是怎么回事？

周萍：（突然）爸，您不该生我！ [跑，由饭厅下]

[远处听见四凤的惨叫声，冲狂呼四凤，过后冲也发出惨叫]

鲁侍萍：四凤，你怎么啦？

[同时叫]

周繁漪：我的孩子，我的冲儿！

[二人同由中门跑出]

周朴园：（急走至窗前拉开窗幕，颤声）怎么？怎么？

[仆人由中门跑上]

仆人：（喘）老爷！

周朴园：快说，怎么啦？

仆人：（泣不成声）四凤，死了。

周朴园：（急）二少爷呢？

仆人：也，也死了。

周朴园：（颤声）不，不，怎么？

仆人：四凤碰着那条走电的电线。二少爷不知道，赶紧拉了一把，两个
人一块儿中电死了。

周朴园：（几乎晕倒）这不会。这，这——这不能够，不能够！

[朴园与仆人跑下]

[萍由饭厅出，颜色惨白，但是神气沉静地。他走到那张放鲁大海的手枪
的桌前，抽开抽屉，取出手枪，手微颤，慢慢走进右边书房]

[外面人声嘈乱，哭声，叫声，吵声混成一片。鲁妈由中门上，脸更呆

滞，如石膏人像。老年仆人跟在后面，拿着电筒]

（鲁妈一声不响地立在台中）

老仆：（安慰地）老太太，您别发呆！这不成，您得哭，您得好好哭一场。

鲁侍萍：（无神地）我哭不出来！

老仆：这是无意，没有法子。——可是您自己得哭。

鲁侍萍：不，我想静一静。（呆立）

[中门大开，许多仆人围着繁漪，繁漪不知是在哭在笑]

仆人：（在外面）进去吧，太太，别看哪。

周繁漪：（被人拥至中门，倚门怪笑）冲儿，你这么张着嘴。你的样子怎么直对我笑？——冲儿，你这个糊涂孩子。

周朴园：（走在中门中，眼泪在面上）繁漪，进来！我的手发木，你也别看了。

老仆：太太，进来吧。人已经叫电火烧焦了，没有法子办了。

周繁漪：（进来，干哭）冲儿，我的好孩子。刚才还是好好的。你怎么会死？你怎么会死得这样惨？（呆立）

周朴园：（已进来）你要静一静。（擦眼泪）

周繁漪：（狂笑）冲儿，你该死，该死！你有了这样的母亲，你该死！

[外面仆人与鲁大海打架声]

周朴园：这是谁？谁在这时候打架？

[老仆下问，立时另一仆人上]

周朴园：外面是怎么回事？

仆人：今天早上那个鲁大海，他这时又来了，跟我们打架。

周朴园：叫他进来！

仆人老爷，他连踢带打地伤了我们好几个，他已经从小门跑了。

周朴园：跑了？

仆人：是，老爷。

周朴园：（略顿，忽然）追他去，跟我追他去。

仆人：是，老爷。

[仆人一齐下。屋中只有朴园、鲁妈、繁漪三人]

周朴园：（哀伤地）我丢了一个儿子，不能再丢第二个了。

（三人都坐下来）

鲁侍萍：都去吧！让他去了也好，我知道这孩子。他恨你，我知道他不会回来见你的。

周朴园：（寂静，自己觉得奇怪）年轻的反而走我们前头了，现在就剩下我们这些老——（忽然）萍儿呢？大少爷呢？萍儿，萍儿！（无人应）来人呀！来人！（无人应）你们跟我找呀，我的大儿子呢？

[书房枪声，屋内死一般的静默]

周繁漪：（忽然）啊！（跑下书房，朴园呆立不动，立时繁漪狂喊跑出）他，他，周朴园，他，他……

[朴园与繁漪一同跑下，进书房]

[鲁妈立起，向书房颠踬了两步，至台中，渐向下倒，跪在地上，如序幕结尾老妇人倒下的样子]

[舞台渐暗，奏序幕之音乐，若在远处奏起，至完全黑暗时最响，与序幕末尾音乐声同。幕落，即开，接尾声]

尾声

开幕时舞台黑暗。只听见远处教堂合唱弥撒声同大风琴声，序幕姊弟的声音。

弟弟：姐姐，你去问她。

姊：（低声）不，弟弟你问她，你问她。

舞台渐明，景同序幕，又回到十年后腊月三十日的下午。老妇（鲁妈）还在台中歪倒着，姊、弟在旁。

姊：你问她，她知道。

弟弟：我不，我怕，你，你去。[推姊，外面合唱声止]

[姑乙由中门进，见老妇倒地上，大惊愕，忙扶起她]

姑奶奶乙：（扶她）起来吧，鲁奶奶！起来吧！（扶她至右边儿一旁坐，忙走至姊弟前，安慰地）弟弟没有吓着吧。快去吧，妈就在外边等着你们。姐姐，你领弟弟去吧。

姊：谢谢您，姑奶奶。（替弟弟穿衣服）

姑奶奶乙：外面冷得很，你们都把衣服穿好。

姊：嗯，再见！

姑奶奶乙：再见。（姊领弟弟出中门）

（姑乙忙走到壁炉前，照护老妇人）

［姑甲由右门饭厅进］

姑奶奶乙：嘘，（指鲁妈）她出来了。

姑奶奶甲：（低声）周先生就下来看她，你照护照护。我要出去。

姑奶奶乙：好，你等一等，（从墙角拿一把雨伞）外头怕要下雪，你要这一把伞吧。

姑奶奶甲：（和蔼地）谢谢你。［拿着雨伞由中门出去］

［老人由左边厅出，立门日，望着］

姑奶奶乙：（指鲁妈，向老翁）她在这儿！

老人：哦！

（半晌）

老人：（关心地，向姑奶奶乙）她现在怎么样？

姑奶奶乙：（轻叹）还是那样！

老人：吃饭还好么？

姑奶奶乙：不多。

老人：（指头）她这儿？

姑奶奶乙：（摇头）不，还是不认识人。

（半晌）

姑奶奶乙：楼上您的太太，看见了？

老人：（呆滞地）嗯。

姑奶奶乙（鼓励地）这两人，她倒好。

老人：是的。——（指鲁妈）这些天没有人看她么？

姑奶奶乙：您说她的儿子，是么？

老人：嗯。一个姓鲁叫大海的。

姑奶奶乙：（同情地）没有。可怜，她就是想着儿子。每到节期总在窗前望一晚上。

老人：（叹气，绝望地，自语）我怕，我怕他是死了。

姑奶奶乙：（希望地）不会吧？

老人：（摇头）我找了十年了，没有一点影子。

姑奶奶乙：唉，我想她的儿子回家，她一定会明白的。

老人：（走到炉前，低头）侍萍！

（老妇回头，呆呆地望着他，若不认识，起来，面上无一丝表情，一时，走向窗前）

老人（低声）侍萍！侍——

姑奶奶乙（向老人摆手，低声）让她走，不要叫她！

（老妇至窗前，慢吞吞地拉开帷幔，痴呆地望着窗外）

[老人绝望地转过头，望着炉中的火光，外面忽而闹着小孩们的欢笑声，同足步声]

[中门大开，姊弟进]

姊：（向弟）在这儿？一定在这儿？

弟弟：（落泪，点着头）嗯！嗯！

姑奶奶乙：（喜欢他们来打破这沉静）弟弟，你怎么哭了？

弟弟：（抽咽）我的手套丢了！外面下雪，我的手套，我的新手套丢了。

姑奶奶乙：不要嚷，弟弟，我跟你找。

姊：弟弟，我们找。

（三个人在左角找手套）

姑奶奶乙：（向姊）有么？

姊：没有！

弟弟：（钻到沙发背后，忽然跳出来）在这儿，在这儿！（舞着手套）妈，在这儿！

[跑出去]

姑奶奶乙：（羡慕地）好了。去吧。

姊：谢谢，姑奶奶！

[姊由中门下，姑乙关上门]

（半晌）

老人：（抬头）什么？外头又下雪了？

姑奶奶乙：（沉静地点头）嗯。

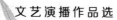

（老人又望一望立在窗前的老妇，转身坐在炉旁的圈椅上，呆呆地望着人，这时姑乙在左边长沙发上坐下，拿了一本圣经读着）

［舞台渐暗］

［幕落］

后　记

　　《文艺演播作品选》这本书收录了诗歌、散文等多种形式的文艺作品，这些优秀的作品对学生学习演播技巧和训练演播能力起到了极其重要的作用。由于种种原因，我们很难找到每个作品的作者，向他们一一致谢，但是，我们相信当他们知道有那么多的学生因为有了他们的作品而习得良好的表达能力，提升文艺作品演播水平，他们会得到极大的欣慰！作为从事艺术语言教育的高校教师，我们也从心底向他们致以最诚挚的谢意！他们的作品使我们在前行中有了指路明灯，帮助我们训练渴望攀登艺术语言高峰的学子们。我们的教育离不开他们的帮助，我们共同的感激之情深在心底。

　　在此，我们向所选作品的每一位作者再次致以真挚的谢意。

编　者
2020 年 8 月 19 日